Netta M. Goldsmith

Magda und die Rattenfänger

Die Veröffentlichung dieser Publikation wurde mit Mitteln der Rudolf und Eberhard Bauer Stiftung der Stadt Nürnberg ermöglicht.

Wellhöfer Verlag
Ulrich Wellhöfer
Weinbergstraße 26
68259 Mannheim
Tel. 0621 7188167

info@wellhoefer-verlag.de
www.wellhoefer-verlag.de

Titelgestaltung und Satz: Uwe Schnieders, Fa. Pixelhall, Malsch

Titelbild: Menschenmenge auf der Museumsbrücke Nürnberg während eines Reichsparteitages (wahrscheinlich 1936/1937). Dokumentationszentrum Reichsparteitagsgelände. Signatur DO377.

ISBN 978-3-95428-280-7

Netta M. Goldsmith

Magda und die Rattenfänger

Eine jüdische Jugend in Nürnberg in der Zeit des Nationalsozialismus

Mit einem Nachwort des Herausgebers

Herausgegeben von Joachim Mensdorf
Übersetzung: Joachim und Gudrun Mensdorf

Inhalt

Danksagung

der Autorin aus der englischen Originalausgabe von 2008

Ich bin vielen Menschen zu Dank verpflichtet, die in der Zeit des Nationalsozialismus in Nürnberg lebten und die bereit waren, mit mir über ihr Leben zu sprechen.

Zuallererst gebührt mein Dank meinem Mann Ernest. Seinetwegen habe ich dieses Buch geschrieben.

Ich danke Susan Sinclair. Sie wurde nie müde, meine Fragen zu beantworten. Auch ihre im Internet verfügbaren Lebenserinnerungen und die ihres Mannes Peter waren für mich wichtig.

Die überaus anschaulichen Lebenserinnerungen – ebenfalls im Internet – von Ludwig Berlin erwiesen sich ebenfalls als sehr hilfreich. In Gesprächen mit ihm ergaben sich viele weitere wichtige Erkenntnisse.

Auch bin ich zutiefst dankbar für die vielen Hinweise, die mir von Mitgliedern der Goldsmith-Familie anvertraut wurden. Besonders erwähnen möchte ich Harry, Addy und Lily Goldsmith.

Ohne die Hilfe all dieser ehemaligen Nürnberger hätte dieses Buch nicht geschrieben werden können.

Netta M. Goldsmith

Prolog

Der Bug des Schiffes lag schon unter Wasser und das Heck, auf dem die drei standen, ragte steil nach oben. „Wir müssen springen, und zwar jetzt", sagte der Vater, „sonst wird uns das Schiff mit in die Tiefe reißen, wenn es untergeht."

Seine Tochter zögerte; es würde ein langer, tiefer Fall werden. Ihr Vater stieß sie über die Reling des rostigen, alten Frachters.

Fünfzehn Meter oder mehr fiel sie hinunter in das kalte, schwarze Wasser, das über ihrem Kopf zusammenschlug. Sie hielt den Atem an und streckte ihre Hand aus. Sie war nahe an der Seitenwand des Schiffs. Ihr Rock hatte sich an etwas verfangen. Sie hielt weiterhin den Atem an und öffnete die Augen. Sie konnte rein gar nichts sehen, schaffte es aber, den Bund ihres Rockes zu lösen. Er glitt davon und sie schoss nach oben an die Wasseroberfläche. Die altmodische Rettungsweste aus Kork hatte sie dorthin getrieben. Ihr Vater hatte die Weste in der Kabine gefunden und war darauf bedacht, dass seine Tochter sie anlegte und sicher verschloss.

„Aber wo sind denn eure Rettungswesten?", hatte sie ihn gefragt. „Die habe ich", hatte ihre Mutter geantwortet und ihr einen Kuss gegeben. „Wir ziehen sie an und kommen gleich nach." Dann hatte sie ihrer Tochter die klemmende Kabinentür aufgedrückt.

Jetzt sah die junge Frau, wie ihr Vater ihrer Mutter half, zum überfüllten Rettungsboot zu schwimmen. Es gelang den beiden, sich am Rand festzuhalten, zusammen mit ungefähr zwanzig weiteren, im Meer treibenden Passagieren. Doch da begann das Rettungsboot, sich gefährlich zur Seite zu neigen. Einer der Matrosen nahm ein Ruder, schlug damit brutal auf die sich an den Rand klammernden Hände und stieß die Menschen zurück. Das Rettungsboot fuhr weiter. Ihre Eltern begannen erneut zu schwimmen. Keiner von beiden hatte eine Rettungsweste an.

Die junge Frau verlor sie schließlich aus den Augen, als eine Welle sich auftürmte und ihren Vater forttrug.

Der Korkgürtel hielt sie über Wasser. Sie hatte keine Angst zu ertrinken, sehr wohl aber, im eisigen Wasser zu erfrieren. Sie versuchte, sich daran zu erinnern, was sie über Unterkühlung wusste. Bei ihrem Skiunterricht war es hauptsächlich darum gegangen, was man tun solle, wenn man sich im Schnee verirrt hatte. Aber der Skilehrer war nebenbei auch darauf zu sprechen gekommen, wie man einen Schiffbruch überleben kann. Sie war damals überrascht zu hören, dass es am besten ist nicht zu schwimmen, wenn man eine Rettungsweste anhat, weil man sonst noch mehr Körperwärme verliert. Es sei besser, auf ein gekentertes Boot oder ein Wrackteil zu klettern. Falls das nicht möglich ist, solle man sich ganz klein machen, die Arme vor der Brust verschränken und die Knie möglichst hochziehen. Genau das tat sie. Sie sah nämlich kein Wrackteil, das so groß gewesen wäre, dass sie sich hätte draufsetzen können.

Ihr Skilehrer hatte gesagt, es sei sehr wichtig wach zu bleiben. So versuchte sie also, sich an die schönen Zeiten zu Hause zu erinnern, etwa an einzelne Begebenheiten bei Geburtstagen.

Geburtstagsfeiern waren zu Hause immer eine große Angelegenheit. Schon am Morgen fragte man sich, welche Geschenke sich wohl in den hübschen Päckchen auf dem Frühstückstisch verbergen mochten. Später begann dann die eigentliche Geburtstagsfeier. Wenn es sich um einen Geburtstag ihrer Eltern handelte, las sie stets ein selbst verfasstes Gedicht vor. Bis sie zwölf wurde hatte sie Geburtstage geliebt.

TEIL I

1932 – 1933

Kapitel 1

Magda Senger schlief nicht gerne mit geschlossenen Vorhängen. Das Morgenlicht weckte sie um fünf Uhr auf. Es war der 4. Juli 1932, ihr elfter Geburtstag.

Die Sonne schien ihr ins Gesicht, wie sie so in dem großen Bett mit den zerwühlten Laken und den großen Kissen lag, von denen eines auf den Boden gefallen war. Die Regale, die Frisierkommode und der Schrank ihres Zimmers waren aus Nussbaumholz gefertigt und mit Ornamenten verziert. Sie stammten ursprünglich aus dem Haus ihrer Großeltern, die sie gekauft hatten, als Biedermeier groß in Mode war. Trotzdem wirkte das Zimmer nicht düster. Die zitronengelb und weiß gestreifte Tapete strahlte im Licht der großen Fenster. Das Zimmer machte einen freundlichen Eindruck, wenn Magda zum Aufräumen angehalten wurde. Normalerweise lag alles Mögliche herum, weil sie kaum je etwas an seinen Platz zurückstellte. Nur die Puppen, mit denen sie nicht mehr spielte, saßen wie brave Schulkinder sauber aufgereiht in ihrem Regal.

Ihr Zimmer lag im hinteren Teil des Hauses, das am Rande eines Nürnberger Parks stand. Magda hatte von Geburt an hier gelebt. Ihr Vater Anton hatte es für Magdas Mutter, seine geliebte Liesel, nach der Hochzeit bauen lassen. Das war vor dreizehn Jahren. Es war ein modernes Haus mit einem Balkon, der um das ganze Haus herumführte.

Nürnberg war eine alte Stadt mit einer langen Geschichte. Bald würde Adolf Hitler dieser Geschichte ein weiteres Kapitel hinzufügen. Bis zu diesem Tag im Juli hatte Magda noch nie etwas von ihm gehört.

Sie stand auf und grub die Zehen in ihren Bettvorleger aus Bärenfell und lief über den Parkettboden, auf dem Spiele, Bücher und Kleidungsstücke verstreut lagen. Sie ging zum Fenster, um zu sehen, ob es schönes Wetter für ihre Feier geben würde. Sie blickte in den von Mauern umgebenen Garten hinunter. Er war noch in Dunst gehüllt, der sich langsam aufzulösen begann. *Es ist alles gut*, dachte sie, *nur ein Hitzeflimmern, wie jeden Tag in dieser Woche.* Sie öffnete die verglaste Balkontüre und trat hinaus. Die Luft war mild und der Garten still. Sie bemerkte, dass sie einen blühenden Zweig des rankenden Geißblattes abgebrochen hatte, der über das Fenstersims gewachsen war. Er roch köstlich. Da sie die Blüte nicht wegwerfen wollte, holte sie einen mit Wasser gefüllten gläsernen Zahnputzbecher.

Wieder zurück auf dem Balkon sah Magda gerade noch, wie ein prächtiger Pirol aus einer Pappel geschossen kam und hoch über die Mauer hinweg in den Park flog. Zu dieser Tageszeit war der Garten mit seinen Bäumen voller Magie. Ihr Cousin Fritz hatte ihr einmal gesagt, manche Leute glaubten, alle Bäume seien von Geistern bewohnt. Als sie im Morgengrauen in den Garten sah, dachte sie, damit könnten sie recht haben.

Im Garten stand eine große, verzweigte Buche, auf die sie gerne kletterte. Wenn sie voll belaubt war, konnte niemand Magda von unten sehen. Das war sehr praktisch, wenn sie sich verstecken wollte. Allerdings beschwerte sich Hans, der den Garten pflegte, über die Buche. Sie werfe einen zu großen Schatten. Unter ihr würden keine Blumen mehr wachsen. Und doch wäre heute sicher jeder über den Schatten froh, wenn es wieder so ein heißer Nachmittag würde wie angekündigt.

Später würde der Garten voll mit ihren Freunden sein. Alle würden kommen, bis auf Traudel.

Magda hörte, wie Hans das Gartentor an der Straße hinter sich schloss. Er war gekommen, um die Rosenbeete unter ihrem Fenster noch vor Sonnenaufgang zu gießen. Er füllte eine Gießkanne an einem Wasserhahn neben dem von Efeu überwucherten Gartenschuppen und kam damit den mit Lavendel gesäumten Weg entlang. Den Lavendel hatte Hans selbst gepflanzt, nicht nur wegen seines Dufts, sondern auch, weil er Blattläuse fernhielt. Sie beobachtete ihn. Er war groß und dünn, sein Gesicht ganzjährig gebräunt, weil er so viel draußen war. Seine Haut war so runzlig wie die rotbraunen Äpfel, welche die Köchin Flory den Winter über einlagerte. Wegen seines Rheumaleidens bewegte er sich langsam. Magda beschloss, hinunterzugehen und sich mit ihm zu unterhalten.

Sie warf einen Blick auf das Taftkleid für ihre Geburtstagsfeier. Es hatte die Farbe von Mohnblumen und hing im offenen Schrank. Aber vorerst zog sie ihre alte, marineblauen Shorts und die zerknitterte Baumwollbluse an, die sie am Abend zuvor auf einen Stuhl geworfen hatte. Als sie ihre Sandalen wiederfand, die unter ihrem Bett gelandet waren, schlich sie auf den Treppenabsatz hinaus und ging auf Zehenspitzen am Schlafzimmer ihrer Eltern vorbei, wo sie ihren Vater schnarchen hörte. Sie ging die Treppe hinunter zur Küche. Flory war noch nicht dabei, das Frühstück zuzubereiten. Dafür war es noch zu früh. Sie schob den Riegel der Türe zurück, die in den Garten führte. Bereits im nächsten Augenblick lief sie über den weitläufigen Rasen, der immer noch nach dem Grasschnitt des Vortages roch.

Als sie auf Hans zuging, um ihm einen guten Morgen zu wünschen, rief er: „Alles Gute zum Geburtstag! Sag mir noch einmal, wie alt wirst du eigentlich? Ich hab's vergessen."

„Elf." Sie betrachtete seinen weißen Haarschopf und fragte sich, wie alt er wohl war. Doch ehe sie fragen konnte, sagte er es ihr.

„Ich bin genau sieben Mal so alt wie du." Magda dachte sich, dass sei wirklich ganz schön alt. Sie wusste nicht, dass er einmal ein fescher Soldat gewesen war. Mit fünfzehn war er von zu Hause fortgelaufen, um im Deutsch-Französischen Krieg zu kämpfen. Er hatte es nicht vergessen. Als er das drahtige, nicht unbedingt hübsche Mädchen ansah, mit einem Lächeln, das ihr Gesicht zum Strahlen brachte, wurde er wieder zum galanten jungen Mann, der er einst gewesen war. Er richtete sich auf und ging zum Gewächshaus, um eine wunderschöne Nelke abzuschneiden, die er ihr gab.

„Oh, vielen Dank", sagte sie überrascht, als sie die ungewöhnliche, purpurgefleckte weiße Blume sah. „Das ist doch sicher eine der Blumen, für die du einen Preis bekommen hast. Ich werde sie auf meiner Geburtstagsfeier anstecken. Alle meine Freunde kommen, bis auf Traudel. Trude, meine beste Freundin, bringt Manfred mit. Das ist ihr großer Bruder. Ich glaube aber nicht, dass ich viel mit ihm reden werde. Er ist ziemlich eingebildet. Ich denke, dass sie auch den frechen kleinen Wolfgang mitbringen. Er macht immer ein Theater. Bei meinem letzten Geburtstag bekam er einen Wutanfall, weil er kein einziges Mal gewonnen hat. Es war schrecklich. Keiner von uns hat es geschafft, ihn vom Brüllen abzubringen. Dann wurde ihm schlecht. Meinst du, er hat sich nun geändert, jetzt wo er neun ist?"

„Naja, ich hoffe es zumindest", sagte Hans zweifelnd.

Magda kam plötzlich auf eine Idee. „Lass mich dir helfen. Ich hol'
noch eine Gießkanne. Wo soll ich anfangen?"

„Du kannst die Gänseblümchen gießen. Die sind immer durstig.
Und dann die Geranien, wenn noch Zeit ist. Aber die brauchen
nicht so viel Wasser."

Die Gänseblümchen blickten erwartungsvoll auf, als Magda kam,
um sie zu gießen. Sie war gerade dabei, ihre Gießkanne erneut zu
füllen, um die Geranienschalen auf der Terrasse zu gießen, als Flory
aus der Küchentür trat. „Du kommst jetzt besser rein. Deine Eltern
stehen gerade auf." Sie musterte Magda von oben bis unten und
fügte hinzu: „Ich glaube kaum, dass du dich schon gewaschen hast,
und man sieht deutlich, dass du noch nicht frisiert bist."

Magda brachte die Gießkanne zum Schuppen zurück und ging
zu Hans, um ihm zu sagen, sie habe nur die Gänseblümchen gießen
können. Sie nahm seine besondere Nelke, die sie auf einem Tisch
abgelegt hatte, sagte lächelnd „Danke nochmal für mein Geburtstagsgeschenk" und lief zurück ins Haus.

Hans sah ihr nach und dachte, *Sie ist so ein fröhliches Mädchen.
Schade, dass sie eine Jüdin ist.* Magda nahm eine Abkürzung und
sprang über die roten Taglilien.

Drinnen ging sie gleich hinauf, um sich zu waschen. Nach dem
Zähneputzen stellte sie die Blume des Gärtners in das Glas zur Blüte
des Geißblatts. Sie war schon am Runtergehen, als sie sich im Spiegel über dem Waschbecken sah. Magda griff sich einen Kamm und
versuchte ihr Haar zu bändigen. *Das sieht auch nicht viel besser aus,*
dachte sie nach ungefähr einer Minute, *aber das wird reichen müssen.*

Im Esszimmer standen ihre Eltern bereits am Frühstückstisch.
*Mutti ist jung und hübsch, allerdings ein bisschen dünn und sie sieht
blass aus.* Sie lachte, als sie eine Schleife um eines der Geschenk-
päckchen band, die sie an Magdas Platz dekoriert hatte. *Dieser
Morgenmantel aus weißer Seide lässt sie wie ein Gespenst aussehen,*
dachte Magda. Gleichzeitig war sie aber froh zu sehen, dass es einer
von Muttis guten Tagen war. Liesel hatte oft Stimmungsschwan-
kungen. Manchmal war sie voller Tatendrang und schien kaum zu
bremsen. Dann wurde sie wieder teilnahmslos und traurig, als ob
eine Lampe ausgehen würde. An solchen Tagen sprach sie kaum

ein Wort, sondern schloss sich im Musikzimmer ein und spielte stundenlang Klavier. Sie litt auch unter Migräne. Ihr Mann wusste, dass Liesel nicht stark ist. Er tat sein Bestes, um sie zu beschützen. Er war fünfzehn Jahre älter als sie. Groß und breitschultrig überragte er sie.

Anton hatte die gleichen lockigen, widerspenstigen Haare wie Magda, nur nicht mehr so viele. Er bekam langsam eine Glatze.

„Alles Gute zum Geburtstag, Liebling", sagte Mutti und gab ihrer Tochter einen Kuss. Papa sagte auch „Alles Gute". Als auch er ihr einen Kuss geben wollte, bemerkte er die Shorts und die schäbige Bluse.

„Du hast dich wohl in aller Eile angezogen. Hast du etwa heute verschlafen? An diesem Tag aller Tage?"

Magda erschrak: „Oh nein! Ich war schon vor sechs Uhr unten im Garten." Sie sah ihn besorgt an. Ihr Vater neigte dazu schnell in die Luft zu gehen. Ihrer zarten und zerbrechlichen Mutter gegenüber verlor er nie die Geduld, immer nur bei ihr. Ihre Mutter meinte, hierfür den Grund zu kennen. „Ihr seid beide einander so ähnlich: impulsiv, ungeduldig und sehr eigensinnig." Doch als Magda ihren Papa lächeln sah, wusste sie, er würde ihr nicht böse sein.

Ehe Magda Zeit fand, sich zu setzen und eines der hübsch eingepackten Päckchen zu öffnen, sagte ihr Vater: „Komm mit und schau dir zuerst das hier an." Er nahm sie am Arm und führte sie in den Wintergarten. Unter der Sirius-Kaktee, die um Mitternacht aufblüht, es aber in diesem Jahr noch nicht getan hatte, stand ein glänzendes, schwarzes Fahrrad mit roten Reifen.

Magda ging darauf zu und starrte es sprachlos an. Es hatte alles, was sie wollte, einschließlich einer Lampe, einer Klingel, einem blitzenden, verchromten Lenker und einem Ledersattel.

„Nun, entspricht das deinen Wünschen?"

Es dauerte, bis Magda Worte fand. „Es ist wunderschön! Das hätte ich mir nie träumen lassen. Ich dachte immer, Mutti will nicht, dass ich ein Fahrrad bekomme."

„Naja, ich hab's mir anders überlegt, oder besser gesagt, dein Vater hat dafür gesorgt, dass ich es mir anders überlegte", sagte ihre Mutter mit einem verlegenen Lächeln.

„Wenn du im Sommer Radfahren lernst, kannst du im Herbst zu deiner neuen Schule radeln. Aber du musst erst noch alle Verkehrszeichen lernen und wirklich sehr gut fahren können."

„Ich weiß schon, wie man fährt, ich habe es auf Trudes Rad gelernt. Jetzt können wir zu zweit in die Schule fahren. Das ist viel besser, als mit der Straßenbahn zu fahren und es geht auch schneller. Das ist das beste Geburtstagsgeschenk, das ich je bekam. Sie tanzte durch den Wintergarten und umarmte und küsste ihre Eltern. Sie war drauf und dran, mit dem Rad nach draußen zu gehen, um ihnen zu zeigen, dass sie bereits fahren konnte. Papa aber sagte: „Warte noch, erst einmal frühstücken wir."

Magda war viel zu aufgeregt, um zu essen. Während ihr Vater Käse und Schinken aß und ihre Mutter nur einen Kaffee trank, öffnete sie ihre anderen Geschenke: Spiele und Bücher, von einer Tante bekam sie ein Federmäppchen und ein hübsches Armband von Oma Vogel. Als sie sich alles genau angesehen hatte, war das Frühstück vorbei. Sie konnte endlich das Fahrrad mit in den Park nehmen und ihnen beweisen, wie gut sie schon fahren konnte. Mehrmals fuhr sie den Hauptweg auf und ab, zuerst langsam, dann immer schneller. „Bravo", rief ihr Vater, der mitgekommen war, um zuzusehen.

„Kann ich zu Trude fahren und es ihr zeigen?"

Er nickte. „Ja, in Ordnung."

Trude wohnte gleich ein paar Häuser weiter in der Straße.

Magda wollte gerade losradeln, da tauchte Fritz auf. Er sah sich das Rad genau an. „Das ist ja das neueste Modell der Express-Werke, viel leichter als meines. Mit der Dreigang-Schaltung kommst du jeden Berg rauf."

„Willst du mal damit fahren?", bot Magda an.

„Nein, danke, das ist schon in Ordnung. Das ist doch ein Damenfahrrad und ich bin sowieso etwas zu groß dafür."

Fritz war zwei Jahre älter als Magda. Er war dünn und schlaksig. Das erste, was einem an ihm auffiel, war sein leuchtend rotes Haar. Er hätte wieder einmal einen Haarschnitt gebraucht. Seinem Vater, Frau Sengers Bruder, war das wohl nicht aufgefallen. Genauso wenig wie seiner Großmutter. Sie war nach dem Tod ihrer Schwiegertochter zu ihnen gezogen und führte den Haushalt.

Er hatte erst kürzlich seine Bar Mitzwa gefeiert, für die er einen kurzen Text auf Hebräisch lernen musste, zum ersten und, wie er hoffte, auch zum letzten Mal. Anlässlich der Feier hatten alle Gäste Geschenke gebracht. Unter anderem bekam er ein Klavier, ein Geschenk von Anton und Liesel. Es war die Idee seiner Tante gewesen. Sie hatte gemerkt, wie oft Fritz das Klavier seines Vaters in Beschlag nahm. Alle in der Familie Vogel waren musikalisch. Für Magda gehörte es zum Alltag, ihre Mutter auf dem Steinway-Flügel im Musikzimmer spielen zu hören. Besonders gern spielte sie Schubert. Einmal hatte Magda ihre Mutter gefragt, warum er ihr Lieblingskomponist sei. Sie meinte: „Er kann so fröhlich sein; und doch ist ihm auch die Traurigkeit nicht fremd."

Ihr Bruder Heinz verdiente seinen Lebensunterhalt damit, Schülern der Oberschule Klavierunterricht zu erteilen. Er komponierte auch Kammermusik. Einige seiner Werke waren bereits öffentlich aufgeführt worden. Der berühmte Paul Hindemith hatte eines besonders gelobt, ein Trio für Oboe, Bratsche und Klavier. Trotz allem war Heinz nicht sonderlich bekannt. Wohl auch deshalb, weil ihm das Geschick fehlte, sich als Komponist zu verkaufen.

Als Johanna Vogel eine junge Frau war, gaben sie und ihr Mann häufig Einladungen, zu denen viele Leute kamen, um sie Cembalo spielen zu hören. Sie war so gut auf ihrem Instrument, dass sie Berufsmusikerin hätte werden können, wenn ihre Eltern nicht darauf bestanden hätten, dass eine Heirat die einzig angemessene Aufgabe für eine Frau sei. Also spielte sie fortan nur noch für ihre Freunde.

Als es sich später herausstellte, dass Heinz begabt war, luden Johanna und ihr Mann Musiker und Musikverleger zu sich ein, in der Hoffnung, ihrem Sohn damit zu helfen. Als Magda ihre Großmutter kennenlernte, fehlten schon die Mittel, um große Einladungen geben zu können. Sie war eines der vielen Opfer der Inflation. Die Staatsanleihen, die ihr Mann vor seinem Tod noch gekauft hatte, waren über Nacht wertlos geworden. Sie träumte aber noch immer davon, Heinz würde eines Tages ein bekannter Komponist werden.

Wenn Magda zu den Vogels ging, saß Johanna üblicherweise aufrecht an ihrem Cembalo. Ihr Haar war rot wie das ihres Enkels, aber inzwischen schon grau gesträhnt und dünn. Hier und da standen Haare ab, die sie sich ungeduldig aus dem Gesicht strich. Magda verbrachte viel Zeit bei den Vogels, die einen chaotischen Haushalt hatten und in der Altstadt wohnten. Mahlzeiten gab es dort zu höchst ungewöhnlichen Zeiten. Überall lagen und standen interessante Bücher herum und den ganzen Tag über war Musik zu hören.

Besonders gern aber war Magda mit Fritz zusammen. Er konnte die neuesten Melodien aus dem Gehör nachspielen und hatte immer Ideen, was man anstellen könne. Sie hielt ihn auch für recht intelligent, obwohl seine Zeugnisse grauenhaft ausfielen. Er lernte nämlich nur dann, wenn es ihm danach war. Mutti sagte, er sei ein Individualist. Er hatte vor Kurzem beschlossen, Englisch zu lernen. Er sagte, das sei recht einfach. Um es zu beweisen, brachte er Magda bei, was er wusste. Leidenschaftlich gerne ging er ins Kino. Er sah sich viele amerikanische Filme an und hatte sich so einen amerikanischen Akzent angewöhnt.

Magda machte ihrem Cousin einen Vorschlag: „Mutti hat gemeint, du könntest mir bei der Vorbereitung für die Schnitzeljagd helfen. Was hältst du davon? Damit könntest du heute Nachmittag bei Trude angeben."

Ehe sie zurück zum Garten gingen, sahen sie, wie Traudel aus ihrem Haus kam.

„Ach, schau mal an! Ich dachte, sie wäre nicht da", meinte Magda. „Warum hat sie dann gesagt, sie kann nicht zu meinem Geburtstag kommen? Mag sie mich vielleicht nicht mehr?"

„Das ist bestimmt nicht der Grund. Sie mag dich schon. Aber sie ist eine Geheimniskrämerin, das weißt du doch. Es ist doch typisch, dass sie uns den Grund nicht nennen will, warum sie nicht kommen kann."

„Ich glaube, sie denkt, Geburtstagsfeiern sind doof", vermutete Magda. „Sie ist immer so ernst."

„Mach dir keine Gedanken darüber. Lass uns lieber die Sachen für die Schnitzeljagd besorgen."

Die beiden verbrachten die nächste halbe Stunde damit, alles Mögliche unter Büschen, in Blumentöpfen und unter der den Gartenschuppen überwuchernden Kletterpflanze zu verstecken: Tüten voller Gummibärchen, rosa Zuckerschweinchen und in buntes Papier eingewickelte Schokoladen-Elfen, zusammen mit Glücksbringern. Der erste Preis war ein Segelflugzeug, das man fliegen lassen konnte, indem man es mit einem Gummiband in die Luft schoss. „Ich weiß genau, wo ich das verstecke", sagte Magda. „Gib her." Sie kletterte flink auf die Buche und steckte den Hauptgewinn auf halber Höhe in ein Astloch.

Währenddessen kaute Fritz auf seinem Bleistift herum und dachte sich Hinweise für die Schnitzeljagd aus. Schließlich kam er auf „Es fliegt. Schaut nach oben!"

„Das werden sie aber schnell erraten."

„Ich wollte es nicht zu schwierig machen", antwortete er.

„Das Versteck ist schon schwierig genug."

Als sie fertig waren, hatten Flory und die zwei Hausmädchen, die täglich kamen, einen Holztisch im Schatten der Buche aufgestellt. Frau Senger brachte ein weißes Tischtuch, das sie einst als Schuldmädchen über und über mit Wildblumen bestickt hatte. Flory sah sich die in prächtigen Farben sorgfältig ausgeführte Stickarbeit an: „Ist das aber schön, gnädige Frau! Sind Sie sicher, dass Sie das heute verwenden möchten?"

„Warum denn nicht? Es hat keinen Sinn, es im Wäschefach zu lassen, nur damit es eines Tages andere Leute finden." Sie lächelte Magda zu und meinte nachdenklich: „Wenn nicht jetzt, wann dann?" Sie wies Magda und Fritz an: „Wenn ihr mit euren Vorbereitungen fertig seid, könnt ihr den Mädchen dabei helfen, das Essen aus der Küche in den Wintergarten zu tragen. Nehmt euch ruhig schon etwas vom Kuchen."

Bald schon standen auf dem runden Tisch im Wintergarten Platten mit Schinken, Pasteten, Salami, Essiggurken, Apfelstrudel, Erdbeertörtchen, Vanilleplätzchen, Mandelmakronen und Haselnusskipferln. Flory und Frau Senger hatten tagelang gebacken. Auf einem kleinen Tisch stand der mit Schokolade überzogene Geburtstagskuchen. Darauf waren im Kreis elf Kerzen angeordnet und zusätzlich eine in der Mitte. Daneben lag ein silbernes, mit Ornamenten verziertes Kuchenmesser.

„Warum haben Geburtstagskuchen immer eine zusätzliche Kerze?", fragte Magda.

„Die nennt man das Lebenslicht", antwortete ihr Vater, der gerade zum Mittagessen aus seiner Kanzlei nach Hause gekommen war. „Es ist ein alter deutscher Brauch. Damit wird einem gewünscht, man möge glücklich bis ins hohe Alter leben."

Die Mädchen brachten Fliegenabdeckhauben, die sie über das Essen stülpten. Magda und Fritz entschieden sich jetzt endlich für einen Kuchen: Magda für ein Erdbeertörtchen und Fritz für ein Stück Strudel. Herrn Sengers Augen begannen zu leuchten, als er Marzipanäpfel sah; er ließ sich ein paar davon schmecken.

Nach einem knappen Mittagessen ging Magda nach oben, um ihr Kleid anzuziehen. Sie hatte nichts dagegen, sich fein zu machen, solange sie es nicht zu oft tun musste. Sie ging zum Standspiegel, um zu sehen, wie ihr das Kleid stand. Es hatte Puffärmel und einen Rüschenrock, der das Kleid unten schön abstehen ließ. Das gefiel ihr. Mit ihren weißen Söckchen und ihren schwarzen Lackschuhen war sie vollständig verwandelt; bis auf ihr Haar. Sie überlegte, ob sie es zu zwei Zöpfen flechten sollte, um es zu bändigen. Als sie es versuchte, stand es so ab wie das Kleid.

„Wie kommst du voran?", fragte ihre Mutter, die zu ihr ins Zimmer kam. „Nicht so recht", seufzte Magda mit einem Blick auf ihr Haar. „Lass' mich mal!" Sie löste die Zöpfe, und nahm mit einer Bürste das widerspenstige Haar in Angriff. Diesmal kreischte Magda ausnahmsweise nicht, als ihre Mutter das Haar kräftig durchbürstete. Sie löste alle Verfilzungen, nahm eine große, rote Schleife und band das Haar damit zurück. „Na also!", sagte sie. „Das ist doch schon viel besser."

Magda nahm die preisgekrönte Nelke aus dem Zahnputzbecher.

„Kannst du die hineinstecken, Mutti? Hans hat sie mir gegeben. Sie war heute mein erstes Geburtstagsgeschenk."

„Du liebe Güte! Das ist aber eine große Ehre. Er bewacht seine Eigenzüchtung wie ein Drache seinen Schatz." Sie machte die Blume in der Schleife fest.

Die Bremmer-Kinder kamen als erste Gäste an. Trude lief auf sie zu, um sie zu umarmen und ihr ‚Alles Gute zum Geburtstag‘ zu wünschen.

Gleich hinter ihr kam der gutaussehende, schlaksige Manfred mit einer großen Schachtel. Hinter ihm der kleine Wolfgang, der schrie: „Lass‘ mich!" Helmut Bremmer, ihr Vater, leitete den örtlichen Sportverein; als Geschenk hatten sie ein Federballspiel dabei. „Oh, wie schön!", rief Magda aus. „Manfred, wenn du und Wolfgang, oder sonst jemand, das Netz aufspannt, können wir später spielen." Dann ergriff sie Trudes Hand: „Komm‘ und schau dir mein neues Fahrrad an. Es ist genau wie deines, nur dass es rote Reifen hat."

Die beiden Freundinnen sahen recht verschieden aus. Magdas buschiges Haar war dunkel, ihre Augen braun und sie war relativ klein für ihr Alter. Trude war groß, genau wie ihre Brüder. Sie hatte blonde, glatte Haare und blaue Augen. Die zwei Mädchen verstanden sich gut. Sie waren beide sportbegeistert und gut in Leichtathletik. Sie waren gleichaltrig und gemeinsam in die Volksschule gekommen. Dort wollte jeder mit Trude befreundet sein, die nicht nur sehr gut aussah, sondern auch eine Art hatte, jedem das Gefühl zu geben, etwas Besonderes zu sein. Magda war hocherfreut, als sich Trude für sie als Freundin entschieden hatte.

Als es so weit war, die Aufnahmeprüfung für das Lyzeum abzulegen, war sich Magda sicher, ihre Freundin würde bestehen. Magda war nicht so gut im Rechnen und hatte Angst vor der Prüfung gehabt. Doch sie hatte es gerade noch geschafft. Magda und Trude würden also nicht getrennt werden. „Ist es nicht schön, dass wir so nahe beieinander wohnen?". Sie zeigte Trude ihr Fahrrad: „Jetzt können wir zusammen in die neue Schule fahren."

„Fantastisch!", antwortete ihre Freundin. „Lass uns bald eine Probefahrt machen, damit wir sehen, wie lang es dauert." Sie sah sich das neue Fahrrad genauer an: „Mir gefallen die roten Reifen. Die Rennradfahrer haben genau solche."

In der Zwischenzeit kamen auch die anderen Freunde an, die Magda eingeladen hatte. Frau Senger freute sich besonders, Ludwig zu sehen, den dreizehnjährigen Sohn von Leopold Kahn, der ein

Mandant der Anwaltskanzlei ihres Mannes war. Sie bedachte ihn mit der Aufgabe, auf Wolfgang aufzupassen, weil er, im Unterschied zu den anderen älteren Kindern, gut mit ihm zurechtkam. Tatsächlich kam er mit den meisten Leuten gut aus. Oma Vogel sagte, er sei der geborene Diplomat.

Ludwig nahm den Jungen sofort mit in eine Ecke weiter hinten im Garten, wo ein Trampolin stand, das Magdas Onkel ihr aus Amerika geschickt hatte. Wolfgang hatte noch nie zuvor eines gesehen, aber bald schon sprang er darauf wild herum. Auch für die anderen Kinder war das Trampolin etwas Neues. Bald schon hatte sich eine Schlange gebildet; alle wollten es ausprobieren. „Ich war zuerst da", schrie Wolfgang, der jetzt, wo er ein großes Publikum hatte, weitermachen und noch viel höher springen wollte.

Ludwig kam einem Streit zuvor, indem er sagte: „Ich glaube, es gibt bald eine Schnitzeljagd. Ich helfe dir mit den Hinweisen, wenn du die anderen jetzt auch mal hüpfen lässt."

„Gut, aber später will ich auch nochmal."

„Ja, bestimmt!"

Olga, Ludwigs große Schwester, war auf der Terrasse geblieben und musterte Magda jetzt von oben bis unten: „Ganz schön aufwendig, dein Kleid!"

Magda biss sich auf die Lippe und besah sich Olgas schlichten, weißen Faltenrock. *Oh je! Sie findet, dass ich zu übertrieben angezogen bin.*

Als Olga sah, dass sie Magda damit getroffen hatte, schob sie nach: „Naja, es ist ja dein Geburtstag und du siehst wirklich ganz hübsch darin aus."

Zum Glück sah Magda, wie Fritz ihr zuwinkte. Sie bedankte sich bei Olga: „Das ist nett von dir", und rannte zu Fritz, um zu sehen was er wollte.

„Du sahst so aus, als bräuchtest du Hilfe. Jetzt wo Olga vierzehn ist, wird sie immer seltsamer", lästerte er. „Hier ist dein Geschenk. Alles Gute!" Das flache, rechteckige Päckchen, das Fritz ihr reichte, konnte nur ein Buch sein. Und sie hatte recht. Es war ‚Das Goldene Buch der Mythen und Legenden'. Fritz hatte eine abgegriffene Ausgabe davon zu Hause und hatte ihr oft Geschichten daraus erzählt.

„Vielen, vielen Dank!" Sie schlug das Buch auf und blätterte darin. „Ich wollte unbedingt mein eigenes Exemplar, um darin schmökern zu können, wann immer ich dazu Lust habe. Es ist wunderschön. Da sind sogar Bilder drin!"

Neben Sport liebte Magda auch Erzählungen. Geschichte zählte zu ihren Lieblingsfächern in der Schule. Schon früher gefiel es Fritz, Sagen und Legenden mit seiner Cousine nachzuspielen. Bei den meisten war er der Held und sie das Fräulein in Not. Einmal war sie die an einen Felsen im Ozean gefesselte Andromeda. Der Felsen war ein Baumstumpf im Wald und der Ozean die abgefallenen Blätter, die im Wind um ihre Füße tanzten. Fritz hatte eine Menge Spaß dabei, gegen das schreckliche, aber unsichtbare Ungeheuer zu kämpfen, das sie bedrohte. Allerdings hatte Magda da nichts zu tun. Sie zog deshalb die Geschichte vor, in der sie Hyppolyte, die Königin der Amazonen war.

Nach der Unterhaltung mit Fritz ging sie auch zu den anderen Gästen. „In den Ferien werde ich dein Geschenk, die kurze Hose, jeden Tag tragen", sagte sie zu Leonie, einem plumpen, fahrigen Mädchen. Sie hatte die Hose von einem Besuch bei ihren englischen Cousins in London mitgebracht.

„Ich freue mich, dass sie dir gefällt. Ich war mir nicht ganz sicher. Hier tragen Mädchen so etwas nicht; in England aber schon."

Am Nachmittag fand dann die Schnitzeljagd statt. Die Schoko-Elfen waren geschmolzen, wurden aber trotzdem gegessen. Ludwig hatte Wolfgang immer noch im Auge und half ihm, wie versprochen, bei den Hinweisen. Es bestand keine Gefahr, dass Wolfgang ein Theater machen würde. Der ältere Ludwig hatte alles so gesteuert, dass Wolfgang das Segelflugzeug fand. Das hielt ihn eine halbe Stunde oder noch länger bei Laune, bis das Gummiband riss. Trotzdem brüllte er nicht. Er ging zurück zum Trampolin und übernahm dort das Kommando.

Als das Federball-Netz gespannt war, schlugen Manfred und sein Freund Karl aus dem Sportverein vor, gegen Trude und Magda zu spielen. Die Jungen gewannen alle drei Spiele.

„Naja, Karl und ich spielen eben oft zusammen", erklärte Manfred.

„Stimmt", sagte seine Schwester, „aber jetzt werden Magda und ich üben. Das nächste Mal werden wir euch schlagen."

Manfred lachte. „Keine Chance!", sagte er, als sie sich alle auf den Rasen plumpsen ließen.

Es war wirklich viel zu heiß, um noch weiter herumzurennen. Es ging nicht das leiseste Lüftchen und die Sonne brannte seit Stunden herunter. Alle waren durstig und tranken ein Glas nach dem anderen von dem mit Limonade gemischten Himbeersaft. Nur Olga hatte einen Hut dabei, einen Strohhut mit einer breiten Krempe. Frau Senger hatte Angst, jemand würde einen Sonnenstich bekommen. Deshalb sollten sich alle im Schatten der Buche aufhalten. Dort standen Kuchenplatten und Plätzchen auf einem mit ihrem bestickten Tischtuch gedeckten Tisch bereit. Trotz der Hitze langte jeder kräftig zu. Bald schon waren die Platten sichtbar geleert. Magdas Mutter fragte sich, ob sie und Flory hätten mehr backen sollen.

Niemand achtete auf die schwarze Wolke, die sich vor die Sonne schob. Plötzlich zuckte ein Blitz auf und tauchte kurz den Tisch in ein seltsames Licht. Zwei Sekunden später grollte ein bedrohlicher Donnerschlag durch den Garten und es fing an, wie aus Kübeln zu schütten. Alle rannten ins Haus.

„Das hätte ich nicht gedacht!", rief Magdas Vater, der gerade wieder zu Fuß aus seiner Kanzlei nach Hause kam. Er war vollkommen durchnässt und ging nach oben, um sich etwas Trockenes anzuziehen. Inzwischen verteilte Flory Handtücher an die Gäste zum Abtrocknen.

Anschließend versammelten sich alle um den Flügel. Sie sangen Lieder, deren Text sie kannten und Frau Senger begleitete sie auf dem Flügel.

Magda bemerkte, dass Ludwig nicht mehr da war. Sie fragte Olga: „Weißt du, wo dein Bruder ist?"

„Keine Ahnung", kam die Antwort. „Ich habe gesehen, wie er vor einiger Zeit zum Gartentor rausgegangen ist."

Genau in diesem Augenblick schlich Ludwig in das Musikzimmer und putzte seine Brille. Magda ging zu ihm hin.

„Bist du nass geworden? Wohin bist du denn verschwunden?"

„Nein, ich bin nicht nass. Ich habe gewartet, bis der Regen fast vorbei war. Sonst wäre ich schon früher wieder da gewesen. Ich war bei Feldheims, um ihnen mein Mitgefühl auszusprechen."

Magda war verwirrt. „Warum denn das? War Traudel da? Sie wollte nicht zu meinem Geburtstag kommen."

„Sie konnte nicht." Er machte eine kleine Pause, ehe er weitersprach. „Dein Geburtstag fällt auf den Todestag ihrer Großmutter. An diesem Tag gedenken die Feldheims jedes Jahr ihres schrecklichen Todes. Sie war eine Heldin."

„Eine Heldin? Wie meinst du das?"

„Naja, wie du weißt, war sie Russin. Sie wurde in einer Hexenjagd gegen Juden getötet – man nennt das ein Pogrom. Dieses Schicksal ereilte sie aber erst, nachdem sie Traudels Mutter das Leben gerettet hatte. Die war damals noch ein Säugling. Sie versteckte sie in einem Wäschekorb unter Kleidern. Dann ging sie hinaus und stellte sich der Meute. Sie prügelten alle Juden zu Tode, die sie finden konnten oder sie erstachen sie. Traudels Großmutter lief weg, um sie vom Haus und dem Kind abzulenken. Sie starb, als einer ihrer Nachbarn, der sie schon ihr ganzes Leben kannte, ihr mit einer Axt den Schädel einschlug."

„Wie entsetzlich! Warum um alles in der Welt haben sie das getan? Warum hat die Meute die Juden getötet?"

„Damals kursierte das Gerücht, die Juden seien an der Ermordung von Zar Alexander schuld. Später gab es noch weitere Pogrome, manche auch ganz ohne jeden Grund."

„Pogrome? Wer redet denn da am Geburtstag meiner kleinen Tochter von Pogromen?" Herr Senger war plötzlich hinter ihnen aufgetaucht.

„Ludwig hat mir von Traudels Großmutter erzählt. Ich habe ihn darum gebeten. Hassen denn viele Leute die Juden, Papa?"

„In Russland schon. Aber das sind alles Barbaren dort. Hier sind wir alle Deutsche. Es kümmert doch weder dich noch Trude, dass du eine Jüdin bist und sie nicht, oder?"

„Nein, wir denken nie darüber nach. Wir werden für immer Freundinnen bleiben."

„Gut! Dann komm jetzt mit rüber zum Flügel. Fritz will dir etwas vorspielen."

Magda wurde von Ludwig weggezogen. Als Fritz sie sah, sagte er: „Ich möchte ein Lied für dich spielen. Es stammt aus dem neuen Film, der gerade in der Stadt läuft. Es ist genau das Richtige für heute. Es ist zwar auf Englisch, aber sehr leicht zu verstehen, wenn man weiß, was die Wörter ‚Happy birthday' bedeuten", und er sagte es ihr. Dann spielte er und sang in seiner kratzigen Stimme:

Happy birthday to you,
Happy birthday to you,
Happy birthday, dear Magda,
Happy birthday to you.

Natürlich verstand es Magda. Sie hätte Fritz gerne einen Kuss gegeben. Aber sie fühlte, dass ihm das peinlich wäre. Für die meisten Gäste im Raum war dies das erste Mal in ihrem Leben, dass sie dieses Lied hörten, ein Lied, das bald überall bekannt werden sollte.

Die Erwachsenen wollten eine Zugabe und Magdas Freunde riefen: „Sing es auf Deutsch!" Also sang Fritz es nochmal, erst auf Englisch und dann auf Deutsch und alle stimmten mit ein.

Das war der absolute Höhepunkt von Magdas Geburtstag.

Kapitel 2

Am ersten Tag des neuen Schuljahres wartete Magda schon morgens vor halb sieben mit ihrem frisch geputzten Fahrrad draußen vor dem Haus. Eine ganze Stunde, ehe die Schule überhaupt anfing, obwohl sie nur zwanzig Minuten dorthin brauchte. Trude hatte versprochen, um viertel vor sieben da zu sein, aber Magda hoffte, sie würde vielleicht schon etwas früher kommen. Die Minuten verstrichen und sie wurde immer nervöser, wie es in der neuen Schule wohl sein würde. Ihre Freundin und sie waren im Sommer in den Ferien ein paar Mal dort vorbeigeradelt. Das Gebäude sah gewaltig aus, mit den drei hohen Fensterreihen in der Fassade und einer schmutzigen, grünen Mauer, die sich über die halbe Länge der Straße erstreckte. Das große Schultor aus Holz war fest verschlossen und die Fenster starrten sie ausdruckslos von oben an.

Als Papa beim Frühstück sah, wie ängstlich sie dreinschaute, umarmte er sie. „Du brauchst dir keine Sorgen zu machen. Arbeite gewissenhaft und benimm dich anständig, dann wird alles gut." Magda war sich da nicht so sicher. Sie bezweifelte, ob sie jemals Mathematik kapieren würde. Brüche und Dezimalzahlen waren schon schlimm genug. Im Lyzeum würde sie jetzt auch Algebra und Geometrie bekommen.

Es war ein kleiner Trost, als Mutti sie erinnerte: „Du bist nicht allein. Du kennst doch schon einige der Mädchen, und deine beste Freundin wird auch da sein."

Trude kam die Straße heruntergeradelt. Als sie Magda sah, rief sie ihr entgegen: „Wir werden wahrscheinlich viel zu früh da sein. Es dauert noch eine Ewigkeit, bis die Schule anfängt. Aber egal. Fahren wir los! Wir müssen uns auch erst einmal im Schulgebäude zurechtfinden. Bist du aufgeregt?"

Magda schluckte. „Naja, irgendwie schon." Sie wollte nicht zugeben, wie nervös sie war. Also sagte sie nur: „Ich freue mich schon auf die Turnhalle. Angeblich haben sie dort einfach alles."

Sie fühlte sich auch sicherer, als sie sah, dass Trude, genau wie sie, einen wollenen Rock trug, nur in dunkelrot, während ihr eigener blau war. Sie mussten keine Schuluniform tragen. Das machte die Entscheidung für die angemessene Kleidung nicht einfach. Ihre Mutter riet ihr: „Das Beste ist, wenn du nicht zu herausgeputzt bist. Also solltest du dir etwas Einfaches und Bequemes anziehen." Als sie Trude ansah, wusste sie, dass Mutti recht hatte. Beide Mädchen trugen zu ihren Röcken passende Pullover. Trotz eines strahlend blauen Himmels war es ein frischer Herbsttag. Die bereits bronzefarbenen Buchenblätter im Garten begannen langsam abzufallen. Auf ihrer ersten Etappe durch den Park fuhren die Mädchen durch Haufen gelber Ahornblätter.

Sie hatten schon im Voraus den besten Weg zum Lyzeum ausgekundschaftet. Er führte sie durch einige ruhige Seitenstraßen und über die Fleischbrücke, eine Steinbrücke, die in die Altstadt führte. Magda liebte die Altstadt mit den mittelalterlichen Bauten, der Burg und dem Turm, der so aussah, wie der, in dem Rapunzel gefangen gehalten wurde. Sie radelten über den Marktplatz, vorbei am Schönen Brunnen. Dann vorbei an einem Torbogen, durch den es zu einem Hof ging, wo eines der ältesten und interessantesten Häuser stand. Hier wohnte Fritz. Auch für ihn begann an diesem Tag die Schule, aber Magda bezweifelte, dass er deswegen irgendwie in irgendeiner Weise besorgt war. Schließlich begann er schon sein drittes Schuljahr an der Höheren Schule und machte sich um die Schule sowieso nie Gedanken.

Sie kamen aus der Altstadt wieder heraus und fuhren auf das Lyzeum zu, das ganz in der Nähe auf der anderen Seite lag. Sie erreichten das festungsähnliche Gebäude viel zu früh, waren aber trotzdem nicht die Ersten. Das schwere Holztor stand offen. Gerade gingen ein paar Mädchen und ein hagerer, grauhaariger Mann mit einer Aktentasche hinein, wahrscheinlich ein Lehrer.

„Was meinst du, wo die Fahrradständer sind? Gehen wir am besten ihr hinterher", sagte Trude und zeigte auf eine kleine, untersetzte Frau mit sandbraunem Haar, die mit dem Mann am Eingang gesprochen hatte. Als sie um die Ecke des Gebäudes bogen, sahen sie, wie die Frau vom Fahrrad abstieg und es durch ein grünes Tor schob.

Sie blieben etwas hinter ihr stehen und dachten, die Frau hätte sie nicht gesehen; das hatte sie aber. „Hier entlang, Mädchen. Ihr seid bestimmt neu, oder? Wie heißt ihr denn?" Die beiden nuschelten ihre Namen. „Sprecht lauter!", bellte sie. Sie sagten ihre Namen nochmal, diesmal ein bisschen zu laut. Sie studierte ihre Gesichter, die vor Scham rot angelaufen waren. Auf einmal lächelte sie, weshalb sie vielleicht doch nicht so streng war, wie sie klang. „Lasst nichts bei den Fahrradständern liegen." Sie winkte sie zu sich heran. „Ich bin Frau Kettner. Kommt mit." Sie ging wieder voraus, erstaunlich schnell für so eine kleine Frau und machte sich auf den Weg zum Haupteingang.

Das steinerne Eingangsportal führte in eine große Eingangshalle. Frau Kettner rief laut: „Alle Mädchen der ersten Jahrgangsstufe folgen mir bitte", und ging dann, wieder recht schnell, eine prächtige Marmortreppe hinauf, die bis ins oberste Stockwerk führte. Die anderen Mädchen, darunter auch die Zwillinge aus ihrer alten Schule, gingen gemeinsam mit ihnen in den dritten Stock und dann einen langen Korridor entlang, der nach Bienenwachs roch. „Das hier ist euer Klassenzimmer." Frau Kettner machte die Tür auf und ging zu ihrem Pult, das auf einem Podest stand. Von dort sah sie auf die erwartungsvoll blickenden Gesichter der Mädchen, die ihr gefolgt waren.

„Es ist gut, dass ihr ein bisschen früher da seid. Das heißt, ihr könnt euch euren Sitzplatz frei aussuchen."

Dann nahm sie einen Stapel Papiere vom Lehrerpult und überließ die Mädchen sich selbst. Die Schülerinnen betrachteten die dunklen Schulbänke aus Eichenholz. Sie waren alt aber frisch poliert, wie das Treppengeländer und die Türen im Korridor.

„Komm, setzen wir uns ans Fenster", sagte Magda und zeigte auf eine Bank, die wie alle anderen im Raum zwei Plätze hatte.

„Gut!", meinte Trude. „Aber nicht in der ersten Reihe." Also setzten sie sich an eine Bank in der dritten Reihe. Beim Blick aus dem Fenster sah Magda auf Ziegeldächer, eine Kirchturmspitze und auf die über den Himmel ziehenden Wolken. Immer mehr Mitschülerinnen kamen in das Klassenzimmer. Bald redeten alle wild durcheinander. Es gab aber auch einige, die sich in der neuen und unbekannten Umgebung schüchtern verhielten und nur flüsterten. Magda fiel sofort ein Mädchen auf, dem es nichts auszumachen schien, ganz vorne zu sitzen. Mit klarer Stimme, die in der ganzen Klasse vernehmbar war, stellte sie sich als Lotte vor. Wenig später erzählte sie dem Mädchen neben ihr:

„Ich werde später mal Sängerin wie Lilly Levy, meine Mutter."
Als Magda das hörte, schaute sie das burschikose Mädchen mit den blonden Locken und dem kurzen Haarschnitt nochmals an und fragte sich, ob Fritz und seine Familie Frau Levy vielleicht kannten.

Magda sah sich um und erkannte ein halbes Dutzend weiterer jüdischer Mädchen im Klassenzimmer. Zwei aus ihrer Grundschule saßen gleich hinter ihr und Trude. Eine davon war Leonie. Trude drehte sich um und fragte sie: „Seid ihr heuer wieder nach England gefahren?"

„Oh ja", kam die Antwort, „unsere Cousins haben mit uns allen einen Ausflug nach Devon gemacht und John, er ist sechzehn, hat mir das Segeln beigebracht."

„Du hast aber Glück!", sagte Magda. „Wie hast du dich geschlagen?"

„Ganz gut, bis der Segelbaum herumschwang und mich ins Wasser beförderte. Ach, schau mal, da ist Traudel."

Traudel und ein anderes Mädchen, das Magda nicht kannte, waren die Letzten, die das Klassenzimmer betraten. Traudel sah angespannt aus. Sie nickte Magda zu. Diese sah, dass Traudel den Sommer über ganz schön in die Höhe geschossen war und jetzt eine Brille trug. Es war nur noch hinter Magda und Trude eine Bank frei. Also setzten sich die beiden zuletzt gekommenen Mädchen dorthin. Das Mädchen sagte, sie heiße Helga. Ihre Familie sei gerade erst von Berlin nach Nürnberg umgezogen. Sie schaute fragend Traudels dicken, schwarzen Zopf an. „Kannst du denn darauf sitzen?"

„Wenn ich das Haar offen trage", war Traudels kurze Antwort, als sie in ihrem Schulranzen herumkramte und etwas suchte.

Die große Uhr im Hof schlug die volle Stunde. Daraufhin kam Frau Kettner zurück ins Klassenzimmer. Sie klopfte mit einem Lineal auf das Lehrerpult und alle verstummten. Dann sagte sie: „Guten Morgen."

Alle wussten schon aus ihrer alten Schule, was zu tun war, standen auf und sagten ebenfalls ‚Guten Morgen'.

Ihre Antwort kam ein bisschen zaghaft und Frau Kettner meinte: „Ich glaube, ihr könnt das noch viel besser. Sagt jetzt noch einmal ‚Guten Morgen‘." Das zweite Mal fiel zu ihrer Zufriedenheit aus.

„Nun, da heute euer erster Tag ist, werde ich die Namensliste vorlesen. Ihr müsst jeweils mit ‚anwesend‘ antworten, wenn ich euren Namen aufrufe." Da niemand Aufmerksamkeit auf sich lenken wollte, waren alle darauf bedacht, laut und deutlich zu sprechen, wenn sie an die Reihe kamen.

Als Frau Kettner mit der Liste fertig war, ging die Tür auf und ein großer Mann mittleren Alters mit einer Glatze kam herein. Ohne zu lächeln sagte er: „Guten Morgen, Frau Kettner. Ich müsste ein paar Minuten mit den Mädchen reden."

„Natürlich, Herr Direktor."

Daraufhin hielt er mit tiefer Stimme eine kurze, förmliche Ansprache. Er begann mit „Allen ein herzliches Willkommen" und schloss mit den Worten:

„Unsere Schule hat eine lange Tradition. Sie war eine der ersten in diesem Lande, die es sich zur Aufgabe machte, Mädchen eine fundierte Bildung mit auf den Weg zu geben. Macht das Beste daraus!"

Dann schritt er zur Tür, nickte Frau Kettner kurz zu und ging hinaus.

Als er weg war, begann der Schultag, genau wie schon in der Volksschule damit, dass sie ein Lied sangen.

„Das lüftet eure Lungen durch", versprach Frau Kettner. „Ich nehme an, ihr kennt alle ‚Schön ist die Welt‘. Das singen wir jetzt." Dieses fröhliche Lied sorgte dafür, dass anschließend auch etwas unruhigere Schülerinnen heiter dreinblickten.

„Sehr gut!", meinte Frau Kettner. "Wenn ich es mir recht überlege, dann geht es euch, die ihr hier zum ersten Mal in dieser Schule seid, wie den Brüdern in unserem Lied, die sich zu einem Abenteuer in die weite Welt aufmachen. Bestimmt erlebten sie dabei Schwierigkeiten, aber auch schöne Dinge, über die sie sich freuten. Genauso, denke ich, wird es auch euch ergehen. Wie sie müsst auch ihr entschlossen und tapfer sein. Jetzt aber an die Arbeit! Ich werde euch in Literatur unterrichten. Ich hoffe, ihr lernt unsere großen Schriftsteller kennen und lieben."

Die restliche Stunde über erzählte sie der Klasse von Friedrich Schiller, der die Tyrannen hasste und die Freiheit liebte."

Dann sollten sie ihre Bücher aufschlagen und zu der Seite mit Schillers ‚Ode an die Freude' blättern. Sie fragte, wer sie laut vorlesen wolle. Lotte meldete sich freiwillig und trug das Gedicht dramatisch vor. Frau Kettner lobte sie:

„Das hast du aber mit viel Gefühl gemacht. Es wurde auch vertont. Wisst ihr von wem?"

„Beethoven", kam Lottes prompte Antwort. „Sie kommt am Ende seiner ‚Neunten Symphonie'." Magda war beeindruckt. Am Ende der Stunde gab Frau Kettner ihnen als Hausaufgabe, die ‚Ode an die Freude' auswendig zu lernen.

Alle Lehrer gaben ihnen an diesem Morgen Hausaufgaben. Beim dritten Fach schauten sich Trude und Magda bestürzt an. Magda fand keine der anderen Stunden an diesem Morgen so interessant wie die von Frau Kettner.

Die Geschichtsstunde war eine große Enttäuschung. Frau Berger hatte stechend blaue Augen und scharfe Gesichtszüge. Sie vermittelte ihren Schülerinnen den Eindruck, es gehe in Geschichte nur darum, Tabellen mit Geschichtszahlen auswendig zu lernen.

Ein hagerer Mann mit strähnigem, grauem Haar, den Magda und Trude schon vor Unterrichtsbeginn gesehen hatten, erteilte an diesem Morgen bei ihnen den Matheunterricht. „Ich bin Herr Schwarz", verkündete er in einer Stimme, die wie das Rascheln toter Blätter klang.

„Heute möchte ich mir ein Bild machen, wieviel ihr bereits wisst. Ich werde also jede von euch der Reihe nach an die Tafel holen und eine einfache Rechenaufgabe lösen lassen." Daraufhin begann er, etwas an die Tafel zu schreiben. Er machte keinen besonders strengen Eindruck; trotzdem war Magda sehr aufgeregt, vor allem, als er sie nach vorne rief. Unmittelbar vorher hatte Trude ihre Lösung an die Tafel geschrieben, schneller als jedes andere Mädchen. Magda erstarrte, als sie sah, dass in ihrer Aufgabe Brüche vorkamen. Sie stand nur einfach da. Herr Schwarz wurde bereits ungeduldig und wollte etwas sagen, als ihr die Lösung einfiel. Sie war richtig und Magda konnte an ihren Platz zurückgehen.

„Nochmal Glück gehabt", flüsterte sie ihrer Freundin zu und sank neben ihr in die Bank.

Nach Mathe hatten sie Pause. Sie und alle anderen Mädchen gingen die Marmortreppe hinunter und auf den Pausenhof hinter dem Schulgebäude. In der Mitte wehte die Bayerische Fahne im Wind. Ein paar Mädchen gesellten sich zu Trude und Magda. Wie immer stand Magdas gutaussehende, lächelnde Freundin im Mittelpunkt. Auch Lotte stieß zu den Mädchen und reichte eine Tüte Süßigkeiten herum. „Der Direktor hat ein bisschen ein pompöses Gehabe, was meint ihr?", stellte sie fest. „Ich glaube nicht, dass er Frau Kettner besonders mag."

Schließlich, nach weiteren zwei Stunden, war es Mittag; Zeit nach Hause zu gehen. „Gott sei Dank haben wir nachmittags frei", sagte Trude, als sie mit Magda zu den Fahrradständern ging. „Das ist wenigstens das Gute daran, dass wir so früh anfangen."

„Oh ja", stimmte Magda zu. „Leonie erzählte mir, die Schule in England dauert den ganzen Tag. Wäre das nicht schrecklich? Heute war es gar nicht so schlimm wie ich anfangs dachte. Keiner der bisherigen Lehrer war ein echter Drache. Übrigens, was hältst du von Lotte?"

„Na ja, sie ist eine kleine Angeberin. Aber trotzdem war sie ganz in Ordnung, wie sie so ihre Süßigkeiten geteilt hat. Das erinnert mich daran: ich bin fast am Verhungern."

„Ich auch. Wenn wir zu Hause sind, frag doch deine Mutter, ob du nach dem Essen zu mir kommen darfst. Wir könnten gemeinsam Hausaufgaben erledigen und danach, wenn das Wetter schön bleibt, eine Partie Federball spielen."

Trude kam tatsächlich. Die beiden Mädchen verbrachten den Nachmittag gemeinsam. Es sollte einer von vielen werden. Manchmal bei den Sengers, manchmal bei den Bremmers. Wenn das Wetter schlecht war, gingen sie in den Sportverein, wo sie Trudes Vater Tischtennis spielen ließ.

Beide Mädchen lebten sich in der Schule gut ein. Die Lehrer waren so streng wie erwartet. Es dauerte eine ganze Weile, bis sie sich an die Hausaufgaben gewöhnten, die regelmäßig zu erledigen waren. Magda kämpfte immer noch mit Mathematik. Am Ende des ersten Halbjahres erzielte sie nur deshalb ausreichende Leistungen in Geometrie, weil sie alle Lehrsätze auswendig gelernt hatte und sie entsprechend wiedergeben konnte.

Einen echten Erfolg hatte sie allerdings mit ihrem Deutschaufsatz. Sie beschrieb darin, wie sie einem Baumgeist im Garten begegnet war und sich mit ihm unterhalten hatte. Frau Kettner gefiel dies so gut, dass sie den Aufsatz der ganzen Klasse vorlas. Das Beste aber war, dass Magda und Trude im Sportunterricht vor allen anderen glänzten. Am letzten Schultag traten die beiden in der Turnhalle beim Spiel ‚Schiffbruch' gegeneinander an. Dafür benutzten sie die ganze Ausstattung der Turnhalle. Unter anderem musste man dabei mehrmals über den Bock springen, Keulen schwingen, Seile hinaufklettern, sich zu den parallel stehenden Kletterstangen hinüberhangeln und sie dann wieder hinab rutschen. Wer den Parcours als Schnellste beendete, hatte gewonnen. Im letzten Augenblick zögerte Trude, als sie einen ihrer Turnschuhe verlor. Deshalb gewann Magda um gerade mal vier Sekunden.

Kapitel 3

Dann kam Weihnachten. Wie die meisten ihrer Freunde feierten auch die Sengers das Weihnachtsfest. Die einzigen ihrer Bekannten, die das Fest nicht begingen, war Traudels Familie: Sie waren orthodoxe Juden. Sie hielten alle jüdischen Feiertage ein, wohingegen Magdas Vater nur Jom Kippur beging und an diesem Tag der Versöhnung die Synagoge besuchte.

In der Woche vor Weihnachten gingen die Sengers und Vogels wie üblich zum Christkindlesmarkt. Und zwar am Abend, weil dann alle Stände stimmungsvoll beleuchtet waren. Das Abendessen fiel an diesem Tag zu Hause aus. Sie wussten, sie können auf dem Markt Bratwurstsemmeln, Brezen, Lebkuchen und andere Spezialitäten essen, wann immer sie wollten. Sie fuhren mit dem Opel ‚Olympia‘, den Magdas Vater dieses Jahr gekauft hatte. Er parkte in der Nähe des Bahnhofs. Von dort gingen sie zu Fuß die Königstraße hinunter. Sie hatten sich alle warm eingepackt, mit Wollmützen, Schals und Handschuhen. Das war genau richtig, denn es war kalt und hatte zu schneien angefangen. Noch ehe sie zum Markt kamen, rief eines der Kinder, das mit seinen Eltern den Gehsteig entlang spazierte: „Oh schaut mal, wie die Schneeflocken im Lichterglanz tanzen." Und dann erklang ein Posaunenchor, der Weihnachtslieder spielte.

Die Buden standen nicht nur auf dem Markt selbst; sie erstreckten sich auch in die angrenzenden Seitenstraßen. Alle paar Meter trafen sie auf einen Stand, wo man heißen Glühwein verkaufte. Sie blieben an einer Bude stehen und Liesel verkündete: „Ich brauche unbedingt noch Baumschmuck für den Weihnachtsbaum. An unseren Baumschmuck blättert an manchen Sachen schon die Farbe ab."

Und Johanna Vogel meinte: „Und ich muss unbedingt Stollen kaufen." Diesen aßen die Vogels immer am Weihnachtsmorgen zum Frühstück. Oft backten die Frauen den Weihnachtsstollen zu Hause, aber die Großmutter kochte und backte nur, wenn sie wirklich musste.

„Dann haben wir also ganz verschiedene Pläne", sagte Magdas Vater. „Ich schlage vor, wir teilen uns auf und treffen uns hier um acht Uhr wieder. So haben Liesel und Johanna Zeit für ihre Einkäufe und Magda und Fritz können sich allein umsehen. Und Heinz, wir beide könnten den Abend mit einem Glas Glühwein beginnen."

„Kannst du vielleicht noch ein paar mundgeblasene Christbaumkugeln für den Baum kaufen", bat Magda ihre Mutter. Da sahen Magda und Fritz, wie sich Manfred und Wolfgang einen Weg zu ihnen durch die Menge bahnten.

„Frohe Weihnachten!", rief Manfred. „Ich wollte mit Wolfgang gerade zum Karussell gehen. Wollt ihr mitkommen?"

Das große Karussell befand sich am anderen Ende des Marktplatzes. Magda ging mit ihrem Cousin hinter den beiden Brüdern her und sagte zu Fritz: „Die Weihnachtszeit ist schon eine besondere Zeit. Sogar Manfred ist weniger reserviert als sonst."

„Naja, entweder das", antwortete Fritz, „oder er braucht einfach Verstärkung, um den kleinen Quälgeist bei Laune zu halten." Sie kamen an einem Stand vorbei, an dem ein Mann Lebkuchen verkaufte. Sie waren so groß wie Untertassen. Der Geruch machte sie hungrig. Sie blieben stehen und jeder kaufte sich einen. Fritz und Manfred nahmen sich jeweils auch noch eine Dose Lebkuchen für zu Hause mit. Magda besah sich die wunderschönen Dosen, die wie jedes Jahr mit Motiven von Nürnberg bedruckt waren. Dann blieb sie an einem Stand stehen, an dem man selbst Kerzen gießen konnte. Magda hätte sich gerne einmal daran versucht, aber es hätte zu lange gedauert und so verwendete sie einen Teil ihres Taschengeldes, um eine schon fertige Kerze zu erstehen.

„Die ist großartig", meinte Fritz anerkennend zu der kunstvoll gestalteten Kerze mit dem purpurfarbenen und goldenen Farbverlauf. „Aber tut es dir nicht leid, sie abzubrennen?"

„Ach, die werde ich doch überhaupt nicht anzünden", meinte Magda.

Sie kamen zum Karussell und Wolfgang durfte ein paar Runden auf einem Rentier fahren. Dann sagte Manfred, er wolle mit ihm zur Kindereisenbahn gehen, die man dieses Jahr erstmalig auf dem Markt aufgebaut hatte.

„Ist Trude auch dabei?", wollte Magda wissen.

„Natürlich", antwortete ihr Bruder. „Sie ist da rüber gegangen, um ein paar Tiere für unsere Krippe zu kaufen." Er deutete auf eine

Seitenstraße. Die Bremmers waren Katholiken. Genauso wie viele Nicht-Katholiken liebten sie an Weihnachten Krippenszenen von Jesu Geburt in Bethlehem.

Magda meinte zu Fritz: „Stell dir vor, ich war noch nie in dieser Budengasse. Das würde ich mir gern ansehen."

„Na dann, nur zu", entgegnete Fritz. „Ich komme mit Manfred und Wolfgang nach, wenn wir mit der Kindereisenbahn fertig sind."

Magda traf Trude beim größten Stand mit Figuren für Weihnachtskrippen. Dort konnte man nicht nur Joseph, Maria und das neugeborene Jesuskind im Stall kaufen, sondern ganz Bethlehem: einen Müller, der Mehl mahlt, einen Schmied, der ein Hufeisen auf seinem Amboss schmiedet, Männer, die Holz nach Hause tragen, andere Männer, die in einer Kneipe beim Trinken sitzen, Frauen, die Wasser vom Brunnen holen und Frauen, die in der Küche backen.

Magda stellte sich hinter ihre Freundin, legte die Hände über Trudes Augen und sagte:

„Wer bin ich?" Der Versuch, ihre Stimme dabei zu verstellen, scheiterte kläglich.

„Frohe Weihnachten, Magda. Ist das nicht interessant?" Trude deutete auf die Szenerie in Bethlehem.

„Ja, und wie wunderschön all die Figuren geschnitzt sind. Alle haben auch ganz unterschiedliche Gesichter. Man kann sehen, dass der Metzger schlechte Laune hat."

„Stimmt, und seine Frau sieht aus, als hätte sie mächtig Angst vor ihm. Mutter sagt, die Handwerker, die diese Dinge für die Krippe schnitzen, haben eine jahrelange Ausbildung an einer besonderen Schule hinter sich."

Magda hatte nur eine sehr ungenaue Vorstellung von der Weihnachtsgeschichte. „Wer ist denn das?", fragte sie und deutete auf eine Figur neben dem Jesuskind.

„Joseph", sagte Trude.

Magda wollte gerade etwas über die Heiligen Drei Könige wissen, als sie sah, dass ein Mann und eine Frau in der Nähe sie anstarrten. Sie blickten nicht sehr freundlich drein. Sie hörte die Frau sagen: „Eine kleine Jüdin!" Auf einmal fühlte sich Magda unwohl. Zu ihrer Erleichterung kamen in diesem Augenblick die Jungen zurück.

Fritz sagte zu ihr: „Es wird Zeit", und so gingen sie zum Glüh-weinstand zurück, wo sich alle treffen wollten.

Ehe sie nach Hause gingen, aßen sie alle noch eine Bratwurst-semmel. Auf dem Rückweg zum Auto hörte es auf zu schnei-en. Der Gehsteig war frei von Schnee, aber alle Dächer und Fenstervorsprünge in der Königstraße waren weiß. „Die Häuser sehen aus wie Lebkuchenhäuser mit Zuckerguss", lachte Magda. In der Nähe des Parkplatzes trafen sie Herrn Levy und Lotte. „Schaut mal, was Papa gekauft hat!" Lotte hielt zwei Puppen hoch, Hänsel und Gretel. „Wir werden sie Mutti schenken. Sie wird wieder in der Humperdinck-Oper singen, dieses Jahr in München. Ihr müsst un-bedingt kommen und sie singen hören – und mich. Dieses Jahr bin ich nämlich im Chor."

Weihnachten verlief im Wesentlichen so wie immer, seit sich Magda daran erinnern konnte. Bei den Vogels gab es traditionsge-mäß am Heiligen Abend Karpfen. Eigentlich mochten weder Magda noch Fritz wirklich Fisch, aber den Erwachsenen schmeckte das und zudem war es eine deutsche Tradition. Danach gab es einen Kuchen mit Kirschen. Der schmeckte jedem.

Hans hatte einen schönen, groß und buschig gewachsenen Weih-nachtsbaum für die Sengers besorgt. Frau Senger schloss sich mit Flory im Salon ein, um ihn zu schmücken. Als sich die Tür am Hei-ligen Abend für Magda wieder öffnete, war sie entzückt von den bemalten Holzfiguren aus ‚Grimms Märchen', den Schokolade-kringeln und den mundgeblasenen Glaskugeln, die sich Liesel ge-wünscht hatte. Der Baum erstrahlte im Licht von fünfzig Kerzen. Das Anzünden der Kerzen war alljährlich die Aufgabe ihres Vaters. Flory hielt die Leiter und Vater begann, oben beginnend, die Ker-zen anzuzünden. „Unser Baum ist so schön wie jedes Jahr", sagte er, als er wieder unten stand. Er deutete zur Spitze des Baumes. Dort schwebte ein Rauschgoldengel in einem roten Faltenrock, mit einer goldenen Krone auf dem blonden Lockenhaar. „Auf immer und ewig sollst du über uns herrschen!"

Das einzig Neue in diesem Jahr war, dass Magdas Familie wäh-rend der Ferien nach München in die Bayerische Staatsoper ging, um Lilly Levy, Lottes Mutter, singen zu hören. Fritz und seine Familie, welche die Sängerin recht gut kannten, waren ebenfalls dabei. Als sie ihre Plätze unter den pompösen Kronleuchtern einnahmen, blickte Magda zu den Logen empor und entdeckte den Direktor ihrer Schule. Neben ihm saß eine füllige Dame in violettem Seidenkleid. Sie hielt ein Opernglas in der Hand. Magda erzählte Fritz von ihrer Entdeckung: „Wenn das seine Frau ist, hat er vielleicht auch Kinder. Irgendwie konnte ich mir nie vorstellen, dass er ein Zuhause hat, so wie andere Leute auch. Er war nur einmal in unserer Klasse und manchmal sehe ich ihn den Flur entlanggehen."

Darauf alberte Fritz: „Du kannst dich glücklich schätzen, dass er wie Gott auf unergründlichen Wegen wandelt." Ich sehe unseren Direktor ein bisschen zu oft. Kein Halbjahr vergeht, ohne dass er mich in sein Büro zitiert, um mir eine Standpauke zu halten."

Das Licht in der Oper ging aus und der Vorhang öffnete sich und auf der Bühne sah man die beiden zerlumpten Kinder, die in einem Häuschen etwas zu essen suchten. Bald schon betrat Lilly Levy als ihre geplagte Mutter die Bühne. Magda fand sie sehr gut, aber Liesel und ihr Bruder Heinz meinten später, ihre sängerische Leistung sei besser als ihre schauspielerische. Fritz erspähte Lotte als Erster im Chor unter all den Kindern. Sie tanzten und sangen ein Lied zum Dank für den glücklichen Ausgang der Oper. Fritz war sich mit Magda darin einig, dass es wirkte, als stünde sie schon ihr Leben lang auf der Bühne.

„Euch allen ein glückliches Neues Jahr! Wie geht es denn?" Karl Werfel begrüßte sie mit diesen Worten und öffnete weit das Tor zu seinem Bauernhof im Dorf Walchensee. Anton bog elegant in den Hof ein und parkte vor dem Stall. Dann stiegen die Sengers aus dem Wagen und gingen über den Hof
auf ihn zu. Karl war ein alter Freund von Anton Senger. Sie hatten während des Ersten Weltkrieges zusammen in einem Königlich Bayerischen Artillerieregiment gedient. Beide hatten in Verdun gekämpft. Dort war ihr Bataillon an einer großen Offensive gegen die Franzosen beteiligt. Karl behauptete, sein Freund habe ihm bei diesem Martyrium das Leben gerettet, was Anton stets bestritt. Er habe

nur getan, was jeder andere Kamerad auch getan hätte, als er mit seinem verwundeten Freund im Niemandsland gestrandet war. Wie auch immer es war, nach Verdun wurde Magdas Vater das ‚Eiserne Kreuz Erster Klasse‘ verliehen.

Die Sengers weilten des Öfteren ein paar Tage auf dem Hof und Magda freute sich immer dort zu sein. Es tat ihr fast leid, dass sie dieses Mal mit dem Auto kamen.

Sie vermisste das Abenteuer der Zugfahrt und erinnerte sich, wie es sonst immer begonnen hatte. Am frühen Morgen fuhren sie zum Nürnberger Hauptbahnhof. Sie nahmen Reisedecken mit, um sich warmzuhalten und Proviant gegen den Hunger. Es war interessant zu beobachten, was die Leute so alles in den Abteilen bei sich hatten. Sie überlegten sich, welcher der gepflegteste Bahnhof und wer der attraktivste Bahnhofsvorsteher auf ihrem Weg war. Der Zug brachte sie nach Kochel in Oberbayern, wo sie den Postbus nach Walchensee nahmen. Dort wartete Karl mit einem Laster auf sie, um sie und ihr Gepäck die letzte Strecke zu seinem Hof zu bringen.

Karl geleitete sie alle in die große Küche. Magda ging zum Feuer, das im großen Herd mit seinen verschiedenen Feuerstellen brannte. Er nahm fast eine ganze Wand der Küche ein. „Ihr werdet alle halb erfroren und hungrig sein“, sagte Karl. „Also ich schon. Ich war die meiste Zeit des Tages draußen und habe Bismarck gesucht. Den habt ihr noch gar nicht kennengelernt. Er ist mein neuer reinrassiger Zuchtbulle. Schließlich fand ich ihn. Er hatte sich in einem Stechginsterbusch verfangen. Je mehr der kräftige Bursche versuchte, sich zu befreien, umso schlimmer wurde es.“

„Ist er verletzt?“, fragte Magdas Mutter.

„Nein. Nur ein paar Kratzer. Aber er ist ganz schlecht gelaunt. Wilhelm ist gerade im Kuhstall und versucht, ihn zu beruhigen. Essen wir erst einmal alle eine Suppe. Du hast doch eine gekocht, Hertha?“ Hertha war eine alte Frau, die für Karl kochte. Sie nickte, lächelte und stellte eine Terrine und Suppenteller auf den gescheuerten Tisch.

Magda verschlang die Kartoffelsuppe und das Brot, das Hertha gebacken hatte. Sie sah sich in der Küche um. Sie war so wie immer. Die rußgeschwärzten großen Kessel summten auf dem Herd. Schinken und Würste hingen im Rauchfang. Im hohen Geschirrschrank standen für besondere Gelegenheiten Teller mit einem ländlichen Motiv. Ihr Blick fiel auf den Haken am unteren Regalbrett. Dort hängte Karl jeden Abend seine goldene Taschenuhr mit der Kette auf. Die Wanduhr mit dem hölzernen Adler darauf schlug sechs Uhr und Magda erinnerte sich, wie Karls Frau ihr beigebracht hatte, die Uhr zu lesen. Als sie starb, war Magda noch zu jung, um zu verstehen, was das bedeutete. Sie würde nie mehr zurückkommen. Jetzt fragte sie sich, ob Karl Werfel ohne sie einsam war. Sie wusste, ihr Vater wäre verloren, wenn seine geliebte Frau sterben würde. Und sie, was würde sie nur ohne Mutti tun? Sie schüttelte sich, um den schrecklichen Gedanken loszuwerden.

„Ist irgendwas, Magda? Du wirst doch nicht noch immer vor Kälte zittern, oder?", sagte ihr Vater.

„Nein. Mir geht's gut."

In diesem Augenblick kam Wilhelm in die Küche und alle wandten sich ihm zu. Er war Karls Sohn, ein junger Mann von zwanzig Jahren. Er sah aus wie sein Vater. Beide waren groß, gut gebaut und trugen die gleiche grobe Kleidung aus grauem Stoff. „Ein frohes Neues Jahr!" wünschte er den Sengers, als er seine Jacke mit dem großen Fellkragen auszog. „Mir gefällt dein Auto, Anton. Wie war die Fahrt?"

„Sehr gut, danke. Die Sonne schien und hatte bereits den Schnee auf den Straßen geschmolzen."

„Naja, sie werden wohl wieder glatt werden. Es ist viel kälter geworden."

Magda erschrak. „Ich wollte doch morgen euer Fahrrad ausleihen und etwas herumfahren. Meinst du denn, ich kann da fahren?"

„Wenn die Sonne rauskommt, wird es schon gehen. Der Weg zum Wald hoch wird auf jeden Fall frei sein."

Am nächsten Morgen radelte Magda los. Das letzte Mal war sie an einem Wochenende im Oktober hier, als Herbstzeitlose unter den Bäumen blühten. Sie hatte einen ganzen Korb voll Pilze gesammelt. Jetzt war der Boden hartgefroren und die Bäume sahen kahl aus. Sie sind aber immer noch schön, dachte sie, als sie die Silhouette der schwarzen Äste betrachtete, die sich vor dem weißen Himmel abzeichneten.

Auf dem Rückweg traf sie ihren Vater, der mit Karl Werfel und Wilhelm draußen auf den Feldern war. Karl und sein Sohn bewirtschafteten den kleinen Hof mit der Hilfe eines Knechts. Im Mai kamen noch ein paar Jungen und Mädchen vom Dorf herauf und halfen bei der Spargelernte. Der weiße Spargel der Werfels verkaufte sich gut auf dem Markt. Hoteliers aus der Region kauften viel davon, weil die Gäste aus nah und fern danach verlangten.

Die Tage in Walchensee vergingen viel zu schnell. Magda half auf dem Hof, wenn sie nicht gerade Rad fuhr. Morgens war sie hauptsächlich damit beschäftigt, die Eier einzusammeln. Die Hennen legten sie nämlich nicht immer, wie vorgesehen, in die Nester. Es dauerte oft ziemlich lang alle zu finden.

In der Nähe war ein Weiher. Er war dick zugefroren. Liesel fragte: „Wer kommt mit zum Eislaufen?" Anton war nicht sehr erpicht darauf und Karl und Wilhelm waren zu beschäftigt. Also ging sie allein mit Magda. Die war überrascht, ihre sonst so zerbrechlich wirkende Mutter mit geröteten Wangen und voller Energie zu sehen.

„Du bist wirklich gut!", rief sie, als sie ihre Mutter mit eleganten Achterfiguren herumwirbeln sah.

„Ich bin viel gefahren, als ich so alt war wie du. Komm' schon! Du brauchst nur ein bisschen Übung."

Magda unternahm auch Spaziergänge mit Liesel, die gern ins Dorf hinunterging, wo sie sich mit den Frauen im Laden unterhielt, die sie von früheren Besuchen kannte. Alle sprachen einen bayrischen Dialekt, den Magda nur schwer verstand, mit dem ihre Mutter aber ganz gut zurechtkam.

„Worüber haben sie denn gesprochen?", fragte Magda nach einem Besuch im Laden.

„Über eine junge Frau, die aus der Stadt hergezogen ist. Sie scheint es sich mit ihnen hier im Dorf verscherzt zu haben. Es sind keine schlechten Menschen, aber gegenüber Fremden sind sie argwöhnisch. Uns hilft es, dass wir Karls Freunde sind. Aber trotzdem bleiben sie auf der Hut, wenn ich mit ihnen rede. Sie lieben Tratsch. Der Laden ist der Treffpunkt für die Frauen, genau wie das Wirtshaus für die Männer."

Abends ging Magdas Vater manchmal mit Karl und seinem Sohn ins Wirtshaus. Dort spürten sie, dass die Zeiten für die Leute hier hart sind. Die massive Inflation in den 20er Jahren bedeutete, dass ihre Ersparnisse nichts mehr wert waren. Karl schlug sich bisher ganz gut durch. Sein Spargel verkaufte sich gut und er konnte jetzt Bismarck als Zuchtbullen an verschiedene große Landbesitzer verdingen.

Am letzten Abend des Urlaubs kamen sie alle in der großen Küche zu einem Abschiedsessen zusammen. Als sie sich anschließend unterhielten, fragte Karl: „Anton, kannst du dich noch an den österreichischen Gefreiten erinnern, der bei uns eine Zeit lang auf der Stube war? Wir nannten ihn immer nur ‚Die weiße Krähe'"

„Ja, er nannte sich Hitler, obwohl er Schicklgruber geheißen haben soll. Er war ein rechter Miesepeter. Er rauchte nicht, erinnere ich mich und war Vegetarier. Ich habe nie mit ihm gesprochen. Er saß die meiste Zeit allein herum, ohne mit uns zu reden. Was ist mit ihm?"

„Ich traf ihn später in München wieder. Da hatte er eine ganze Menge zu sagen. An einer Straßenecke zog er vor einer Menschenmenge über die Kommunisten her. In seinem alten Regenmantel habe ich ihn zuerst gar nicht erkannt. Sein glattes, schwarzes Haar war viel länger als damals in der Armee.

„Er ist wahrscheinlich verrückt geworden. Es würde mich nicht überraschen. Er war schon immer seltsam, mit seinem starren Blick."

„Genau das habe ich mir auch gedacht, als ich ihn wieder sah. Aber weißt du, dass er sich jetzt als Redner einen Namen gemacht hat? Man lädt ihn sogar in gehobene Kreise ein."

„Ich denke nicht, dass er weiß, wie man sich dort benimmt."

„Ach, das versucht er erst gar nicht. Unser alter Major traf Hitler auf einer Feier von Dr. Hanfstaengel. Das ist ein reicher Mann, den alle ‚Putzi' nennen. Hitler sei sehr spät gekommen. Er küsste der

Gastgeberin die Hand, ging ans Buffet und stopfte sich mit Cremetörtchen voll, bis die Unterhaltung zum Erliegen kam. Dann hielt er auf Einladung des Gastgebers eine seiner Reden. Er soll ganz ruhig angefangen haben; dann wurde er immer lauter, bis er am Ende fast schrie. Es sei ein außergewöhnlicher Auftritt und offensichtlich auch ein voller Erfolg gewesen. Am Ende hätten die Leute gejubelt."

Kapitel 4

Inzwischen waren die Sengers vom Hof der Werfels wieder nach Hause gekommen. Eines Nachmittags hatte Magda einen Einfall. Sie ging von zu Haus weg, um für ihren Vater Marzipan zu kaufen, den er so sehr liebte. Es war nämlich sein 46. Geburtstag. Dieses Datum, den 30. Januar 1933, sollte das Leben der Sengers und aller Menschen im Land verändern.

Als Magda durch den Park radelte, regte sich kein Lüftchen, als ob die Natur den Atem anhielt. Das Gras war steif vor Frost, die heruntergefallenen Ahornblätter – inzwischen nicht mehr gelb – waren auf dem steinharten Boden plattgetreten. Hoch oben, auf einem der schwarzen Äste, die sich vor dem weißen Himmel abzeichneten, durchbrach ein Fink mit seiner dünnen Stimme die Stille. Er kam ins Stocken und brach schließlich ab. Magda durchquerte diesen abweisend wirkenden Park so schnell sie nur konnte. In der Altstadt machte sie sich auf den Weg zum Café Krumbacher. Dort ging man hin, wenn man ausgefallene Kuchen und Torten haben wollte, die Otto Krumbacher und seine Familie selbst herstellten. Es gab hier auch erlesenes Konfekt.

Als Magda kam, war das Café voll wie immer. Die Leute saßen an runden Marmortischchen auf eleganten, vergoldeten Stühlen. Magda wärmte sich etwas auf und atmete den verführerischen Duft von Schokolade, Zimt und Mandeln ein. Sie grüßte hinüber zu Leonies Mutter. Die saß mit ihrer Schwester und ihrem englischen Schwager an einem Tisch in der Ecke. Nach einem Rundgang mit beiden durch Nürnberg waren sie zu Krumbacher gegangen. Magda winkte auch Trudes Eltern zu, die sie mit dem jungen Schwimmlehrer aus dem Sportverein an einem anderen Tisch entdeckte. An der Theke betrachtete Magda sich die Süßigkeiten und Kuchen in der Auslage. Das Radio lief, aber Magda hörte kaum hin, bis es plötzlich Otto Krumbacher lauter drehte. Es folgte eine Ansprache des Reichspräsidenten Paul von Hindenburg. Alle im Café verstummten. Der Präsident verkündete: „Adolf Hitler ist der neue Reichskanzler."

Daraufhin ging ein Raunen durch das Café. Bald redeten alle wild durcheinander.

„Wie ist das möglich?", rief eine stattliche, ältere Frau aus. „Er mag ja ein guter Redner sein, aber er hat keine Ahnung. Er ist der Sohn eines kleinen Zollbeamten und hält sich für einen Kunstmaler."

„So ist das nicht. Er hat schon eigene Vorstellungen", sagte Herr Bremmer. „Er hat einen Plan, wie man Deutschland international wieder Rang und Namen verschaffen kann."

„Ich weiß nur, dass meine Schwester in Wien vor ein paar Jahren ein Bild von ihm gekauft hat und wir sie alle ausgelacht haben."

„Er hat sich inzwischen anderen Dingen zugewandt", sagte ein korpulenter Mann, ein örtlicher Bankdirektor. Er versuchte, die ältere Frau mit einem vernichtenden Blick niederzumachen. „Sie sollten mal ‚Mein Kampf' lesen. Da stehen lauter vernünftige Dinge drin."

„Ja, seid doch nicht so herablassend", meinte der Schwimmlehrer. „Wen kümmert es schon, wer sein Vater ist? Ein neues Gesicht könnten wir sehr gut brauchen. Vielleicht rüttelt er diesen heruntergekommen Haufen um Hindenburg ein bisschen auf."

Magda bezahlte die in Goldpapier gewickelte große Marzipanstange. Sie bemerkte, wie Leonies Mutter mit ihrem Schwager im Gespräch war. Da er kein Deutsch sprach, musste sie ihm erklären, worum sich die ganze Aufregung drehte. Magda verließ den Laden, als Herr Bremmer sagte: „Wir sollten ihm eine Chance geben und abwarten, was er erreichen kann."

Auf ihrem Nachhauseweg kam Magda an der Kanzlei ihres Vaters vorbei. Er kam gerade mit seinem Juniorpartner Rudolf Lill heraus. *Sie haben bestimmt beschlossen, heute früher Schluss zu machen*, dachte sie sich. Herrn Lill kannte sie kaum. Er sprach nie sehr viel, wenn sie ihn traf; Papa meinte, er sei ein kompetenter und gewissenhafter Anwalt.

Mit der in ihrer Jackentasche versteckten Marzipanstange beeilte sie sich, ihren Vater einzuholen. Als sie vom Rad stieg, verabschiedete sich Herr Lill gerade von ihrem Vater. Er winkte Magda zu und bog in eine Seitenstraße ab.

„Stell dir vor, Papa! Sie haben den Mann zum Reichskanzler gemacht, über den du dich neulich mit Herrn Werfel unterhalten hast!"

„Welchen Mann?"

„Na die ‚Weiße Krähe' – Hitler!"

Ihr Vater erstarrte und brach dann in schallendes Gelächter aus.

„Das glaube ich dir nicht. Wie kommst du denn darauf?"

„Es ist wahr. Es kam gerade im Radio."

Anton verstummte. Dann zuckte er mit den Schultern. „Das ist ein Geburtstagsgeschenk, auf das ich gut und gerne hätte verzichten können. Unser Land ist verrückt geworden!"

„Ist er denn wirklich so schlimm? Ein paar der Leute, welche die Ansprache mitangehört haben, meinten, er sei ganz in Ordnung."

„Er ist ein Unruhestifter. Er wird sich aber nicht lange halten können. Jetzt wollen wir erstmal über heute Abend reden. Wenn wir nach Hause kommen, kannst du dein gutes Kleid anziehen. Wir gehen alle zum Essen aus. Die Kahns kommen auch, wenn es Leopold rechtzeitig zurück aus München schafft."

Die drei Sengers gingen in Antons Lieblingsrestaurant, dessen Inhaber ihn gut kannte. Er begrüßte sie mit einem aufgesetzten Lächeln und geleitete sie zu einem Tisch am Fenster. „Da sind Ludwig und Olga", rief Magda, als diese mit ihren Eltern draußen vorbeigingen. Die Kahns traten ein und die Sengers winkten sie an den Tisch. Olga lächelte glücklich und setzte sich neben Magda. Sie wusste, dass sie in ihrem neuen, blauen Etuikleid umwerfend wirkte.

„Alles Gute zum Geburtstag, Anton! Du schaust gar nicht so viel älter aus als gestern", sagte Leopold Kahn.

„Na dann, setz' dich und lass uns bestellen." Anton schmunzelte. „Ich werde ja nicht jünger."

Seine Frau Alice kam herüber und gab Liesel einen Kuss auf die Wange. Die beiden Frauen waren enge Freundinnen. Unter anderem tauschten sie sich darüber aus, wie man ihre liebevoll despotischen Ehemänner am besten im Zaum hielt. Ein Kellner brachte einen Beistelltisch und alle studierten die Speisekarte. Es gab ein unausgesprochenes Einverständnis darüber, den neuen Reichskanzler nicht zu erwähnen.

„Hier bekommt man den besten Sauerbraten der Welt", erklärte Anton. „Den nehme ich."

„Ich schließe mich an", sagte Leopold.

„Und die Damen? Alice? Liesel? Olga? Und was ist mit euch, Ludwig? Magda?"

Es war ein kalter Abend. Alle hatten Appetit auf etwas Deftiges. Die Frauen entschieden sich für einen Rinderschmorbraten in würziger Soße. Die Männer wählten als Beilage zu ihrem Sauerbraten Klöße. Auch den Kindern wurde ein Glas Wein erlaubt – alle tranken sie auf Antons Wohl.

Bald wurden sie auf einen Mann mit kahlrasiertem Kopf aufmerksam, der zu einer lauten Gesellschaft gegenüber gehörte. Er erhob sich und sagte mit voller Stimme: „Lasst uns alle auf unseren Führer anstoßen." Andere Leute erhoben sich ebenfalls auf den Trinkspruch hin: die Kahns und Sengers jedoch sowie einige andere Gäste blieben sitzen.

„Wer ist das?" Magda war erstaunt.

„Das ist Julius Streicher, der Gauleiter", erklärte Herr Kahn. „Er gibt auch das Schandblatt ‚Der Stürmer' heraus und verfasst das meiste daraus selbst. Seiner Meinung nach sind die Juden an allem Schlechten in Deutschland schuld. Er lässt sich keine Gelegenheit entgehen, darüber zu wettern."

„Es gibt das Gerücht, dass er zum Schulfest unserer Schule kommen will, um dort eine Rede zu halten", erklärte Ludwig. „Aber der Direktor hat es abgelehnt."

„Dann seid ihr besser dran als wir damals", konterte sein Vater. „An unserer Schule wurde Streicher als Lehrer angestellt. Er hat mich ein Jahr lang unterrichtet und als er herausfand, dass ich Jude bin, verhöhnte er mich beinahe täglich. Als ich eines Tages zu spät kam, hat er mich verdroschen. Er hat mich gehörig bearbeitet. Bestimmt hatte er schon lange auf eine solche Gelegenheit gewartet."

„Hast du denn zu Hause nichts davon gesagt?", interessierte sich Magda.

„Nein, wenn ich das getan hätte, wäre mein Vater in die Schule gegangen, um sich zu beschweren, und das hätte alles nur noch schlimmer gemacht. Streicher und der Direktor waren wie Pech und Schwefel. Jetzt hat mein ehemaliger Lehrer einen wichtigeren Kum-

pan. In ‚Mein Kampf' findet sich eine Menge von Streichers Ideen."
„Ich kann mir das nicht vorstellen. Das Buch dieses Verrückten
kommt mir nicht ins Haus", sagte Anton.
„Apropos Verrückte", fuhr Leopold fort. In München hörte ich
folgenden Witz:

*Hitler und seine Anhänger besuchen eine Irrenanstalt. In einer Ab-
teilung stehen alle Insassen auf, grüßen ihn und schreien „Heil Hitler!"
Alle bis auf einen, der einfach sitzen bleibt. Hitler geht zu ihm hin und
fragt, warum er ihn nicht gegrüßt habe. Der Mann antwortet: „Ich bin
doch nicht verrückt, ich bin der Krankenpfleger."*

Alle lachten, bis der Kellner kam und fragte, ob sie ein Dessert
wollen.

Das neue Schulhalbjahr fing für Magda gut an. Sie war nicht
mehr so aufgeregt. Sie freute sich auf Frau Kettners Deutschunter-
richt. Mit ihren Aufsätzen gab sie sich große Mühe und hoffte, einer
würde vielleicht wieder vorgelesen. Sie verstand sich gut mit den
anderen Mädchen; Trude war nach wie vor ihre beste Freundin.

Die erste Veränderung trat ein, als sie ihr Geschichtsbuch aufschlug. Zu Beginn des Halbjahres hatte ihnen Frau Berger eine Steg-
reifarbeit über den Dreißigjährigen Krieg gegeben.
„Nummeriert die Zeilen auf eurem Blatt von eins bis fünfzig.
Jetzt die erste Frage: Nenne das Datum des Prager Fenstersturzes."
Und so machte sie in ihrer monotonen Stimme weiter, bis sie endlich bei der letzten Frage ankam. Sie lautete: „Gib den Namen und
das Datum des Vertrages an, welcher den Krieg beendete."
Am nächsten Tag brachte Frau Berger die benoteten Arbeiten zurück und verlas die Namen zusammen mit den Bewertungen in ab-
steigender Reihenfolge. Magda und Trude atmeten auf, als sie nicht
unter den ganz schlechten waren. „Gott sei Dank ist das vorbei",
meinte Trude.
„Es wäre sicher interessant gewesen, etwas über den Dreißigjährigen Krieg zu erfahren, wenn bloß Frau Bergers Unterricht nicht

so langweilig wäre", meinte Magda. „Ich glaube, sie langweilt sich selbst. Ich bin gespannt, was wir als Nächstes durchnehmen werden." Das sollten sie schon bald erfahren.

Nur ein paar Tage nach Hitlers Ernennung zum Reichskanzler ließ Frau Berger ein Mädchen neue Bücher austeilen, die auf dem Lehrerpult gestapelt lagen. Magda schlug ihres auf. Auf der ersten Seite prangte das Bild eines SS-Offiziers. Er schwenkte eine Nazi-Fahne und seine Mütze hatte ein Abzeichen mit einem Totenkopf und gekreuzten Knochen.

„Wie ihr unschwer erkennen könnt", verkündete Frau Berger, „lassen wir das 17. Jahrhundert hinter uns. Stattdessen behandeln wir die Jetztzeit, damit ihr etwas über die Entstehung der NSDAP erfahrt. Nach vielen Irrungen und Wirrungen gelang es unserem Führer, über seine Feinde zu triumphieren und unserem Land wieder zu wahrer Größe zu verhelfen. Diese Geschichte wird für euch eine Quelle der Inspiration sein."

In der restlichen Stunde erzählte Frau Berger, Hitler habe gehofft, schon zehn Jahre früher Deutschlands Führer zu werden. „Reaktionäre, welche die Monarchie in Bayern wieder einführen wollten, trafen sich in einem Münchner Brauhaus. Sie wurden – wie mir erst später klar wurde – von Kommunisten unterstützt. Ich war damals dabei. Adolf Hitler und sein Freund Hermann Göring kamen in den Saal und übernahmen die Kontrolle über das Treffen." Magda sah, wie die sonst so staubtrockene Lehrerin mit leuchtenden Augen ihnen erzählte: „Adolf Hitler, den ich zuvor noch nie gesehen hatte, sprach zu allen Versammelten. Ursprünglich ging ich zu dieser Versammlung, weil ich dachte, ein König wäre die beste Lösung all unserer Probleme. Dieser Meinung war ich nicht mehr, als ich Adolf Hitler reden hörte. Er hatte eine schöne Stimme und sprach so gewandt. Ich wurde von ihm inspiriert, wie viele andere junge Bayern auch. Eine Menge Leute, darunter auch ich, folgten ihm unter Jubel aus dem Saal. Wir waren bereit, für ihn zu sterben. Ein paar von uns ereilte tatsächlich an diesem Tag dieses Schicksal."

An dieser Stelle legte Frau Berger eine dramatische Pause ein und blickte die Klasse mit ihren scharfen, blauen Augen durchdringend an.

Sie fuhr fort: „Die Polizei kam und feuerte in die Menge begeisterter Anhänger, obwohl wir unbewaffnet waren. Hermann Göring wurde verwundet. Dem Führer gelang es in einem gelben Auto zu entkommen, wenn ich mich recht erinnere. Kurz darauf wurde er festgenommen. Er kam ins Gefängnis, aber er hat seine Zeit dort gut genutzt, um ‚Mein Kampf' zu schreiben. Zweifelsohne habt ihr dieses wunderbare Buch alle zu Hause. Ihr solltet es unbedingt lesen!"

Als Magda an diesem Vormittag mit dem Rest der Klasse hinunter in den Pausenhof ging, redeten alle über Frau Bergers Stunde. „Die Scheintote ist also tatsächlich zum Leben erwacht", spottete Lotte.

Diese Bemerkung entfachte ein Stimmengewirr. „Lotte, du willst doch bloß wieder schlauer sein als die anderen."

„Ich fand diese Stunde sehr interessant", sagte eine andere. „Die beste Stunde überhaupt."

Trude sagte gar nichts, sondern stand nur da und lächelte. Magda fiel auf, dass sich Traudel abgewandt hatte. Sie starrte auf die Hakenkreuzfahne, die nun anstatt der bayerischen Fahne im Hof flatterte. Sie verzog ihr Gesicht, als sie bemerkte, wie Magda sie ansah, und ging zurück ins Schulhaus.

Zur gleichen Zeit gab es noch weitere Veränderungen. Die Lehrer sagten nicht mehr ‚Guten Morgen', wenn sie in das Klassenzimmer kamen. Stattdessen grüßten sie mit ‚Heil Hitler!' und streckten ruckartig den rechten Arm aus. Die Mädchen sollten dasselbe tun, um den Gruß zu erwidern. Traudel und Martha befolgten die neue Regel nicht. Sie standen stocksteif da. Martha war eine Zeugin Jehovas. Frau Berger tat so, als existiere Traudel nicht und suchte sich Martha als Zielscheibe aus.

„So", begann sie ihre sarkastische Bemerkung, „du bist also keine von uns. Vielleicht wärst du in einem anderen Land glücklicher."

Das ängstigte Martha zutiefst, ein schüchternes und stilles Mädchen. Halb flüsternd sagte sie: „Mit ‚Heil Hitler!' würde ich ihn als unseren Erlöser anerkennen. Für Zeugen Jehovas ist nur Christus der Erlöser." Obwohl sie weiterhin verängstigt war, weigerte sie sich, den Gruß zu erwidern.

„Du gehst sofort raus", befahl Frau Berger, „und wartest, bis die Stunde vorbei ist!" Martha ging hinaus und wartete auf dem Korridor. Sie kam nie mehr in die Schule.

Von nun an war Traudel die Einzige, die lediglich starr vor sich hinblickte, ihre Arme fest an die Seite presste und den Mund fest geschlossen hielt, wann immer es galt, den Hitlergruß zu erwidern.

Ebenso wenig sangen die Mädchen je wieder etwas Ähnliches wie ‚Schön ist die Welt'. Stattdessen standen nun Nazi-Lieder auf dem Plan. Eines verherrlichte die sechs SA-Männer, die beim Hitlerputsch erschossen worden waren und von denen Frau Berger erzählt hatte. Außerdem fanden nun regelmäßig Versammlungen im Hof statt. Alle Klassen mussten in Reih und Glied antreten; die Nationalhymne und Nazi-Lieder wurden gesungen. Als Magda die Lehrer musterte, alle mit Hakenkreuz-Armbinden, fiel ihr auf, dass jetzt weniger Frauen unterrichteten als vorher. Die Frauen, die noch geblieben waren, blickten teilnahmslos – bis auf die vor Begeisterung bebende Frau Berger.

Magda fiel auf, dass Herr Schwarz, ihr Mathelehrer, gebeugt an seinem Platz stand und so mürrisch wie immer dreinblickte, wogegen die beiden neben ihm stehenden jungen Kollegen eine militärische Haltung einnahmen und ihr Kinn nach vorne reckten.

Bei jeder sich bietenden Gelegenheit hielt der Direktor eine flammende Rede. „Hier erziehen wir euch dazu", sagte er zu den Mädchen, „dass ihr taugliche Ehefrauen für deutsche Helden werdet. Ihr müsst lernen, mutig, entschlossen und standhaft zu sein." Magda fragte sich, ob das alles ist, was sie lernen sollten und was Frau Kettner davon hielte.

Frau Kettner war eine Lehrerin, die immer noch auf die gute alte Weise ihre Klassen mit ‚Guten Morgen' begrüßte. Doch als Magda mit Trude eines Tages zur Schule kam, stand das Fahrrad ihrer Lieblingslehrerin nicht mehr am gewohnten Platz. „Sie ist immer vor uns da", sagte Magda. „Sie muss krank sein."

„Vielleicht", gab ihre Freundin zur Antwort. Sobald sie ins Klassenzimmer kamen, fanden sie die Wahrheit heraus.

„Stellt euch vor, Frau Kettner wurde rausgeschmissen", sagte Leonie, die auf sie zugelaufen kam. Magdas Herz rutschte ihr in die Hose.

„Aber warum denn?", jammerte sie?

Traudel stand in der Nähe und meinte: „Ich kann mir mehrere Gründe vorstellen; einer davon ist, weil sie ein Sozi ist."

„Was ist denn ein Sozi?"

„Magda, weißt du denn gar nichts? Ein Sozi ist ein Sozialdemokrat. Das bedeutet, Frau Kettner ist gegen die Nazis. Hitler duldet aber keine Opposition. Jeder, der anderer Meinung ist als er, wird bekämpft." Traudel sah Magda mitleidig an. „Unsere Deutschlehrerin passte hier nicht mehr rein. Das ist bestimmt sogar dir aufgefallen."

Magda war von Traudels Sarkasmus tief getroffen. Vielleicht bin ich ein Dummkopf, dachte sie. Ich sollte mehr über Politik wissen, aber wie? Da fielen ihr all die Bücher im Haus der Vogels ein. Sie nahm sich vor, Onkel Heinz zu fragen. Im Gegensatz zu ihrem Vater war Heinz nicht nur klug, sondern auch sehr geduldig.

Kapitel 5

An diesem Nachmittag sagte Trude, sie müsse mit ihrer Mutter einkaufen gehen und könne deshalb nicht kommen. Da nahm sich Magda vor, ihren Onkel Heinz zu besuchen. Sie traf ihn im Wohnzimmer an; mit geschlossenen Augen und ausgestreckten Beinen saß er in seinem Sessel und hörte sich eine Grammophonplatte an. Als Magda eintrat, öffnete er die Augen, lächelte und hielt einen Finger an seinen Mund. Sie schob ein paar Notenblätter und andere Unterlagen beiseite, nahm auf dem weichen Sofa Platz und lauschte der Sängerin und der getragenen Melodie. Sie empfand die Musik als beunruhigend. Sie war erstaunt, welch ruhigen Eindruck ihr Onkel machte, der ihr gegenübersaß. Nach dem Verklingen der letzten Töne stand er langsam auf und schloss den Deckel des Grammophons. Er war dünner geworden, fiel ihr auf, und der Haarschopf, der ihm in die Stirn hing, war schon etwas grau, obwohl er nur drei Jahre älter war als ihre Mutter.

„Das habe ich noch nie gehört. Was war das denn? Die Sängerin klang tieftraurig und voll Kummer."

„Ja, aber auch schicksalsergeben. Das war der Schluss von Mahlers ‚Lied von der Erde'. Gott sei Dank habe ich meine Schallplatten. Im Konzertsaal werde ich Mahler wohl nicht mehr hören."

Magda schaute verwirrt. „Warum denn nicht?"

„Hast du das denn nicht mitbekommen? Hitler hat verboten, dass Musik von jüdischen Komponisten in unseren Konzertsälen gespielt wird. Außerdem dürfen jüdische Musiker nicht mehr öffentlich aufgetreten. Wie es scheint, passen wir nicht mehr zur nationalen Gesinnung."

„Das verstehe ich nicht. Wir sind doch Deutsche, oder etwa nicht?"

„Natürlich sind wir das! Aber der Führer will uns jetzt loswerden. Mich ist er schon losgeworden. Man hat mir gestern gesagt, ich dürfe keine ‚deutschen' Schulkinder mehr unterrichten."

Magda starrte ihn an. „Das ist ja schrecklich! Wovon willst du denn jetzt leben?"

„Ach, ich werde wohl anderen Juden Privatunterricht erteilen. Viele Juden leben schon seit Ewigkeiten hier und fühlen sich als

Deutsche. Auf dem jüdischen Friedhof in Nürnberg findest du Gräber aus dem 16. Jahrhundert. Kann ich dir jetzt etwas anderes vorspielen?" Er lächelte dabei. „Was würdest du denn gerne hören?"

„Also, ich kam eigentlich her, weil ich dachte, du könntest mir vielleicht ein paar Fragen beantworten. Frau Kettner wurde aus der Schule rausgeworfen. Sie ist keine Jüdin. Sie ist ein Sozi. Traudel sagt, Hitler hasst die Sozis. Warum hasst er denn so viele Menschen? Und was hat er denn gegen die Juden?" Sie hatte so schnell gesprochen, dass sie nun Luft holen musste.

„Warte! Das reicht erst mal für den Anfang! Wo soll ich denn da beginnen? Ich kann mir vorstellen, du sprichst über das alles zu Hause gar nicht?"

„Nein, Papa erwähnt Hitler nie. Mutti sagt, der Führer ist eine Eintagsfliege, über den es sich gar nicht zu reden lohnt." Onkel Heinz zog die Augenbrauen hoch.

„Trotzdem solltest du darüber Bescheid wissen, was ich über all das denke. Und sei es nur, damit du die ganze Propaganda einschätzen kannst, die euch nun in der Schule begegnet."

„Du solltest nur mal Frau Berger hören. Sie sagt, Hitler ist ein ,Befreier'. Ist er das wirklich? Wir sollten alle ,Mein Kampf' lesen. Wir haben keine Ausgabe davon zu Hause. Hast du eine, die ich mir vielleicht ausleihen kann?"

„Natürlich kannst du ,Mein Kampf' haben. Frau Berger hat schon recht. Ihr solltet es lesen. Ihr werdet dann erkennen, woran Hitler wirklich glaubt. Er hält sich tatsächlich für einen Befreier. Zu dieser Meinung hat er deine Lehrerin und Abertausende von Anderen verführt. Im Gegensatz zu deinem Vater halte ich Hitler für sehr gefährlich. Er gab den Leuten einen Lebenstraum – er wird sich ganz bestimmt als Albtraum erweisen. Hitler versteht es, mit den Ängsten und Vorurteilen der Menschen zu spielen: Seit dem Ende des Weltkrieges waren die deutschen Regierungen schwach. Deswegen – so Hitler – bestehe die Gefahr, dass Deutschland wie Russland von den Kommunisten überrannt und von einem Diktator wie Stalin beherrscht wird. Die meisten Deutschen lässt diese Vorstellung erschaudern. Mit ihrer Entscheidung für Hitler als ihren ,Führer' wählten sie aber einen Mann, der genauso schlimm ist wie Stalin.

Hitler und Stalin sind lediglich zwei Seiten derselben Medaille. Sie sind beide Tyrannen. Die meisten unserer Landsleute unterstützen mittlerweilen Hitler bei seinem Kampf gegen die Kommunisten in unserem Land."

„Und wie steht es mit den Sozis – den Sozialisten?"

„Hitler hat die Leute dazu gebracht zu glauben, Kommunisten und Sozialisten seien so ziemlich das gleiche. Das stimmt natürlich nicht, auch wenn beide Hitler hassen. Das dürfte der Rauswurf von Frau Kettner nur allzu deutlich gemacht haben."

Heinz zögerte, ehe er fortfuhr: „Du musst wissen, ich war selbst einmal ein Sozi. Eine Zeit lang jedenfalls. Ich komponierte ein Parteilied für sie."

„Wirklich? Wann war denn das?"

„Da war ich achtzehn. Ich traf eine junge Frau. Sie überzeugte mich, die Lösung für Deutschlands Probleme liege im Sozialismus. Sie schrieb den Text, ich komponierte die Melodie dazu."

Magda war völlig verwirrt von den Gedanken, die dieses Gespräch in ihr auslöste.

„Aber jetzt bist du doch kein Sozi mehr, oder? Und warum nicht?"

„Ich ging nicht mehr zu den Treffen, als ..." Hier hielt Heinz inne. Ehe er sich abwandte, bemerkte Magda einen schmerzhaften Ausdruck auf seinem Gesicht und wechselte das Thema.

„Und wie passen die Juden mit alledem zusammen?"

„Gar nicht. Wir kommen in Hitlers Vorstellung nicht vor. Er spricht von einem neuen Deutschland, obwohl er in Wirklichkeit die Zeit zurückdrehen will. Das Deutschland, das ihm vorschwebt, reicht Jahrhunderte weit zurück. Damals setzten Stämme von blonden, blauäugigen Barbaren, ohne einen Tropfen jüdischen Blutes in ihren Adern, den Römern schwer zu." Nach einer kurzen Pause fuhr Heinz fort. „Seit Kriegsende geht es vielen Deutschen sehr schlecht. Es kam die Inflation und man konnte mit einem Koffer voller Geld nur noch einen Laib Brot kaufen. Seither herrscht sehr große Arbeitslosigkeit. Unter solchen Umständen sehnen sich die Leute nach einem Schuldigen – sie suchen einen Sündenbock. Genau den gab ihnen Hitler: die Juden."

Magda war aufgewühlt. „Wieso denn? Was sollen wir denn getan haben?"

„In ‚Mein Kampf' wirst du das erfahren. Hitler meint, wir Juden hätten einen schlechten Einfluss. Im Geschäftsleben, an den Universitäten, in der Kunst und bei der Presse – eigentlich überall." Magdas machte große Augen.

„Hitler sagt, wir hätten die Absicht, die Weltherrschaft zu übernehmen."

„Was?"

„Ach, diese Vorstellung stammt gar nicht von Hitler selbst. Die gibt es schon seit Jahrzehnten. Er hat sie aus dem Pamphlet ‚Die Protokolle der Weisen von Zion' übernommen. Zu Beginn unseres Jahrhunderts wurde diese Schrift verfasst, angeblich von jüdischen Autoren. Sie stellte sich als Fälschung heraus. Die Vorstellung aber, die Juden planten eine weltweite jüdische Verschwörung, lässt sich einfach nicht ausrotten; für Hitler kommt sie wie gerufen."

Der Versuch ihres Onkels, ihr das alles auf einmal nahe zu bringen, bewirkte, dass sie wie betäubt war und sich ganz schön elend fühlte.

Er bemerkte das. „Jetzt ist es aber Zeit für eine Tasse Tee. Komm, gehen wir zu deiner Großmutter."

Schon als Jugendliche hatte Johanna den englischen Nachmittagstee kennen und lieben gelernt. Damals war sie als Schülerin zu Besuch in England gewesen. Ihr schmeckten die Gurkensandwiches und der Mohnkuchen.

Sie fanden Johanna in ihrem Zimmer. Sie las gerade eine Zeitung, die sie sogleich in den Papierkorb warf, als sie die beiden sah. Magda bemerkte, dass es Streichers ‚Stürmer' war.

„Wie geht es dir?" Magda gab ihrer Oma einen Kuss. „Fühlst du dich wieder etwas besser?"

Johanna Vogel hatte eine Erkältung gehabt. Ihr Gesicht hellte sich auf und sie strich sich ein paar Haarsträhnen aus der Stirn.

„Schon viel besser, Schatz. Aber ich muss aufhören, das Geschmiere von diesem furchtbaren Menschen zu lesen." Sie deutete auf die Zeitung im Papierkorb. „Der beschert mir sonst noch einen Rückfall."

„Machst du bitte noch etwas Tee, Romy?" Romy, das Hausmädchen der Vogels war gerade mit einem Tablett hereingekommen. Sie war klein und etwas unbeholfen. Ihre Haare waren zu Zöpfen geflochten. Sie tat, was man ihr aufgetragen hatte.

„Sie sieht kaum älter aus als ich", meinte Magda.

„Das stimmt. Aber sie ist schon fünfzehn. Im Waisenhaus, aus dem sie kommt, gab man ihr sicher nicht viel zu essen. Wir versuchen, sie bei uns etwas aufzupäppeln. Dann wächst sie vielleicht ein bisschen."

Bis Romy zurückkam sah sich Magda im Wohnzimmer etwas um.

In einer Ecke brannte ein Feuer in einem großen Ofen. In einer anderen stand das Cembalo ihrer Großmutter. Es war kaum ordentlicher als im Zimmer ihres Sohnes. Auch hier lagen Bücher und Zettel auf Stühlen und auf dem Boden, aber das störte sie nie. Magda fand das Zimmer interessant. Auf verschiedenen Tischchen standen gerahmte Fotografien und dazwischen edle Porzellanfiguren sowie Schachteln verschiedener Größe. Als sie klein war, hatte sie es geliebt, die Kuriositäten in den Schachteln zu durchstöbern. Darin befanden sich Knöpfe, die von der Armeeuniform ihres älteren Sohns stammten. Oma hatte ihr erzählt, er sei nur einen Monat vor Ende des Krieges gefallen. Er war Arzt und kümmerte sich um verwundete Soldaten auf beiden Seiten. Das Feldlazarett, in dem er arbeitete, hatte einen Volltreffer abbekommen. Eine der Fotografien zeigte ihn in einem Militärmantel, mit Handschuhen in der Hand.

„Was für ein gutaussehender Mann", sagte Magda spontan.

„Oh, das war er", antwortete ihre Großmutter, „und er schrieb wundervolle Briefe. Eines Tages, wenn du älter bist, kannst du sie lesen."

Magda nahm sich ein belegtes Brötchen, ging hinüber zum Bogenfenster, von dem aus man nach unten in die Torpassage sehen konnte. Ein alter Mann lehnte an einem Laternenpfahl und hustete. Endlich hörte das rasselnde Geräusch auf und er ging weiter. Magda sah, dass es Hans war. *Er bewegt sich langsamer als je zuvor*, dachte sie. *Ich hoffe, es ist nicht allzu schlimm.* Sie hörte die Tür hinter sich aufgehen und trat vom Fenster zurück.

Fritz kam herein. „Grüß dich, Magda. Genau dich habe ich gesucht. Ludwig und ich wollen am Sonntag im Wald hinter dem Dutzendteich wandern gehen. Willst du mitkommen?"

„Ja, sehr gerne. Kann ich Trude auch fragen?"

„Natürlich." Dann, zu ihrer Überraschung, fügte er hinzu: „Du triffst dich also immer noch mit ihr?"

Sie radelte mit Hitlers ‚Mein Kampf' in einem Stoffbeutel nach Hause und war entschlossen, es im Bett zu lesen. Sie musste wieder über die Frage von Fritz nachdenken. Ihr fiel auf, dass sie ihre beste Freundin in letzter Zeit nicht so oft gesehen hatte. Sie radelten immer noch gemeinsam zur Schule und wieder zurück, aber Trude hatte sie nicht mehr zum Sportverein eingeladen und sie hatte immer eine Entschuldigung parat, weshalb sie am Nachmittag nicht zu ihr kommen konnte.

Trude kam an diesem Wochenende nicht mit zum Wandern.

Als Magda zum Haus der Bremmers ging, um sie zu fragen, öffnete Frau Bremmer die Tür und sagte schnell: „Nein, nein, das geht nicht." Als sie Magdas enttäuschtes Gesicht sah, errötete sie und fügte hinzu: „Wir wollen an diesem Tag gemeinsam nach Bamberg fahren."

Magda, Ludwig und Fritz machten sich, wie vereinbart, auf den Weg. Zuerst war es ruhig unter den nackten Bäumen. Kein Vogel war zu hören. Sie sahen zwei Eichhörnchen zu, die sich von Ast zu Ast jagten. Da hörten sie einen Mann Kommandos rufen. Die Wälder hinter dem Dutzendteich waren von der Hitlerjugend in Beschlag genommen worden.

„Verdammt!", rutschte es Fritz heraus, als er die Jungen erspähte, die mit hölzernen Gewehrattrappen Exerzierübungen ausführten.

„Was machen die denn hier? Normalerweise spielen die doch in aller Öffentlichkeit Soldaten."

„Die schauen ganz schön zackig aus!", rief Magda und die drei blieben in einiger Entfernung stehen, um die Truppe genauer zu betrachten. Fritz und Ludwig starrten auf die Jungen in ihren dunklen, kurzen Hosen, hellbraunen Hemden und schwarzen Halstüchern an. Alle trugen am Arm eine Hakenkreuzbinde.

Ludwig lächelte gequält. „Die Hälfte dieser Kinder ist doch nur wegen der Uniform dabei. Wo werden sie wohl in zehn Jahren sein?"

„Ich weiß, wo sie in zehn Minuten sein werden", antwortete Fritz, „und zwar beim Krieg spielen. Ich bin dafür, von hier abzuhauen."

Während sie sich zurückzogen, sahen die drei eine weitere Truppe, die flott auf sie zumarschierte. Magda blieb wie angewurzelt stehen und sah den blonden Jungen an, der die Marschierer anführte. Fritz packte Magda am Arm und zog sie beiseite.

„Warum hast du das getan? Hast du ihn denn nicht gesehen? Das war Manfred!"

„Und ob ich den gesehen habe. Der soll mir bloß nicht mehr unter die Augen kommen."

„Er denkt wahrscheinlich das gleiche über uns", sagte Ludwig. „Sag' uns, was hat er denn diesmal angestellt?"

„Er ist ein Verbrecher – ein Barbar. Als ich neulich nachts beim Verteilen der ..." Hier hielt Fritz inne. „Als ich letzte Woche nachts draußen war, habe ich ihn bei dieser verdammten Bücherverbrennung gesehen."

„Welche Bücherverbrennung?"

„Sag' bloß, du bist wie immer ahnungslos!", platzte Fritz entnervt heraus. „Die Nazioberen haben überall öffentliche Bücherverbrennungen durchgeführt; von Werken, die sie ‚aufwiegelerisch' oder ‚dekadent' nennen. Marx, Freud – natürlich alles, was von Kommunisten oder Juden geschrieben wurde. Auch viele Romane, Theaterstücke und Gedichte von unliebsamen Autoren. Naja, wie ich schon sagte, wen habe ich beim Helfen gesehen, wie die halbe Bibliothek in Flammen aufging? Unseren Manfred!"

„Ich kann es einfach nicht glauben!", rief Magda und dachte an den Bruder ihrer besten Freundin.

„Ich schon", sagte Ludwig. „Er ist genau das, wonach die Nazipartei sucht. Aber Fritz, wie der Zufall so will, du wirst ihn nicht mehr viel länger hier bei uns sehen. Sie schicken ihn in ein besonderes NS-Internat. Dort soll Deutschlands Elite mit einer militärischen Ausbildung herangezogen werden."

„Du meine Güte!", stöhnte Fritz.

Am Montag holte Trude Magda nicht ab. Sie radelte allein zur Schule. Im Klassenzimmer war, wie man sofort sehen konnte, die Sitzordnung geändert worden. Die sechs jüdischen Mädchen mussten sich hinten im Klassenzimmer in drei Bänke setzen. Magda saß neben Lotte.

„Warum haben sie das getan?", flüsterte sie während der Geschichtsstunde bei Frau Berger, die eine von Streichers Reden vorlas.

„Anordnung des Direktors. Ich nehme an, er denkt wohl, wir verseuchen die Arier, wenn wir ihnen zu nahekommen. Macht mir eigentlich nichts aus."

„Mir schon", sagte Magda und sah zu der Bank, die sie sonst immer mit Trude geteilt hatte.

„Und dir auch", als sie sah, dass Tränen über Lottes Gesicht rannen.

„Ich weine doch nicht deswegen. Ich sitze gern neben dir. Es ist wegen Mutti. Sie haben ihr gesagt, sie darf nicht mehr in der Oper singen."

„Ruhe! Wie könnt ihr es wagen zu schwätzen!" Frau Berger stand vor ihnen.

„Ich erwarte nicht, dass ihr in meinen Stunden etwas lernt, aber solange ihr hier seid, haltet ihr euch an die Regeln und zeigt Respekt. Für euch ist die Pause heute gestrichen."

Unter Frau Bergers Argusaugen mussten Magda und Lotte im Klassenzimmer bleiben und die Streicherrede abschreiben, die sie vorgelesen hatte. Also lasen und schrieben sie die folgende Erklärung ab, warum die Juden zum inneren Feind Deutschlands geworden waren:

Ihr müsst verstehen, sagte er zu seinen Anhängern, der Jude will den Untergang unseres Volkes. Deshalb müsst ihr euch uns anschließen und euch von den Leuten abwenden, die euch nichts als Krieg, Inflation und Zwietracht gebracht haben. Seit Tausenden von Jahren zerstört der Jude unser Volk. Wir müssen heute damit anfangen, die Juden vollständig zu vernichten.

Die beiden Mädchen gaben ihre Arbeit ab. Darauf Frau Berger: „Jetzt versteht ihr vielleicht, warum kein echtes deutsches Mädchen neben euch sitzen will."

Sie rauschte aus dem Klassenzimmer. Magda drehte sich zu Lotte um:

„Ich verstehe das nicht. Wie geht es dir?"

„Ich verstehe es auch nicht! Aber ich habe Angst."

Weil Magda nachsitzen musste, hatte sie den ganzen Vormittag über keine Gelegenheit, mit Trude zu reden. Als sie schließlich zum Fahrradständer kam, war ihre Freundin schon weg. Es gelang ihr noch, sie in einer Seitenstraße einzuholen. Die war blockiert, weil ein mit Futter beladenes Fuhrwerk umgestürzt und die ganze Ladung auf der Straße gelandet war.

„Trude!", rief Magda. Trude lief rot an und sagte zunächst nichts. Dann brach es aus ihr hervor:

„Bitte lass' mich in Zukunft in Ruhe. Ich darf nicht mit dir reden."

„Aber warum denn nicht?"

„Weil du eine Jüdin bist."

„Wo ist da der Unterschied? Du denkst doch wohl nicht, dass ich einer von diesen Feinden bin, über die Streicher herzieht?"

„Du persönlich nicht. Aber Vati und Mutti sagen, wir dürfen keine jüdischen Freunde mehr haben, sonst bekommen wir Schwierigkeiten."

Mit diesen Worten fuhr sie davon.

TEIL II

1934 – 1935

Kapitel 6

Hans starb im darauffolgenden Winter. Flory sagte es den Sengers. „Was? Wann denn? Wie?", wollte Anton wissen. „Vor ein paar Tagen ging es ihm doch noch gut."

„Letzte Woche ist er nicht gekommen", sagte Liesel.

„Schon vorher war sein Husten viel schlimmer geworden", meinte Magda. „Ich habe ihn danach gefragt. Er meinte nur, es sei nicht so schlimm. Wärmeres Wetter würde ihn bald wieder kurieren."

„Ja, ich habe diesen trockenen Husten auch bemerkt", sagte ihre Mutter. „An dem Tag, als er nicht kam, bin ich zu ihm nach Hause gegangen. Ich hatte es im Gefühl, dass da etwas nicht stimmt. Auf mein Klopfen machte niemand auf. Dabei hatte ich doch gesehen, wie seine Frau in das Haus ging.

„Wann ist er gestorben?"

„Was ist passiert?"

Flory sagte ihnen, Hans sei an einer Lungenentzündung gestorben. Alles sei sehr schnell gegangen. „Am Tag zuvor sah man ihn noch im Bierkeller beim Kartenspiel. Am nächsten Tag ging es ihm sehr schlecht und abends war er bereits nicht mehr bei klarem Verstand. Der Arzt konnte nichts mehr für ihn tun."

„Hätten wir nur davon gewusst", sagte Anton. „Ich hätte ihm doch einen Spezialisten besorgt."

„Nach allem, was ich weiß", meinte Flory, „hätte ihm niemand mehr helfen können."

„Wann ist die Beerdigung?", fragte Liesel.

„Die war schon – vor zwei Tagen."

Die drei Sengers waren bestürzt. Magda konnte es nicht glauben. „Warum haben sie uns nichts gesagt?"

Eine Pause entstand. Alle schwiegen, bis Anton sagte: „Naja, da kann man nichts machen. Seine Familie wollte offenbar nichts von uns wissen."

„Vielleicht sollten Sie aber eines wissen, gnädiger Herr. Die Frau von Hans kann sich bestimmt keinen Grabstein leisten."

Anton wollte etwas für Hans tun und versprach spontan: „Dann komme ich dafür auf."

„Das ist sehr nobel von ihnen, gnädiger Herr." Flory suchte zunächst nach Worten, ehe sie weitersprach: „Es wäre vielleicht am besten, wenn seine Frau nicht erfährt, woher das Geld kommt. Sie mochte es nie, dass er für Sie arbeitet."

„Oh je, ist das wirklich so? Trotz allem kamen wir mit Hans sehr gut aus und wir können uns glücklich schätzen, dass wir einen solch guten Gärtner hatten. Das Mindeste, was ich tun kann, ist dafür zu sorgen, dass er einen würdigen Grabstein bekommt. Also ging Anton zu einem Steinmetz und leitete alles in die Wege. Er erklärte ihm, er solle sagen, einige alte Kriegskameraden von Hans hätten ihn bezahlt, wollten aber ungenannt bleiben."

Als ein Brief ankam, in dem die Erledigung des Auftrags bestätigt wurde, gingen Magda und ihre Mutter zum Johannisfriedhof, um sich das Grab anzusehen und sich von Hans zu verabschieden. Der von Tannen und Eiben eingesäumte alte Friedhof lag friedlich in der Wintersonne. Der Friedhof war sehr gepflegt. „Hans würde der Gedanke gefallen, hier begraben zu sein", dachte sich Magda und blickte auf die Büsche und die noch nicht zum Leben erwachten Pflanzen der Gräber. „Dies ist nun sein Garten."

„Ja, und was für ein schöner!", sagte ihre Mutter. Sie waren allein, als sie die Kieswege zwischen den liegenden Grabsteinen entlanggingen, von denen einige sehr alt waren.

„Schau, das da ist Albrecht Dürers Grab", sagte Liesel und deutete auf einen verwitterten, liegenden Grabstein mit einem neuen Metallepitaph darauf.

„Das Bild ‚Betende Hände', das als Kunstdruck zu Hause am oberen Treppenabsatz hängt, ist eine seiner bekanntesten Zeichnungen. Es gehört zu meinen Lieblingsbildern."

„Warum? Es ist doch nicht gerade interessant."

„Zum einen gefällt es mir, weil die Hände ganz wunderbar gezeichnet sind. Aber auch, weil ich weiß, dass Dürer die Vision hatte, unsere Welt würde in einer Sintflut untergehen. Beten sei das Einzige, was uns bliebe. Diese Vorstellung spricht mich an, obwohl ich selbst nicht bete."

„Wir …", Magda zögerte, errötete und fuhr fort „eigentlich wollte ich sagen, ich komme jeden Tag auf meinem Schulweg am

Dürerhaus vorbei." Nach einer Pause fuhr sie fort: „Du bist oft so traurig. Hans war auch so. Ich wollte ihn immer irgendwie aufheitern. Anfänglich sagte er ohnehin nicht allzu viel. Dann sind wir Freunde geworden. Eines Tages fragte ich ihn, warum er Gärtner wurde. Er entgegnete, er sei vorher Soldat gewesen. Er bringe es nicht mehr über sich, Menschen zu töten, stattdessen wolle er lieber etwas wachsen und gedeihen sehen. Ich denke, er mochte Hitler nicht besonders, weil er ihn immer ‚Adolf‘ und nicht ‚unser Führer‘ nannte, wie die Lehrer in der Schule. Eines Tages wollte ich seine Meinung über die Nazis wissen. Seine Antwort war: ‚Das sind alles Verrückte. Hitler wird uns in einen neuen Krieg stürzen. Dann Gnade uns Gott!‘"

Das Grab lag am Rand des Friedhofs. In den schönen schwarzen Stein aus Marmor waren der Name und der Geburts- und Todestag eingraviert, gefolgt von dem Satz: ‚Er war ein wahrer Deutscher.‘

Als Liesel das las, sagte sie: „Viel wichtiger ist, dass er ein guter Mensch war." Eine Vase stand auf dem Grab.

„Ich werde Blumen hineinstellen, wenn der Frühling kommt und im Sommer die von ihm gezüchteten Nelken", versprach Magda.

In diesem Halbjahr waren Magda und Traudel die einzigen übrig gebliebenen jüdischen Mädchen in ihrer Klasse. Der Direktor war einer der Ersten in Nürnberg, der die neue Nazibestimmung umsetzte, dass nur noch diejenigen jüdischen Kinder deutsche Schulen besuchen durften, deren Väter im Ersten Weltkrieg als Frontkämpfer gedient hatten. Traudel konnte bleiben, weil ihr Vater in der Schlacht an der Somme gekämpft hatte und ihm, genau wie Magdas Vater, das Eiserne Kreuz verliehen worden war.

Magda erfuhr von der neuen Bestimmung, als Leonie bei ihr zu Hause vorbeikam, um ihr zu sagen, sie und die anderen kämen nun nicht mehr zur Schule. Magda und ihre Freundin waren auf den Balkon hinausgetreten; sie blickten in den kahlen, winterlichen Garten.

„Wo wirst du denn jetzt hingehen?", fragte Magda. Sie konnte sich nicht vorstellen, dass ihre kleine Gruppe auseinandergerissen würde.

„Auf eine jüdische Schule in Fürth. Man braucht ewig bis dahin. Aber zumindest bleibt mir auf diese Weise Frau Berger erspart." Leonie versuchte zu lächeln.

„Ist es eine sehr religiöse Schule?"

„Das weiß ich nicht, und auch nicht, wie gut die Lehrer dort sind. Ich muss auf jeden Fall gute Noten bekommen, weil ich Ärztin werden will, wie Vati – wenn sie mich lassen."

Magdas Freundin war den Tränen nahe. Die beiden fielen sich in die Arme.

„Ich werde dich sehr vermissen und möchte dir sagen, komme zu mir, wann immer du willst. Wir werden Freundinnen bleiben."

„Auf alle Fälle", stimmte Leonie zu. „Vielleicht ist Fürth auch ganz in Ordnung. Lotte und die anderen werden auch da sein, obwohl Lotte wahrscheinlich nicht lange bleibt."

„Warum nicht?"

„Ihre Eltern wollen nach Paris. Du weißt doch, Lilly Levy darf in Deutschland nicht mehr an der Oper singen und Lottes Vater findet als Bühnenbildner auch keine Arbeit mehr."

Auf dem Balkon war es kalt und dunkle Schatten legten sich langsam über den Garten. Die beiden Mädchen gingen hinein.

Magda und Traudel saßen jetzt zusammen in einer Bank ganz hinten im Klassenzimmer, ohne Nachbarbänke auf beiden Seiten und mit großem Abstand nach vorne, damit sie von den arischen Mädchen isoliert waren. Magda blickte traurig in Trudes Richtung, die nun neben Helga saß, dem Mädchen aus Berlin. Unsicher lächelte sie Traudel an, vor der sie schon immer ziemlich Respekt gehabt hatte, da sie spürte, dass dieses kluge und ernste Mädchen sie nicht besonders mochte.

Traudel lächelte grimmig zurück und sagte: „Sie haben uns hier hinten hingesetzt, damit wir die anderen nicht verseuchen."

Von da an stellten die Lehrer Magda und Traudel keine Fragen mehr. Zuerst meldete sich Magda noch wie immer, hörte aber bald damit auf, weil die Lehrer sie stets ignorierten.

Frau Kettners Deutschstunden wurden jetzt von Herrn Wessel übernommen. Er war kleiner als so manches der Mädchen in der Klasse und hinkte wegen einer Kriegsverletzung. Er hatte das gleiche Bärtchen wie sein Führer und war ein Nazi wie Frau Berger. Aber im Gegensatz zur Geschichtslehrerin war er nicht enthusiastisch, sondern verbittert. Es war klar, dass er keines der Mädchen mochte, ob nun ‚arisch' oder jüdisch. In seiner ersten Stunde sagte er: „Ihr braucht nicht zu glauben, dass ihr bei mir etwas über Schiller hören werdet. Ich habe nicht die geringste Absicht, euch in romantische Rebellen zu verwandeln, geschweige denn in das, was die Engländer ‚Blaustrümpfe' nennen. Wenn ihr später den neuen deutschen Mann heiratet, werdet ihr merken, dass er bei seiner Frau keinen Wert auf Gelehrsamkeit legt."

Er machte eine Pause und sein Blick schweifte über die Klasse. Dann fuhr er fort: „Tatsächlich war das schon immer so! Als sich unser großer Dichter Goethe vermählte, entschied er sich für Christiane Vulpius, die bescheiden und keine Intellektuelle war – nicht für die gebildete Frau von Stein."

Danach sprach Herr Wessel von zwei weiblichen Vorbildern, denen die Mädchen nacheifern sollten. Eines war die legendäre Griselda, die unterwürfig jedes Elend ertrug, das ihr von ihrem Ehemann angetan wurde, um ihre Geduld auf die Probe zu stellen. Niemand in der Klasse war davon angetan. Herr Wessels andere Heldin erfüllte sie mit Staunen. Es war Königin Luise von Preußen, die ihren Ehemann Friedrich Wilhelm III. dazu gedrängt hatte, sich Napoleon zu widersetzen. ‚Um Gottes Willen keinen schmachvollen Frieden!', rief sie aus. Sie ermahnte ihre Söhne, stark und tapfer zu sein. Als sie in den Krieg zogen, befahl sie ihnen: ‚Wenn ihr trotz all eurem Bemühen unserem gedemütigten Staat nicht wieder zum Aufstieg verhelfen könnt, dann sucht den Tod! Kommt mit eurem Schilde oder darauf liegend zurück.' Magda bemerkte, wie verzückt Trude aussah, als sie Herrn Wessels Erzählung vom Leben der Königin lauschte.

„Griselda lässt einen erschaudern und Luise war ein Monster", sagte Magda zu Traudel. „Wenn man das von uns verlangt, werde ich keinen von Herrn Wessels deutschen Helden heiraten."

„Dazu wirst du auch kaum die Gelegenheit bekommen!"

Inzwischen hatte sich Magda an Traudels bissige Kommentare gewöhnt. Ohne darauf einzugehen, fuhr sie einfach fort: „Können Mädchen denn nie etwas für sich selbst tun?"

„Nicht in Nazideutschland, so viel steht fest."

Die ‚arischen' Mädchen gesellten sich nicht mehr zu den verbliebenen jüdischen in der Schule.

Beinahe alle ‚arischen' Mädchen traten dem BDM (Bund Deutscher Mädel) bei. Er war gegründet worden, damit sie, wie die Jungen in der HJ (Hitler-Jugend), einen patriotischen Verein hatten. Ihre Uniform war eine Variante der HJ-Uniform, bestehend aus einem dunkelblauen Rock und einer weißen Bluse. Auf den metallenen Blusenknöpfen war ‚BDM' eingeprägt. Ein schwarzes Halstuch vervollständigte die Ausstattung. Es wurde vorne von einem Lederring zusammengehalten, der wie ein Knoten aussah. Wie die Jungen waren die Mädchen stolz auf ihre Uniform und trugen sie oft auch in der Schule. Als Magda Trude in ihrem neuen Aufzug sah, hätte man diese für Manfreds Zwillingsschwester halten können.

Die Mädchen in BDM-Uniform hoben sich von den anderen ab. Sie standen im Pausenhof zusammen und empfanden sich als eine elitäre Gruppe. Aufgeregt unterhielten sie sich, was sie bei ihren Treffen gemacht hatten. Bei Heimatabenden lernten sie Volkstänze; auch Sport und hauswirtschaftlicher Unterricht stand auf dem Plan. Sie sangen Nazilieder und hörten sich flammende nationale Reden an. Magda wusste das, obwohl sie natürlich nicht an ihren Gesprächen teilnahm. Sie hätten ohnehin kein gemeinsames Gesprächsthema mehr gehabt.

Traudel machte das Alleinsein nicht so viel aus wie Magda; sie war daran gewöhnt. Magda dagegen war schon immer sehr gesellig.

Magda fühlte sich sehr unwohl. Sie wusste nicht mehr, wie sie sich verhalten sollte, wenn sie morgens ins Klassenzimmer kam. Sie zögerte, wie früher ‚Guten Morgen!' zu sagen und freundlich zu sein. Wenn sie andererseits auf dem Weg zu ihrem Platz kommentarlos an den anderen Mädchen vorbeiginge, könnten diese vielleicht denken, sie halte sich für etwas Besseres. Magda wurde immer stiller, was ihrer Mutter auffiel: „Was ist los mit dir?"

Also erzählte ihr Magda von ihrem Problem. „Mutti, was soll ich deiner Meinung nach tun?"

Liesel dachte kurz nach. „Nicke einfach freundlich, wenn morgens eine deiner ehemaligen Freundinnen in deine Richtung schaut. Das Wichtigste ist, keine Aufmerksamkeit auf dich zu lenken. Gib niemandem Gelegenheit zu sagen, du wärst aufdringlich. Du solltest dir außerdem besondere Mühe geben, ordentlich und sauber auszusehen, damit niemand dein Äußeres kritisieren kann. Keine schmuddeligen Blusen mehr!"

Angesichts dieses letzten Ratschlages blickte Magda besorgt drein. „Meinst du es hilft, wenn ich mir die Haare schneiden lasse?"

„Könnte sein. Sie wären auf jeden Fall leichter zu bändigen. Aber das wolltest du nie, wenn ich es dir früher vorgeschlagen habe."

„Aber nur, weil ich aussehen wollte wie die Mädchen in den Bilderbüchern. Jetzt habe ich meine Ansichten geändert."

Am 20. April, Hitlers Geburtstag, ließ sich Magda die Haare schneiden. Auf dem Weg dorthin machte sie einen Abstecher zum Johannisfriedhof, um einen Strauß Tulpen in die Vase auf das Grab von Hans zu stellen. Im Gegensatz zum stillen Friedhof, waren die Straßen voller Menschen. An allen Gebäuden hingen Hakenkreuzfahnen. Hunderte von Menschen wurden von beflaggten Bussen in die Stadt gebracht. Es war schwer, sich einen Weg durch die Menge zu bahnen. In der Lorenzkirche wurde anlässlich Hitlers Geburtstag ein Gottesdienst abgehalten. Draußen wartete eine Gruppe kleiner Mädchen mit Blumensträußchen. Sie hofften, diese dem Führer übergeben zu können.

Alle warteten auf Hitler in seinem offenen Wagen. Er befand sich auf dem Weg zum Adlerhorst in Berchtesgaden, wo er wie gewöhnlich seinen Geburtstag verbrachte. Die Mütter der kleinen Mädchen wussten, dass Hitler in der Öffentlichkeit gerne mit Kindern sprach.

„Der Führer hat eine wundervolle Art, mit Kindern umzugehen", sagte eine der vielen Mütter, von denen jede hoffte, ihre eigene kleine Tochter würde die Auserwählte sein.

Magda bog in eine Seitenstraße ab, wo der jüdische Friseur ihres Vaters geöffnet hatte, obwohl an diesem Tag die Geschäfte geschlossen waren. Bis in den Laden hörte man, wie lautes Jubelgeschrei ausbrach.

„Dann muss er also angekommen sein", sagte der alte Friseur und zuckte mit den Schultern.

Magda ließ ihre Hand über den kurz geschnittenen Nacken gleiten. Sie fühlte sich jetzt leicht und frei und nicht mehr wie ehedem als Bilderbuchheldin.

In der Königstraße marschierte die Hitlerjugend entlang und sang das ‚Horst Wessel Lied'. „Deutschland erwache! Juda verrecke!" Magda bahnte sich einen Weg durch die fahnenschwingende Menge auf dem Bürgersteig. Eine Gruppe zog zu einem jüdischen Möbelgeschäft und grölte: „Wenn das Judenblut vom Messer spritzt". Magda wandte sich von dieser Szene ab, die Zuschauer jedoch brachen in Beifallsrufe aus.

Kapitel 7

Schon wieder hatte ein neues Schuljahr begonnen. Magda schob ihr Rad zum Radschuppen, als sie sah, wie ein Mädchen ihres Alters aus einem glänzend schwarzen Mercedes ausstieg. Sie sprach mit dem Chauffeur in Militäruniform. Als sie bemerkte, dass sie angestarrt wurde, drehte sie sich um und musterte Magda von oben bis unten. Ihr Blick fiel auch auf Magdas Fahrrad mit den roten Reifen. Dann lief sie die Eingangsstufen zur Schule hoch.

Magda fragte sich, wer das Mädchen wohl sein könne. Eine Schülerin jedenfalls hatte man so herausgeputzt noch nie in der Schule gesehen. Wenige Schülerinnen oder Lehrer kamen zudem mit dem Auto und wenn, dann wurden sie nicht von einem Chauffeur gebracht. Sie war auffallend gekleidet: sie trug ein mit Borten besetztes Dirndl mit Schürze und passender weißer Bluse mit Puffärmeln. Zusammen mit ihren dicken, blonden Zöpfen erinnerte das Magda an die Kinder aus dem Chor von ‚Hänsel und Gretel‘. Magda musste sich eingestehen, dass das neue Mädchen hübsch war. Sie bewunderte ihre rosigen Wangen und ihre blauen Augen. Gleichzeitig war sie davon irritiert, wie sie von ihr gemustert worden war.

Magda fand bald heraus, wer das neue Mädchen war. Kurz vor Unterrichtsbeginn brachte sie der Direktor ins Klassenzimmer. „Das hier ist Eva Schultz. Sie wird ab sofort in eurer Klasse sein. Heißt sie bei euch recht herzlich willkommen.“ Dann wandte er sich an Trude: „Trude, ich möchte, dass du dich um Eva kümmerst. Während der Pause wirst du ihr die Schule zeigen.“ Sobald der Direktor draußen war, sah sich Eva um. Als sie bemerkte, dass Magda und Traudel ganz allein hinten in der Klasse saßen, wandte sie sich an Trude.

„Ihr habt also noch immer Juden hier, wie ich sehe. In meiner alten Schule haben wir sie beizeiten nach Hause geschickt und ihnen gesagt, sie sollten ihre Sachen packen.“

Trude antwortete nicht darauf. Stattdessen fragte sie Eva: „Wieso bist du nicht gleich zu Beginn des Halbjahres zu uns gekommen?“

„Wir haben erst letzte Woche erfahren, dass Vati befördert und hierher versetzt wurde. Er ist SS-Obersturmbannführer.“ Um sicher zu gehen, dass alle Mitschülerinnen die Tragweite dieser Worte verstanden, fügte sie hinzu: „Das ist Hitlers Eliteeinheit.“

Pflichtgemäß zeigte Trude Eva die Schule und beantwortete ihre Fragen zu den hier geltenden Regeln. Aber die beiden verstanden sich nicht. Eva war sofort klar, dass Trude den Ton in der Klasse angibt. Sie hatte keine Lust, sich hier unterzuordnen. Ihr wurde ein Platz neben Inge zugewiesen. Für Magda war es eine ausgemachte Sache, dass sich dieses behäbige und unbeholfene Mädchen mit seinen zusammengewachsenen Augenbrauen reichlich seltsam verhielt. Sie hatte erzählt, ihr Bruder hätte einer Katze einen Feuerwerkskörper an den Schwanz gebunden. Sie selbst fand das wohl ausnehmend lustig. Magda war nicht die Einzige in der Klasse, die ihr aus dem Weg ging. Keine mochte Inge besonders. Eva ließ sich auf sie ein, weil sie spürte, sie würde dieses nicht besonders helle Mädchen herumkommandieren können. Inge hingegen bewunderte die selbstbewusst auftretende neue Schülerin und ordnete sich ihr sklavisch unter. Auch hatte sie Angst vor ihr; Eva hatte nämlich eine scharfe Zunge, sobald man sie verärgerte. Der Anblick des unzertrennlichen Paares brachte Traudel dazu, ihnen den Spitznamen ‚Siamesische Zwillinge' zu geben.

Eva war darauf aus, Magda und Traudel wie Feinde zu behandeln.

„Mutter sagt, die Juden haben unseren Jesus getötet", verkündete sie einmal. Ein anderes Mal, nachdem sie herausgefunden hatte, dass Traudel sehr gut in Mathe war, sagte sie: „Ich könnte mir vorstellen, dass sie sich auch gut mit Geld auskennt. Es ist doch allgemein bekannt, dass die Juden es gut mit Geld können – viel zu gut."

Traudel tat so, als würde sie solche Sticheleien gar nicht hören und blieb äußerlich unberührt. Magda dagegen lief rot an und sah elend aus, wenn sich die Anspielungen gegen sie richteten. Sobald Eva das bemerkte, hatte sie es umso mehr auf sie abgesehen.

Zuerst ließ sie Bemerkungen über Magdas Aussehen fallen: ‚Zwergenhaft' war eines der Wörter, das sie benutzte. Ein anderes Mal sagte sie in ihrer lauten Stimme: „Bei dieser bleichen Haut und dem krausen Haar kann man doch schon aus einem Kilometer Entfernung sehen, was das für eine ist." Dann fiel Inge mit ein: „Allein die Nase ist bei beiden schon verräterisch genug." Sie kicherten und starrten die jüdischen Mädchen unverhohlen an.

Magda hatte ihr Äußeres immer gehasst. Sie wusste nicht, ob sie einfach losheulen oder auf ihre Peiniger einschlagen sollte.

Traudel, die merkte, wie sehr sie die Beleidigungen trafen, sagte: „Nimm das einfach nicht zur Kenntnis. Eva und ihre Handlangerin Inge sind von Natur aus boshaft. Die Juden geben nur ein willkommenes Opfer für sie ab. Wenn wir nicht wären, würden sie über andere herziehen."

Die Verunglimpfungen von Eva und Inge hörten jedoch nicht bei Beleidigungen auf. Eines Tages bemerkte Traudel, dass die Bücher in ihrem Schulranzen mit Tinte besudelt waren, obwohl sie nie Tinte dabeihatte. Ein anderes Mal kam Frau Berger nach hinten im Klassenzimmer zu Magda gestürmt.

„Wo sind deine Hausaufgaben?"

„Die habe ich abgegeben, Frau Berger." Normalerweise hätte sie sich zu Traudel gedreht, um sich das bestätigen zu lassen. Aber die war nicht da und die anderen Mädchen saßen zu weit weg, um dies bestätigen zu können.

„Sie sind nicht bei den anderen Heften. Du hast sie nicht abgegeben."

„Doch, das habe ich. Ich habe sie Eva gegeben, als sie alle eingesammelt hat."

Frau Berger zitierte Eva herbei.

„Ist das wahr, Eva?"

Eva sah sie mit einem gewinnenden Lächeln an.

„Nein Frau Berger, ich bin mir ganz sicher, dass sie nichts abgegeben hat."

Sie tat so, als müsse sie sich etwas überlegen und fügte dann schnell hinzu: „Jetzt fällt es mir wieder ein. Sie sagte, sie würde sie später abgeben."

„Du bist also eine Lügnerin, Magda", sagte Frau Berger. „Das hätte mich eigentlich gar nicht überraschen sollen. Wie kannst du nur so dumm sein zu glauben, du würdest bei mir mit dieser Ausrede durchkommen. Du wirst nachsitzen und dableiben, um die Hausaufgaben nachzuholen. Du warst bestimmt zu faul dazu."

Um 12.30 Uhr setzte sich Magda hin, um ihre Hausaufgaben noch einmal zu machen. Da sie diese schon einmal gemacht hatte, brauchte sie beim zweiten Mal nicht so lange.

„Glaub ja nicht, dass du schon gehen kannst", sagte Frau Berger, als Magda ihren Aufsatz abgab. „Du bleibst hier, bis du das abgeschrieben hast", und sie deutete auf eine Seite aus ‚Mein Kampf'. Es war nach halb zwei Uhr, als sie hinunter zu den Fahrradständern kam. Dort sah sie zu ihrer Überraschung Inge aus dem Hoftor kommen.

Was macht die denn hier?, fragte sie sich. Den Grund fand Magda gleich heraus. Jemand hatte die Luft aus ihren Reifen gelassen. Außerdem fehlte die Luftpumpe. Es war schon drei Uhr nachmittags, als Magda erschöpft nach Hause kam. Sie hatte das Fahrrad den ganzen Weg schieben müssen, weil sie sich nicht traute, es zurückzulassen – nicht, dass noch mehr passieren würde.

Mutti stand in der Tür und hielt Ausschau nach ihr.

„Was ist denn passiert?"

Nachdem Magda die ganze Geschichte erzählt hatte, sagte Liesel: „Willst du, dass ich mit deinem Vater darüber rede?"

„Nein, bitte nicht. Er würde in die Schule gehen und das würde nichts nützen. Ich kann nicht beweisen, dass ich meine Hausaufgaben abgegeben habe, solange Eva das Gegenteil sagt. Und ich kann auch nicht beweisen, dass Inge die Luft aus den Reifen gelassen hat, auch wenn ich mir dessen sicher bin."

Bei diesen Worten kam ihr wieder das Geburtstagsessen ihres Vaters im Restaurant in den Sinn. Herr Kahn hatte davon gesprochen, wie er nicht wollte, dass sein Vater in die Schule geht, um sich über Streicher zu beschweren.

Magda wusste, dass auch ihr Vater nichts erreichen würde, wenn er sich bei Frau Berger beschwert. Alle machten Witze darüber, sie sei die Lieblingslehrerin des Direktors, da sie ihm ständig nach dem Mund rede. Als Lotte noch auf der Schule war, hatte sie gemeint, die Geschichtslehrerin sei in ihn verliebt.

„Nein", sagte Traudel. „Sie ist in Hitler verliebt."

„Naja", sagte Liesel, „wenn du schon nicht glaubst, dass dir dein Vater helfen kann, dann musst du, genau wie Traudel, deine Gefühle verbergen: Du darfst Eva und Inge nicht merken lassen, dass vieles, was sie sagen, dich betroffen macht. Pass auf, dass du ihnen keine Gelegenheit gibst, dir zu schaden."

„Ich werde es versuchen", versprach Magda. „Vor allem werde ich nicht mehr mit dem Rad in die Schule fahren, für den Fall, dass Eva und Inge es ganz kaputt machen wollen."

„Das wäre vielleicht das Beste – aber wie schade!", sagte Liesel. „Du wolltest doch immer so gerne dorthin radeln."

„Das war früher. Das Beste war, durch den Park zu radeln, aber seit sie angefangen haben, das Stadion zu bauen, kann ich das ja auch nicht mehr."

Seit Monaten mussten die Sengers dabei zusehen, wie im Park täglich ganze Lastwagenladungen mit glänzenden Steinen ankamen, die für Hitlers neues Stadion bestimmt waren – das größte, das die Welt je sehen sollte. Gleichzeitig wurde die Trasse für die ‚Große Straße' der Anlage vermessen, mit zwei Kilometer Länge und vierzig Meter in der Breite.

Nach dem Gespräch mit ihrer Mutter fuhr Magda täglich mit der überfüllten Straßenbahn zur Schule. Sie achtete auch darauf, ihre Bücher auf Schritt und Tritt bei sich zu haben und ihre Hausaufgaben bei allen Lehrern persönlich abzugeben. Eva bombardierte sie weiterhin mit Beleidigungen, aber Magda ignorierte sie und tat so, als hätte sie nichts gehört, wenn sich ihre Feindin in ihre Richtung umdrehte. Eines Tages äußerte Eva: „Magda sieht eher aus wie ein Affe, nicht wie ein Mensch, oder? Aber Vati sagt ja auch immer, die Juden gehörten einer niedrigeren Rasse an.

Magda hatte vollkommen recht, dass man Anton Sengers Beschwerde in der Schule bestenfalls nicht zur Kenntnis genommen hätte. Evas Vater dagegen war dort jederzeit willkommen.

Obersturmbannführer Schultz besuchte den Direktor regelmäßig. Eines Tages nahm er Julius Streicher mit. Daraufhin wurde Frankens Gauleiter eingeladen, im Rahmen des jährlichen Schulfestes vor den Schülerinnen eine Rede zu halten. Zur angekündigten Zeit stand Streicher am Rednerpult der Aula. Der Schulleiter begrüßte ihn überschwänglich. Einer Vorstellung hätte es eigentlich nicht bedurft. In Nürnberg erkannte jeder diesen untersetzten Mann mit seinem bulligen Schädel, den engstehenden Augen und dem Oberlippenbärtchen. Man konnte oft sehen, wie er durch Nürnberg lief und eine Reitpeitsche schwang. Juden gingen ihm aus dem Weg. Wenn er von seinem Schlägertrupp umgeben war, dann war es allen klar, dass er jeden zusammenschlagen lassen würde, der ihm nicht passte.

Bei der Veranstaltung war die gesamte Schule anwesend, auch Magda und die anderen jüdischen Schülerinnen. Man hatte sie ganz nach hinten gesetzt, so dass sie möglichst außer Sichtweite waren. Streicher erging sich in seinem Lieblingsthema. Er erinnerte sein Publikum an den Krieg, der 1918 zu Ende war, als die Jüngsten unter seinen Zuhörern also noch gar nicht geboren waren. Streicher predigte seinen Zuhörern:

Nur ein einziges Volk ging siegreich aus diesem schrecklichen Krieg hervor. Ein Volk, von dem Christus sagte, sein Vater sei der Teufel. Dieses Volk hat die deutsche Nation in Körper und Seele zu Grunde gerichtet. Dann stieg Adolf Hitler auf, ein Mann, der bis dahin unbekannt war. Er wurde zum Sprecher, der zu einem Kreuzzug und zum Kampf aufrief. Er beschwor die Menschen, wieder Mut zu fassen, sich zu erheben und mit Hand anzulegen, um den Teufel aus Deutschland fortzujagen.

Anfangs wusste Magda nicht so recht, von wem der Gauleiter da sprach. Aber er ließ sie nicht im Unklaren. Streicher machte eine Pause und fragte sein Publikum: „Wisst ihr, wer der Teufel ist?"
Alle BDM-Mädchen wussten es. Viele, die ihm gebannt zugehört hatten, schrien: „Der Jude, der Jude!"
In all dem Geschrei raunte Traudel Magda zu: „Jesus war Jude."
Streicher erklärte dann seinen ‚arischen' Zuhörern, dass es ihre Aufgabe sei, das deutsche Blut reinzuhalten. Mit einem mahnenden Blick auf die höheren Klassen warnte er sie, sich vor jüdischen Jungen in Acht zu nehmen, die keine List unversucht ließen, deutsche Mädchen zu verführen. Er beendete seine Rede mit der Geschichte eines schönen Mädchens, mit dem er zur Schule ge-

gangen war: „Sie heiratete einen Juden und hat sich so ihr ganzes Leben ruiniert!"

Nach der Veranstaltung verstärkten Eva und Inge ihre gezielten Verunglimpfungen gegen die jüdischen Mädchen in der Schule. Sie fingen an, sie mit Absicht „zufällig" anzurempeln und zu schubsen, wenn sie sich im Korridor über den Weg liefen. Dabei sagte Eva stets sarkastisch: „Ach, das tut mir aber leid! Ich wusste nicht, dass du überhaupt noch da bist."

Als Magda eines Morgens wie gewöhnlich zu ihrer Bank im hinteren Teil des Zimmers ging, stellte Eva ihr ein Bein, sodass sie voll auf dem Boden landete. Magda stand wieder auf, sah ihre Peinigerin an und fragte: „Warum?"

Eva hatte keine Zeit, etwas zu sagen, weil in diesem Augenblick Herr Schwarz hereinkam, um seine Mathestunde zu beginnen. Er warf den beiden Mädchen einen scharfen Blick zu und zögerte. Schließlich sagte er aber nur: „Setzt euch!"

Als die Klasse an diesem Tag in die Pause hinunterging, kam Eva zu Magdas Bank und knallte ihr zwei Bücher hin. „Wenn du es immer noch nicht weißt, warum dich und deine Sippe hier niemand haben will: diese Bücher werden es dir klarmachen. Wie wäre es, wenn du mit diesem Bilderbuch anfängst? Ich bekam es im Kindergarten." Magda blieb mit Traudel allein im Klassenzimmer zurück. Sie nahm das von Eva erwähnte Buch in die Hand. Es hieß ‚Trau‘ keinem Fuchs auf grüner Heid‘ und keinem Jud‘ bei seinem Eid‘.

„Ein ziemlich langer Titel für ein Kinderbuch, findest du nicht?", kommentierte Traudel, die ihr über die Schulter schaute. Alle Bilder im Buch waren Karikaturen von Juden. Eine zeigte einen bösartig aussehenden Mann mit Schläfenlocken und einer Hakennase. Er versuchte, ein kleines Mädchen irgendwohin zu zerren.

„Diesen Mist tue ich mir nicht an", sagte Traudel und ging zur Tür. „Kommst du mit?" Aber Magda blieb. Zu jedem Bild gehörte eine Geschichte. So etwa vermittelte die folgende Zeichnung eine Botschaft an die kleinen Leser: Im heruntergekommenen Laden eines hässlichen Metzgers fraß eine Katze ein Stück Fleisch an, das auf dem Boden gefallen war. Die Botschaft lautete: *Vergesst nicht, dass er das Fleisch, das er verkauft, selbst nicht essen würde.*

Das andere Buch hieß ‚Der Giftpilz‘. Es verglich Juden mit Pilzen, die man loswerden muss, ehe sie die Menschheit zu Grunde richteten.

Magda hatte mit den Vogels vereinbart, an diesem Tag nach der Schule zum Mittagessen zu kommen. Sie zeigte Fritz die Bücher. Der sagte: „Noch mehr aus Streichers Feder, wie ich sehe. Er ist wie besessen. Ich frage mich, was ihn dazu bewog. Vielleicht war er in das Mädchen verliebt, von dem er bei der Veranstaltung gesprochen hat.“

„Welches Mädchen? Meinst du etwa das Mädchen, welches einen Juden geheiratet hat?“

„Ja. Die Leute sagen ‚in der Hölle gibt es keine Raserei, die so schlimm ist wie die einer verschmähten Frau‘.

„Aber die Männer können genauso schlimm sein.“

Eva und Inge quälten Magda und Traudel weiterhin. Ihre Verunglimpfung erreichte ihren Höhepunkt, als die ganze Schule zum alljährlichen Wandertag einen Ausflug aufs Land machte. Gegen Mittag kamen die Mädchen zu einem Bauernhof, wo sie Mittagspause machten. Nach dem Essen setzten sich Magda und Traudel ab, um die Gegend zu erkunden, während die anderen wieder einmal Nazilieder sangen. Die beiden kamen zu einem Schweinepferch und sahen sich den Wurf der kleinen Ferkel an. Da bemerkten sie, dass Eva und Inge ihnen gefolgt waren. Die vier Mädchen waren allein. Es war zunächst alles ruhig, bis auf das Grunzen und Quieken der Schweine. Plötzlich traten Eva und Inge nach vorne und versetzten Magda und Traudel einen so heftigen Stoß, dass sie durch das wackelige, geflochtene Gatter in den Schweinepferch stolperten. Eva und Inge brachen in schallendes Gelächter aus, als sie sahen, wie die anderen ausrutschten und im stinkenden Dreck auf ihrem Hintern landeten.

Magda und Traudel versuchten aufzustehen, als sie einen Mann schimpfen hörten: „Ihr seid eine Schande für die deutsche Frau!“ Zu ihrer Verwunderung sahen sie, dass ihr Mathelehrer gesprochen hatte. Außer sich vor Wut funkelte er Eva und Inge an, die davonstoben. Er murmelte: „Um die zwei kümmere ich mich später“ und half

Traudel und Magda aus dem Schweinepferch. Als er sich vergewissert hatte, dass beide sich nicht verletzt hatten, sondern nur ein paar blaue Flecken abbekommen hatten und natürlich vollkommen verdreckt waren, brachte er sie in die Küche des Bauernhofs, wo die Bäuerin, Frau Tuchel, gerade etliche Kübel mit Himbeeren abgefüllt hatte. Er nahm sie zur Seite und bat sie, den Mädchen beim Saubermachen zu helfen.

Offenbar erzählte er ihr nicht, wie es sich zugetragen hatte. Sie schaute die beiden Mädchen verwundert an und meinte: „Ihr müsst bei den Schweinen gewesen sein! Was um Himmels Willen wolltet ihr denn da?"

Traudel sagte schnell: „Wir wollten ein Ferkel auf den Arm nehmen." Die Frau schüttelte den Kopf, stellte aber keine weiteren Fragen. Sie goss einfach heißes Wasser aus dem Kessel am Herd in einen Zuber und füllte kaltes Wasser aus dem Brunnen nach und meinte: „Zieht eure Kleider aus und wascht euch gründlich." Inzwischen suchte sie für die Mädchen etwas zum Anziehen.

„Ich stinke immer noch", meinte Magda, während sie sich abschrubbte und versuchte, die Schweinekacke aus ihren Haaren auszuwaschen.

„Aber das war es fast wert, wenn Herr Schwarz dafür jetzt unser Held ist."

Die Bauersfrau kam mit ein paar Kleidungsstücken zurück. „Hier, die könnt ihr anziehen", sagte sie freundlich. „Ich denke, die müssten euch passen. Die gehörten meinen Töchtern."

„Hast du Geld?", flüsterte Traudel Magda zu. Magda hatte ihre Geldbörse in ihrem abgelegten Kleid retten können.

„Ich will kein Geld von euch", sagte die Bauersfrau, als sie sah, was sie vorhatten. „Lasst eure dreckigen Kleider einfach da. Ich nehme sie im Tausch. Sie werden wieder so gut wie neu sein, wenn ich sie gewaschen habe."

„Sind Sie sicher?", fragte Magda.

„Ganz sicher", sagte die Bäuerin. „Ihr wollt doch nicht diese stinkenden Sachen den ganzen Tag mit euch herumtragen."

„Vielen Dank!", sagten beide Mädchen gleichzeitig. „Wir sollten jetzt besser zu den anderen zurückgehen."

„Nein, ihr sollt noch nicht gehen. Euer Lehrer meinte, er würde wiederkommen und euch holen, wenn es Zeit ist. In der Zwischenzeit könnt ihr mir helfen, die Etiketten für die Himbeeren zu beschriften." Also setzten sich Magda und Traudel mit einem Fläschchen schwarzer Tinte an den Küchentisch. Auf die Etiketten schrieben sie ‚Himbeeren 1933'. Dann klebten sie diese auf die aufgereihten Gläser. Als sie zur Hälfte fertig waren, kam Frau Tuchel mit Bechern und einem Krug Milch.

„Bedient euch."

„Sie sind sehr freundlich", murmelte Magda, nachdem sie und Traudel sich erneut bedankt hatten.

„Ich fürchte, wir haben Ihnen da eine ganze Menge Arbeit gemacht."

„Ach, daran bin ich gewöhnt. Ich habe sechs eigene Kinder und weiß daher, was Kinder so alles aushecken können."

Magda und Traudel fanden nicht heraus, wie ihr Mathelehrer mit ihren Peinigerinnen umgegangen war. Eva, die gerne so tat, als könne sie kein Wässerchen trüben, war bisher darauf bedacht, ihre Verunglimpfung nur dann zu betreiben, wenn keine Lehrer in der Nähe waren. Jetzt aber, als Herr Schwarz sie beim Schweinepferch auf frischer Tat ertappt hatte, beschloss sie, die jüdischen Mädchen besser in Ruhe lassen, solange Herr Schwarz noch Lehrer an der Schule wäre.

„Wir haben einen Beschützer. Ich kann es kaum glauben!"

„Das müssen wir genießen, solange es geht", sagte Traudel. „Unser Direktor wird ihn bald loszuwerden versuchen."

Sie sollte recht haben. Die Schülerinnen erfuhren, Herr Schwarz werde am Ende des Halbjahres in Ruhestand gehen.

Kapitel 8

Für Magda und Traudel war es jetzt einfacher, Eva und Inge aus dem Weg zu gehen. Das bedeutete aber nicht, dass der Schulalltag besser wurde. Den verbliebenen jüdischen Schülerinnen wurden in den nächsten Wochen immer mehr Beschränkungen auferlegt. Aus unerklärlichen Gründen durften sie nicht mehr am Lateinunterricht teilnehmen. Das störte Magda nicht weiter. Der Ausschluss vom Sportunterricht dagegen traf sie schwer.

„Was ist denn nun schon wieder?", wollte die wenig sportliche Traudel wissen. „Ist es nur wegen deiner Leichtathletik?"

„Ja. Es ist schrecklich, weil ich auch nicht mehr in unseren Sportverein gehen darf. Herr Bremmer hat ein Schild ‚Für Juden verboten!' aufgehängt. Vor Papas Lieblingsrestaurant hängt das gleiche. Dabei hat der Besitzer so ein Aufheben von Papa gemacht, als wir zu seinem Geburtstag dort waren."

„Ach, diese Schilder hängen jetzt überall. Aber geh' doch einfach zum Zionistischen Jugendverein, wenn du Leichtathletik betreiben willst. Ich nehme dich gerne mit, wenn ich das nächste Mal hingehe."

„Danke dir. Ich weiß nicht so recht, ob ich da wirklich dazu passe. Aber ich kann es mal versuchen."

An ihrem nächsten Geburtstag stand Magda früh auf. Noch vor der Schule wollte sie zum Johannisfriedhof gehen, um eine der von Hans gezüchteten Nelken auf sein Grab zu legen. Eine weitere seiner preisgekrönten Blumen behielt sie für sich, eine cremefarbene Blüte mit roten Sprenkeln. Die wollte sie am Nachmittag an ihr Kleid stecken, denn in ihrem kurzen Haar würde sie jetzt sicher nicht mehr halten.

Es würde keine große Geburtstagsfeier geben. Es hatte keinen Sinn, ‚Arier' einzuladen. Viele ihrer jüdischen Freundinnen dagegen waren mit ihren Eltern ausgewandert – in irgendein Land, das bereit war, ihnen ein Visum zu erteilen, meistens in Europa oder Amerika. Einige der Jungen und Mädchen, die Magda vom Zionistischen Jugendverein kannte, waren mit ihren Familien nach Palästina ausgewandert; alle anderen redeten zumindest davon, es ihnen bald gleichzutun.

Eine Woche zuvor hatte sich Leonie von ihr verabschiedet. Ihr Vater hatte von seinem englischen Schwager das Angebot bekommen, mit seiner Familie nach London zu gehen.

„Mein Onkel ist auch Arzt, wie Papa, und er ist sich sicher, ihm eine Stelle verschaffen zu können."

Magda war neidisch.

„Ich wünschte mir, wir könnten auch dorthin gehen."

„Warum tut ihr es dann nicht?"

„Papa will nicht. Mutti sagt, er denkt immer noch, dass sich Hitler und die Nazis nicht lange halten können und das Leben wieder zur Normalität zurückkehrt."

„Das haben wir zu Hause auch lange gedacht. Dann fing Streicher an, Schauergeschichten über jüdische Ärzte zu verbreiten. Sie würden in ihrer Praxis die Frauen sexuell belästigen. Papa verlor die Hälfte seiner Patienten. Das Angebot meines Onkels hat der Himmel geschickt."

Die beiden Mädchen versprachen, einander zu schreiben. Als Leonie ging, blickten ihr Magda lange nach, bis sie ihre Freundin schließlich nicht mehr sehen konnte. Auf dem Weg zurück ins Haus fragte sie sich, ob sie Leonie jemals wiedersehen würde.

Magda war wie ihr Vater. Darauf hatte ihre Mutter schon immer hingewiesen. Magda ergriff jede Gelegenheit, ihr Leben zu genießen, so gut es ging. Sie konnte jetzt zwar keine richtige Geburtstagsfeier abhalten, aber sie war trotzdem entschlossen, sich ihren Geburtstag nicht verderben zu lassen. Ludwig und Olga kamen mit Fritz zum Tee. Sie brachten von Krumbacher verschiedene Kuchen mit. Den ließen sie sich, wie im Vorjahr, im Garten unter der Buche schmecken, gemeinsam mit Magdas Eltern. Das Geschenk ihrer Eltern bestand aus einem Fotoapparat. Sie machte von allen Fotos.

„Ich glaube, ich werde einmal Fotografin."

„In diesem Fall musst du eine Ausbildung machen", sagte Anton. „Die Fotografie ist eine Kunst und du musst wissen, wie man den Film entwickelt. Es gibt bestimmt Fotografen, wo man das lernen kann. In ein paar Jahren werden wir uns darüber informieren – wenn das nicht nur eine Laune von dir ist."

Magda lächelte nur. Niemand sagte etwas dazu.

Als der Kuchen aufgegessen und Florys Himbeersaft mit Limonade getrunken war, gingen sie hinein und sangen Lieder und natürlich ‚Happy Birthday'. Fritz saß wieder am Flügel.

Als Magda schließlich mit ihren Freunden allein war, hatte Fritz eine Idee.

„Wir könnten uns doch ‚King Kong' anschauen. Er läuft gerade im neuen Kino."

„Ach ja, in der Bucher Straße", meinte Olga. „Aber da dürfen wir doch nicht rein. Am Eingang hängt ein Schild ‚Für Juden verboten!'"

Darauf Fritz: „Na und wenn schon! Sie werden uns nicht auf die Schliche kommen; vor allem dann nicht, wenn du die Eintrittskarten kaufst, Olga. Du bist blond."

Alle sahen sie erwartungsvoll an. Widerstrebend willigte sie ein. Als sie sich zur Bucher Straße aufmachten, hatte Magda das Gefühl, mit Fritz auf einem ihrer gemeinsamen Abenteuer zu sein. Sie konnten den Feind – in diesem Falle den Kontrolleur – leicht überlisten. Die Frau im Kassenhäuschen sah Olga kaum an. Sie nahmen ihre Sitze im halbdunklen Zuschauerraum ein, als der Vorspann lief. Keiner hatte sie bemerkt. Sie machten es sich gemütlich und freuten sich auf den Film.

„Das war der aufregendste Film, den ich je gesehen habe", stellte Magda fest, als sie anderthalb Stunden später alle die Straße entlanggingen.

„Diese letzte Szene auf dem Wolkenkratzer war ja unglaublich."

Darauf Fritz: „Ja, das schon. Aber das war ein bisschen gemein zum Affen. Am Schluss tat er mir leid. Wusstet ihr, dass das Hitlers Lieblingsfilm ist?"

„Also ich nicht", meinte Olga. „Warum?"

„Ich nehme an, er sieht sich selbst als den Helden – Jack, oder wie er hieß –, als er die schöne, blonde Heldin vor dem Monster rettet. Genauso wie Jack im Film, will ein schönes, blondes Mädchen vor einem Monster retten. In Hitlers Vorstellung wird die hübsche Ann zu Deutschland."

„Und wer ist dann das Monster?", wollte Olga wissen.

Magda hatte erraten, worauf ihr Cousin hinauswollte: „Fritz meint sicher, das sind wir. Das stimmt doch?"

„Ja. Hitler denkt, die Juden sind wie dieser böse, riesige Affe, den man vernichten muss, ehe er die unschuldige Heldin umbringt."

Alle gingen schweigend vor sich hin. Magdas frohe Geburtstagsstimmung war verflogen.

„Man kann den Film auch noch auf eine andere Weise sehen", gab Ludwig zu bedenken.

„Na los. Wie meinst du das? Hoffentlich ist deine Erklärung ein bisschen fröhlicher als meine."

„Na ja, es ist doch klar, King Kong hat sich in das Mädchen verliebt. King Kong ist also Hitler selbst. Er ist in Deutschland verliebt. Weder dem Affen noch Hitler ist es klar, dass sie Unheil bringen. Wenn sie niemand daran hindert, dann töten sie, was sie lieben, ohne es eigentlich zu wollen. Die Flugzeuge, die den Affen abschießen, als er oben auf dem Empire State Building herumturnt, stehen dann für die Macht der Zivilisation, die den Führer besiegen wird."

Fritz lachte. „Bravo, Ludwig! Heißt das, mir muss Hitler jetzt leidtun?"

Inzwischen waren sie wieder bei Magdas Haus angekommen. Magda drehte sich um und umarmte Olga ganz fest, um ihr für die gelungene Hilfe bei den Eintrittskarten zu danken.

Da sah sie, wie Fritz Flugblätter aus einem Rucksack nahm, den er bei sich trug. Sie hörte, wie er zu Ludwig murmelte: „Es wird allmählich Zeit, dass wir unseren Beitrag zur Macht der Zivilisation leisten. Ludwig, kommst du?"

„Ich muss Olga schnell noch nach Hause bringen", kam als Antwort.

Was hat das alles zu bedeuten?, fragte sich Magda, als Flory ihr die Tür aufmachte.

Bei ihrem nächsten Besuch bei den Vogels trat Magda versehentlich auf das Kinderbuch ‚Der Giftpilz', das im Flur auf dem Boden lag. Sie blätterte durch die Judenkarikaturen und wandte sich an Fritz: „So sehen wir doch nicht aus. Wir sind alle verschieden. Lotte und Olga könnten zum Beispiel leicht als Arier durchgehen. Glauben die Leute wirklich, was Streicher verbreitet?"

„Ich fürchte, eine Menge Leute tun das tatsächlich. Und selbst wenn sie eine andere Meinung haben – sie werden kaum in der Öffentlichkeit dazu stehen. Wie auch immer, falls dich das ein bisschen beruhigt, Ludwig und ich haben mit einer eigenen Aufklärungsaktion begonnen. Weißt du noch, was er über ‚King Kong' gesagt hat? Schau dir das mal an!"

Fritz holte aus seinem Rucksack ein paar Blätter hervor. Alle zeigten eine grobe Karikatur. Auf der Spitze eines Wolkenkratzers hält King Kong ein verängstigt blickendes Mädchen in seinen Pranken. King Kong hatte auf der Karikatur einen Hitlerbart verpasst bekommen und trug eine Uniform mit einer Hakenkreuzbinde. Das Mädchen war in die alte deutsche Fahne gehüllt.

„Was habt ihr damit vor?"

„Ludwig und ich werden sie nächsten Sonntag nach Einbruch der Dunkelheit in der Nähe des Hauptmarktes anschlagen. An Haustüren und Laternenpfählen." Magda war begeistert.

„Das ist ja abenteuerlich! So was Ähnliches habt ihr doch schon mal gemacht, oder? Nach dem Film warst du doch mit Ludwig in ähnlicher Sache unterwegs."

„Ja, aber an dem Abend hatten wir nur Flugblätter dabei. Jetzt haben wir das erste Mal ein Plakat. Was hältst du davon?"

Magda schaute sich das Bild genau an.

„Großartig. Ich komme mit."

Fritz wusste, Tante Liesel würde es ihm niemals verzeihen, wenn er Magda in Schwierigkeiten brächte.

„Nein! Das kannst du nicht machen. Zumindest nicht dieses Mal. Zu dritt ist es gefährlicher."

Als er Magdas rebellisches Gesicht sah, fügte er hinzu: „Aber heute Nachmittag könnte ich deine Hilfe gut gebrauchen. Hast du einen Film in deinem Fotoapparat?"

„Ja, warum?"

Sie bemerkte sein Ablenkungsmanöver von der Plakat-Aktion, widersprach aber nicht. Sie hatte sich schon überlegt, was sie tun würde.

„In meiner Klasse müssen wir einen Aufsatz über das neue Nazi-Stadion schreiben. Heute Nachmittag gehe ich einmal hin, um mir das Gelände genauer anzusehen. Wenn du ein paar Fotos machst, könnte ich sie meinem Aufsatz beifügen.

„Wie du siehst", meinte er mit Blick auf das King Kong-Plakat, „Zeichnungen sind nicht gerade meine Stärke."

„Ich komme gerne, aber was ist das denn für ein grässliches Thema? Was soll man denn da bloß schreiben?"

„Ich weiß, was von mir erwartet wird – eine Lobeshymne auf den Führer, wie zum Beispiel, das Stadion sei ein würdiges Denkmal für seine bisherigen und künftigen Errungenschaften. Aber das werde ich nicht schreiben."

„Aber was dann?"

„Ich werde nüchtern eine rein faktische Beschreibung aller Details liefern und alles mit exakten Maßangaben versehen."

Nach dem Mittagessen gingen Fritz und Magda auf das Gelände. Es war ein schöner Tag im Frühherbst. Fritz nahm ein Maßband, ein Heft und einen Stift mit; Magda griff sich ihren Fotoapparat. Ein Soldat kehrte gelbe Ahornblätter von den schwarzgrauen Platten der Großen Straße. Ein anderer Soldat war damit beschäftigt, das zusammengerechte Laub zu verbrennen.

„Ich liebe diesen Geruch nach Lagerfeuern", meinte Magda, als der Rauch in ihre Richtung zog. Sie kamen an ein paar Klassenkameraden von Fritz vorbei, die ebenfalls wegen des Aufsatzes da waren.

Sie gingen zum Zeppelinfeld, einem Aufmarschplatz, groß genug für alle, die jedes Jahr zum Reichsparteitag kamen: SS-Verbände, SA-Mannschaften, Reichsarbeitsdienst und Abordnungen anderer NS-Verbände. Sie alle kamen jedes Jahr zu Tausenden, um ihren Führer zu bejubeln.

Fritz und Magda gingen über das Zeppelinfeld auf eine Gruppe Touristen zu, die zur Tribüne hochblickten. Am oberen Ende der Tribüne befand sich eine monumentale Kolonnade, deren Säulen mit Hakenkreuzen geschmückt waren. Die Gruppe hörte ehrfürchtig dem Fremdenführer zu.

„Genau da oben steht unser Führer, wenn er zu uns spricht", sagte einer der Umstehenden zu seinem kleinen Jungen.

Magda fotografierte die Tribüne und flüsterte: „Das sieht ja aus wie ein Altar."

„Das ist Absicht", erwiderte Fritz. „Albert Speer hatte den griechischen Pergamon-Altar für Zeus im Kopf, als er seinen Plan ausarbeitete. Er weiß, was sein Auftraggeber erwartet. Hitler versteht sich selbst als Hohepriester der Nazi-Religion."

Die beiden verbrachten die nächsten zwei Stunden auf dem Reichsparteitagsgelände. Magda machte noch etliche Fotos und Fritz nahm von allem Maß und notierte sich die Zahlen und seine Berechnungen in seinem Heft. Unterwegs begegneten sie der Hitlerjugend, die sich stolz auf dem Gelände präsentierte. Schließlich kamen sie zur noch unfertigen Kongresshalle. Da Magda das Gerüst auf der Rückseite nicht mit aufnehmen wollte, fotografierte sie nur die makellos weiße Vorderseite. Fritz sah sich die zwei aufeinander geschichteten Steinreihen an.

„Wer auch immer diese teure Hochzeitstorte entworfen hat, er hat noch weniger Fantasie als Albert Speer. Kein Wunder, dass sich Albert und Adolf gut verstehen – beide sind sie Fantasten." Dann nahm Fritz Magda am Arm.

„Komm! Das war's. Wir sind hier fertig."

„Gut. Mein Film ist nämlich voll. Aber sag mal, wozu soll dieser Bau eigentlich dienen?"

„Zu noch mehr Reden des Führers. Hitler stellt sich schon vor, wie ihm hier 50.000 Menschen gebannt zuhören. Er liebt die Theatralik."

„Ja", stimmte Magda zu, „das Stück, in dem er auftritt, ist ein Horror."

„Da hast du recht. Aber es wird ein Reinfall werden."

Kapitel 9

Am Sonntagabend sagte Magda ihren Eltern, sie ginge noch zu Olga. Das tat sie auch, aber nur kurz. Als sie merkte, wie sich Ludwig von seiner Mutter verabschiedete, verließ sie ebenfalls kurz darauf unter einem Vorwand das Haus. Sie musste aufpassen, von Ludwig nicht gesehen zu werden, als sie in dieselbe Straßenbahn wie er einstieg.

Sobald auch Fritz am Hauptmarkt auftauchte, gab sie sich zu erkennen. „Nein!", schrie er. „Geh' nach Hause!"

„Das werde ich nicht tun", gab Magda zur Antwort. „Gib mir ein paar von den Plakaten! Die kann ich genauso gut anschlagen wie ihr." Damit schnappte sie sich von Fritz eine Handvoll Plakate mit den Karikaturen und lief die Straße hinunter zum Haus, wo Hans gewohnt hatte. Sie hatte keinen Kleber dabei, also schob sie eine der Zeichnungen einfach unter der Haustür durch, damit seine Frau sie finden würde. *Wenn sie nur wüsste wo Eva wohnt. Der würde ich allzu gerne eines dalassen.* Die anderen Karikaturen steckte sie in Briefkästen verschiedener Büros und Läden. Sie nahm sich in Acht, dabei von keinen Passanten gesehen zu werden. Es dauerte nicht lange, die paar Dutzend Blätter zu verteilen. Kaum war sie fertig, als sie auch schon wieder in der Straßenbahn zurück nach Hause saß.

Daheim waren im Erdgeschoss alle Zimmer hell erleuchtet. In der Eingangshalle stand ihre Mutter. Sie war dabei, ihren Mantel anzuziehen. Vor lauter Aufregung konnte sie ihn nicht richtig zuknöpfen. Ihr Vater hing am Telefon.

„Was ist denn hier los, Mutti?" Sie fürchtete, die Antwort bereits zu kennen und hoffte doch, mit ihrer Befürchtung nicht recht zu haben.

„Geh nicht weg, Liesel!", schrie Anton und legte die Hand über die Sprechmuschel. „Johanna ist schon unterwegs."

Dann wollte er wissen, mit wem Liesel eigentlich spräche.

„Was soll er getan haben?" Bei der Antwort, die Anton erhielt, verschlug es ihm die Sprache. Er versuchte, seine Stimme unter Kontrolle zu halten. „Keine Sorge, Heinz. Wenn Johanna nichts erreicht, dann gehen wir morgen früh zusammen hin." Er legte auf und murmelte: „Dieser verdammte, dumme Kindskopf!" Dann sah er Magda, die mit ihrer Mutter in der Eingangstür stand.

„Und wo warst du?", verlangte er mit zornigem Blick von seiner Tochter zu wissen.

„Ich war bei Olga. Das habe ich euch doch gesagt." Magda zitterte von Kopf bis Fuß.

„Alice sagt, du bist nur eine Viertelstunde geblieben."

„Warst du mit Fritz unterwegs?", fragte Anton, als ob Magda eine Gefangene im Gerichtssaal wäre, die er ins Verhör nimmt. „Hast du gesehen, was passiert ist?"

„Ja, ich war ein bisschen mit ihm und Ludwig in der Altstadt unterwegs. Was ist denn passiert? Es ging ihnen gut, als ich mich von ihnen verabschiedet habe."

„Fritz ist im Gefängnis und Ludwig ist verschwunden. Das ist passiert. Heinz sagt, Fritz ist wegen des Verteilens ‚subversiver Literatur' festgenommen wurde."

„Es war nur eine Karikatur. Da stand nichts drauf", sagte Magda schwach.

„Du weißt also über alles Bescheid. Hast du diese Sachen auch verteilt?" Magda errötete.

„Ich wollte etwas tun", sagte sie, als ihr Mut zurückkehrte. „Ich hasse es, wie wir diese Lügen einfach so hinnehmen, die über uns erzählt werden."

„Du bist ein dummes Mädchen", sagte Liesel traurig. „Ich habe dir gesagt, wie wichtig es für Juden ist, keine Aufmerksamkeit auf sich zu lenken. Ich nehme an, das war die Idee von Fritz. Jetzt siehst du mal, wohin das führen kann, bei ihm und wahrscheinlich auch bei Ludwig."

„Du bist mit mehr Glück als Verstand davongekommen, junge Dame", sagte Anton, weniger zornig als vorher.

Magda brach in Tränen aus.

„Aber was geschieht jetzt mit Fritz und Ludwig?"

„Wo auch immer Ludwig ist, er wurde nicht verhaftet", antwortete ihr Vater. „Wie du bestimmt mitbekommen hast, als ich gerade am Telefon war, geht Großmutter jetzt zur Polizei. Wenn sie keine Freilassung erreichen, werden Heinz und ich morgen Früh hingehen."

Die Sengers schliefen in dieser Nacht nicht sehr gut. Nachts um eins rief Leopold Kahn an. Ludwig sei nach Hause gekommen. Nach der Festnahme von Fritz hatte er sich so lange versteckt gehalten, bis die Polizei wieder abzog. Sie hatten vorher alle auffindbaren Plakate eingesammelt. Heinz rief zwei Stunden später an, um zu berichten, dass Johanna es auf der Polizei nicht weiter als bis zum Empfang geschafft hatte. Also ging Anton schon vor dem Frühstück los, um Heinz abzuholen, der mitgenommen und unausgeschlafen wirkte. Anton bedeutete seinem Schwager, sich zu rasieren und ein sauberes Hemd anzuziehen. Dann rief er seinen Partner an, um Bescheid zu geben, dass er erst später in die Kanzlei käme – wahrscheinlich sehr viel später. Er erklärte warum, woraufhin Rudolf Lill meinte: „Darf ich einen Vorschlag machen? Lassen Sie mich zur Polizei gehen. Es wäre vielleicht besser, wenn Sie und ihr Schwager sich da heraushielten."

„Was lässt Sie denn glauben, es wäre besser für den Jungen, wenn Sie hingingen?"

„Ich bin natürlich nicht sicher, ob ich etwas erreichen kann", kam die Antwort, „aber ich kenne Gerhard Richter. Das könnte hilfreich sein. Er ist mit meiner Schwester verheiratet."

Herr Lill ging auf die Polizei, wo er am Empfang erklärte, er sei Anwalt, und komme im Namen der Familie Vogel. Der diensthabende Polizeibeamte sah den kleinen Mann mit dem mausgrauen Haar im Nadelstreifenanzug überrascht an. Er war sich ziemlich sicher, dass er kein Jude war und fragte sich, was er wohl mit der ganzen Sache zu tun habe. „Schauen Sie sich besser das mal an." Mit diesen Worten reichte er ihm ein Plakat. Auf Bitten des Anwalts hin führte ihn der Beamte eine feuchte Treppe hinunter. Er schloss eine Zellentür auf, führte Herrn Lill hinein, verschloss sie wieder und ging zurück nach oben.

Es gab kaum Licht, aber als sich die Augen des Anwalts an die Dunkelheit gewöhnt hatten, sah er, dass in der kleinen Zelle ein Eimer und ein Bett standen – ohne Matratze. Fritz saß auf der blanken Pritsche, den Kopf in die Hände gestützt. Er stand auf, zuckte dabei zusammen und blickte den Anwalt fragend an. Ein Arm stand in einem unnatürlichen Winkel ab, wie Herr Lill bemerkte. Seine rechte Gesichtshälfte war stark geschwollen.

„Du kennst mich nicht", sagte Herr Lill. „Ich bin Anton Sengers Partner. Ich habe kein Verständnis für dich. Du hast eine Straftat begangen und deiner Familie großen Ärger beschert. Aber du bist noch sehr jung und für dich war das wohl nur ein Scherz – obwohl ich sagen muss, ein sehr dummer."

An dieser Stelle wedelte der Anwalt mit der Karikatur vor seiner Nase herum. „Deshalb", fuhr er fort, „und weil ich große Achtung für deinen Onkel und deine Tante Liesel habe, will ich versuchen, dich hier herauszuholen. Aber bevor ich mit dem verantwortlichen Polizeibeamten rede, musst du versprechen, das du tun, was ich dir sage."

„Was erwarten Sie von mir?"

„Dieses Stück Papier", antwortete der Anwalt, „du sagst einfach, du hättest es aufgehoben ohne zu wissen was es ist."

„Das werden sie mir nicht glauben. Als dieses Schwein mich aufgehalten hat, hatte ich jede Menge Exemplare davon in der Hand."

„Dann wirst du eben sagen, du hast einen ganzen Stapel davon gefunden und warst neugierig. Du hast sie aufgehoben, um zu sehen, was es ist. Und noch etwas – wenn du mit ‚Schwein' einen Polizeibeamten meinst, dann sag das nicht nochmal! Andernfalls setze ich mich nicht mehr für dich ein."

„In Ordnung", sagte Fritz. „Ich weiß, dass Sie versuchen, mir zu helfen." Er streckte seinen gesunden Arm aus.

„Verzeihen Sie, dass ich Ihnen meine linke Hand gebe. Mit dem anderen Arm stimmt was nicht."

„Ja", merkte Lill an, „der muss untersucht werden." Er rief nach dem Polizeibeamten. Dann ging er, ohne Fritz die Hand zu geben.

Als Nächstes suchte Herr Lill seinen Schwager auf, mit dem er sich ganz gut verstand, wenn sie sich auf Familienfeiern trafen. Bei diesen Gelegenheiten war Gerhard Richter immer fröhlich, riss Witze und war bei den Kindern sehr beliebt. Wenn er aber in seinem Büro hinter seinem Schreibtisch saß und eine ihm etwas zu enge Uniform trug, war er ein anderer Mensch. Ihn umgab die Aura eines Mannes, mit dem man sich besser nicht anlegte. Trotzdem entspannte er sich etwas, als er sah, wer sein Besucher war. Er lächelte und sagte: „Guten Morgen, Rudolf. Was führt dich her?"

„Ich bin hier, um zu erfahren, was mit Fritz Vogel passieren soll. Er ist der Neffe von Anton Senger, meinem Partner in der Kanzlei."

„Tatsächlich? Du hast nie erwähnt, dass du mit einem Juden zusammenarbeitest."

„Ich arbeite seit meinem Examen bei Anton Senger. Er war immer sehr gut zu mir. Ich würde ihm gerne helfen, wenn ich kann."

„Ich verstehe. Was kann ich für dich tun?"

„Ich möchte dich bitten, den Jungen freizulassen."

Der Beamte saß eine Zeitlang schweigend da.

„Das dürfte nicht einfach werden. Das Plakat, das du da in der Hand hältst, hat hier einen riesigen Wirbel verursacht. Dazu kommt noch, dass ein paar brave Nürnberger der Gestapo diverse Flugblätter übergaben haben, die in letzter Zeit in der Stadt aufgetaucht waren. Die waren vielleicht auch von diesem Jungen."

Lill bemerkte erleichtert, dass sein Schwager nicht wusste, dass Ludwig zusammen mit Fritz unterwegs gewesen war. Und er selbst wusste nicht, dass auch Magda dabei gewesen war. Anton hatte es ihm verschwiegen.

„Wie dem auch sei", fuhr Gerhard fort, „ich hatte beschlossen, dem Treiben ein Ende zu setzen und meine Männer zum Observieren eingesetzt. Zugegebenermaßen war ich überrascht, als sie mir gestern Nacht den Schuldigen präsentierten. Er ist ja fast noch ein Kind."

Lill ergriff sofort diese Gelegenheit.

„Genau darauf will ich hinaus. Fritz Vogel ist ein Kind – sein rechter Arm ist übrigens gebrochen. Diese sehr amateurhafte Karikatur ist doch nur ein dummer Jungenstreich."

„Ein gefährlicher Jungenstreich. Wer weiß, was er als Nächstes anstellt?"

„Ich habe gerade mit ihm gesprochen. Er wird so etwas nie wieder tun."

„Ich hoffe, du hast recht. Aber ihm muss eine Lektion erteilt werden. Über die ganze Sache muss ich noch genauer nachdenken. Tut mir leid, Rudolf. Ich kann dir nur das Folgende versprechen: ich kümmere mich darum, dass ihn meine Männer nicht nochmal verprügeln und ich lasse seinen Arm versorgen. Heute lasse ich ihn jedenfalls nicht frei – wenn ich das überhaupt je tue."

Damit war die Unterhaltung beendet und Lill machte sich wieder auf den Weg. Seine Bitte war ihm zwar abgeschlagen worden, er war aber nicht ohne Hoffnung. Und so meinte er später zu Anton: „Die Erwartung, Fritz gleich herausholen zu können, war wohl doch überzogen. Während unseres Gesprächs war Gerhard offensichtlich auf der Hut und taktierte vorsichtig. Er kann es sich nicht leisten, sich mit der Gestapo anzulegen. Wir werden abwarten müssen, was er für uns tun kann, wenn ein bisschen Gras über die Sache gewachsen ist."

Die Vogels und die Sengers machten eine schlimme Zeit durch. Keiner sprach es aus, aber alle befürchteten das Schlimmste, dass man Fritz nach Dachau schicken würde, ins dortige Konzentrationslager für politische Häftlinge. Johanna erlitt einen Schlaganfall, zum Teil wohl auch wegen dieser Belastungen. Heinz war untröstlich, auch wenn der Arzt sagte, es bestünden gute Chancen, dass Johanna sich wieder vollständig erholt.

Als Heinz seine Mutter aus dem Krankenhaus nach Hause gebracht hatte, war er ständig bei ihr und wich nicht von ihrer Seite. Johanna war nun halbseitig gelähmt. Die Mahlzeiten, die Romy für Heinz zubereitete, rührte dieser kaum an. Der Arzt fürchtete, bald einen zweiten Patienten zu bekommen. Deshalb stellte er ihm eine Liste zusammen, was er bei der Pflege der alten Frau beachten solle. Nicht alles war nötig. Der Zweck bestand eher darin, ihn auf andere Gedanken zu bringen und ihn vom ständigen Grübeln über seine Situation abzubringen. Denn weder er noch die Sengers konnten irgendetwas anderes für Fritz tun. Sie konnten ihn nicht einmal besuchen. Alle diesbezüglichen Anfragen wurden abgelehnt.

„Sie müssen Geduld haben", sagte Lill zu Anton und Liesel. Er hatte recht gehabt mit seiner Vermutung, sein Schwager würde erst einmal abwarten, wie die Gestapo auf die Inhaftierung eines Juden reagiert, dem die Verteilung ,subversiver Literatur' zur Last gelegt wird. Gerhard Richter ging inzwischen davon aus, es wäre wohl das Beste, niemanden an Fritz zu erinnern. Er wusste, dass die bayerische Gestapo personell überfordert war. Sie war für ein Gebiet mit einer Million Einwohnern zuständig. Es bestand immer die Gefahr, dass Leute ihre Nachbarn denunzierten. Als er aber nach einem Monat nichts mehr von der unterbesetzten Geheimpolizei hörte, nahm er an, die Akte mit dem Fall des jugendlichen Straftäters sei wohl unter dem riesigen Berg von Unterlagen untergegangen.

Unterdessen hatte Fritz Scharlach bekommen. Damit hatte Richter eine Entschuldigung. Er konnte behaupten, er müsse den Jungen loswerden, um nicht die eigenen Leute anzustecken. Damit konnte Fritz also nach vier Wochen Einzelhaft wieder das Tageslicht erblicken.

Magda hatte sich schon lange danach gesehnt, ihren Cousin wiederzusehen. Sie musste aber erst noch warten, bis er aus der Quarantäne entlassen wurde. Als er wieder genesen war, lud sie ihn auf einen Spaziergang ein. Unter einem bedeckten Himmel gingen sie durch den fast menschenleeren Park und fanden sich wieder vor der Zeppelintribüne. Fritz schaute hinauf zu den massiven Säulen mit den Hakenkreuzen. Er sah Magda an: „Ich habe mich in diesem Mann getäuscht."

„Du meinst Hitler? Was willst du damit sagen?"

„Tief in meinem Herzen dachte ich, man brauche ihn nicht ernst zu nehmen. Ich dachte, die Leute würden ihn durchschauen. Jetzt weiß ich, man braucht mehr als eine Karikatur, um sie dazu zu bringen, ihre Meinung zu ändern. Dieser Größenwahnsinnige hat sie hypnotisiert. Bei meinem Verhör erfuhr ich von dem Beamten, viele Leute hätten Dutzende der angeschlagenen Plakate abgerissen und sie der Gestapo übergeben. Letzten Endes habe ich dadurch nur Schaden angerichtet. Mein Vater ist um zwanzig Jahre gealtert. Und unsere Großmutter, die immer gerne geredet hat, kann nicht mehr deutlich sprechen. Sie nuschelt und bringt alle Wörter durcheinander. Sie hätte nie diesen Schlaganfall bekommen, wenn ich nicht so ein Narr gewesen wäre."

Fritz sah verzweifelt aus. Magda schwieg. Sie sah ihn an. „Was wirst du jetzt tun?"

„Vater will mich nach England schicken. Ludwig wird nach Dover gehen. Dort hat ihm ein Schulleiter eine Unterkunft und einen Platz an seiner Schule angeboten. Wie es aussieht, würde dieser Mann auch mich aufnehmen."

Magda war bestürzt. Es war schon schlimm genug, dass so viele ihrer Freundinnen gegangen waren. Sollte jetzt auch noch Fritz weg gehen? Das wäre, als würde sie einen Bruder verlieren.

„Mach dir keine Sorgen", sagte er, als er ihr erschrockenes Gesicht sah.

„Ohne Vater gehe ich nirgendwohin. Außerdem kommt es für uns überhaupt nicht in Frage, Großmutter zurückzulassen. Zum Reisen ist sie viel zu krank."

Magda war sehr erleichtert. Fritz fuhr fort: „Du darfst nicht glauben, dass ich gebrochen bin, wegen all der Dinge, die passiert sind. Irgendwie werde ich schon einen Weg finden, wie ich den Tyrannen bekämpfen kann. Aber man muss sich dafür schon etwas Besseres einfallen lassen als Plakate mit Karikaturen. Die erreichen bei den Leuten ihr Ziel nicht."

„Und was ist mit der Schule?", fragte Magda.

„Ich bin schon wieder zurück in der Schule. Der Direktor weiß nicht, wo ich im letzten Monat war. Zumindest glaube ich nicht, dass er das weiß. Offiziell heißt es, ich hatte Scharlach. Damit war ich nicht der einzige Junge in der Schule. Es gab ja eine Epidemie."

Unterdessen hatten sie die Kongresshalle erreicht. Es fing an zu regnen, also stellten sie sich unter das immer noch vorhandene Gerüst der Kongresshalle, dieses Symbol für Hitlers ehrgeizige Pläne.

„Apropos Direktor", meinte Fritz, „da muss ich wieder an meinen Aufsatz denken. Du erinnerst dich doch, ich habe ihn geschrieben, ohne ein einziges Wort darüber zu verlieren, wie großartig Hitler ist. Ich habe lediglich versucht, einen genauen Vermessungsbericht zu liefern. Das Beste daran waren übrigens deine Fotografien. Ich habe den Aufsatz abgegeben und dann das Ganze vergessen."

„Kein Wunder!"

„Ja, aber du wirst nicht erraten, was dann passiert ist. In meiner Abwesenheit gab unser Klassenlehrer die benoteten Aufsätze zurück und las den am besten benoteten Aufsatz vor. Ludwig meinte, er enthielt das übliche Nazi-Geschwafel. Der Lehrer lobte ihn, weil er am besten das Gelände beschreibt und erklärt, wie Hitler hier seine Vision umsetzt. Das war keine Überraschung. Aber – höre und staune! – an meinem ersten Tag zurück in der Schule kam der Direktor in unsere Klasse. Er hatte die Aufsätze gelesen und ein paar Noten geändert. Naja, lange Rede, kurzer Sinn, mein Aufsatz erhielt jetzt die beste Beurteilung!"

„Alle Achtung! Ich wünschte, er wäre unser Direktor", sagte Magda. „Weißt du, ich glaube, du hast dich von Anfang an in ihm getäuscht."

„Ich habe mich in allem getäuscht."

„Ich wette, er mag Hitler genauso wenig wie wir."

„Vielleicht", antwortete Fritz. „Aber er ist ein alter Mann. Er geht am Ende des Jahres in Pension."

Es goss nun in Strömen. Bis auf die Knochen durchnässt und durchgefroren liefen sie die ‚Große Straße' entlang zum Haus der Sengers.

Kapitel 10

Wann immer Magda und Traudel jetzt ihre Hausaufgaben zurückbekamen, konnten sie bestenfalls auf ein ‚ausreichend‘ hoffen. Auch Traudel erging es mit ihren fehlerfreien Mathelösungen nicht besser. Herr Schwarz hatte Magda zumindest noch bei der Heftrückgabe angelächelt. Der junge Lehrer, der jetzt an seiner Stelle unterrichtete, tat nicht einmal mehr das. Am Ende dieses Halbjahres würden sie die jährlichen Abschlussprüfungen ablegen müssen. Von keinem Lehrer bekäme sie ein Lob, wenn sie dabei gut abschnitte. Erhielte sie aber schlechte Zensuren, dann würde es sofort die ganze Klasse erfahren. Sie konnte sich gut die erniedrigende Szene vorstellen. Zusätzlich würden sich Eva und ihre Mitstreiterin Inge genüsslich die Hände reiben.

„Ich fürchte mich so vor der Matheprüfung", gestand sie Traudel.

„Warum denn? Meistens bekommst du es doch ganz gut hin."

„Aber nicht in Algebra. Ich kapier das einfach nicht."

Traudel sah ihre betrübte Freundin an und schlug vor: „Komm doch an einem Nachmittag mal zu mir. Wir könnten ein paar der Dinge durchgehen, bei denen du Probleme hast."

„Das wäre wunderbar. Wann denn?"

„Sagen wir morgen. Ich sag Mutti Bescheid. Du kannst dann anschließend zum Abendessen bleiben."

Magda war nicht nur erleichtert, von Traudel Hilfe angeboten zu bekommen, sie war auch davon überrascht, weil ihre Banknachbarin in der Schule kaum etwas sagte, von gelegentlichen, kritischen Kommentaren abgesehen.

Am folgenden Nachmittag ging Magda durch den Park zum Haus der Feldheims. Sie musste einen Umweg machen, weil sie dem Reichsparteitag der Nazis aus dem Weg gehen wollte, der jedes Jahr hier auf dem großen Gelände stattfand, das sie für den Aufsatz von Fritz fotografiert hatte. An diesem Tag hatte hier bereits eine Parade stattgefunden, bei der viele tausend Soldaten und Angehörige der Hitlerjugend an Hitler und hohen Repräsentanten der Nazipartei vorbeimarschiert waren.

Magda war noch nie bei den Feldheims zu Hause gewesen. Traudel öffnete ihr die Tür und führte sie in die Eingangshalle, in der stapelweise Broschüren auf dem Boden lagen. Sonja Feldheim, eine kleine, stämmige Frau, die sehr selbstbewusst wirkte, kam aus einem Zimmer zur Linken heraus. Sie blickte Magda rasch von Kopf bis Fuß an und hieß sie willkommen. „Ich freue mich schon auf heute Abend", meinte sie. „Wir werden uns ja beim Abendessen unterhalten. Jetzt musst du mich aber entschuldigen; ich muss noch etwas fertig machen."

Sie ging in das Zimmer zurück, aus dem sie gerade gekommen war. Magda erhaschte einen Blick auf einen Haufen bunter Stoffstücke und einen Topf Kleber auf einem Arbeitstisch. Traudel sah, dass Magda neugierig war. Also erklärte sie ihr: „Mutti fertigt Puppen und Puppenkleidung an."

„Was macht sie denn damit?", wollte Magda wissen.

„Na, sie verkauft sie. Es hilft. Seit Papa wegen der Nazis seine Stelle an der Uni verloren hat, sind wir etwas knapp bei Kasse."

Magda erinnerte sich. Bernhard Feldheim war Wirtschaftsprofessor in Nürnberg gewesen, ehe die Nazis ihn hinauswarfen. Jetzt ist er der Organisator der örtlichen Zionisten.

Traudel führte Magda zwei dunkle Treppenabsätze nach oben zum Dachgeschoss, wo sie schlief und arbeitete. Es war so groß wie Magdas Zimmer, aber viel ordentlicher und nur spärlich möbliert: ein altmodisches Eisenbett, eine Platte auf Böcken, die als Tisch diente und ein paar Stühle mit geraden Lehnen und ausgefransten geflochtenen Sitzflächen. Magda blickte sich um und überlegte, wo Traudel ihre Kleidung aufbewahrte. Ihr Blick fiel auf einen großen, schwarzen Einbauschrank. „Also dann fangen wir mal an", schlug Traudel vor. Die beiden Mädchen zogen die Stühle an den Tisch heran und setzten sich. Die nächste Stunde über stellte Magda Fragen zu allen möglichen Aufgaben aus der Algebra, die sie nicht verstanden hatte. Traudel versuchte, sie ihr zu erklären.

„Du bist eine sehr gute Lehrerin", lobte Magda ihre Freundin, als sie fertig waren. „Du erklärst alles so verständlich. Ich bin jetzt lange nicht mehr so unsicher wie vorher. Willst du später mal Lehrerin werden?"

„Naja, irgendwann vielleicht schon", bekam sie zur Antwort, „aber in den nächsten Jahren werde ich erst einmal dringendere Arbeit haben."

Traudel führte nicht weiter aus, was sie damit im Sinn hatte.

In diesem Augenblick drangen Jubelrufe aus dem Reichstagsgelände zu ihnen herüber. Sie gingen zum Fenster, um nachzusehen. „Ich glaube, das hat mit Göring zu tun. Schau, man kann ihn auf der Tribüne sehen. Nimm!" Traudel gab ihr ein Fernglas, das auf dem Fensterbrett lag. Magda schaute sich den dicken Mann in seiner Angeberuniform mit der immensen Zahl an Orden an, wie er die Begrüßung der enthusiastischen Menge entgegennahm.

„Er ist genauso ein schlimmer Antisemit wie Hitler", behauptete Traudel. „Es gibt Gerüchte, Hitler wolle heute Abend eine besondere Ankündigung machen. Bestimmt wird auch Göring dabei etwas zu sagen haben. Wenn du magst, können wir nach dem Abendessen hier raufgehen. Sie haben Lautsprecher aufgebaut, also sollten wir hier einiges mitbekommen, was sie sagen, vor allem Hitler. Er schreit und genießt es, die Massen zu begeistern."

„Gut, aber ich hätte keine Lust, mir Abend für Abend diesen Lärm mit anhören zu müssen. Wie kannst du da nur schlafen?"

„Naja, der Reichsparteitag findet ja nur einmal im Jahr statt. Und ich will ja auch wissen, was die Nazis eigentlich vorhaben."

In diesem Augenblick erklang von irgendwo unten im Haus der Gong. Traudel sah Magda an.

„Das heißt, das Abendessen ist fertig."

Die beiden gingen hinunter ins Esszimmer, wo Traudels Eltern und ihr jüngerer Bruder schon bei Tisch saßen. Professor Feldheim war hager und vermutlich auch sehr groß, was auf den ersten Blick aber schwer zu erkennen war.

„Willkommen in unserem Haus!", begrüßte er Magda. Wie vornehm er doch aussieht, dachte sie sich beim Blick in sein freundliches Gesicht; er hatte volles, graues Haar und einen Bart.

Auch Sonja Feldheim lächelte. Sie saß am anderen Ende des Tisches und deutete auf einen Jungen, der den Mädchen gegenübersaß.

„Hast du unseren jüngsten Sohn Ezra schon kennengelernt?"

„Ich glaube nicht", erwiderte Magda. „Aber ich bin mir sicher, dich schon irgendwo mal gesehen zu haben."

Ezra war ungefähr zwölf und kam nach seiner Mutter. Wie sie hatte er volles, schwarzes und lockiges Haar. Im Gegensatz zu seiner Mutter, die vor Energie nur so sprühte, starrte er lediglich auf den Tisch. Man hatte den Eindruck, als würde er lieber darunter sitzen. Magda sah ihn erwartungsvoll an.

"Grüß' dich!"

„Grüß' dich!", murmelte er und sagte in seiner krächzenden Stimme, die noch im Stimmbruch war: „Ganz bestimmt hast du mein Gesicht schon mal gesehen. Jeder in Nürnberg kennt es."

Ehe Magda nach dem Grund fragen konnte, fuhr seine Mutter dazwischen.

„Nicht jetzt Ezra!", woraufhin er wieder nach unten blickte und verstummte.

Magda hatte sich bei Traudel auf koscheres Essen eingestellt. Sie wusste ja, dass die Feldheims orthodox sind. Sie hatte noch nie koscher gegessen; niemand in ihrer Familie hielt sich streng an religiöse Vorschriften. Sie wusste sehr wenig darüber, außer dass die Zubereitung des Essens kompliziert ist. Es ist nicht nur verboten, Milchprodukte zusammen mit Fleisch zu essen. Man muss die verschiedenen Speisen auch in getrenntem Kochgeschirr zubereiten. Traudel hatte Magda erklärt, ihre Mutter müsse sich selbst um das Kochen kümmern. Die einzige Haushaltshilfe, die sie in dieser Zeit beschäftigten, sei eine Frau, die zum Putzen kommt. Magda fragte sich, ob ihr das Gericht schmecken würde. Es wäre doch schrecklich, wenn sie es hinunterwürgen müsste. Als sie den Geruch von Hühnerfleisch bemerkte, waren ihre Ängste schon wieder verflogen.

Sie hatte nicht mit dem langen Gebet gerechnet, das die Feldheims vor dem Essen sprachen. Sie verstand kein einziges Wort. Ehrfürchtig flüsterte sie nach dem Gebet Traudel zu: „War das Hebräisch?"

„Ja, als Hitler an die Macht kam, haben wir alle angefangen, Hebräisch zu lernen."

„Wir brauchen eine gemeinsame Sprache, wenn wir in unserem Heimatland erfolgreich sein wollen", erklärte Professor Feldheim. Er hatte die Worte seiner Tochter mitbekommen.

„Wir können nicht miteinander arbeiten, geschweige denn uns verständigen, wenn jeder von uns nur Deutsch, Polnisch, Russisch oder was auch immer spricht."

Während des Gebets hatte Magda gedacht, das Abendessen würde eine feierliche Angelegenheit werden. Aber weit gefehlt! Sobald die Suppe mit Matzenklößchen kam, redeten Traudel und ihre Eltern pausenlos miteinander. Magda war erstaunt, dass ihre Freundin, die in der Schule so schweigsam war, in ihren vier Wänden so viel zu sagen hatte. Nur Ezra saß still da. Er aß, was man ihm auf den Teller legte. Dann und wann warf er seinen Eltern einen verschüchterten Blick zu.

Er hat Ärger bekommen, dachte sich Magda. *Was mag da wohl vorgefallen sein?*

Die Unterhaltung drehte sich hauptsächlich um zwei Themen: was gerade in Deutschland passierte; zum anderen um die Pläne der Familie, Nürnberg zu verlassen und nach Palästina auszuwandern. Für Magda war es inzwischen nichts Neues mehr, dass Nürnberger Juden sich für die Emigration entschieden. Aber alle von ihnen wollten in ein Land gehen, wo das Leben so wäre, wie sie es gewohnt waren. Schließlich nahm Magda ihren ganzen Mut zusammen.

„Aber warum denn nach Palästina?"

„Weil es das Land unserer Vorfahren ist und weil die Juden wieder ein eigenes Land haben müssen", sagte Traudels Vater. Wir gehören dahin, wo unsere Vorväter lebten. Überall sonst auf der Welt sind wir, wie es in der Thora heißt, wie Fremde in Ägypten."

Bei diesen Worten war in Bernhard Feldheims Gesicht eine seltsame Mischung aus Freude und Melancholie zu lesen. Magda war von seiner festen Überzeugung erstaunt. Er sah ihren überraschten Blick und fragte sie im Plauderton: „Was denkt denn dein Vater?"

„Er sagt, die Juden sind Deutsche und unsere augenblicklichen Probleme mit den Nazis sind bald vorüber."

Frau Feldheim schüttelte ungläubig den Kopf.

„Viele Juden hier denken so wie dein Vater, aber da sind wir ganz anderer Meinung. Nicht wahr, mein Schatz?"

„So ist es. Sie stecken den Kopf in den Sand." Er fuhr fort: „Der Antisemitismus ist in Europa zu einer Epidemie geworden. Er ist vielleicht ein paar Jahrzehnte lang nicht sichtbar. Doch dann kommt er wieder ans Tageslicht, so wie jetzt bei den Nazis. Ganz im Gegenteil. Unsere Probleme werden alles andere als verschwinden; sie werden immer schlimmer werden."

„Sie sind jetzt schon schlimm genug!", erscholl eine laute Stimme. Es war Ezra. Er unterbrach damit das Schweigen nach Professor Feldheims Worten.

„Erzähl doch Magda, was dir passiert ist", sagte Traudel zu ihrem Bruder. „Sie wird sich ohnehin schon während des ganzen Abendessens gefragt haben, was mit dir los ist."

Ehe Magda protestieren konnte, begann Ezra sofort seine Geschichte zu erzählen.

„Vor ein paar Wochen wurden an der Schule die üblichen Fotos von allen Klassen gemacht, wie jedes Jahr. Als der Fotograf dieses Mal mit den Aufnahmen fertig war, wollte er noch einzelne Schüler fotografieren. Er wollte dafür besonders jüdische Jungen haben. Einer der Lehrer wählte mich dafür aus."

Darauf sein Vater: „Inzwischen hatten deine Freunde den Braten gerochen und waren auf und davon. Du aber warst langsam – wie immer! Natürlich hat Magda dich erkannt, als sie kam. Du hast dich von denen überrumpeln lassen und jetzt hängt dein Foto an jeder Straßenecke."

Ezra stand auf und rannte aus dem Zimmer. Er tat Magda sehr leid. Jetzt fiel es ihr wieder ein. Auf dem Weg von der Schule nach Hause hatte sie ein Plakat gesehen. Es zeigte zwei Jungen. Den einen kannte sie nicht; er hatte nordische Gesichtszüge. Der andere war Ezra. Darunter stand zu lesen: ‚Wer ist wohl der wahre Deutsche?'

„Du darfst nicht so hart zu ihm sein, Bernhard", meinte seine Frau und wollte ihren Sohn wieder holen. Betroffen hob ihr Mann die Hände und folgte ihr. Damit war das Abendessen beendet.

Die beiden Mädchen waren nun sich selbst überlassen. Traudel wandte sich an Magda.

„Du kannst dir nicht vorstellen, nach Palästina zu gehen, das stimmt doch? Warum nicht?"

„Naja, nach allem, was ich darüber gehört habe, soll es dort sehr heiß und staubig sein."

„Das sagst du nur, weil du eine verwöhnte Prinzessin bist."

Trotz Traudels Sarkasmus war Magda entschlossen, auf ihrem Standpunkt zu beharren: „Aber fast ganz Palästina ist doch eine Wüste. Was hast du denn dort vor?"

„Ich werde zu Max und Alex in den Kibbuz nach Daganya gehen. Der liegt in der Nähe des Sees Genezareth."

„Und was machen die dort?"

„Na was wohl? Sie arbeiten in der Landwirtschaft. Dafür ist ein Kibbuz da. Meine Brüder sind seit zwei Jahren in Daganya und machen den Boden fruchtbar. Es stimmt, viel davon ist Wüste. Aber die jüdischen Siedler haben dort ein Bewässerungsprogramm auf die Beine gestellt. Mit Max und Alex werde ich dazu beitragen, die Wüste zum Blühen zu bringen. Wart' mal! Irgendwo habe ich ein Foto."

Sie ging zu der schweren, alten Kommode und blätterte einen Stoß Briefe durch, der neben einem siebenarmigen Leuchter lag.

„Hier ist es."

Sie gab Magda den Schnappschuss von zwei muskulösen jungen Männern. Sie standen vor einer niedrigen Hütte mit einer Orangenplantage im Hintergrund. „Das ist der Schlafraum für die Männer", erklärte Traudel. „Es gibt noch weitere, auch einen für die Kinder. Alle Erwachsenen arbeiten und essen gemeinsam. Ich kann es kaum erwarten, bis wir unsere Visa bekommen, damit ich auch dorthin gehen kann. Es ist eine Kommune. Alle Siedler sind dort gleich."

„Aber leben denn in Palästina nicht bereits Menschen? Was ist mit den Arabern?"

„Einige von ihnen haben uns schon Land verkauft. Und was den Rest betrifft: ich sehe keinen Grund, warum wir nicht Seite an Seite mit ihnen leben können sollen. Es gibt genug Land."

Ein strahlendes Lächeln ging bei diesen Worten über Traudels Gesicht.

„Was werden deine Eltern tun?" Magda konnte sich Professor Feldheim nur schwer als Bauern vorstellen.

„Sie kommen nicht mit nach Daganya. Sie bleiben in Jerusalem. Papa wird wahrscheinlich eine Stelle an der Universität bekommen und Mutti wird unterrichten. Sie wird auch versuchen, ein Puppentheater aufzumachen. Sie hatte in Nürnberg nämlich auch eines."

Magda war überrascht.

„Ach, das gehörte ihr? Ich erinnere mich, dort einmal an Weihnachten ‚Schneewittchen und die sieben Zwerge' gesehen zu haben, als ich noch klein war. Ich habe damals noch tagelang davon gesprochen. Es war wunderbar."

„Ja, Mutti ist künstlerisch veranlagt. Der Rest der Familie kann nur reden. In Palästina wird alles ganz anders sein. Wir werden dort unser Land aufbauen. Aber wir sollten jetzt besser raufgehen."

Traudel sah auf die Uhr auf dem Kaminsims.

„Natürlich nur, wenn es dich interessiert, was der Mann zu sagen hat, der gerade das Land zu Grunde richtet."

Traudels Mansardenzimmer war von den Scheinwerfern erleuchtet. Deren Lichtkegel wanderten hoch über dem Parteitagsgelände der Nazis über den nächtlichen Himmel. Traudel öffnete das Fenster. Ein Aufschrei erscholl aus der Menge im Stadion. Magda nahm weit über tausend Zuschauer wahr. Mit verklärtem Gesicht und ausgestrecktem rechten Arm riefen sie ‚Heil Hitler'. Ihr Führer war auf die Tribüne getreten. Schweigend stand er da – eine gefühlte Ewigkeit – und genoss die grenzenlose Verehrung seiner massenhaft erschienenen Anhänger. Die Tür zur Mansarde ging auf und Traudels Eltern kamen mit Ezra herein. Alle fünf beobachteten, was sich dort unten abspielte.

„Diese Szenerie erinnert mich an Richard Wagner", kommentierte Professor Feldheim trocken, als er das Bild dieses einen Mannes in sich aufnahm, dessen Gestalt sich über seinem Publikum im gleißenden Scheinwerferlicht vor dem schwarzen Nachthimmel abzeichnete.

„Warum trägt er immer eine Uniform?", wollte Magda wissen.

„Er sieht sich selbst als Soldaten, der dafür kämpft, Deutschlands Ehre wiederherzustellen. Glaubt mir, es wird nicht mehr lange dauern, bis er Deutschland wieder in den Krieg führt. Er betreibt schon jetzt eine massive Wiederaufrüstung. Zweifelsohne meint er, sie mit dem Geld der Juden finanzieren zu können."

Hitler fing nun an, zu seinem jetzt wie hypnotisierten Publikum zu sprechen. Doch nun kamen heftige Windstöße auf. Die Feldheims und Magda konnten nur hier und da einzelne Fetzen der leidenschaftlichen Rede verstehen. Sie hörten allerdings genug, um zu bemerken, dass der Führer wieder einmal über sie sprach. Er sagte so etwas wie, die Juden hätten die deutsche Fahne auf dem Passagierschiff ‚Bremen‘ beleidigt, als es in den New Yorker Hafen einlief.

„Wenn es irgendwo Probleme gibt, bei uns oder im Ausland", fuhr er fort, „die Juden sind an allem schuld." Bei diesen Worten jubelte die Menge.

„Was er sagt, ist absolut wirr, aber sehr geschickt", meinte Professor Feldheim.

„Er weiß um die Ängste der Deutschen in einer gewandelten Welt. Er macht uns Juden zum Sündenbock und gibt damit dem Volk eine einfache Lösung für alle Probleme. Er wurde zu ihrem Sprachrohr."

Hitler sprach noch immer. Die Zuschauer im Dachgeschoß verstanden einen weiteren Satzfetzen: „Wir brauchen neue Gesetze", aber sie konnten nicht hören, welche Gesetze der Führer im Sinn hatte.

Noch an diesem Abend verlas Hermann Göring die ‚Nürnberger Gesetze‘, wie sie genannt werden sollten. Aber da waren die Feldheims schon wieder nach unten gegangen. Keiner sagte ein Wort. Alle waren in Gedanken. Die Uhr auf dem Kaminsims schlug neun.

„Ich muss jetzt nach Hause gehen", sagte Magda. „Vielen Dank für die Einladung. Das war einer der interessantesten Abende meines Lebens. Und danke dir, Traudel, dass du mir bei Mathe geholfen hast. Jetzt werde ich mich vielleicht nicht bei der Matheprüfung blamieren."

„Rede keinen Unsinn. Du kommst doch damit zurecht, solange du nicht in Panik gerätst." Traudel lächelte dabei.

Sonja Feldheim ging zu Magda und küsste sie auf die Wange: „Du musst wiederkommen. Jetzt kennst du ja den Weg."

Ezra wollte erwachsen sein und bot an, Magda nach Hause zu begleiten. Sie mieden den Park, der wegen der Parteiveranstaltung voller Menschen war. Nach einer Weile begann Magda: „Ich habe das Gefühl, deine Schwester erst heute Abend so richtig kennengelernt zu haben. In der Schule bleibt sie immer so reserviert. Zu Hause ist sie ganz anders."

„Traudel hat so ihre Eigenarten. Sie ist immer in der Defensive, wenn sie irgendwo außer Haus ist. Bei dir ging sie immer davon aus, dass du ein verwöhntes, reiches Mädchen bist."

Magda blieb vor Schreck der Mund offen.

„Oh je! Vielleicht bin ich das ja auch. Ich hatte vor Traudel immer irgendwie Angst. Sie ist so klug. Alle Feldheims sind so klug."

„Ich nicht!", meinte Ezra.

Magda ging nicht darauf ein und fuhr stattdessen fort: „Mir gefällt es wirklich sehr, wie ihr in eurer Familie über alles redet. Ich wünschte, meine Eltern täten das auch. Die meiste Zeit weiß ich nicht so recht, was eigentlich vor sich geht. Du machst mir aber einen recht bedrückten Eindruck. Bist du eigentlich der gleichen Meinung wie dein Vater, dass für die Juden alles immer schlimmer wird?"

„Naja, du hast ja gesehen, Papa und ich sind nicht immer der gleichen Meinung. Aber ich fürchte, in diesem Fall hat er recht."

Inzwischen hatten sie Magdas Haus erreicht. Die beiden sagten sich gute Nacht und Magda ging ins Haus. Als sie sich zum Schlafen legte, sah sie den rotglühenden Himmel. Es war der Fackelzug, der Herman Göring zur Kongresshalle geleitete. Dort verlas er die ‚Nürnberger Gesetze'. Sie verboten die Heirat zwischen ‚Ariern' und Personen mit jüdischem Blut. Außerdem waren Juden nun keine deutschen Staatsangehörigen mehr und hatten daher nicht mehr Rechte als jeder andere Ausländer auch. Ab jetzt waren sie tatsächlich ‚Fremde im Land Ägypten'.

Kapitel 11

Ein paar Tage nach dem Ende des Reichsparteitages von 1935 wurde Magda in der Schule von einer triumphierenden Eva mit den Worten begrüßt: „Das war's jetzt also für deinen Blutsauger von Vater. Jetzt wird es keine neuen Fahrräder mehr für dich geben!" Sie warf ihren blonden Zopf zurück und stolzierte zu ihrem Platz neben einer kichernden Inge.

„Wovon redet sie denn eigentlich?", wollte Magda von Traudel wissen.

„Sie meint wohl die neue, von den Nazis eingeführte Bestimmung, nach der Juden nicht mehr als Anwälte arbeiten dürfen. Bisher wurde sie noch nicht überall durchgesetzt, aber damit ist jetzt Schluss. Eva war schon immer auf dich eifersüchtig", fügte Traudel hinzu, konnte aber nichts mehr sagen, weil Frau Berger ins Klassenzimmer kam.

Nach der Schule stieg Magda an diesem Tag ein paar Haltestellen früher aus. Sie wollte ihren Vater in der Kanzlei aufsuchen und mit ihm zum Mittagessen nach Hause gehen. Als sie dort ankam, sah sie, dass jemand mit Farbe ein großes Hakenkreuz und ‚JUDEN RAUS' auf die Eingangstür geschmiert hatte. Ein paar Fenster waren eingeschlagen und das Namensschild ‚Senger und Senger' war von der Hauswand abgeschlagen. Es stammte noch aus der Zeit, als ihr Großvater die Anwaltskanzlei gegründet hatte. Im Putz klaffte jetzt ein Loch. Frau Brebner öffnete Magda. Die Sekretärin mittleren Alters wirkte streng in ihrem Kostüm.

„Herr Senger ist nicht da."

Magda zögerte zunächst und fragte dann:

„Könnte ich Herrn Lill sprechen?"

„Der ist auch nicht da." Mit diesen Worten schloss die Sekretärin die Tür.

Voller Angst ging Magda nach Hause. Sie kam spät zum Mittagessen. Ihre Eltern waren schon im Esszimmer. Als Magda in der Halle ihre Jacke aufhängte, hörte sie ihre Eltern reden. Sie ergriff die Gelegenheit, um herauszufinden, was sie wirklich dachten und belauschte sie. Mutti weinte.

„Siehst du das denn nicht? Für uns ist hier kein Platz mehr!"

„Ich lasse mich von hier nicht vertreiben. Rudolf Lill und ich haben eine Vereinbarung getroffen. Von jetzt an wird er die Kanzlei führen. Mein Name wird nicht mehr auf dem Namensschild stehen – wenn wir ein Neues haben. Für ihn ist es ein Karrieresprung. Natürlich freut ihn das, auch wenn er es sich nicht anmerken lässt. Frau Brebner dagegen lächelte süffisant. Es war das erste Mal seit einer Ewigkeit, dass ich sie lächeln sah. Egal, es ist so ausgemacht. Rudolf kann die ‚arischen‘ Mandanten haben. Solange es noch einen einzigen Juden in Nürnberg gibt, den ich verteidigen kann, werde ich seinen Fall vor Gericht vertreten.“

„Davon wird es aber Tag für Tag immer weniger geben“, gab Liesel zu bedenken. „Die Schlangen vor den Konsulaten werden täglich länger. Ich habe Angst, dass bald für uns keine Visa mehr übrig sind. Im Augenblick sind die Nazis geradezu froh darüber, wenn wir fortgehen. Aber was werden sie mit uns tun, wenn wir das Land nicht mehr verlassen können?“

Sie weinte jetzt nicht mehr. Vielmehr war sie ruhig und darum bemüht, ihrem Mann keine Gelegenheit zu geben, sie als hysterisch hinzustellen. Und doch brach sie erneut in Tränen aus, als sie ihm ins Gesicht sah und er ihr versicherte:

„Früher oder später werden sie erkennen, wie viel wir Juden für Deutschland auf allen Gebieten leisten. Ohne uns wäre das Land ärmer, in der Kunst, in der Wissenschaft wie auch in der Wirtschaft. Um das zu verstehen, musst du dir nur einmal die Liste der Juden anschauen, die den Nobelpreis erhielten.“

Als er sie immer noch weinen sah, legte er seinen Arm um sie.

„Nimm‘ es dir nicht so sehr zu Herzen, meine Liebe. Na komm‘, wo ist denn meine lächelnde Liesel geblieben?“

Die Tür zum Wohnzimmer war nur angelehnt und Magda sah, wie ihr Vater die Tränen ihrer Mutter mit seinem großen, schneeweißen Taschentuch trocknete.

Er behandelt sie wie ein kleines Mädchen, dachte sich Magda. *Ich wünschte, er würde das nicht tun.*

Sie betrat das Zimmer. Augenblicklich beendeten ihre Eltern die Unterhaltung, genau wie sie es erwartet hatte. Während des Mittagessens sagte Magda nichts von ihrem Besuch in der Kanzlei. Aber sie war entschlossen, es nicht mehr hinzunehmen, über die politische Entwicklung im Unklaren gelassen zu werden. *Mit vierzehn Jahren, dachte sie, bin ich schließlich alt genug, über solche Dinge Bescheid zu wissen.*

Am Nachmittag kam Heinz wieder einmal vorbei, um Liesel das Quartett zu zeigen, an dessen Komposition er gerade arbeitete. Dann setzte er sich an den Flügel und spielte eine Beethoven-Sonate. Magda ging in das prachtvolle Musikzimmer, das ihr Vater für das Haus geplant hatte, als er ihre Mutter heiratete. Die Septembersonne kam durch das Fenster herein und brachte das Rot und Blau des Perserteppichs zu ihren Füßen zum Leuchten. Ihr Blick fiel auf den schwarz lackierten kleinen Schrank, in dem ihre Mutter die Noten aufbewahrte. Mit seinen silbernen Einlegearbeiten hatte er Magda immer schon fasziniert. Sie hörte ihrem Onkel beim Spiel zu und betrachtete sich die kunstvoll gearbeiteten Blätterranken und die auf den Türen dargestellten Geigen und Flöten.

„Ich danke dir, Heinz. Das hast du ganz wunderbar gespielt", sagte Liesel zu ihrem Bruder, als er sein Spiel beendete und den Deckel des Steinway Flügels schloss.

„Die ‚Pathétique' ist eines meiner Lieblingsstücke. Es ist eine Melodie, in der Beethoven innere Kämpfe zum Ausdruck bringt und doch auch wieder zu Gelassenheit und Ruhe findet."

Der resignierte Ton ihrer Mutter brachte Magda auf. „Beethoven hat Widerstand geleistet", sagte sie mit Schärfe in ihrer Stimme. „Ich wette, wenn er jetzt noch am Leben wäre, würde er nicht einfach stumm bei allem zusehen, was Hitler tut."

Ihre Mutter und ihr Onkel sahen sie erstaunt an. Sie waren über die Heftigkeit ihres Tons erstaunt. Daraufhin sagte Liesel: „Schatz, du verstehst das nicht."

„Ich verstehe genug, was in der Schule passiert. Und dann sehe ich überall diese Schilder ‚Für Juden verboten!' Ich würde noch mehr verstehen, wenn du und Papa mit mir über die Nazis reden würdet. Zufällig kam ich heute bei seiner Kanzlei vorbei. Ihr könnt nicht verhindern, dass ich mitbekomme, was dort passiert ist. Ich bin jetzt wohl alt genug, um zu erfahren, was das alles zu bedeuten hat."

Liesel war tief erschrocken, aber Heinz ergriff das Wort: „Sie hat recht. Du und Anton, ihr könnt sie nicht unter einer Glasglocke halten. Ihr solltet sie wie eine Erwachsene behandeln, zu der sie gerade wird. Ihr müsst ihre Fragen beantworten und sie mitreden lassen." Magda sah ihren Onkel dankbar an. Liesel schwieg lang. Dann sagte sie müde: „Na gut. Fangen wir damit an. Was möchtest du gerne wissen?"

„Zuerst einmal habe ich genug von deiner Unterhaltung mit Papa vor dem Mittagessen mitbekommen. Du möchtest, dass wir Deutschland verlassen. Das weiß ich jetzt. Wenn dem aber so ist, warum hast du dann so schnell nachgegeben? Du gibst Papa immer nach, auch wenn du dich im Recht glaubst."

„Zum einen wurde ich so erzogen, meinem Mann die großen Entscheidungen zu überlassen. Und zum anderen habe ich Streit schon immer gehasst."

„Ich will doch gar nicht, dass ihr zwei euch die ganze Zeit streitet. Aber ich wünschte, du würdest dir nicht ständig von ihm den Mund verbieten lassen. Nachdem du dich heute wieder einmal nicht durchsetzen konntest, wirst du jetzt sicher kein einziges Wort mehr sagen."

Liesel schmerzte dieser Ausbruch ihrer Tochter. Heinz schaltete sich ein: „Du darfst nicht zu hart sein. Dein Vater liebt euch beide sehr und tut, was er für das Beste hält. Seit er mit deiner Mutter verheiratet ist, tut er alles, um sie zu beschützen."

„Es tut mir leid."

Magda ging zu ihrer Mutter und umarmte sie.

„Ich will nicht alles noch schlimmer machen. Aber könntest du nicht weiter versuchen, ihn zur Auswanderung zu überreden, wenn das wirklich dein Wunsch ist? Schließlich sind schon viele unserer Bekannten weggegangen."

„Stimmt! Aber leider sind einige seiner engsten Freunde der gleichen Meinung wie er und sind entschlossen zu bleiben – Leopold Kahn, zum Beispiel. Er hat Ludwig zwar nach England geschickt, nach der Geschichte mit den Plakaten von Fritz. Aber er und Alice werden nicht auswandern. Er hat sich ein Geschäft aufgebaut und stellt Küchenherde her. Er sieht keinen Grund, warum er es aufgeben und den Nazis überlassen sollte, jetzt, wo sein Betrieb ordentlich Gewinn abwirft."

„Das trifft aber doch nicht auf Papa zu. Eva Schultz hat heute gesagt, sie würden ihm verbieten, weiter als Anwalt zu arbeiten."

„Sie übertreibt", meinte Heinz. „Anton kann seine ‚arischen' Mandanten nicht mehr behalten, aber er hat nach wie vor seine jüdischen."

„Dazu kommt noch", fuhr Liesel fort, „dass Leopold und dein Vater gar nicht so unterschiedlich sind wie du denkst. Beide haben Angst davor, in einem fremden Land wieder von vorne anfangen zu müssen. Tatsächlich wäre dein Vater in einer noch viel schwierigeren Situation als sein Freund. Leopold könnte seine Geschäftserfahrung mitnehmen. Aber was soll ein deutscher Anwalt mittleren Alters dort mit seinem juristischen Wissen in einem Land mit einem völlig anderen Rechtssystem anfangen? Das ist der Grund, weshalb ich deinen Vater nicht zur Auswanderung drängen möchte."

„Das kann ich verstehen", sagte Magda. Und sie verstand es tatsächlich. Vorher hatte sie bei ihrem Vater immer nur Willensstärke und Entschlossenheit gesehen. Jetzt wurde ihr auch seine Schwäche bewusst. Irgendwie fühlte sie sich ihm nun näher und ihr Ärger verflog. Sie sagte nur noch: „Danke, dass du mit mir gesprochen hast, Mutti", gab ihr einen Kuss auf die Wange und ging in ihr Zimmer.

Anton arbeitete von jetzt an von Hause aus. Rudolf Lill hatte ihn gebeten, auch wenn ihm das sehr peinlich war, seine Kanzlei nicht mehr zu betreten. Anscheinend hatte einer von Lills Mandanten Herrn Senger im Treppenhaus getroffen. Daraufhin hatte er Herrn Lill gedroht, die Kanzlei zu wechseln, wenn er noch einmal ‚dem Senger' hier begegnen sollte. Von da an sahen sich die beiden Männer, die jahrelang Partner gewesen waren, nur noch selten. Eines Tages erfuhr Anton im Gericht, Herr Lill werde heiraten.

„Wer ist die Frau?", fragte Liesel, als ihr Mann beim Abendessen davon erzählte.

„Sie ist Katholikin und heißt Rosa Berger."

„Die hat doch eine Schwester, die am Lyzeum unterrichtet", meinte Magda ganz erschrocken.

„Das kann sein."

„Na ja, wenn die auch nur entfernt so ist wie unsere Frau Berger, dann wird sie bald einen fanatischen Nazi aus ihm machen."

Anton war skeptisch. „Rudolf ist übervorsichtig, aber im Grunde ist er ein guter Mensch."

Bald darauf kam Anton vom Gericht nach Hause. Ohne ein Wort zu sagen, setzte er sich zu Frau und Tochter zum Mittagessen. Ihnen fiel auf, dass er nichts aß. Plötzlich brach es aus ihm hervor: „Er hat mich heute geschnitten."

„Wer?", fragte Liesel.

„Rudolf Lill! Ich war gerade auf dem Weg aus dem Gericht, als er die Treppe hochkam. Er sah direkt durch mich hindurch."

„Vielleicht hat er dich nicht gesehen."

„Oh nein, keinesfalls. Wir sahen uns direkt in die Augen. Er war nicht weiter von mir weg als du jetzt."

Mit diesen Worten stand Anton auf und verließ das Esszimmer, ohne dass Liesel oder Magda etwas sagen konnten. Sie sahen ihn den ganzen Tag nicht mehr.

„Herr Lill ist wohl von seiner Verlobten beeinflusst worden", sagte Magda. „Was für ein elender Schuft er ist! Man sollte doch meinen, dass er nicht vergessen hat, was Papa alles für ihn getan hat."

„Vielleicht hat die Frau Rudolf ihn umgedreht. Er ist eben von Natur aus ein Konformist. Er schwimmt einfach mit dem Strom."

Wie Liesel vorhergesagt hatte, ging die Zahl der jüdischen Mandanten Monat für Monat zurück. Während Rudolf Lill immer reicher wurde, wurde Anton Senger immer ärmer. Als Magda eines morgens auf ihren Balkon ging, fiel ihr auf, dass die Rosen üppiger denn je waren, aber nur, weil sie niemand zurückgeschnitten hatte. Auch der Rasen war viel zu hoch. Hans war nicht ersetzt worden und das würde auch nicht geschehen. Die zwei Hausmädchen kamen auch nicht mehr, weil eines der Nürnberger Gesetze Juden die Beschäftigung von Hausangestellten unter fünfundvierzig Jahren untersagte. Magda machte jetzt ab und an einen Versuch, ihr Zimmer selbst aufzuräumen. Flory hatte bleiben können, weil sie über fünfzig war. Obwohl Liesel schon den Hauptteil des Kochens übernahm, hatte Flory mehr zu tun als vorher.

Nach ihrer Unterredung mit ihrer Mutter, hielt sich Magda über die politische Entwicklung auf dem Laufenden. Das war leichter als bisher, weil sie die Feldheims fragen konnte, die sie nun regelmäßig besuchte. Nun verstand sie sich recht gut mit Traudel.

„Mit deiner Hilfe habe ich die Matheprüfung bestanden."

„Die hättest du auch so bestanden", meinte Traudel. Leider wird es dir aber überhaupt nichts nützen. Keine Universität wird dich nehmen, egal wie viele Prüfungen du bestehst. Ist dir aufgefallen, wie der Nationalsozialismus jetzt alles durchdringt, sogar die Mathematik?"

Magda wusste, dass Traudel auf die Matheaufgabe anspielte.

„Ja, das ist mir aufgefallen", sagte Magda und kramte in ihrer Tasche, bis sie den Zettel wieder fand und auf die folgende Aufgabenstellung deutete:

Der Unterhalt eines Geisteskranken kostet täglich ungefähr 4 Reichsmark.

Es gibt 300.000 Geisteskranke in Pflegeheimen. Wie viel kostet es, diese Personen insgesamt zu unterhalten? Wie viele Ehestandsdarlehen von 1.000,00 Reichsmark könnten mit diesem Geld gewährt werden?

„Bedeutet das, sie wollen die Irrenanstalten schließen?", fragte Magda.

„Weit schlimmer", antwortete ihre Freundin.

„Mein Vater glaubt, auf Erbgesundheit spezialisierte Nazi-Ärzte werden versuchen, eine gesunde „arische Rasse" heranzuzüchten. Er befürchtet, sie werden alle töten, die an einer unheilbaren geistigen oder körperlichen Krankheit leiden.

Magda lief es eiskalt über den Rücken. Sie erwähnte nichts von diesem Gespräch ihren Eltern gegenüber, die im Gegensatz zu den Feldheims unangenehme Gesprächsthemen vermieden. Ihr war klar, ihre Eltern taten alles, um sie glücklich aufwachsen zu sehen. Also machte sie ein fröhliches Gesicht, wenn sie mit ihnen zusammen war. Gelegentlich war sie auch glücklich.

Obwohl sie jetzt viel mehr über die Nazis wusste, verbannte sie diese zumindest zeitweise aus ihren Gedanken, ähnlich wie es Anton und Liesel taten. Das Fotografieren bot eine Möglichkeit hierzu. Sie fand es immer faszinierender. Ihre ‚Leica II' hatte einen Entfernungsmesser, sie konnte also ihre Bilder gezielt gestalten. Sie fing an, den Garten, den Park und ihre Lieblingsgebäude in der Stadt zu fotografieren. Mit der Zeit fand sie mehr Gefallen, Schnappschüsse von Menschen zu machen und sie fotografierte ihre Eltern und Freunde. Sie wollte keine gestellten Fotos, sondern zog es vor, Personen bei charakteristischen Tätigkeiten zu erwischen – zum Beispiel ihre Mutter beim Klavier spielen. Ihr Vater bemerkte, wie oft sie ihren Fotoapparat benutzte. Er arrangierte für sie ein Treffen mit einem seiner verbliebenen Mandanten, Paul Gutmann, einem professionellen Fotografen. Herr Gutmann, ein kleiner, plumper Mann in den Sechzigern mit krausem, grauem Haar, hatte eine Frau, die ihm so ähnlich sah, dass man sie für seine Schwester halten konnte. Sie hatten keine Kinder und freuten sich, Magda kennenzulernen. Herr Gutmann war von ihrer Begeisterung für die Fotografie sehr angetan und behandelte Magda deshalb wie einen seiner Lehrlinge. Er ließ sie seine Dunkelkammer benutzen und brachte ihr die Technik bei, mit der sie zu guten Bildern käme.

„Ein Fotograf fängt die Wahrheit im Flug ein."

Er begrüßte ihren Vorsatz, gestellte Fotos zu vermeiden. Ganz besonders begeistert war er von einem Schnappschuss von zwei kleinen Kindern im Park.

Magda hatte das Foto auf einem Spaziergang aufgenommen. Ihr fiel ein kleines Mädchen auf, etwa fünf Jahre alt. Mit ihren hellbraunen Ringellocken sah sie aus wie Shirley Temple. Sie spielte mit einem Ball in bunten Farben. Plötzlich fiel er über den Zaun und verschwand im Garten einer jüdischen Familie. Ein kleines Mädchen im selben Alter, das dort wohnte, hob ihn auf und brachte ihn zum Gartentor. Magda hatte das Mädchen schon oft im Park gesehen. Sie hieß Miriam. Als sie das Tor aufmachte, um den Ball zurückzugeben, blieben das ‚arische' und das jüdische Mädchen stehen und schauten einander an. Sie trugen das gleiche rote Kleidchen. Sie kicherten. Miriam sagte: „Hier hast du deinen Ball wieder."

Darauf das Mädchen mit den hellbraunen Haaren: „Komm raus und spiel mit mir."

Genau diesen Augenblick hatte Magda mit der Kamera eingefangen, ehe die Mutter des Shirley Temple Doubles sie zurückrief. Wenn Magda zum Fotografieren wegging, war sie stets allein. Wollte sie Gesellschaft, was öfter vorkam, konnte sie immer zu dem jüdischen Jugendverein gehen, der in der Stadt eröffnet worden war. Sie mochte ihn viel lieber als den zionistischen, wo sie keine neuen Freunde gefunden hatte. Fritz hatte vorgeschlagen, dem neuen Verein beizutreten.

„Was macht ihr denn dort so?", fragte Magda.

„Ich lerne gerade Jiu-Jitsu. Ich dachte, das könnte vielleicht nützlich sein, wenn ein paar unserer ehemaligen Freunde sich mit mir anlegen wollen. Aber du kannst noch eine Menge anderer Dinge machen – Leichtathletik zum Beispiel."

Das hatte Magda überzeugt, da sie nun von den Leichtathletikwettkämpfen in der Schule ausgeschlossen war, die sie sehr schmerzlich vermisste. Im Verein begann sie, auf ein Leistungsabzeichen hinzuarbeiten, sowohl im Radfahren als auch in der Leichtathletik. Es war auch ein Skiurlaub über die Weihnachtsferien in Mürren in der Schweiz geplant. Aber Magda fragte ihre Eltern erst gar nicht, ob sie mitfahren dürfe. Wie sie wusste, war ihre Familie mittlerweile knapp bei Kasse.

Eines Nachmittags ging Liesel zum Bridge-Spiel zu Alice Kahn. Nach dem Spiel saß Liesel mit einer Tasse Kaffee auf dem Sofa und sah aus dem Fenster. Ihr Blick ging über die steilen Dächer hinauf zur Burg, die man zum Schutz der Stadt vor Feinden gebaut hatte. Die Glocken in den gotischen Kirchentürmen läuteten. Sie wusste nicht so recht warum. Auf einmal spürte sie, wie fremd Nürnberg ihr geworden war.

„Du siehst niedergeschlagen aus", sagte Alice und setzte sich mit ihrer Tasse zu ihr.

Liesel schüttelte sich und lächelte. „Wie kommt Ludwig so zurecht?", wollte sie wissen.

„Er hat ein paar Briefe geschickt. Die Schule gefällt ihm, vom Essen einmal abgesehen. Die englischen Jungen mögen es wohl auch nicht. Es gibt etwas zu essen, das sie ‚Froschlaich' nennen – ich glaube, es ist Tapioka-Pudding. Der Schulleiter, bei dem er wohnt, hat auch geschrieben. Er informierte uns, dass Ludwig schnell mit seinem Englisch vorankommt. Natürlich wissen wir nicht, wie viel Heimweh er hat; aber er hat gefragt, ob wir Olga auch nach England schicken wollen. Sein Schulleiter kennt eine Quäkerfamilie in Dover, die angeboten hat, sie bei sich aufzunehmen."

„Was sagt Olga dazu? Und was meint Leopold?"

„Olga war sich nicht sicher. Aber Ludwig hat sie schließlich dazu überredet, obwohl ihn selbst nichts zur Auswanderung bewegen könnte. Er meinte, sie könne dann ihrem Bruder Gesellschaft leisten. Und selbst wenn es in England Antisemiten gibt, wie auch sonst auf der Welt, so würden sie sich dort doch ruhig verhalten, im Gegensatz zu den Nazis. Sie wollte es sich durch den Kopf gehen lassen. Wie du weißt, ist sie nicht gerade ein Mädchen, das sich Hals über Kopf in etwas hineinstürzt. Aber dann bekamen wir einen sehr warmherzigen Brief der Quäkerfamilie. Dieses Angebot und ein weiteres Schreiben von Ludwig gaben dann den Ausschlag. Sie bricht nächste Woche auf. Übrigens, was werdet ihr wegen Magda unternehmen? Hast du oder hat Anton Verwandte oder Freunde, zu denen ihr sie schicken könntet?"

„Wir haben einen Onkel in Amerika. Aber von ihm haben wir in letzter Zeit nichts mehr gehört. Sie ist ohnehin zu jung, allein ins Ausland zu gehen."

Liesel verstummte. Dann fuhr sie fort: „Ach, ich wünschte, sie käme wenigstens ein bisschen aus Nürnberg heraus. Sie redet zwar nicht darüber, aber ich glaube, sie macht in der Schule im Augenblick eine ziemlich schlimme Zeit durch."

„Fährt sie denn nicht mit auf die Skifreizeit in der Schweiz? Du weißt schon, die vom jüdischen Jugendverein organisiert wird?"

Liesel hatte offensichtlich keine Ahnung davon. Und so erfuhr sie von ihrer Freundin die Einzelheiten.

„Magda hat mit keinem Wort etwas davon erzählt. Wieviel kostet das denn?"

„Ich weiß es nicht. Ich frage mal."

Mit diesen Worten ging Alice hinüber zu den anderen Bridgespielerinnen. Sie kam zurück und nannte Liesel den Preis. Beide konnten sich den Grund denken, warum Magda nichts gesagt hatte.

Anton würde das Geld schon irgendwie auftreiben, wenn sie mit ihm über die Freizeit spräche. Das was Liesel klar. Aber sie tat es nicht. Stattdessen verkaufte sie etwas von ihrem Schmuck. Das versetzte ihr einen Stich ins Herz, denn sie hatte ihn von ihrem Ehemann geschenkt bekommen. Er war immer großzügig gewesen. Der Schmuck erinnerte sie an glücklichere Zeiten, als sie regelmäßig ins Restaurant oder Theater gingen. Doch jetzt trug sie ihren Schmuck ohnehin nicht mehr. Sie wollte keine Aufmerksamkeit auf sich ziehen. Zwei Wochen, ehe die Fahrt nach Mürren stattfinden sollte, sprach sie zu ihrer Tochter: „Dieses Jahr bekommst du dein Weihnachtsgeschenk schon etwas früher.“

Überrascht wollte Magda wissen: „Warum denn? Und was ist es überhaupt?“

„Es ist diese Skifreizeit, von der du zu Hause nie etwas gesagt hast.“

„Aber ...“

„Kein aber! Es ist schon bezahlt.“ Magda war begeistert.

Sie machte sich sofort auf, um Fritz von diesen Neuigkeiten zu berichten.

Sie erinnerte sich, auch er wollte sofort an dieser Fahrt teilnehmen. Da die Vogels genauso knapp bei Kasse waren wie die Sengers, hatte Fritz sich schon lange überlegt, dass er das nötige Geld mit Klavierspielen am Abend zusammenbringen könne.

„Wie denn?“, hatte Magda zweifelnd gefragt, als er damals von seinem Plan sprach.

„Vielleicht in einem der Lokale.“

„Niemand wird einen Juden auftreten lassen!“

„Ich werde nicht einmal sagen, dass ich Deutscher bin. Ich werde mich als Amerikaner ausgeben und sagen, ich kenne die neuesten Jazz-Stücke. Ich habe mir amerikanische Filme angesehen und kenne diese Art Musik ganz gut.“

Magda musste ihren Cousin einfach bewundern. Sein Englisch war inzwischen recht flüssig und er hatte von Anfang an mit amerikanischem Akzent gesprochen. Sie meinte, sein Plan sei zumindest einen Versuch wert.

Kaum war sie in der Wohnung der Vogels am Marktplatz, als sie Fritz sogleich mit den Worten überfiel: „Stell dir vor, ich kann auch zum Skifahren mitkommen. Was macht dein Plan, mit dem Klavierspielen Geld zu verdienen?

„Ich musste damit aufhören", antwortete Fritz. „Zuerst bin ich damit gut durchgekommen. Aber dann habe ich beschlossen, in der Stadt nicht mehr zu spielen. Es ist hier für mich zu riskant, erkannt zu werden. Ich habe jetzt eine Mitfahrgelegenheit bei jemandem gefunden; er fährt jeden Abend nach Neumarkt. Dort habe ich mich ein bisschen umgesehen und schließlich einen Mann getroffen, der dort ein kleines Kabarett betreibt. Meine Amerika-Geschichte hat er wohl nicht so ganz geglaubt. Er wollte wissen, weshalb ich Deutsch mit fränkischem Akzent spreche. Er schaute mich dabei durchdringend an. Da setzte ich mich ans Klavier und spielte ein bisschen Jazz. Als er sagte, ich solle aufhören, dachte ich, das sei es jetzt wohl gewesen. Doch er meinte: ‚Also gut, du hast die Stelle‘. Anschließend spielte ich dort jeden Samstagabend und manchmal auch unter der Woche. Sein Kabarett hat sich als beliebt herausgestellt und auch meine Musik kommt ganz gut an."

„Und warum hast du dann auch dort aufgehört? Das klingt doch recht gut."

„Das schon, bis eines Abends Manfred und seine Freunde aus der Hitlerjugend in Neumarkt aufgetaucht sind. Er erkannte mich und ich sah, wie er hoch zum Chef ging, um sich offensichtlich zu beschweren. Da der Eigentümer ein netter Kerl ist, wollte ich ihn nicht in Verlegenheit bringen und bin abgehauen."

„Wieder mal Manfred!", sagte Magda aufgebracht.

„Wenn er es nicht gewesen wäre, dann jemand anderes. Es war einfach zu gut, um wahr zu sein. Aber ich habe ja genug Geld für Mürren verdient. Übrigens, ich habe jetzt auch angefangen, Liedertexte zu schreiben. Auch ein satirisches Liedchen über den Führer."

„Nein!"

„Keine Sorge. Ich werde es nicht öffentlich vortragen. Aber wer weiß? Vielleicht findet es eines Tages Gehör. In der Zwischenzeit vertreibe ich mir die Zeit mit dem Komponieren; es lässt mich in eine andere Welt abtauchen. In diesen Tagen ist es zu Hause ziemlich eintönig. Vater verlässt kaum mehr das Haus, außer um eine Handvoll Privatschüler zu unterrichten. Wenn er zu Hause ist, sitzt er die ganze Zeit in seinem Zimmer und hört Schallplatten. Oma leistet ihm dabei Gesellschaft. Vater und ich versuchen gelegentlich, im Haushalt etwas Ordnung zu schaffen, weil wir, wie du ja weißt, Romy nicht mehr beschäftigen dürfen. Wie du siehst, sind wir mit der Hausarbeit nicht so ganz auf dem Laufenden."

Zum Beweis schrieb er seinen Namen in den Staub auf der Anrichte. Magda war das heillose Durcheinander im Zimmer schon aufgefallen.

„Wie geht es Oma? Kann ich raufgehen und sie sehen?"

„Ja klar. Sie ist immer noch einseitig gelähmt und ärgert sich. Sie glaubt, nie mehr ihr geliebtes Cembalo spielen zu können. Aber sie kann wieder sprechen. Sie denkt viel an die Vergangenheit, besonders an die Ferien, die sie als Kind immer bei ihrem Onkel verbrachte. Er war Arzt in Sulzbürg. Sie hat mich neugierig auf den Ort gemacht, also bin ich hingefahren und habe ihn mir angesehen. Es ist ein noch sehr ursprüngliches Dorf mit einer kleinen jüdischen Gemeinde, die bei den alten Traditionen geblieben ist. Ich habe dort Frauen gesehen, die immer noch Perücken tragen. Die meisten Männer arbeiten auf dem Feld und benutzen Geräte, die schon Kain und Abel verwendeten haben könnten. Für Oma ist es jedoch das verlorene Paradies."

„Wo liegt Sulzbürg?"

„Gleich bei Neumarkt. Ihre Familie, die Bettelheims, stammen alle ursprünglich von dort. Wenn du hochgehst, könntest du Oma ihren Kaffee mitbringen. Dieser Tage ist das fast das Einzige, was sie zu sich nimmt."

Als Magda mit dem Tablett nach oben ging, sah sie ein Mädchen aus dem Haus gehen. Sie sah aus wie Romy. Großmutter war in ihrem Zimmer damit beschäftigt, eine Patience zu legen. Magda stellte das Tablett ab, ging zu ihr hinüber und gab ihr einen Kuss.

„Wie geht es dir?"

„Nicht schlecht, wie du siehst." Sie blickte auf die Karten, die sie vor sich auf dem Intarsientisch ausgebreitet hatte. „Ich habe etwas gefunden, das ich mit einer Hand tun kann."

Ihre Großmutter kam Magda ziemlich gebrechlich vor, auch wenn deren Stimme kräftig war. Sie trug ein schwarz-rotes Kleid, das sie ‚Zigeunerkleid' nannte. Es hing lose an ihrem knochigen Körper herab.

„War das Romy, die ich da eben gesehen habe?"

„Ja, sie kam mich besuchen – und das auch noch an ihrem ersten freien Tag."

Johanna klang gleichermaßen erfreut wie auch überrascht. „Romy ist jetzt ein Dienstmädchen im Krankenhaus, und sie sagt, es ist, als wäre sie wieder zurück im Waisenhaus. Niemand spricht mit ihr außer, wenn sie Anweisungen bekommt. Ich vermute, unser Haus war wohl so etwas wie ein Zuhause für sie, das sie in Wirklichkeit nie hatte. Weißt du was? Ich vermisse sie – und das nicht nur wegen der Arbeit, die sie geleistet hat."

Wie Fritz vorhergesagt hatte, sprach Johanna von Sulzbürg. Auf Magdas Frage, warum es ihr dort so gut gefallen habe, sagte ihre Großmutter einfach: „Weil ich mich frei gefühlt habe. Meine Cousine Esther war in meinem Alter und sie hatte ein Jahr ältere Zwillingsbrüder. Wir packten etwas zum Essen ein und waren den ganzen Tag unterwegs; gingen in den Wald, waren beim Schwimmen oder machten Ausflüge mit dem Boot. Im Herbst sammelten wir Schwarzbeeren und kletterten auf Bäume, um Kastanien zu holen. Die Buben kannten immer die besten Plätze für alles."

Magda musste an ihre eigenen Ferien auf Karl Werfels Bauernhof denken, als sie ihrer Großmutter zuhörte.

Johanna erzählte weiter: „Jeder kannte meinen Onkel. Er war ein guter Arzt, wie ich meine. Niemanden kümmerte es, dass er Jude war. Es gab niemals Schwierigkeiten."

„Ist Sulzbürg schön?", fragte Magda.

„Ich fand es schön. Im Sommer gab es immer eine Menge Wildblumen. Ich pflückte große Sträuße und stellte sie in der Küche in Marmeladengläser. In Sulzbürg würde ich gerne einmal begraben sein."

„Ach, bis dahin ist doch noch lange Zeit."
Ihre Großmutter lächelte, sagte aber nichts.

Kurz nach ihrem Besuch bei den Vogels ging Magda mit ihrer Mutter ins Café Krumbacher. Sie trafen sich dort mit Lilly Levy und Lotte, die ihre Visa für Frankreich erhalten hatten und diese Woche nach Paris aufbrechen wollten. Lillys Ehemann August war schon dort und hatte eine Wohnung für sie gefunden.

Lotte war besorgt. „Ich werde mit niemandem reden können, bis ich Französisch gelernt habe", klagte sie.

„Das wirst du schnell lernen", entgegnete ihre Mutter. Es wird schon nicht so schlimm sein, wenn du eine Zeit lang still sein musst. Du weißt selbst, dass du zu viel redest."

Lilly strotzte geradezu vor Optimismus.

„August hat Arbeit in einem kleinen Theater in ‚Montmartre' gefunden. Er meint, ich kann sicher wieder als Sängerin auftreten. Habe ich dir schon von einem wichtigen Kontakt erzählt, der zustande kam?"

„Nein. Wer denn?", fragte Liesel.

„Kein Geringerer als Gigli!" Lilly hatte dem berühmten Tenor eine Dose Lebkuchen zu Weihnachten geschickt und er hatte zurückgeschrieben, um sich zu bedanken.

„Es war ein netter Brief", erzählte sie. „Als P.S. brachte er seinen Wunsch zum Ausdruck, mich eines Tages singen zu hören."

In dem Augenblick ertönte lautes Geschrei von der Straße. Die Kaffeehaustür flog auf und Ezra Feldheim stolperte herein. Er hatte ein blaues Auge und eine aufgeplatzte Lippe. Eine Gruppe Jungen stand draußen und schrie. Magda hörte jemanden ‚Kleiner Jid!' rufen. Als sie aus dem Fenster sah, erkannte sie einen von ihnen. Es war Trudes jüngerer Bruder Wolfgang. Inzwischen war Otto Krumbacher hinter dem Tresen hervorgekommen.

„Was ist denn hier los?", wollte er wissen.

„Nichts wirklich", sagte Ezra und tupfte sich seinen Mund mit einem Taschentuch ab.

„Dieser Haufen hat mich die Königstraße heruntergejagt. Das ist alles die Schuld dieses verfluchten Fotografen. Einer von denen da hat mich auf der anderen Straßenseite gesehen und gerufen ‚Das ist der Junge von dem Plakat!'. Ehe ich mich umschauen konnte, haben sie mich alle umzingelt. Einer von denen hat ausgeholt, um mir eine zu verpassen, aber ich habe es geschafft zu entkommen und wegzulaufen."

„Diesen kleinen Rabauken werde ich zeigen, wo es langgeht!", sagte Herr Krumbacher und ging auf die Tür zu.

„Nein, tun Sie das bitte nicht!", sagte Ezra. Er hielt ihn am Arm fest und meinte erschöpft: „Es würde nichts bringen. Mir geht es gut, wirklich!"

„Sie sind jetzt ohnehin weitergegangen", sagte Lotte.

Als Herr Krumbacher sah, dass die Gruppe sich entfernt hatte, nahm er Ezra am Arm.

„Komm mal mit, junger Mann!", befahl er. „Ich gebe dir was für dein lädiertes Auge."

„Setz dich danach zu uns", sagte Lilly. „Was ist dein Lieblingskuchen?"

TEIL III

1936 – 1937

Kapitel 12

Magda saß in der kleinen Zahnradbahn. Sie beförderte die Gruppe aus dem jüdischen Jugendverein auf ihrer letzten Etappe von Lauterbrunnen nach Mürren. Neben einem Dutzend Jungen und Mädchen aus dem Verein und mehreren Gruppen aus Frankreich, Italien, England und den USA waren auch andere Deutsche dabei. Fritz hatte sich schon mit den Amerikanern angefreundet und spielte ein paar Sitze von Magda entfernt mit ihnen Canasta.

Es war ein später Januarnachmittag und die Gaslampen in den Abteilen waren an. Die Sitze hatten eine neue, noch raue Polsterung. Die würde sie an ihren Beinen kratzen, wenn sie keine Skihose anhätte. Sie trug zwar im Sommer kurze Hosen, aber dies war das erste Mal, dass sie eine lange Hose anhatte. Das gab ihr das Gefühl nun erwachsener zu sein.

Beim Blick aus dem Zugfenster dachte sie sich, *dies hier ist eine andere Welt*, während der Zug seinen Weg in die Berge hinaufschraubte, immer höher und höher. Je höher hinauf er fuhr, desto freier fühlte sich Magda. Auf den tiefergelegenen Hängen sah man Baumgruppen aus Tannen und überall lag unberührter Schnee, der im schwindenden Licht bläulich schimmerte. Ein Berg überragte alle anderen. Ob sie wohl das Mädchen ihr gegenüber fragen sollte, wie der Berg heißt? Sie entschied es nicht zu tun, weil das Mädchen gerade las. Außerdem kannte sie Rachel kaum, die auf die jüdische Schule in Fürth ging und neu im Verein war.

Wie der kleine Zug langsam vor sich hin ratterte, musterte Magda ihr Gegenüber und dachte sich, *sie ist schön*. Mit ihrem langen, schwarzen Haar, das in der Mitte gescheitelt und wie das einer Ballerina aus ihrem blassen Gesicht gekämmt war, hätte Rachel Italienerin sein können. Im Verein hatte sie kein Interesse an Magda oder den anderen Mädchen gezeigt, dafür interessierten sich aber alle Jungen für sie – Fritz eingeschlossen.

Magda war sich sicher, dass nicht nur ihr gutes Aussehen Fritz und die anderen Jungen anzog. Es lag auch an ihrer Rätselhaftigkeit. Man wusste nie, was sie gerade dachte. Im Gegensatz zu Magda, die ihre Gefühle nicht verbergen konnte, war aus Rachels

Gesicht nie etwas abzulesen. Sie sah von ihrem Buch auf, als Fritz herkam.

„Das ist also die Jungfrau", sagte er und blickte auf das scharfkantige Felsmassiv, das sich über dem von Menschen geschaffenen Gleiskörper auftürmte. „Weißt du", fuhr er fort, „mir gefällt die Vorstellung, dass sie seit Tausenden von Jahren dasteht und dass der Streit und der Trubel hier unten sie kalt lassen."

Er hatte seine Bemerkung an Rachel gerichtet, aber Magda antwortete zuerst: „Ja, sie wird immer noch da sein, wenn die Nazis längst tot und begraben sind."

„Was meinst du, Rachel?", beharrte Fritz.

„Bis dahin werden wir auch längst tot und begraben sein", murmelte sie.

Fritz durchbrach das darauffolgende Schweigen.

„Ich geh mal lieber wieder weiterspielen. Ich muss meine Verluste wettmachen."

Als er wegging, nahm Magda überrascht wahr, dass Rachel ihm ein vertrautes Lächeln schenkte.

Das Gefühl, in einer anderen Welt zu sein, hielt an, als sie alle in Mürren aus dem Zug stiegen, einem Dorf, das sich über die Jahrhunderte hinweg kaum verändert hatte. In den steilen, gewundenen Straßen, die von altmodischen Chalets aus Holz gesäumt waren, war Autofahren verboten. Es gab ihr das Gefühl, das moderne Nazi-Deutschland für eine Weile vergessen zu können. Als sie mit dem Rest der Gruppe zu der Jugendherberge ging, war sie glücklich, als ein vorbeigehender alter Mann sie mit „Grüß' Gott" auf Schweizerdeutsch begrüßte.

Die Jugendherberge war eines der größeren Chalets. Die Außenwände waren ockerfarben gestrichen und die Fenster wiesen kunstvoll gestaltete Holzumrahmungen auf. Es hatte das übliche ausladende Schrägdach zum Schutz vor dem Schnee. Auf der Seite zum Jungfrauenmassiv hin war ein hölzerner Balkon mit einem geschnitzten Geländer. Er erstreckte sich über die ganze Länge des zweiten Stockes. Magda packte ihren Rucksack aus. Sie teilte sich ihr Zimmer mit Rachel und den Zwillingen Lisbeth und Hanna, die sie seit der Volksschule kannte.

„Kann ich das obere Bett haben?"

Keine der anderen erhob Anspruch darauf und so kletterte Magda die Leiter hoch und verstaute ihre Sachen. Sie hatte sich für das obere Bett entschieden, weil es sich gegenüber einem Oberlichtfenster befand. Von dort, so hoffte sie, würde sie beim Aufwachen die Berge sehen können. Dann gingen sie alle hinunter zum Essen.

Einige der Gerichte, die Magda und die anderen Deutschen während der nächsten zwei Wochen aßen, kannten sie von zu Hause, zum Beispiel die Frankfurter Würstchen mit Sauerkraut, die es am ersten Abend gab. Die Franzosen und Italiener waren nicht so erpicht auf das Sauerkraut.

„Was ist das denn?", wollte ein Mädchen namens Nicole wissen und sah sich den gehobelten Weißkohl an. Magda sagte es ihr. Das französische Mädchen führte eine kleine Gabel voll an den Mund.

„Iiih!", rief sie aus und sagte in ihrer Sprache so etwas wie ‚la benzine'. Während des Abendessens saßen die Mitglieder des jüdischen Jugendvereins und die anderen jungen Deutschen an entgegengesetzten Enden der langen Tafel. Die zwei Gruppen redeten nicht miteinander, aber alle waren offensichtlich darauf bedacht, höflich zu sein.

Mit einem Blick auf die Jungen der Hitlerjugend bemerkte Fritz: „Denen hat man offenbar gesagt, dass sie sich benehmen sollen. Antisemitische Beleidigungen kommen außerhalb Deutschlands nicht gut an und die Nazis lassen sich nicht gerne von Ausländern kritisieren."

Damit ging er wieder zu den Amerikanern, um mit ihnen Canasta zu spielen. Indes suchte sich Magda ein ruhiges Eckchen, um dort einen ersten, begeisterten Brief nach Hause schreiben zu können.

Beim Aufwachen am nächsten Morgen merkte Magda, dass sie von ihrem Schlafplatz aus tatsächlich einen schönen Ausblick hatte. Die Sonne ging gerade auf; das gezackte Felsplateau des Schilthorn zeichnete sich klar vor dem Blau des Himmels ab. Am Abend vorher hatten sie noch davon gesprochen, dass sie mit der Seilbahn hinauffahren könnten. Vom Gipfel aus könne man den ‚Montblanc' sehen, der Blick reiche sogar bis zum Schwarzwald.

Es ergab sich zufällig, dass Magda im gleichen Augenblick in den Frühstücksraum ging, wie ein Junge der Hitlerjugend. Er hielt ihr die Tür auf, schlug die Hacken zusammen und sagte: „Guten Morgen!"

Was für eine Überraschung! Sie erinnerte sich an die Worte von Fritz und dachte sich, *also hat man ihnen auch gesagt, solange sie hier sind, sollten sie nicht mit ‚Heil Hitler' grüßen.*

Zum Frühstück aß sie zum ersten Mal Bircher Müsli; ihr schmeckte die Mischung aus Haferflocken, Nüssen und getrockneten Früchten, vor allem auch mit dem Sahnehäubchen darauf.

„Na, iss' das ruhig auf", sagte der Skilehrer, „das wird dir die nötige Energie geben."

Dann erhielt sie von ihm eine Liste, auf der stand, welcher Skigruppe sie zugeteilt war. Wie erwartet waren es die Anfänger.

Fritz konnte schon Skifahren; er fand sich in der Gruppe für Skifahrer mit Vorkenntnissen. Aber er hatte andere Pläne.

„Ich muss so schnell wie möglich in die Gruppe für Fortgeschrittene kommen", sagte er, „ich möchte nämlich am ‚Inferno' teilnehmen."

Das ‚Inferno', angeblich das längste Abfahrtsrennen der Welt, fand jeden Januar in Mürren statt.

„Warte erst einmal ab", sagte sein Skilehrer. „Wenn du wirklich am Rennen teilnehmen solltest, bekämst du es mit Konkurrenten zu tun, die in der alpinen Ski-Weltmeisterschaft mithalten können."

Fritz hoffte, einen besseren Rang als sein Konkurrent aus der Hitlerjugend zu erringen. Er lächelte nur und sagte: „Ich werde fleißig üben."

Der Skilehrer aus Magdas Anfängergruppe war ein junger Finne. Er arbeitete in Mürren, seit er vor ein paar Jahren bei einer Skimeisterschaft hier recht erfolgreich gewesen war. Er war gut 1,80 Meter groß. Er sah gut aus und hatte ein breites, etwas flächiges, gebräuntes Gesicht. Von Anfang an war er nicht so streng wie die meisten anderen Skilehrer. Mit langsamen und klaren Worten wandte er sich an die Gruppe, zuerst auf Deutsch, dann auf Englisch.

„Ich heiße Pekka Rautalainen. Ihr müsst euch aber nicht mit meinem Nachnamen herumschlagen. Nennt mich einfach Pekka. Stellt euch bitte erst einmal in einer Reihe auf, damit ich für eure Skier Maß nehmen kann. Wenn ihr gut damit zurechtkommen wollt, dürfen sie weder zu kurz noch zu lang sein." Als Magda an der Reihe war, blickte er auf sie hinunter, lächelte und sagte: „Du bist aber nicht sehr groß. Das macht aber gar nichts. Dann fällst du auch nicht so tief. Das wird am Anfang schon öfter vorkommen."

Magda versuchte, sich mit diesem Gedanken zu trösten. Pekka sortierte inzwischen den Haufen von Skiern zu seinen Füßen. Schließlich fand er, wonach er suchte und stellte die Skier vor sie hin: „Ja, die müssten passen. Die Spitze reicht etwas über deine Schulter hinaus, wie du siehst. Genauso wie es sein soll."

Als Nächstes führte Pekka die Gruppe zu einer nahegelegenen, ebenen Fläche.

„Versucht als erstes einmal, im Schnee zu gehen. Skifahren ist wie Gehen, nur dass die Füße dabei vorwärts gleiten und nicht angehoben werden. Bewegt euch und probiert es einfach aus und versucht, ein Gefühl dafür zu entwickeln. Hebt eure Skier abwechselnd an, macht Schritte zur Seite und haltet sie dabei parallel. Das Ziel dieser ersten Stunde besteht darin, ein Gefühl für das Gleichgewicht zu bekommen."

Magda machte all diese Übungen mit. Weil sie sich gut dabei fühlte, machte sie einen Jungen in der Nähe nach, der versuchte, mit den Skiern in die Luft zu springen. Das erste Mal ging es gut, beim zweiten Versuch rutschte sie aus und landete auf ihrem Hintern. Pekka kam her, um ihr aufzuhelfen. Er sah ihr enttäuschtes Gesicht und sagte: „Keine Sorge. Du machst das schon sehr gut. Jeder fällt am Anfang hin." Dann rief er sie alle zusammen, um ihnen beizubringen, wie man am besten hinfällt.

„Wenn ihr merkt, dass ihr hinfallt, verkrampft euch nicht, bleibt locker. Je weniger angespannt eure Muskeln sind, umso weniger tut ihr euch weh. Beugt euch auf eine Seite und lasst euch in den Schnee fallen."

So verlief der ganze Morgen. Magda fiel noch mehrere Male hin, doch mit Pekkas Anweisungen tat sie sich nicht weh, obwohl sie sicher war, überall grün und blau zu sein. Sie war entschlossen weiterzumachen; sie übte Bögen nach links und rechts und setzte ihre Stöcke gezielt ein. Ob sie sich dabei wirklich gut anstellte, war ihr nicht klar. Aber so schlecht könne es nicht sein, dachte sie sich. Pekka nahm nämlich sie und ein paar andere zur Seite und ging mit ihnen zu einem nahegelegenen Hügel. Dort zeigte er der Gruppe, wie man einen Hang hinaufgeht, indem man die einfache Methode der Seitwärtsschritte wählt. Das bedeutet, kleine Schritte wie eine Krabbe zu machen, um sich aufwärts zu bewegen.

Bei der nächsten Anweisung von Pekka erschrak Magda zunächst, doch bald stellt sich ein Hochgefühl ein: „Und jetzt könnt ihr alle den Hügel hinunterfahren. Haltet dabei die Knie gebeugt, eure Arme leicht nach außen und lehnt euch mit dem Körper ein bisschen nach vorne."

Ohne irgendeinen Zwischenfall rauschte Magda den ganzen Abhang hinunter.

Skifahren macht Spaß, sagte sie sich.

„So, das war's zunächst." Der Skilehrer ging mit ihnen zurück zu den anderen Anfängern. „Es ist Zeit fürs Mittagessen", kündigte er an. „Bravo! Ihr habt das alle sehr gut gemacht."

Auf dem Weg zurück zum Chalet ging Pekka an Magda und Rachel vorbei, der er einen bedeutungsvollen Blick zuwarf. Er klopfte Magda auf die Schulter und sagte nochmals: „Bravo."

Kaum war er weg, da meinte Rachel: „Du machst dich wirklich gut. Ich habe gesehen, wie schnell du alles begriffen hast." Dann lachte sie und fügte mit leicht verschwörerischer Stimme hinzu: „Seine Lieblingsschülerin bist du auch schon."

Magda lief rot an.

Das Mittagessen war die Hauptmahlzeit des Tages. Und es war auch richtig so, denn alle hatten großen Hunger. An diesem ersten Tag saß Magda mit Fritz und seinem amerikanischen Freund Jacob Robbins an der langen Tafel. Die drei aßen eine Menge des typisch schweizerischen ‚Raclette'. Das ist Käse, der über einem Feuer in einem eisernen Pfännchen geschmolzen und dann mit einem Spatel herausgekratzt wird. Dazu gibt es gekochte Kartoffeln. Magda war so hungrig, dass ihr fast alles geschmeckt hätte, nur den Käse mochte sie besonders gerne. Das liebten auch die Schweizer. An einem anderen Tag gab es ein Käsefondue. Es gefiel ihr, die Weißbrotwürfel in den Topf mit geschmolzenem und mit Weißwein versetzten Käse zu tunken.

Magda fiel der Skiunterricht leicht. Jeden Tag kam etwas Neues hinzu: wie man Bögen und Schwünge fährt, wie man die Skier bei höherem Tempo unter Kontrolle hält. Und das Allerwichtigste: wie man bremst und wieder zum Stehen kommt. Nach einer Woche umfuhr sie schon recht elegant alle Hindernisse auf der Piste. Sie sah Fritz und Jacob und fuhr zu ihnen.

„Das war ein perfekter Christiania-Schwung", sagte Fritz voller Bewunderung. „Wenn du so weitermachst, nehme ich dich vielleicht mit zum Skifahren abseits der Piste."

„Mach' das bloß nicht, Magda", sagte Jacob. „Er fährt wie ein Wahnsinniger. Mit dem steckst du innerhalb kürzester Zeit bis zum Hals im Schnee!"

„Und du bist eine lahme Ente", erwiderte Fritz. „Wisst ihr übrigens, dass unser Skilehrer mit meiner Anmeldung zum ‚Inferno' einverstanden ist?"

Magda wusste, dass Jacob kein guter Skifahrer war. Es hatte die Runde gemacht, dass er oft seine Schwierigkeiten damit hatte. Einmal verlor er einen Ski. Er musste zusehen, wie sich dieser selbstständig machte und den ganzen Abhang hinunterrutschte. Er war neunzehn, wirkte aber wegen seiner rundlichen Figur etwas älter. Er hatte hellbraunes Haar, das sich nicht bändigen ließ. Bei den Mädchen kam er nicht so gut an. Die Zwillinge bezeichneten ihn als nett aber langweilig. Fritz meinte, Jacob sei ein schlauer Kopf. Er wollte wissen, was Magda von seinem amerikanischen Freund hielt. Darauf Magda: „Naja, er ist ein bisschen pummelig und sieht aus wie eine Eule."

Und doch redete sie oft mit ihm, weil er gut Deutsch konnte. Er studierte seit einem Jahr in Berlin.

Jacob machte es sich zur Aufgabe, Magda in Mürren vor ihrem verrückten Cousin zu beschützen. Nach dem Abendessen blieb sie normalerweise noch ein bisschen, um sich mit den anderen zu unterhalten, oder um einem schweizer Jungen beim Akkordeonspiel zuzuhören. Eines Abends blieb sie aber nicht, sie wollte woanders ihr Buch weiterlesen. Jacob suchte sie und fand sie schließlich in einer Sitzecke beim Kaminfeuer. Sie hielt ihr Buch in der Hand, las aber nicht. Sie schaute verträumt in die Flammen und stellte sich vor, wie es wohl wäre, eine aufregende Bekanntschaft mit jemandem zu machen, der so aussah wie der Held in ihrem Roman – kühn, entschlossen, groß und schlank, mit Haaren so schwarz wie die Schwingen eines Raben. Dann sah sie auf und erblickte Jacob, der vor ihr von einem Fuß auf den anderen trat.

„Könntest du mir wohl", fing er zögernd an, „etwas über dein Leben in Nürnberg erzählen. Fritz hat mir davon erzählt, wie es zu seiner Verhaftung kam. Ich war fassungslos. Als die Polizei ihn erwischt hat, haben sie ihn erst einmal zusammengeschlagen. Dann hat ihm offenbar einer der höheren Beamten geholfen und ihn schließlich freigelassen. Ich würde gerne wissen, *wer ist heutzutage der typische Deutsche?* Einer von denen, die einen Fünfzehnjährigen misshandeln? Oder einer wie der Mann, der sie davon abhält?"

Magda war irritiert.

„Ich hatte gehofft, ich könnte vergessen, was in Nürnberg los ist, solange wir hier sind."

Jacob ließ nicht locker.

„Ich habe so einiges davon mitbekommen, was in Berlin los war", vertraute er ihr an. „Und das hat mir gar nicht gefallen. Diese Braunhemden, wie sie durch die Straßen marschierten, ihre Fahnen schwenkten und ihre grässlichen Lieder grölten. Meist waren sie betrunken. Eines Nachts verwüsteten sie das Geschäft eines jüdischen Pfandleihers, ganz in der Nähe meiner Wohnung. Die Polizei war vor Ort, aber sie griff nicht ein. Ich verstehe das nicht und werde es wohl auch nie verstehen. In Berlin bin ich nur ein Zuschauer. Ich würde gerne von dir wissen, was wirklich hier vor sich geht. Du kannst es schließlich aus erster Hand beurteilen."

„Warum willst du das unbedingt wissen? Du kannst doch nichts dagegen tun."

„Naja, ich bin auch Jude, weißt du. Ich möchte meinen Leuten zu Hause erzählen, was gerade in Deutschland passiert. Mein Großvater ist im vorigen Jahrhundert vor den Pogromen in Russland geflohen. In den Vereinigten Staaten begann er ein neues Leben und änderte seinen Namen von Rubenstein zu Robbins. Seither lebt meine Familie in New York. Ich glaube, sie haben keine Vorstellung davon, was Hitler hier vorhat. Sie sollten es aber wissen. Ganz Amerika sollte es wissen."

Er sprach so leidenschaftlich, dass Magda sich überreden ließ. Sie dachte daran, was er über Fritz und die Polizei gesagt hatte, und da fiel ihr Herr Lill ein. Sie erzählte Jacob, wie er ganz am Anfang noch geholfen hatte, ihren Cousin aus dem Gefängnis zu befreien, später aber ihren Vater auf den Stufen zum Gericht komplett ignoriert hatte.

„Rudolf Lill ist typisch, glaube ich. Am Anfang hatte er nichts gegen Papa, mit dem er seit seinem Examen zusammengearbeitet hat. Aber Woche für Woche wiederholen die Nazis, die Juden seien ein Gift und für jedes Übel in der Welt verantwortlich. Es gebe im neuen Deutschland für sie keinen Platz mehr. Herr Lill wurde, was die Juden betrifft, von der ständigen Propaganda überzeugt. Er glaubt vielleicht nicht an die Sensationsberichterstattung über Ritualmorde, aber er hält es für zutreffend, dass unsere Anwesenheit Deutschland schade. All diese Lügen haben bei ihm ihre Wirkung getan, umso mehr, da die Frau, die er geheiratet hat, eine fanatische Verehrerin von Hitler ist. Auch liegt es in seinem eigenen Interesse, sich zu den Nazis zu bekennen. Ihretwegen gehört ihm jetzt die Anwaltskanzlei, die seit Generationen meiner Familie gehörte."

„Aber das erklärt nicht, warum er deinem Vater aus dem Weg geht, den er doch mag, wie du sagst."

„Er hat Angst. Leute, die mit Juden befreundet sind, werden üblicherweise in unserer Lokalzeitung bloßgestellt. Andere Deutsche schreiben dem Verleger oder melden sie der Gestapo. Herr Lill ist ein vorsichtiger Mann, der ein ruhiges Leben liebt."

„Möchten wir das nicht alle? Manchmal ist der Preis dafür aber zu hoch. Danke, dass du mir das alles gesagt hast, Magda. Ich bin froh, dich gefragt zu haben. Du bist ein interessiertes Mädchen. Ich verderbe dir den Urlaub jetzt nicht mehr; ich verspreche es. Lass uns das Thema wechseln. Was hast du da für ein Buch?"

Es war ,Der Graf von Monte Cristo', den Jacob auch kannte. Also redeten sie darüber, warum ihnen Dumas und vor allem dieser Roman gefiel. Ein Roman, in dem sein tapferer Held, den man fälschlicherweise verdächtigt, ein Feind seines Landes zu sein, aus einer Festung flieht und Rache an denen übt, die ihm Unrecht taten.

Wie sie so in dem dunklen, nur vom Feuer des Kamins erhellten Raum saßen, fand Magda es einfach, sich mit diesem ernsthaften, jungen Amerikaner zu unterhalten. Für sie war es viel einfacher, mit einem vergleichsweise Fremden über die Nazis zu sprechen als mit den Feldheims, ganz zu schweigen von ihren Eltern. *Die Zwillinge haben Unrecht. Er ist nicht langweilig*, fand sie. Ihr wurde plötzlich klar, wie intensiv er sie ansah. Nervös sprang sie auf und erfand eine Ausrede, um in ihr Zimmer zu gehen.

Obwohl Jacob sein Versprechen hielt, wurde Magda am folgenden Nachmittag wieder an die Nazis erinnert, als sie das Buch am Esstisch liegen sah. Sie konnte sich nicht erinnern, es dort liegengelassen zu haben. Dann sah sie, dass ein besticktes Lesezeichen darin steckte und sie merkte, dass es nicht ihre Ausgabe war. Sie schaute auf die erste Seite und entdeckte den Namen ,Rachel Kettner'. In diesem Augenblick kam Rachel in den Speisesaal.

„Das lese ich auch gerade", sagte Magda und gab ihr den Roman. „Ich fühle das Gleiche wie Edmond. Was meinst du?"

„Das ist das erste Buch von Dumas, das ich lese, und es gefällt mir. Es beschreibt das Leben, wie es sein sollte. Das Gute siegt über das Böse. Wie du schon sagst, ist es gut, sich in Edmond hineinzuversetzen. Ich glaube aber nicht, dass im wirklichen Leben jemand auf solch spektakuläre Weise aus einer Festung ausbrechen kann."

„Naja, ich nehme an, es wird nicht genauso passiert sein. Andererseits weiß man nie – zumindest war diese Stelle ganz schön aufregend! Übrigens, ich wusste gar nicht, dass du mit Nachnamen Kettner heißt. Ich habe es hier gesehen. Bei uns am Lyzeum war eine Frau Kettner, aber sie durfte nicht mehr unterrichten. Das tat mir so leid. Ich habe ihren Unterricht geliebt."

„Das war meine Tante Ella. Sie ist die Schwester meines Vaters."

Als sie sah, dass Magda sie fragend anschaute, fügte Rachel hinzu: „Nur meine Mutter ist Jüdin."

„Was hat sie gemacht, nachdem sie von der Schule weggehen musste? Ich habe sie seitdem nicht mehr gesehen."

„Wusstest du das denn nicht?", sagte Rachel heftig. „Sie haben sie nach Dachau geschickt, zusammen mit meinem Vater und anderen Sozis. Nach ein paar Monaten wurde sie entlassen, aber Papa ist dort gestorben."

„Dein Vater ist tot? Wie schrecklich! Was ist passiert?"

„Die Zustände in Dachau waren schlecht und es gab fast nichts zu essen. Auch die Wachen behandelten die Gefangenen schlecht, um ihnen das Leben zur Hölle zu machen. Später habe ich gehört, dass mein Vater eine Lungenentzündung bekam, nach einem stundenlangen Appell im Regen. Anschließend ließen sie ihn einfach in einer Schlafkoje in einer zugigen Baracke liegen. Im Lager gab es zwar einen Arzt, der zu den Kranken kam. Wenn er aber feststellte, dass die Behandlung teuer wäre, unternahm er nichts und ging wieder weg. Mein Vater war nicht der Einzige, der dort starb."

Rachel erzählte diese Geschichte mit leiser Stimme und versuchte, die Beherrschung nicht zu verlieren. Trotzdem liefen Tränen über ihre Wangen.

„Er war so ein guter Mann!", flüsterte sie am Schluss.

Magda sagte gar nichts, sondern ging auf sie zu und umarmte Rachel. So saßen sie schweigend beim Feuer, wo Magda auch mit Jacob gesprochen hatte. Als Rachel sich wieder beruhigt hatte, sagte sie zu Magda: „Du hast nach Tante Ella gefragt. Als sie aus Dachau zurückkam, waren ihre Haare vollständig weiß und sie war abgemagert. Du hättest sie sicher nicht wiedererkannt, wenn du sie auf der Straße getroffen hättest. Sie wurde aber nicht schwer krank. Sie lebt jetzt in der Schweiz."

„Gut! Da ist sie sicher. Und was ist mit dir und deiner Mutter? Geht ihr auch in die Schweiz?"

„Dorthin oder in irgendein anderes Land. Wir versuchen, Visa zu bekommen, aber das ist jetzt schwieriger."

Magda und Jacob trafen sich weiterhin. Er begleitete sie zu Pekkas Vorträgen, wie man im Schnee überleben kann, wenn man sich verirrt oder einen Unfall hat. Magda hörte dem Lehrer aufmerksam zu, als er sagte, wie wichtig es ist, sich warm zu halten. Wie man sich zum Schutz einen schmalen Graben machen kann bis Hilfe kommt.

Und dass dieser Graben nicht in der Nähe von Felsen sein soll, sonst könnte er von einem Schneerutsch zugeschüttet werden. Magda machte sich Notizen und stellte sich etliche dramatische Situationen vor, wie zum Beispiel, von einer Lawine verschüttet zu werden.

„Du siehst aus, als wärst du meilenweit weg", sagte Jacob, der ihren entrückten Gesichtsausdruck sah.

„Ach, nur ein paar Meilen", antwortete sie, schüttelte sich und kam wieder zu sich. „Ich habe mir vorgestellt, wie ich einen Graben für jemanden aushebe, der einen verstauchten oder gebrochenen Knöchel hat – vielleicht für Fritz oder dich – und wie ich dann mit den Skiern losfahre und Hilfe hole."

„Es ist wahrscheinlicher, dass ich und nicht Fritz das bin, der sich einen Knöchel bricht. Ich würde dankbar zu dir aufblicken, während ich den Cognac trinke, den der Bernhardiner trägt, den du bei deiner Rückkehr mitbringst. Allerdings ziehe ich eine andere Version der Geschichte vor. In ihr bin ich der Held, der die hilflose Jungfrau rettet."

„Ja, das passiert normalerweise in den Geschichten. Als Mädchen wird mir das auf die Dauer aber ein bisschen zu langweilig, immer nur von all den hilflosen Frauen zu lesen."

„Wie interessant! Ich habe keine dieser Geschichten je aus der Perspektive eines abenteuerlustigen, jungen Mädchens betrachtet. Jetzt, wo ich darüber nachdenke, kann ich mir vorstellen, dass du lieber selbst handeln möchtest. Wer weiß? Vielleicht wirst du das eines Tages tun müssen."

Fritz verbrachte den ganzen Tag damit, sich auf das ‚Inferno' vorzubereiten, solange es auf der Piste hell war. Also fuhren Jacob und Magda ohne ihn auf das Schilthorn hinauf, zusammen mit ein paar anderen Mitgliedern des jüdischen Sportvereins. Magda blickte aus der schwankenden und knarzenden Seilbahn, die sie immer höher hinauftrug. Ihr Blick ging hinunter auf eine halsbrecherisch steile Abfahrtspiste. Ihr wurde klar, dies würde der Ort für das bevorstehende ‚Inferno' sein. Sie erschauderte.

„Wer um alles auf der Welt kam auf den Gedanken, ausgerechnet hier ein Skirennen durchzuführen?", fragte sie.

„Das waren die Engländer, im Jahr 1928", sagte einer der Jungen. „Die kommen immer auf solche Gedanken. Inzwischen ist es populär geworden. Dieses Jahr werden Hunderte Skifahrer teilnehmen. Es ist ein Riesenspaß, jedenfalls solange man die Nerven behält."

Sie stiegen aus der Gondel der Seilbahn aus und liefen über das weitläufige Plateau. Es war ein wunderbar klarer Tag. Wie versprochen konnten sie tatsächlich den Montblanc an der französisch-italienischen Grenze, genauso wie den Schwarzwald und die leuchtenden Spitzen des Eiger, des Mönchs und der Jungfrau sehen. Obwohl die Sonne schien, war es bitterkalt. Sie standen da und bewunderten die Aussicht. Sie holten die Thermosflaschen heraus, die sie in der Jugendherberge bekommen hatten und tranken den heißen Kakao. Jacob holte eine Packung ‚Graham Cracker' heraus und ließ sie herumgehen.

„Meine Mutter hat sie mir geschickt", erklärte er Magda. „Sie schickt mir immer wieder ein Essenspaket. Sie wäre verzweifelt, wenn ich ein paar Pfunde abnehmen würde. Sie bildet sich immer ein, ich bekäme im Ausland nicht genug zu essen!"

„Ich glaube, ich habe noch nie in meinem Leben so viel gegessen, wie hier in Mürren!", meinte Magda.

„Dieser Meinung sind wir alle", pflichtete Jacob bei. „Aber das ist ja auch kein Wunder! Wenn man am Tag fünf Stunden oder noch mehr auf den Skiern steht, hat man einen ordentlichen Appetit."

Kapitel 13

Alle Bewohner des Chalets trafen sich zum ‚Inferno' auf dem Schilthorn. Es wurde am Ende ihres Urlaubs ausgetragen. Der jüdische Jugendverein war anwesend, um die teilnehmenden Mitglieder anzufeuern, darunter Fritz. Mürren war jetzt voll von Skiläufern aus ganz Europa. Alle Unterkünfte waren belegt. Mehr als achthundert Teilnehmer hatten sich für das Rennen gemeldet. Jedem war eine Startnummer zugeteilt worden. Fritz war Läufer sechshundertzehn. Die Skiläufer starteten in Achtergruppen und in Abständen von jeweils eineinhalb Minuten. Fritz würde also erst am späten Vormittag dran sein. Trotzdem fuhr er morgens um halb neun mit Magda und den anderen in der Seilbahn nach oben. Er wollte sich ein Bild vom Können seiner Konkurrenten machen. Die erste Teilnehmergruppe war schon im Starterzelt. Sie schnürten ihre Stiefel, schnallten die Skier an und machten sich fertig. Es handelte sich bei ihnen um junge Männer aus der Region. Man nahm allgemein an, einer von ihnen würde gewinnen und die Strecke in der schnellsten Zeit zurücklegen. Pekka und ein paar andere Skilehrer würden wahrscheinlich nur knapp hinter ihnen liegen.

„Was ist denn die beste Zeit, in der es je jemand geschafft hat?", wollte Magda wissen.

„Sechs Minuten 56 Sekunden, glaube ich", meinte Fritz, „aber ich hoffe gar nicht darauf, den Rekord zu brechen. Ich bin schon froh, wenn ich schneller bin als Helmut."

Helmut war der beste Skifahrer aus der Mannschaft der Hitlerjugend des Chalets.

Ein paar Wirte aus Mürren hatten oben auf dem Schilthorn ein paar Stände aufgebaut. Sie verkauften Spirituosen und heiße Getränke aller Art sowie warme Würste. Fritz stieß zu seinen Freunden, die Kaffee tranken. Er selbst hatte sich gegen die kleinen Fläschchen mit Cognac entschieden, die gegen die Kälte angeboten wurden.

„Mir wird es früh genug warm werden", dachte er sich und lächelte seinen Unterstützern angespannt zu. Mit den Händen umklammerte er die Kaffeetasse und seine Knöchel traten weiß hervor.

Im Starterzelt hing eine Flasche Vodka in einer Ledertasche und ein paar der Jungen aus den Bergen nahmen einen Schluck davon. Sie fuhren allesamt Ski, seit sie laufen konnten und trotzdem waren sie aufgeregt. Alle starrten in den Abgrund, den sie bald hinunterjagen müssten. Unter lautem Jubelgeschrei fuhren sie los. Es gab ein sirrendes Geräusch, als sie ihre Skier nach vorne richteten und auf dem ersten flachen Abschnitt Geschwindigkeit aufnahmen. Nach einer Minute waren es nur noch farbige Punkte, die im gleißenden Licht nach unten verschwanden.

Magda hatte ihren Fotoapparat mit nach Mürren genommen und fotografierte diese ersten Skifahrer, wie sie sich an der Startlinie aufstellten. Jacob sah ihr zu und bat sie: „Ich plane, etwas über das Rennen zu schreiben und hoffe, es veröffentlicht zu bekommen. Könntest du ein paar zum Artikel passende Bilder machen? Dann würde ich ihn zum ‚Life-Magazin‘ schicken. Er wird wahrscheinlich eher genommen, wenn er Fotos enthält."

„Das will ich gerne versuchen, aber mach‘ dir nicht zu große Hoffnungen. Die Bewegung beim Skifahren kann ich schlecht wiedergeben. Das Foto wäre bloß verschwommen."

„Mach dir keine Sorgen deswegen. Es gibt hier genügend interessante Motive für unbewegte Bilder. Fritz sagt, du bist eine sehr gute Fotografin."

Während Magda Schnappschüsse vom Starterzelt und der Landschaft ringsum machte, fragte sie Jacob: „Schreibst du oft etwas?"

„Ja, aber als freier Mitarbeiter bekam ich bisher nur ein paar wenige Sachen gedruckt. Wenn ich nach New York zurückkehre, werde ich versuchen, Arbeit bei einer Zeitung zu bekommen. Am liebsten würde ich Auslandskorrespondent werden. Das ist der Hauptgrund, warum ich mich entschieden habe, nach Berlin zu gehen und Deutsch zu lernen."

Magda machte ein paar Standardbilder von jungen Skifahrern. Jacob bat sie, auch einen älteren Mann zu fotografieren. Sein Gesicht war stark gebräunt und von Falten durchzogen. Er wirkte sehr fit, als er sich bückte, um die Schnürsenkel seiner Stiefel zu binden.

„Das ist Arnold Lunn. Er hat 1924 den Kandahar Skiklub gegründet, um das alpine Skifahren populär zu machen", erklärte ihr Jacob. Als Magda zu Herrn Lunn hinüberging, um ihn um die Erlaubnis für ein Foto zu bitten, bemerkte sie, wie alt er aus der Nähe aussah. Er lächelte, als sie ihm ihre Bitte vortrug, und antwortete auf Deutsch mit einem ausgeprägten Schweizer Akzent: „Aber natürlich, meine Liebe. Aber warum wartest du denn nicht, bis ich selbst an den Start gehe?"

„Was, Sie fahren selbst!", platzte Magda heraus und versuchte, nicht allzu überrascht auszusehen.

„Aber natürlich!"

Von den Veranstaltern erfuhr Magda später, Sir Arnold sei siebenundachtzig Jahre alt.

Fritz kam am späten Vormittag an die Reihe. Es hatte zu schneien angefangen, wenn auch nicht stark. Der Wind trieb den Schnee über das Schilthorn und die Startlinie. Fritz trug eine rote Jacke und eine Schirmmütze, unter die er kaum seine wirren Haare brachte. Das bedeutete, dass Magda ihn im Blick behalten konnte, bis er und die anderen sieben Skifahrer seiner Gruppe hinter einer Kuppe verschwunden waren. Helmut war auch unter ihnen.

„Fritz wird doch nichts passieren, was meinst du?", fragte Magda Jacob. „Sie fahren alle so schnell."

„Es liegt jetzt schon ganz schön viel Schnee. Da besteht wenig Gefahr, dass jemand über kaum verdeckte Felsbrocken fährt. Die Tatsache, dass es erneut schneit, bedeutet auch, dass keiner mit wirklich halsbrecherischer Geschwindigkeit fahren kann. Mach' dir keine Sorgen. Fritz ist ein guter Skifahrer. Er geht zwar Risiken ein, aber es handelt sich bei ihm immer um kalkulierte Risiken."

„Wie meinst du das? Welche Risiken?"

„Er tut Dinge, die ich nicht tun würde, auch wenn ich gut genug für dieses Rennen wäre – was ich natürlich nicht bin. Ich gebe dir ein Beispiel: wenn man bergab fährt, ist es leichter, die Kontrolle über die Skier zu behalten, wenn man Bögen fährt. Aber das geht auf Kosten der Geschwindigkeit. Also fährt Fritz Schuss. Er fährt auf Risiko. Ob er tollkühn wird oder nicht, hängt davon ab, wie gewagt Helmut fährt. Heute hat Fritz die Gelegenheit,

Helmut und der ganzen Hitlerjugend zu zeigen, was ein Jude alles kann."

„Meinst du, ich könnte doch einen Cognac probieren?", fragte Magda.

„Warum denn nicht? Bei diesen Temperaturen wirst du davon nicht betrunken werden. Komm', lass' uns beide auf den Erfolg von Fritz anstoßen."

Der Cognac brannte in Magdas Kehle, tat ihr aber in der Kälte gut. Magda, Jacob und die anderen jungen Leute aus dem Chalet fuhren mit der Seilbahn wieder nach unten und machten sich auf den Weg nach Lauterbrunnen zum Zieleinlauf.

Dort herrschte ein Riesenspektakel. Die Skifahrer hatten ihr Rennen hinter sich gebracht. Sie lachten, prosteten einander fröhlich mit ihren Bierkrügen zu. Die Preisrichter hatten die Sieger des diesjährigen ‚Inferno' bereits bekannt gegeben. Wie erwartet war es einer der Schweizer. Seine Freunde trugen ihn auf den Schultern durch das Dorf, gerade als Magda und die Gruppe aus dem Chalet in Lauterbrunn ankamen. Pekka hatte den zweiten Platz belegt und seine Schüler ließen ihn hochleben. Dieses Jahr wurde kein Streckenrekord gebrochen. Der Sieger hatte die Abfahrt in 7 Minuten 52 Sekunden geschafft. Alle waren sich darin einig, das sei ganz schön schnell, wenn man bedenkt, wie tief und weich der Schnee war.

Fritz stand neben Rachel. Er trank aus einer Thermosflasche. Rachel zündete sich zwei Zigaretten an, nahm eine in den Mund und reichte Fritz die andere. Er dankte lächelnd. Als er seine Freunde sah, spurtete er zu ihnen hinüber, noch immer voller Energie.

„Glückwunsch!", rief Jacob. „Du hast dir also keine Knochen gebrochen."

„Nein, natürlich nicht. Außerdem wurde meine Zeit mit 9 Minuten, 50 Sekunden abgenommen. Das bedeutet, ich belege Platz 137 von 840. Ich finde, das ist gar nicht so schlecht."

„Das ist alles andere als gar nicht so schlecht – über eine Meile pro Minute. Das ist hervorragend", sagte Magda.

„Und Helmut? Dürfen wir danach fragen?", bohrte Jacob nach.

„Etwas Aufregenderes habe ich schon lange nicht erlebt. Gegen Ende des Rennens lagen wir beide vorne und kämpften verbissen. Mit mehr oder weniger Glück habe ich es gerade noch so geschafft, ihn auf den letzten Metern zu überholen. Aber könnt ihr euch vorstellen, was dann passierte? Als sie die Ergebnisse durchgaben, kam Helmut auf mich zu und schüttelte mir die Hand. Ich bin aus allen Wolken gefallen."

Magda sah hinüber zu dem zerzausten Helmut und seinen Freunden.

„Eigentlich bin ich gar nicht so sehr überrascht. Das ist der Junge, von dem ich dir erzählte. Er hielt mir eines Morgens die Tür zum Frühstücksraum auf. Vielleicht ist er der Hitlerjugend nur deswegen beigetreten, weil man das jetzt von allen erwartet. Vielleicht ist er ja ganz anständig."

„Vielleicht, aber wie lange wird er anständig bleiben, wenn er sich so anpasst?", sagte Jacob. „So in einem Jahr werden sie erwarten, dass er in die SS eintritt. Und was ist dann?"

Am letzten Urlaubstag fand in Mürren ein Dorffest statt. Magda und die anderen sahen sich einen Trachtenumzug an, der von Kuhglockengeläute begleitet wurde. An diesem Abend feierten sie ein Fest im Chalet, bevor alle am nächsten Tag getrennte Wege gehen würden. Es begann mit einem besonderen Festessen, bei dem es Magdas Lieblingsfondue und eine köstliche Schwarzwälder Kirschtorte gab. Als das Geschirr abgeräumt war, versammelten sich alle um das Feuer und hörten einem Jungen beim Akkordeonspielen zu. Man hatte auch einen jungen Mann aus dem Ort zur Feier eingeladen. Er war als bester Jodler weit und breit bekannt. Nach seiner Darbietung fiel Magdas Blick auf das Klavier. Sie wandte sich an Fritz: „Warum spielst du nichts aus deinem Repertoire?"

„Das bringt mich auf eine Idee", erwiderte Fritz. „Ihr könnt tanzen und ich spiele dazu."

Sie räumten die Möbel zur Seite und Fritz setzte sich und spielte einen Foxtrott. Ein paar Jungen gingen hinaus und kamen mit Bier, Schnaps und Wein zurück, um der Feier auf die Sprünge zu helfen.

Magda saß auf einem der an der Wand aufgereihten Stühle. Sie war noch nie vorher tanzen, wusste aber, wie man einen langsamen Walzer, einen Quickstep und einen Foxtrott tanzt. Zu der Zeit, als sie mit Trude im Sportverein der Bremmers war, hatte sie einen Tanzkurs belegt. Dieser Kurs dauerte allerdings nur den halben Winter, weil sich jemand beschwert hatte, dass diese modernen Tänze dekadent und für das neue Deutschland unpassend seien. Darauf hatte Herr Bremmer beschlossen, stattdessen Volkstänze unterrichten zu lassen.

Magda sah den Paaren dabei zu, wie sie Runde um Runde über die Tanzfläche wirbelten. Die Zwillinge Lisbeth und Hanna tanzten abwechselnd mit dem Sieger des ‚Infernos‘.

„Was passiert bloß, wenn sich beide in denselben Jungen verlieben?“, fragte sie sich. Rachel ging in einem hellblauen Kleid mit Pekka an ihr vorbei. *Sie sieht aus wie die Madonna auf dem Rafael-Bild*, dachte Magda, *das in der Eingangshalle der Schule hing.* Kurz darauf ging Rachel erneut an ihr vorbei. Magda war sehr überrascht. Dieses Mal war Helmut ihr Tanzpartner. Er war offensichtlich von ihr sehr angetan.

Niemand forderte Magda zum Tanzen auf. Das lag wohl auch daran, dass sie sich in eine dunkle Ecke gesetzt hatte und auch noch halb von einer hohen Standuhr verdeckt war, die ein englischer Skifahrer dem Chalet geschenkt hatte. Nach einiger Zeit beschloss sie, zu Bett zu gehen. Sie wusste nicht recht, ob sie tanzen wollte. Vor allem aber war es ihr peinlich, ein Mauerblümchen zu sein. Sie schlüpfte durch die Tür und stieß mit Fritz zusammen. Der machte gerade eine Pause. Der Akkordeonspieler war nun an der Reihe, für Tanzmusik zu sorgen.

„Du darfst jetzt noch nicht gehen!“ Mit diesen Worten packte Fritz sie am Arm. „Jacob ist gerade aus Wengen zurückgekommen. Er ist nur kurz hochgegangen und wird gleich da sein. Er freut sich darauf, mit dir tanzen zu können.“

„Es sind doch genug andere Mädchen da, mit denen er tanzen kann. Warum tanzt du eigentlich nicht? Rachel ist doch da.“

„Da ist mir Helmut zuvorgekommen. Du weißt doch, was man so sagt, ‚Glück im Spiel, Pech in der Liebe‘. Vielleicht gilt dieser

Spruch auch für das Skirennen. Aber kümmere dich nicht um mich. Du darfst nicht gehen, ohne einmal mit Jacob getanzt zu haben."

Magda war hin und her gerissen.

„Hast du das denn nicht bemerkt?", fuhr Fritz erstaunt fort. „Jacob hat sich in dich verliebt!"

Magda stand da wie vom Donner gerührt.

„Was? Du liebe Güte!", jammerte sie.

„Keine Sorge! Er wird nichts sagen. Ich habe ihm gesagt, du bist noch nicht mal fünfzehn. Er möchte nur, dass du ihn nicht vergisst und ihr euch wiederseht. Übrigens, er meint, in ein paar Jahren würdest du sehr hübsch aussehen."

Magda traute ihren Ohren nicht und betrachtete ihr Spiegelbild in der dunklen Fensterscheibe gegenüber. Sie hielt ihren Mund für zu groß und ihre Haare für zu lockig. Sie schüttelte den Kopf.

„Er ist verrückt."

„Naja, ich würde vielleicht nicht gerade sagen, dass du mal eine Schönheit wirst, aber ich bin ja auch nicht in dich verliebt. Ich kenne dich schon, seit du ein schreiendes Kleinkind warst."

In diesem Augenblick kam Jacob die Treppe heruntergerannt und wedelte mit ein paar Fotografien. Er war in Wengen gewesen, um Magdas Film mit den Bildern vom Schilthorn entwickeln zu lassen. Sie war erleichtert, dass er keinen liebeskranken Eindruck machte.

„Alle deine Fotografien sind etwas geworden. Sie sind wirklich gut gelungen. Ich habe diese sechs ausgewählt. Auch das Foto mit Arnold Lunn ist dabei. Bist du damit einverstanden? Arnold Lunn ist ein Phänomen. Ich habe mir gedacht, bei diesem berühmten Namen werden die Redakteure bei ‚Life' vielleicht aufhorchen und sich dann auch den Artikel anschauen."

„Nur zu! Du kannst alle Fotos haben. Ich fühle mich geschmeichelt."

Fritz war zum Klavier zurückgerufen worden und so standen die beiden allein am Fuß der Treppe. Magda wollte vermeiden, von Jacob zum Tanzen aufgefordert zu werden. Lieber wollte sie auf ihrem Zimmer über all das nachdenken, was Fritz ihr anvertraut hatte. Die Vorstellung, von einem jungen Mann bewundert zu werden, ließ ihr Herz natürlich höherschlagen. Aber sie würde Jacob niemals lieben können.

Er war kein bisschen wie der junge Captain Dantes oder d'Artagnan. Wenn sie je einen wie diese beiden träfe, wäre es ganz anders.

Ihr kam der Gedanke, wahrscheinlich könne Jacob ohnehin nicht tanzen.

Doch der fragte sie: „Fritz spielt gerade einen Quickstepp. Kannst du so was tanzen?"

„Ich habe ihn gelernt, aber noch niemals auf einer Veranstaltung getanzt."

„Dann ist jetzt die Gelegenheit dazu."

Mit diesen Worten nahm Jacob sie beim Arm und führte sie auf die Tanzfläche. Zu ihrer Überraschung bemerkte Magda, wie locker Jacob war; er trat ihr nicht auf die Füße. Sie nahm ihren Mut zusammen und fragte: „Kannst du die gelaufene Linksdrehung?"

„Du lieber Himmel! Nein! Was ist das denn?"

„Ein Tanzschritt, den wir beim Quickstep gelernt haben. Er sieht großartig aus, ist aber gar nicht so schwer. Ich kann ihn dir zeigen." Und das tat sie.

Jacob sah genau zu und beide probierten es aus. Nach ein paar Versuchen beherrschte er den neuen Schritt.

„Du steckst wirklich voller Überraschungen", sagte er, als die Musik verstummte.

„Du kannst viel besser tanzen als Ski fahren", sagte sie nicht sehr taktvoll zu ihm.

Nach Jacob hatte Magda noch mehrere Tanzpartner, darunter auch Pekka, der sie zu einem langsamen Walzer aufforderte. Sie gratulierte ihm zum ‚Inferno' und er meinte: „Wenn du weiterhin so Ski fährst, kannst du eines Tages selbst am Rennen teilnehmen."

Sie hatte noch viel Spaß an diesem Abend, bis schließlich ein verschwitzter Junge beim Foxtrott rülpste und ihr sein Bierdunst ins Gesicht stieg. Die Hälfte der Jungen war betrunken und viele der jungen Leute waren schon gegangen, darunter auch die Zwillinge und Rachel sowie Pekka. Magda tanzte an Fritz vorbei, der immer noch am Klavier saß und spielte. Sie verdrehte die Augen und rief ihm ein paar Worte zu. Sobald sie sich nach dem Tanz von ihrem angetrunkenen Tanzpartner befreien konnte, machte sie sich davon und ging zu Bett.

147

Beim Hinausgehen kam sie an Helmut vorbei. Er stand an der behelfsmäßigen Bar und blickte unglücklich drein. Im Schlafsaal traf sie auf die Zwillinge.

„Wo ist denn Rachel?", wollte sie von ihnen wissen.

„Ich habe keine Ahnung", gab Lisbeth zur Antwort. „Als wir sie das letzte Mal gesehen haben, war sie mit Pekka zusammen."

Es wurde gerade hell, als Magda aufwachte – Rachel hatte leise die Tür geöffnet und schlich auf Zehenspitzen in den Schlafsaal.

Noch ehe sie zum Frühstück hinuntergingen, stapelten alle ihre Rucksäcke neben der Eingangstür auf. In einer Stunde würden sie alle aufbrechen. Magda war spät dran. Sie hatte das Packen bis zum letzten Augenblick aufgeschoben.

Jacob wartete auf sie.

„Kannst du mir deine Adresse in Nürnberg geben? Ich könnte dir dann den Schilthorn-Artikel schicken, falls er gedruckt wird. Hier ist meine Adresse in Berlin. Ich hoffe, du schreibst mir gelegentlich und erzählst mir, wie es dir geht."

„Das werde ich tun. Ich schreibe gerne Briefe."

Mit diesen Worten gab ihm Magda ihre Adresse. „Hast du schon Pläne, worüber du als nächstes schreiben willst?"

„Nun, da du mich fragst, ich werde darüber schreiben, was die Nazis in Deutschland vorhaben. Ich bin besorgt, was hier mit den Juden geschieht, nach all dem, was du mir von Nürnberg erzählt hast. Deshalb möchte ich dir die Adresse meiner Mutter geben. Seit mein Vater gestorben ist, lebt sie allein in New York. In einem Brief habe ich ihr von deiner Familie erzählt. Ihre Antwort darauf würde ich dich gerne lesen lassen. Du musst mir versprechen, sie um Hilfe zu bitten, wenn du oder jemand aus deiner Familie darauf angewiesen seid. Du kannst sicher sein, wir werden alles tun, was wir können."

Das Frühstück war vorbei und sie saßen allein am Tisch. Jacob gab ihr seine Visitenkarte und den Brief seiner Mutter.

Als sie zu Ende gelesen hatte, sprang sie auf und ergriff mit strahlendem Gesicht seine Hände: „Ihr seid so freundlich!"

Jacob löste seine Hände. Dann legte er seine Arme um sie und küsste sie.

Kapitel 14

Ungefähr einen Monat nach ihrem fünfzehnten Geburtstag kam Magda zum Frühstück nach unten und sah, wie ihr Vater einen Brief las. Liesel schaute ängstlich den leeren Umschlag an, der neben dem Teller ihres Mannes lag. Auf dem Umschlag befand sich das Naziemblem, der Absender war in Frakturschrift. Anton zog die Augenbrauen beim Lesen zusammen. Dann zerknüllte er den Brief und warf ihn durch das Esszimmer, nur knapp an Flory vorbei, die gerade mit einer Kanne Kaffee hereinkam. Magda und ihre Mutter warteten darauf, dass er etwas sagte.

„Gut, das war's dann also", sagte er, als er in ihre abwartenden Gesichter sah.

„Sie haben beschlossen, ‚deutsche Schulen von Juden zu säubern', wie sie es nennen."

„Bedeutet das, Traudel und ich können nicht mehr länger aufs Lyzeum gehen?"

„Ganz richtig!"

Magda war sich über ihre Gefühle nicht im Klaren. In die Schule zu gehen war schon lange nur noch eine Qual. Genauso wie es schwierig war, Interesse für den Unterricht aufzubringen, da sie nie mehr gelobt wurde, egal was sie tat. Sie wurde höchstens getadelt, wenn ihre Arbeit nicht mit ‚ausreichend' benotet wurde. Doch überhaupt nicht mehr in die Schule gehen zu dürfen, gab ihr noch mehr als bisher das Gefühl, eine Ausgestoßene zu sein.

„Du kannst auf die Jüdische Schule in Fürth gehen", sagte Liesel. „Das wird nicht so schlimm sein, oder? Ich denke, dort wirst du mehr Freundinnen haben. Da werden jetzt viele neue Mädchen an der Schule sein."

„Wahrscheinlich." Magda versuchte zu lächeln. Nach dem Frühstück ging sie zu den Feldheims, um herauszubekommen, ob sie denselben Brief erhalten hatten. Das hatten sie.

„Ich werde nicht nach Fürth gehen", sagte Traudel, als Magda sie nach ihrer Meinung zur dortigen Schule fragte.

„Was willst du dann tun?" Magda war sehr enttäuscht.

„Naja, ich will ja schon seit Ewigkeiten auf eine der von den Zionisten geleiteten Höfe gehen, wo junge Leute auf das Leben in Palästina vorbereitet werden. Das kann ich jetzt tun. Ich werde nützliche Dinge über Ackerbau und Hühnerzucht lernen. Das kann ich brauchen, wenn ich zu Max und Alex in den Kibbuz gehe."

„Wo ist der Hof denn?" Magda hoffte, er wäre in der Nähe, damit Traudel manchmal nach Nürnberg kommen könnte.

„Er liegt an der Spree, in der Nähe von Fürstenwalde. Er heißt ‚Neuendorf-Hof' und soll sehr gut sein."

„Aber das ist ja in Norddeutschland – hunderte Kilometer weit weg. Wirst du denn kein Heimweh haben?"

„Nein, das glaube ich nicht. Wie auch immer, ich werde sowieso nicht lange dortbleiben. Man hat Papa schon unsere Visa für Palästina versprochen."

Nach den Feldheims fuhr Magda zu Fritz. Er war schon mit der Schule fertig und hatte noch keine Beschäftigung gefunden. Ehe Hitler an die Macht kam, wäre er auf die Universität gegangen, aber jetzt bestand für ihn keine Aussicht, von irgendeiner angenommen zu werden. Magda stieg von ihrem Fahrrad ab und ging die Treppe zu den Vogels hinauf. Sie hoffte, er hätte nicht auch vor, an das andere Ende von Deutschland zu ziehen.

Sie glaubte es aber nicht, weil sie wusste, dass er sich verpflichtet fühlte, bei seinem Vater und bei Oma zu bleiben.

„Komm rein", sagte er gleich, „es gibt Neuigkeiten. Ich habe Arbeit gefunden."

„Wo?"

„In Nürnberg. Leopold Kahn hat mir angeboten, mich in seiner Herdfabrik einzustellen."

„Das ist doch gut", sagte Magda erleichtert.

„Naja, es ist besser als nichts. Ich kann nicht gerade sagen, mich würden Küchenherde besonders inspirieren. Ich soll Anfangskontorist werden. Ich möchte wetten, die Arbeit ist todlangweilig. Aber es ist von Leopold natürlich sehr anständig, mir überhaupt etwas anzubieten. Ich habe schon langsam gedacht, ich würde als Straßenkehrer enden."

„Jetzt wirst du vielleicht als Industriemagnat enden."

Sie lachten, weil keiner von beiden sich das vorstellen konnte.

„Hast du in letzter Zeit etwas von deinem Verehrer gehört?", fragte Fritz auf einmal.

„Ich habe keinen Verehrer."

„Doch, hast du, Jacob!"

„Jacob ist nur ein Freund – ein sehr guter Freund. Als er das letzte Mal schrieb, erzählte er mir, dass er eine Stelle als Volontär bei einer Zeitung in Newark hat. Das heiß, man schickt ihn viel außer Haus, um über Hochzeiten und Ähnliches zu berichten. Aber immerhin, er sagt, es sei zumindest ein Anfang."

„Und man kann ja nie wissen. Auf einer der Hochzeiten könnte auch mal etwas Dramatisches passieren, wie in diesem von dir so geliebten Roman ‚Jane Eyre'. Dort steht doch ein Mann auf und verhindert die Hochzeit. Er könnte sich einen Namen machen, indem er darüber berichtet. Übrigens, war er erfolgreich mit seinem Nazi-Artikel? Konnte er jemanden dazu bewegen, ihn zu veröffentlichen?"

„Er versucht es immer noch. Er hat außerdem eine Reihe Schriftsteller kennengelernt, die von Hitler vertrieben wurden. Sie sind, wie er sagt, ständig unterwegs und halten Versammlungen ab, um die Amerikaner zu informieren, wie gefährlich der ‚Führer' ist. Er hat daran gedacht, selbst Reden zu halten. Weil er nicht in Deutschland sein kann, hat er mich gebeten, ihm so viel wie möglich zu berichten, was hier vor sich geht. Also schicke ich ihm jede Woche eine Art Tagebuch mit Fotografien. Das mache ich sehr gerne. Es ist viel besser, als Aufsätze für Herrn Wessel zu schreiben. Das erinnert mich daran, dass ich eigentlich gekommen bin, um dir zu erzählen, dass ich Herrn Wessel nicht mehr lange sehen werde. Papa hat heute Morgen einen Brief bekommen."

„Ja, ich weiß davon. Deine Mutter war vor dir schon da und hat es Oma erzählt. Ich habe gehört, du wirst auf die Schule in Fürth gehen. Findest du das sehr schlimm?"

„Das werde ich erst wissen, wenn ich dort bin. Allerdings finde ich es sehr schlimm, dass uns die Nazis von allem ausschließen."

Als Magda nach Hause kam, suchte sie ihre Mutter, aber die hatte sich wegen einer Migräne hingelegt. In diesen Tagen litt sie öfter darunter. Sie hatte auch depressive Phasen und schloss sich dann so lange im Musikzimmer ein, bis sie sich mit dem Klavierspiel wieder davon befreit hatte. Am Wochenende war sie aber wieder auf den Beinen. Sie ging zu Magda ins Gewächshaus, um mit ihr zu plaudern.

Recht viele Blumen gab es dort nicht mehr. Die von Hans gezüchteten Orchideen waren eingegangen, genauso wie andere tropische Pflanzen, da das Gewächshaus nicht mehr beheizt wurde. Die besondere Nelkenzüchtung allerdings gedieh weiterhin. Magda war gerade dabei, diese zu gießen, als die Tür aufging und ihre Mutter hereinkam. Mutti ging es also wieder gut!

Zunächst unterhielten sich beide über die Blumen, doch dann stellte Magda die Frage, die sie schon lange hatte stellen wollen.

„Ist Papa denn noch immer fest entschlossen, hier zu bleiben?"

„Ja", war die Antwort. „Du musst wissen, er geht immer noch davon aus, den hiergebliebenen Juden helfen zu können. Viele von ihnen haben nicht mehr das Geld, sich Fahrkarten ins Ausland leisten zu können, auch wenn sie Visa bekämen."

„Naja, wir werden auch bald kein Geld mehr haben. Auch werden wir kein Land mehr finden, das uns ein Visum ausstellt."

„Das weiß ich. Manchmal habe ich schreckliche Angst, was als Nächstes passiert. Die Nazis wissen, dass die Juden wehrlos sind und denken deshalb, alles mit ihnen machen zu können."

„Erkennt er das denn nicht?"

„Nein. Er blendet alles aus, was nicht seine Arbeit betrifft. Es würde dir wahrscheinlich helfen, Papa besser zu verstehen, wenn du ihn bei seiner Arbeit erleben könntest. Ich kann Heinz gerne bitten, mit dir ins Gericht zu gehen, wenn dein Vater dort wieder einen Mandanten in einem Prozess vertritt.

Ein paar Tage später ging Magda mit ihrem Onkel zum Gericht. In dem anstehenden Verfahren klagte ein jüdischer Gemischtwarenhändler, von Lieferanten um die bestellten und bezahlten Waren betrogen worden zu sein. Die ‚arischen' Lieferanten dachten, sie kämen mit dem Betrug an einem Juden durch. Aber Anton Senger hatte den Fall genauestens recherchiert und Beweise gefunden, dass die Klage seines Mandanten gut begründet war. Magda nahm mit

Heinz im Gerichtssaal auf einer der langen Bänke für Besucher Platz. Sie warteten auf die Eröffnung des Prozesses und sahen sich um. Obwohl es Tag war, brannten im Saal mehrere große Kronleuchter. Wegen der im Laufe der Jahre nachgedunkelten Wandvertäfelung und der schweren Tische und Bänke aus Holz machte der Saal einen etwas düsteren Eindruck. Ihr fiel auf, dass keiner der anderen Anwälte mit ihrem Vater sprach, obwohl einige ihn bestimmt seit Jahren kannten.

Endlich kam der Fall des Gemischtwarenhändlers zur Sprache und ihr Vater stand auf. Mit über einen Meter achtzig war er größer als alle anderen um ihn herum. Als er mit der Vertretung seines Mandanten begann, fiel ein einzelner Sonnenstrahl durch das hohe, schmale Fenster auf ihn. Wie durch einen Scheinwerfer angestrahlt, stand er im Mittelpunkt.

„Mit diesem Lockenkranz um seine Glatze herum sieht er aus wie Cicero", flüsterte Heinz. Magda wusste nicht genau, wer Cicero war, aber sie verstand, was er meinte. Sie hatte ihren Vater noch nie zuvor in der Öffentlichkeit sprechen hören. Sie war aufrichtig überrascht, dass er so eloquent war. Er sprach mit ruhiger, sicherer und gut vernehmbarer Stimme. Er war viel sachlicher als zu Hause, wo Magda oft aufpassen musste, ihn nicht zu reizen. Er unternahm keinerlei Anstalten, an die Gefühle seiner Zuhörer zu appellieren, sondern hielt sich an die Fakten, die er klar und deutlich darlegte.

Er gewann den Fall. Magda sah, wie der Gemischtwarenhändler auf ihn zuging und ihn umarmte.

„Wie du wahrscheinlich gesehen hast", sagte Heinz, „ist dein Vater ein erstklassiger Anwalt. Er hat ein umfassendes Verständnis für das Rechtssystem und mit diesem Wissen kann er auch unter veränderten Umständen einen Fall gewinnen."

„Ich bin sehr stolz auf ihn", sagte Magda, „und der Händler ist so dankbar."

„Ja, man kann sehen, warum Anton glaubt, hier immer noch etwas Gutes bewirken zu können. Das tut er – und wird es weiterhin tun – solange sich die Richter an die Gesetze halten." Die zwei verließen das Gerichtsgebäude und Magda verstand ihren Vater nun besser als zuvor; gleichzeitig jedoch nagte die Angst an ihr. Ihr Onkel meinte wohl, früher oder später würden sich die Richter nicht mehr an das Gesetz halten.

Magda saß in Herrn Rosenthals Geschichtsstunde in ihrer neuen Schule. „Dieser jüdische Physiker hat unseren Blick auf das Universum verändert", sagte er und hielt ein Bild von Albert Einstein hoch. Herr Rosenthal war aus dem Ruhestand zurückgeholt worden. Er sollte Geschichte unterrichten, aber er entschied sich für die Darstellung der jüdischen Geschichte. Er hatte zerzaustes, weißes Haar und trug einen ausgebeulten Anzug, den er wohl schon seit Jahren hatte. *Er sieht ein bisschen wie der Mann auf dem Foto aus – nur ohne den Schnurrbart*, dachte Magda.

In seiner ersten Stunde sagte Herr Rosenthal zu seiner Klasse: „Wir gehören einem uralten Volk an. Unsere Vorfahren Abraham, Isaac und Jacob, die vor Tausenden von Jahren gelebt haben, liegen in der Höhle ‚Machpelah‘, in der Nähe von Hebron in unserem ehemaligen Heimatland begraben."

In den nächsten Wochen erzählte der Geschichtslehrer seinen Schülerinnen von den alten Schlachten, welche die Juden mit ihren Feinden austrugen und wie die Römer sie aus Jerusalem vertrieben hatten. Danach behandelte er die Irrungen und Wirrungen der Juden in den verschiedenen Ländern, in denen sie anschließend lebten.

„Was wir heute unter den Nazis erleben müssen, ist die neueste Folge in einer langen jüdischen Geschichte."

Eines Tages brachte er den Roman ‚Der Prozess‘ von Kafka mit.

„Hört zu", sagte er und las den ersten Satz vor: „Jemand musste Josef K. verleumdet haben, denn ohne, dass er etwas Böses getan hätte, wurde er eines Morgens verhaftet."

Das wurde 1925 geschrieben, acht Jahre, ehe die Nazis an die Macht kamen. Kafka war ein Prophet."

Der Satz blieb Magda im Gedächtnis haften. Sie las das Buch, in dem der hilflose Josef K. einem teuflischen Staat ausgeliefert ist. Sie fand, dass Mutti das Leben wie Kafka sah. Sie selbst wollte wie Papa sein, auch wenn beide damit falsch lägen.

Herrn Rosenthals Stunden waren alles andere als pessimistisch, als er von den gefeierten jüdischen Komponisten und Künstlern berichtete, die Menschen erfreut und getröstet hatten. Magda gefiel es besonders, als er eines Tages eine Mendelssohn-Schallplatte mit in den Unterricht brachte. Onkel Heinz hatte ihr schon die Ouvertüre ‚Ein Sommernachtstraum' vorgespielt, aber nun hörte sie zum ersten Mal sein Violinkonzert. Ihr Lehrer zeigte der Klasse auch Bilder seiner jüdischen Lieblingsmaler, einschließlich Max Liebermann. Er wurde zwar in Berlin geboren, man nannte ihn aber laut Herrn Rosenthal den ‚Vater des französischen Impressionismus'. Besonders beeindruckte Magda eine Kohlezeichnung von Liebermann. Es zeigte einen in ein Buch vertieften Mann. Das erinnerte sie an das Portrait ihres Großvaters in der Eingangshalle zuhause. Als Nächstes brachte Herr Rosenthal Reproduktionen von Gemälden von Pissarro, Modigliani und Chagall mit und erklärte, was sie damit ausdrücken wollten. Magda gefielen besonders Pissarros Landschaften, welche sie an das Leben auf dem Land in Karl Werfels Heimat erinnerten, obwohl sie natürlich französische Motive darstellten.

„Große Künstler wie sie fordern uns heraus", sagte er. „Sie lassen das Vertraute in einem neuen Licht erscheinen und vermitteln uns einen neuen Blick auf die Wirklichkeit."

Auch wenn Magda nicht immer ganz verstand, was Herr Rosenthal sagte, fand sie, dass seine Stunden das Beste an ihrer neuen Schule in Fürth waren. Mit all den neuen Mädchen, die gleichzeitig mit ihr angefangen hatten, war es in der Schule nun recht eng. Es gab nicht genügend Zimmer und Bänke. Ihr Klassenzimmer war einmal die Turnhalle gewesen. In den Doppelbänken saßen jeweils drei Mädchen. Sie teilte sich die Bank mit Lisbeth und Hanna, die sie im Urlaub in Mürren ganz gut kennengelernt hatte. Sie fand es faszinierend, wie die Zwillinge offensichtlich stets wussten, was der anderen gerade passierte, auch wenn sie nicht zusammen waren.

„Als Lisbeth einmal mit ihrem Rad stürzte", sagte Hannah, „wusste ich sofort, dass sie sich verletzt hatte. Ich spürte einen schrecklichen Schmerz in meinem Knöchel; und tatsächlich war der ihre verstaucht."

Die Zwillinge waren schon länger in Fürth. Zusammen mit anderen jüdischen Schülerinnen, deren Väter ebenfalls nicht im Ersten Weltkrieg an der Front gekämpft hatten, hatten sie das Lyzeum bereits vorher verlassen müssen.

„Meint ihr, ich werde hier mit Allem zurechtkommen?", fragte Magda beide, als sie nach Fürth kam.

„Ich denke schon", meinte Lisbeth, „schließlich warst du ja auf dem Lyzeum."

Lisbeth hatte recht. Tatsächlich fiel Magda die Arbeit leicht. Vieles aus der Mathematik hatte sie bereits durchgenommen. Somit bereitete ihr dieses Fach keine Probleme mehr. Ihre neuen Mitschülerinnen kamen aus allen möglichen jüdischen Familien, ob arm oder reich. Da einige der Neuankömmlinge mit dem Unterrichtsstoff noch nicht so weit waren, mussten sich die Lehrer in Fürth anpassen und auf diese Rücksicht nehmen. Magda fand, dass sich viele der Stunden hinzogen. Gleichzeitig wurde ihr aber auch klar, dass sie nicht dumm war, was sie bisher von sich dachte.

Als Fritz sie fragte, wie sie so zurechtkäme, meinte sie: „An der Schule in Fürth fühle ich mich zu Hause. Am Lyzeum in Nürnberg war das nicht so, auch wenn es mal mit Eva und Inge gerade keine Probleme gab. Ich habe es immer gehasst, wie dort die BDM-Mädchen in ihrer Uniform immer beisammen steckten und so taten, als würden Traudel und ich überhaupt nicht existieren. In Fürth müssen wir nicht ständig Angst haben, etwas Falsches zu sagen oder zu tun. Wir können wir selbst sein und wir sitzen alle in einem Boot."

Fritz sah sie bei diesen Worten aufmerksam an. Er zog die Augenbrauen hoch und sagte: „Die Schule ist wie ein Ghetto. Die Nazis wollen uns alle in eines stecken."

Man riet den Mädchen, sich nicht nur Kenntnisse in den üblichen Schulfächern, sondern auch praktische Fähigkeiten anzueignen. Sie sollten für den Fall der Auswanderung in der Lage sein, ihren eigenen Lebensunterhalt zu verdienen. Die Schule ging davon aus, dass viele Juden früher oder später Deutschland verlassen würden – vorausgesetzt, sie hätten das nötige Geld. Magda glaubte nicht, dass ihre Familie auswandern würde. Trotzdem hielt auch sie es für eine gute Idee, etwas Nützliches zu lernen für den Fall der Fälle. Ihre Lehrer schlugen Kochen oder Nähen vor. Nähen sprach sie nicht besonders an. Kochen erschien ihr die bessere Wahl. Obwohl das in diesen Zeiten normalerweise ihre Mutter übernahm, gab es

Tage, an denen es ihr nicht gut ging und sie nicht kochen konnte. Deshalb suchte Magda nach einem Kochbuch in der Küche.

Als Erstes machte sie Marzipan für ihren Vater. Es stellte sich als überraschend einfach heraus. Von diesem Erfolg beflügelt, wurde sie ehrgeiziger. Als ihre Mutter wieder einmal an Migräne litt, machte Magda Schnitzel zum Abendessen. Sie waren zäh und trieften vor Fett. Ihr Vater aß sie zwar, bemerkte aber als Feinschmecker am Ende der Mahlzeit: „Wenn du eine moderne, unabhängige junge Frau sein willst, solltest du besser Fotografin als Köchin werden – aber das ist nur ein Vorschlag".

Als er ihr enttäuschtes Gesicht sah, log er mannhaft: „Das Schnitzel war gut. Mit dem Kochen kannst du auch weitermachen."

Magda ging auf den Wink ein. Jahrelang hatte Paul Gutmann den meisten Umsatz damit erzielt, Porträtaufnahmen der Nürnberger und ihrer Familien zu machen. Beim nächsten Besuch fragte Magda ihn, ob sie das auch lernen könne.

„Warum nicht? Solange dir klar ist, dass du damit dein Brot verdienst und du bereit bist, ein paar Kompromisse einzugehen."

„In welcher Hinsicht?"

„Naja, die meisten Menschen haben gerne ein schmeichelhaftes Foto von sich. Man muss die Beleuchtung entsprechend anpassen und anschließend die Fotos etwas bearbeiten, um vielleicht einige Schwachstellen zu bereinigen. Wenn ich eine Porträtaufnahme von dir mache, wirst du verstehen, worauf ich hinauswill." Magda war erstaunt, als er ihr ein paar Tage später das Ergebnis zeigte. Von ihrem Haar sah sie auf dem Foto lediglich ein paar Locken, die ihr blasses Gesicht umrahmten. Paul hatte Licht und Schatten künstlerisch eingesetzt und dadurch ihre Augen als bestes Merkmal hervorgehoben.

„Da, siehst du", sagte er, „das ist ein Bild eines interessanten Gesichtes."

„Auf jeden Fall lässt du mich besser erscheinen, als ich sonst aussehe", sagte sie und betrachtete das Foto eingehend, um herauszufinden, wie er diesen Effekt erzielt hatte.

„Es ist klug gemacht, aber nicht einmal du kannst mich hübsch machen."

Darüber lachte er.

„Das habe ich gar nicht versucht. Du willst doch auch bestimmt nicht aussehen, wie ein Mädchen auf einer Reklametafel!"

Eines Tages im Frühling kam Magda nach Hause. Ihr Gesicht war weißer als sonst und wirkte angespannt.

„Wo ist Papa?", fragte sie forsch und nahm ihre Mutter, die gerade die Treppe heruntergekommen war, am Arm.

„Ist er zu Hause? Ist er allein? Ich muss ihn sprechen."

„Ja, ich habe gehört, wie sein Mandant vor ein paar Minuten ging. Du bist so aufgebracht. Was ist denn los?"

„Das sag ich dir gleich", rief Magda und lief durch die Eingangshalle. Ohne anzuklopfen, was sie eigentlich sollte, platzte sie in das Zimmer, das Papa als sein Büro benutzte, gefolgt von der verängstigten Mutter. Anton saß an seinem Schreibtisch und ging ein paar Unterlagen durch. Bevor er den Mund aufmachen konnte, sagte Magda: „Die Gestapo hat Herrn Rosenthal verhaftet."

Sie fing an zu weinen.

„Kannst du nicht helfen? Bitte sag, dass du helfen kannst."

Ihr Vater nahm die Hornbrille ab, die er beim Lesen trug, und legte sie vorsichtig auf den Schreibtisch.

„Wie lautet die Anklage?"

„Sie nennen es ‚Rassenschande'. Er soll seit Jahren eine Beziehung zu einer Deutschen haben und jetzt hat ihn jemand denunziert."

„Die beiden sind nicht verheiratet, nehme ich an."

„Nein, sie wollten, konnten aber nicht heiraten. Die Frau ist schon verheiratet und ihr Mann lässt sich nicht scheiden."

„Oh je! Das sieht gar nicht gut aus."

„Sie und Herr Rosenthal verliebten sich ineinander und leben seitdem zusammen. Nach Verabschiedung der ‚Nürnberger Gesetzte' bot sie an, sich von ihm zu trennen. Er brachte es aber nicht über sich, sie aufzugeben. Er wurde verhaftet, weil ihn jemand spät am Abend aus ihrer Wohnung kommen sah."

Magdas Vater hörte sich die Geschichte aufmerksam an. Er blieb einige Zeit schweigend sitzen und dachte nach. Dann wandte er sich an seine Tochter: „Du möchtest, dass ich Herrn Rosenthal verteidige, nicht wahr? Aber ich muss dich warnen, sein Fall klingt aussichtslos. Ich höre schon den Staatsanwalt, wie er behauptet, dieser lüsterne alte Jude habe die deutsche Frau dazu angestiftet, ihren rechtmäßigen Ehemann zu verlassen. Der Staatsanwalt würde bei diesem Thema vermutlich Streicher zitieren. Nicht, dass er die Hilfe ‚unseres‘ Gauleiters nötig hätte. Schließlich sind nach den gesetzlichen Bestimmungen jetzt alle Liebesbeziehungen zwischen Juden und Nicht-Juden verboten."

„Aber", protestierte Magda, „wird es denn nichts nützen, wenn man darauf hinweist, dass das Paar schon vor den ‚Nürnberger Gesetzen‘ zusammen war? Außerdem hat Herr Rosenthal die Frau nicht dazu angestiftet, ihren Ehemann zu verlassen. Es ist in Fürth allgemein bekannt, dass diese Ehe schon nicht mehr bestand, als die Frau unseren Lehrer kennenlernte. Das erzählen meine Mitschülerinnen in Fürth."

Bei diesen Worten seiner Tochter verzog Herr Senger das Gesicht zu einem gequälten Lächeln. Magda ließ nicht locker: „Du hast doch schon einmal einen ähnlichen Fall gewonnen. Damals hast du es geschafft, für einen mit dir bekannten jüdischen Bankier einen Freispruch zu erwirken. Er war der versuchten Vergewaltigung seines Dienstmädchens beschuldigt worden."

„Da hatte ich Glück. Das Dienstmädchen stellte sich als notorische Lügnerin heraus. Sie hatte schon einmal einen SS-Mann beschuldigt, sie vergewaltigt zu haben. Hätte das Gericht ihr die Geschichte mit dem Bankier geglaubt, müsste die Öffentlichkeit davon ausgehen, auch ihre Darstellung mit dem SS-Mann entspräche der Wahrheit. Aber das durfte keinesfalls sein!"

„Heißt das, du wirst es trotzdem versuchen?", bettelte Magda.

Mutti, hatte bisher schweigend danebengestanden. Sie meldete sich jetzt zu Wort: „Aber, Magda! Du kannst deinem Vater nicht sagen, wie er seine Arbeit zu machen hat!"

Daraufhin schaute Anton sie beide an. Jedem von ihnen ging etwas Anderes durch den Kopf, ehe er verkündete: „Bitte deinen Geschichtslehrer, zu mir zu kommen. Ich möchte mit ihm reden, bevor ich eine Entscheidung treffe."

Nach dem Gespräch mit Herrn Rosenthal sagte Anton, er würde ihn verteidigen. Nicht weil er viel Hoffnung habe zu gewinnen, sondern weil er den Geschichtslehrer mochte. Vor allem aber, weil er fand, die schrecklichen Auswirkungen der ‚Nürnberger Gesetze‘, die unschuldige Leute ins Unglück stürzen, müssten an die Öffentlichkeit getragen werden.

Als der Fall im Gericht zur Sprache kam, bewahrheiteten sich seine Befürchtungen. Die deutsche Frau, Julia Ritter, musste sich vor Gericht wegen derselben strafbaren Handlung verantworten. Allerdings schob der Staatsanwalt von Anfang an die Hauptschuld Herrn Rosenthal zu. Der sei mehr als doppelt so alt wie Frau Ritter.

„Er hat eine unschuldige, junge Frau schamlos ausgenutzt und verdorben", sagte er dem Gericht.

Magda saß hinten im Saal und betrachtete Frau Ritter, die sehr mitgenommen wirkte. Sie war blond und hatte eine jugendliche Figur, sah aber um einiges älter aus als Magdas Mutter. *Wie kann jemand, der unseren Geschichtslehrer kennt, behaupten, er würde Unmoralisches tun?*, fragte sie sich. Allerdings hatten die meisten anderen Zuschauer des Verfahrens, die den eingefallenen, ältlichen Angeklagten ansahen, keine Schwierigkeiten das zu glauben. Eine Frau, die vor Magda saß, flüsterte ihrer Sitznachbarin zu: „Sie mag vielleicht Julia sein, aber er ist bestimmt kein Romeo."

„Nein, er ist ein alter Wüstling", erklärte die andere Frau.

Es kam noch schlimmer, als der Ehemann der Frau in den Zeugenstand gerufen wurde. Er schwor, Rosenthal habe seine Frau verführt, während sie noch mit ihm zusammengelebt habe.

Schließlich kam der Moment, auf den Magda schon lange wartete. Ihr Vater erhob sich. Wie immer kam er in seinem Plädoyer klar und deutlich auf den Punkt. Ihre Hoffnung stieg, als er einen Beweis für die Unschuld von Frau Ritter vorlegte. Sie hatte ihren Ehemann schon längst verlassen, als Herr Rosenthal noch in Berlin lebte. Trotz allem wurde dieser Beweis ignoriert, genau wie die Tatsache, dass das Paar schon vor den ‚Nürnberger Gesetzen‘ zusammen war, die solche Beziehungen unter Strafe stellten. Herr Rosenthal und Frau Ritter wurden der Rassenschande schuldig gesprochen. Zur Strafe mussten beide mit Schildern durch Fürth laufen. Auf ihrem war zu lesen: ‚Ich bin die Hure eines Juden‘ und auf seinem ‚Ich bin ein dreckiger Jude, der deutsche Frauen verführt‘. Außerdem wurde Herr

Rosenthal zu zwölf Monaten Gefängnis verurteilt. Als Magda das Gericht verließ, musste sie an Josef K. denken.

„Jemand musste ihn verleumdet haben, denn, ohne dass er etwas Böses getan hätte, wurde er eines Morgens verhaftet."

Kapitel 15

An diesem grauen Morgen fuhr Fritz mit seinem Fahrrad wie ein Verrückter durch die Stadt. Es sah aus, als würde es gleich regnen. Als er nur noch ein paar Straßen von ‚Kahn & Sohn' entfernt war, ertönte dort die Werksirene. Das hieß, es war sieben Uhr morgens und er kam wieder einmal zu spät. Um pünktlich zur Arbeit zu erscheinen, hätte er eigentlich um sechs Uhr aufstehen müssen. Gewöhnlich verschlief er aber, weil er bis nach Mitternacht aufblieb. Er spielte dann mit seinen Freunden Canasta oder sie hörten sich gemeinsam Jazzplatten an. Und wenn er allein war und er einen Einfall für ein neues Lied hatte, dann vergaß er ohnehin vollständig die Zeit.

Heute hatte er es tatsächlich geschafft, um sechs Uhr aus dem Bett zu kommen. Als er in die Küche kam, war niemand dort. Keiner hatte Feuer gemacht. Kein Frühstück wartete auf ihn.

Üblicherweise stand seine Großmutter morgens auf und machte ihm das Frühstück. Sie bestand darauf, dass er morgens nicht ohne ein richtiges Frühstück aus dem Haus ging und so stand sie auf und kümmerte sich selbst darum. Johanna hatte nie in ihrem Leben gerne gekocht. Aber für das Frühstück musste sie ja nicht viel mehr tun, als Kaffee aufzubrühen. Sie stellte einfach Brot, Schinken und Käse auf den Tisch und wachte darüber, dass ihr Enkel etwas aß.

„Du bist für deine Größe viel zu dünn", sagte sie und musterte Fritz, der mit seinen siebzehn Jahren schon einen Meter achtzig groß war. „Iss auf, damit aus dir etwas wird."

Fritz meinte darauf nur: „Mit Verlaub, das sagt gerade die Richtige. Wenn du weiter so abnimmst, wird man dich bald gar nicht mehr sehen können."

Fritz kam auch heute zu spät von zu Haus weg, obwohl er pünktlich aufgestanden war. Er ging nämlich erst noch nachsehen, was mit Großmutter los war. Er fand sie noch schlafend. Leise sagte er ‚Guten Morgen'. Es gelang ihm aber nicht sie aufzuwecken. Er ging zu seinem Vater, um ihn zu informieren, weil Heinz nicht gemeinsam mit ihnen aufstand. Seine ersten Schüler kamen nicht vor zehn. Beide gingen gleich in Johannas Zimmer.

Johanna war inzwischen aufgewacht. Sie sah ihre überraschten Gesichter.

„Vergangene Nacht habe ich sehr schlecht geschlafen."

„Geht es dir jetzt etwas besser?", fragte Heinz.

„Ja, ich bin nur ein bisschen müde. Das ist alles. Ich werde noch etwas liegen bleiben. Fritz, hast du schon gefrühstückt? Wenn nicht, dann geh runter und iss sofort etwas. Du findest das Brot und den Schinken im Vorratsschrank."

Fritz gab seiner Oma einen Kuss auf die Wange und versprach ihr das zu tun. Er tat es aber nicht. Die Küchenuhr zeigte bereits halb sieben. In Gedanken war er noch immer bei seiner Großmutter, als die Sirene von ‚Kahn & Sohn' über den Dächern heulte. Johanna war sehr schwach, auch wenn sie inzwischen wieder ihre rechte Hand benutzen konnte. Was würde wohl passieren, wenn sie die Grippe oder auch nur eine Erkältung bekäme?

Es regnete stark, als Fritz mit dem Rad durch das große Eingangstor in den Hof der Herdfabrik fuhr. Der Regen drückte den beißenden Rauch der Schornsteine nach unten. Man konnte ihn richtiggehend schmecken. Alle hatten bereits mit ihrer Arbeit begonnen; niemand war mehr im Hof. Er warf sein Rad achtlos dorthin, wo andere Räder ordentlich in einem Fahrradständer abgestellt waren. Er schlich sich in den Empfangsraum. Draußen war es noch dunkel und so waren hier alle Lampen an. Er ging am Tresen der Empfangsdame vorbei zu seinem Arbeitsplatz. Auf dem Weg dorthin hatte er das Gefühl, von allen angestarrt zu werden. Im Gegensatz zu den Fabrikhallen war das Büro neu. Sobald es mit dem Betrieb nach der Wirtschaftskrise der 20er-Jahre wieder aufwärts ging, hatte Leopold Kahn sich für einen Neubau der Verwaltung entschieden.

„Ich möchte, dass hier alle mit der neuesten Büroausstattung arbeiten", sagte er und ließ neue Telefone, Schreibmaschinen und Rechenmaschinen bestellen. „Das Allerwichtigste aber ist", fügte er überzeugt hinzu: „Wenn unsere Kunden zu uns kommen, dann müssen sie sofort sehen, dass wir ein zukunftsorientiertes und erfolgreiches Unternehmen sind."

Wie üblich sank die Laune von Fritz, wenn er das Büro betrat. Die Lampen mochten hell leuchten, aber die Stimmung war gedrückt. Ein paar der Angestellten sahen kurz auf, als er hereinkam, aber keiner sagte ein Wort. Bis auf die Empfangsdame, die ‚Guten Morgen‘ andeutete und kurz lächelte. Es war niemand anders als Rachel. Sie war ein Jahr älter als Magda und hatte die Schule in Fürth bereits beendet, als seine Cousine dort anfing. Rachel und ihre Mutter warteten noch immer auf ihre Visa für die Schweiz. Sie war deshalb froh, zwischenzeitlich in der Firma ‚Kahn‘ arbeiten zu können. Fritz war erleichtert, dass Frau Meissen, die Buchhalterin, nicht im Raum war. Sie hätte bestimmt etwas über sein Zuspätkommen gesagt.

Eine seiner Aufgaben bestand darin, jeden Tag die Post zu öffnen. Er blickte auf den Stapel Post vor sich und begann mit der Arbeit. Am oberen Rand der Briefe musste er das jeweilige Eingangsdatum vermerken, zusammen mit der Uhrzeit, bis auf 15 Minuten genau. Dafür gab es zwei Stempel. Der eine war für das Datum, der andere für die Uhrzeit. Der zweite bestand aus einem Uhrensymbol mit einer beweglichen Zeitanzeige. Fritz war bemüht, die verlorene Zeit wieder gut zu machen. Er verfluchte die kniffelige Aufgabe, die Minutenangabe verstellen zu müssen.

„Wie ich sehe, hast du den Stempel auf Elf gestellt. Es ist noch nicht einmal Acht.“

Die Buchhalterin hatte gerade einen der geöffneten Briefe in die Hand genommen. Ihre barsche Stimme ärgerte Fritz. Er murmelte nur ‚Entschuldigung‘ und stellte den Stempel auf sieben Uhr zurück. Sie beobachtete ihn dabei und gab ihm die schon geöffneten Briefe zur Korrektur zurück. Dann fügte sie sarkastisch hinzu: „Sie scheinen mir gewisse Schwierigkeiten mit der Zeit zu haben, junger Mann“, und ging zurück an ihren Schreibtisch.

Fritz wusste, dass es der Buchhalterin Freude bereitete, ihm Fehler nachzuweisen. Da er immer wieder Fehler machte, hatte sie oft die Gelegenheit hierzu. Er fand seine Arbeit eintönig. Deshalb war er auch so sorglos, nicht nur bei der Post. Vorige Woche stand das ganze Büro Kopf, weil niemand eine wichtige Bestellung eines Herrn Moser finden konnte. Er war ins Büro gekommen, um sich darüber zu beschweren, dass seine Bestellung offensichtlich nicht bearbeitet worden war. Fritz hatte sie unter dem Buchstaben ‚L' einsortiert. Die Buchhalterin sprach nie seine jüdische Herkunft an, aber er wusste, dass dies der Grund war, ihm das Leben schwer zu machen. Sie war eine überzeugte Nazi-Anhängerin und eine glühende Verehrerin von Hitler. In ihrer Freizeit hielt sie Treffen für Kinder ab, um ihnen von den Errungenschaften und den künftigen Plänen des Führers zu erzählen.

Fast alle Angestellten bei der Firma Kahn waren ‚Arier'. Fritz und Rachel waren die einzigen Juden im Büro.

Im Gegensatz zur Buchhalterin gingen ihm die jüngeren Angestellten aus dem Weg. Sie waren ihm gegenüber nicht gerade unfreundlich, aber sie kamen ihm auch nicht entgegen. Nur wenn es sein musste, sprachen sie mit ihm. Wenn sie sich während der Mittagspause unterhielten und ihre Witze machten, und Fritz ihnen gerade über den Weg lief, verstummten sie sofort. Fritz fühlte sich plötzlich wieder wie in der Schule.

Auch aus diesem Grund war er froh, wenn man ihn aus dem Büro auf einen Botengang schickte, um etwas bei der Post zu erledigen, oder um in der Stadt die monatlichen Zahlungen an die Pensionisten der Firma zu verteilen. Einmal fragte er einen von ihnen, ob er es gut fand, in einer jüdischen Firma zu arbeiten.

„Ich habe mir nie darüber Gedanken gemacht, dass die Kahns Juden sind", gab der alte Mann zur Antwort. „Der Seniorchef, und nach ihm auch sein Sohn, haben alle immer gut behandelt. Wenn die Zeiten schlecht waren, hat man uns den Lohn gekürzt, aber es wurde niemand entlassen. Ein paar von uns treffen sich immer noch zum Stammtisch am ersten Dienstag im Monat, um ein Bier zu trinken und über die alten Zeiten zu reden."

Fritz mochte es auch, wenn er in die Werkshallen gehen musste. Die Männer, auf die er dort traf, waren durchweg qualifizierte Arbeiter, die seit Jahren, manche schon seit Jahrzehnten, in der Firma arbeiteten. Soweit er das beurteilen konnte, interessierten sie sich nicht sonderlich für Politik und bekamen nur am Rande mit, was die Nazis sagten oder taten. Eine Ausnahme war der Lagerverwalter Norbert Hesse, ein Mann mittleren Alters. Bei der folgenden Gelegenheit wurde Fritz klar, dass Herr Hesse die Nazis nicht ausstehen konnte. Fritz traf ihn eines Tages, als die Hitlerjugend bei der Fabrik die Straße entlang marschierte. Das war ein durchaus gewohnter Anblick. Solche Aufzüge, aus dem einen oder anderen politischen Lager, fanden alle paar Wochen statt. Herr Hesse wollte gerade durch das Werkstor eingehen, als ihn Frau Meissen – zur Abwechslung einmal gut gelaunt – am Arm fasste.

„Norbert, willst du denn nicht stehenbleiben und zuschauen, wie dein Sohn vorbeimarschiert?"

„Nein. Warum sollte ich?", antwortete er und riss sich los. „Den sehe ich oft genug!"

Die Buchhalterin zog die Augenbrauen hoch und rief ihm missbilligend nach, als er davonging: „Dir ist aber schon klar, dass dein Junge genau einer von denen ist, die unser Land braucht."

Fritz erfuhr, dass Norbert Hesse einmal Soldat war. Er wurde 1914 eingezogen und kämpfte im Ersten Weltkrieg gegen die Franzosen und die Engländer. Als er 1918 schließlich zurückkam, verabscheute er den Krieg. Hitler verabscheute er genauso. „Der Mann ist wahnsinnig. Er ist drauf und dran, die Deutschen ein zweites Mal in einem Blutbad zu opfern."

Es war Mittag und sie standen beide in einem Lagerraum. Norbert fuhr fort: „Ich kann einfach nicht verstehen, wieso das die Leute nicht sehen. Wie Schlafwandler laufen sie einfach in ihr Verderben hinein, außer sie sind wie unsere Buchhalterin von Hitlers Ideen durchdrungen. Jedes Mal, wenn die Hitlerjugend am Tor vorbeimarschiert, drängen Frau Meissen und die anderen Frauen auf die Straße und schreien sich vor Begeisterung die Kehle aus dem Leib. Sie sind wie im Rausch."

Fritz erinnerte sich, dass Norberts Sohn unter den Marschierern war. Er konnte nicht widerstehen ihn zu fragen: „Und Ihr Sohn? Was denkt der?"

Norbert schaute verbittert drein. „Die Nazis haben ganze Arbeit bei ihm geleistet. Er ist wie verrückt nach einem Krieg – er kann es kaum erwarten. Ich habe ihn aufgegeben. Ich habe es immer wieder versucht, aber umsonst. Zuerst war er beleidigt. Dann fing er an zu argumentieren, ich beginge Hochverrat mit meinen Worten. Es ist, als hätte man einen Spion im Haus."

Der Lagerverwalter war der einzige Vertraute, den Fritz in der Herdfabrik fand.

Rachel kam nicht mehr zum jüdischen Jugendverein. Deshalb freute sich Fritz, sie hier in der Firma Kahn wiederzutreffen. Er hoffte, sie genauer kennenlernen zu können. Doch sie ging ihm aus dem Weg. Gleichzeitig unterhielt sie sich fröhlich und angeregt mit den anderen Angestellten. Einer von ihnen, ein flachsblonder Jugendlicher namens Rudi erfand immer neue Ausreden, um mit ihr ins Gespräch zu kommen, was Frau Meissen gar nicht gefiel. Wann immer sie ihn in der Nähe von Rachels Schreibtisch herumschleichen sah, jagte sie ihn mit den Worten fort: „Störe unsere Empfangsdame nicht bei der Arbeit".

Sie strafte ihn mit einem vernichtenden Blick und warf Rachel ein süßliches Lächeln zu.

Fritz wusste, dass Rachel unter der Woche bei ihren Kettner-Großeltern war, weil diese in der Nähe der Firma wohnten. Also wartete er eines Abends nach der Arbeit auf sie. Ihm war aufgefallen, dass die Buchhalterin sie ‚Regina', nicht ‚Rachel', nannte. Er wollte von ihr den Grund wissen.

„Regina ist mein zweiter Vorname", antwortete sie. „Ich finde ihn weniger altmodisch als Rachel, was meinst du?"

„Er passt zu dir", kommentierte Fritz. „Er bedeutet ‚Königin', oder? Kann ich dich auf einen Kaffee einladen, Regina."

„Es tut mir leid, ich kann nicht", sagte Rachel schnell. „Ich habe meiner Großmutter versprochen, heute frühzeitig nach Hause zu kommen."

„In Ordnung, dann vielleicht ein anderes Mal", sagte Fritz mit einem bedauernden Lächeln und ging zurück in den Hof, um sein Fahrrad zu holen. Auf dem Nachhauseweg kam er an dem Café vorbei, in das er Rachel gerne ausgeführt hätte. Er sah sie dort mit Rudi sitzen.

Magda gegenüber erwähnte Fritz, Norbert Hesse sei der einzige Mensch in der Arbeit, mit dem er wirklich reden könne.

Darauf Magda: „Und was ist mit Rachel? Ich dachte, ihr würdet zusammenhalten. Ich habe mich sogar schon gefragt, wie du reagieren würdest, wenn sie sich in dich verliebt."

„Das wird nicht passieren." Fritz lachte. „Allerdings bin ich etwas durcheinander. Außer zu mir ist sie im Büro zu jedem nett. Sogar Frau Meissen, dieser fiese, alte Drache, der mich nicht ausstehen kann, ist mit ihr ein Herz und eine Seele. Tatsächlich versteht sich unsere Buchhalterin als Rachels persönliche Beschützerin und verscheucht alle an Rachel interessierten Männer. Das Komische daran ist, dass Frau Meissen und der Rest alles Antisemiten sind. Sie haben nichts gegen Rachel, wohl aber gegen mich! Natürlich lässt sich Rachel keine Fehler zuschulden kommen, im Gegensatz zu mir. Vielleicht liegt es daran."

„Vielleicht weil sie hübscher ist als du", sagte Magda.

Kurz nach dieser Unterhaltung war Fritz wieder einmal beim Lagerverwalter. Als er Rachel vorbeigehen sah, meinte er zu Fritz: „Ich kenne ihren Vater von früher. Er mochte Hitler genauso wenig wie ich. Es war schrecklich, was die Nazis ihm und seiner Schwester angetan haben, weil sie nicht mit seinen hirnverbrannten Ansichten einverstanden waren."

„Ich nehme an, die Tatsache, dass seine Frau eine Jüdin ist, wird auch nicht gerade hilfreich gewesen sein", meinte Fritz darauf.

„Ach so. Ist das wahr? Das wusste ich gar nicht."

Auf einmal wurde Fritz klar, dass auch sonst niemand bei Kahns etwas über Rachels Mutter wusste. Er verachtete Rachel wegen ihres Verhaltens, ihre jüdische Identität wie ein schändliches Geheimnis zu verbergen. Aber trotzdem würde er sie nicht verraten. Er drehte sich zu Norbert Hesse um.

„Regina, wie sie sich nun nennt, will ihre Herkunft wohl verheimlichen. Sie sagen doch zu niemandem etwas, oder?"

Norbert Hesse schüttelte den Kopf und versprach: „Ich doch nicht! Ich wünsche ihr viel Glück."

Fritz gewöhnte sich in den nächsten Monaten an die Arbeit bei ‚Kahn & Sohn'. Er fand seine Tätigkeit zwar nach wie vor langweilig, aber es störte ihn nicht mehr so, weil er immer mehr seiner Freizeit in einem nicht-öffentlichen Jazzklub in der Stadt verbrachte. Die Mitglieder trafen sich in Privathäusern. Der Klub war deswegen privat, weil die Nazis diese Art von Musik missbilligten, vor allem, wenn sie von jüdischen oder schwarzen Amerikanern stammte.

Eines Tages lief er über den Hof zu den Werkshallen. In Gedanken war er bei Ella Fitzgerald, einer sensationellen Neuentdeckung aus Harlem. Alle seine Jazzfreunde sprachen von dieser Sängerin und fragten ihn, ob er nicht ein paar Schallplatten von ihr besorgen könne. Er wusste, wo man solche Sachen ‚unter dem Ladentisch‘ auftreiben konnte.

„Ich werde es versuchen", versprach er, „wenn sie überhaupt schon welche aufgenommen hat. Ihr sagt ja, dass sie erst sechzehn ist." Er dachte gerade darüber nach, wo er mit der Suche anfangen solle, als ein schwarzer Mercedes durch den hohen Torbogen ins Werk rollte. Er sah, wie zwei Männer mittleren Alters in dunklen Anzügen ausstiegen und in das Büro gingen.

Als er nach ungefähr zwanzig Minuten zu seinem Schreibtisch zurückkam, waren die Männer verschwunden. Sie waren zum Empfang gegangen und hatten verlangt, mit Herrn Kahn zu sprechen, bei dem sie sich immer noch aufhielten. Niemand hatte sie je zuvor gesehen und sie sagten Rachel nichts über ihr Vorhaben.

„Vielleicht sind es neue Wirtschaftsprüfer", sagte einer der Angestellten. „Oder die Steuerfahndung", sagte ein anderer. „Vielleicht hat Leopold die Bücher frisiert."

„Genug mit eurem Geschwätz", unterbrach die mürrische Buchhalterin. „Macht mit der Arbeit weiter, und zwar alle!"

Die zwei Fremden waren auch am nächsten Tag wieder in der Firma und unterzogen die Werkshallen einer gründlichen Inspektion. Am dritten Tag kamen sie auf Fritz zu und wünschten die Unterlagen aller Bestellungen zu sehen, die in den letzten sechs Monaten eingegangen waren. Er suchte sie aus den Aktenschränken heraus und die Männer nahmen sie mit. Am nächsten Tag brachten sie die Unterlagen zurück und zogen sich mit Herrn Kahn zu einer Besprechung zurück.

Am darauffolgenden Tag wurde das Rätsel schließlich gelöst. Sobald alle im Betrieb waren, rief Leopold Kahn die gesamte Belegschaft zu einer Versammlung zusammen. Die Mitarbeiter strömten in den Hof. Einige hatten noch ihre Jacken oder Regenmäntel an; sie hatten keine Zeit mehr gehabt sich umzuziehen. Ein paar Frauen hatten Regenschirme dabei. Doch der Regen hatte jetzt aufgehört und die Sonne schien auf die Pfützen, in denen sich die Gesichter der umstehenden Menschen spiegelten. Einige wirkten ängstlich, andere waren aufgeregt. So eine Zusammenkunft war noch nie zuvor einberufen worden. Als alle versammelt waren, kam Leopold Kahn heraus und stellte sich auf den oberen Treppenabsatz zum Büro. Wie immer war er makellos gekleidet. Er trug einen marineblauen Anzug. Sein dickes, dunkles Haar war sorgfältig gekämmt, aber sein Gesicht war weiß und angespannt. Leopold zupfte das Dreieck seines weißen Einstecktuches in der Brusttasche seines Jacketts zurecht und machte dann einen Schritt nach vorne.

„Ab morgen", gab er bekannt, „werde ich nicht mehr euer Arbeitgeber sein. Die Firma ist von einem großen Eisen- und Stahlkonsortium übernommen worden."

Als die Männer und Frauen dies hörten, traten sie von einem Bein aufs andere und redeten durcheinander.

Ein Mann sagte hörbar: ‚Warum?' Alle wussten, dass ‚Kahn' ein gut laufendes Familienunternehmen war. Mit Blick auf die Zukunft gingen alle von einer Übernahme durch den jungen Ludwig aus.

Leopold wirkte angespannt, aber seine Stimme war fest, als er weitersprach.

„All das liegt nicht in meinem Ermessen. Wie ihr zweifelsohne wisst, ist es für Juden nicht mehr zulässig, ein Unternehmen zu besitzen oder zu leiten. Daher wurde ‚Kahn & Sohn' arisiert, wie die Nazis es nennen. Ich muss wohl kaum betonen, dass ich tief enttäuscht bin. Wie dem auch sei, ihr habt nichts zu befürchten. Mir wurde versichert, dass die Arbeitsplätze derjenigen, die als ‚echte Deutsche' gelten, sicher sind. Fast alle hier, glaube ich, fallen in diese Kategorie."

Dabei schweifte sein Blick über die versammelte Belegschaft. Er hielt kurz inne und sah auf ein paar Mitarbeiter vor sich, darunter Fritz.

„Das war's dann also", murmelte Fritz vor sich hin. Leopold fuhr fort: „Für die wenigen, die nicht mehr als Deutsche gelten, kann ich leider keine Zusage machen – ich meine diejenigen unter euch, die Juden sind."

Da versagte ihm die Stimme. In der darauffolgenden Stille bemerkten die Zuhörer, wie er um Fassung rang und nach dem Ein-
stecktuch in seiner Brusttasche fingerte.

„Brich nicht zusammen! Du darfst nicht zusammenbrechen",
murmelte Fritz leise. Er wollte, dass Leopold weitersprach.

Herr Kahn wischte sich den Schweiß von der Stirn, erlangte wieder
die Fassung und fuhr fort: „Mir bleibt nur noch, euch für eure gute
Arbeit in all den Jahren zu danken. Dadurch habt ihr beigetragen, die
Herdfabrik so erfolgreich zu machen. Eure neuen Arbeitgeber können sich glücklich schätzen. Auf Wiedersehen und viel Erfolg!"

Damit drehte er sich um und ging zurück in sein Büro.

Fritz blieb im Hof stehen, umgeben von einer aufgewühlten Belegschaft, die ihre Meinung über die Übernahme lautstark zum Ausdruck brachte. Die meisten hofften, wie einer der älteren Männer
aus den Werkshallen, es würde kein allzu großer Unterschied sein,
wer die neuen Besitzer sind. Man konnte hören, wie Frau Meissen
sagte: „So ist es das Beste."

Fritz sagte nichts, bis der Lagerleiter auf ihn zukam, ihn am Arm
fasste und leise sagte: „Das ist eine verfluchte Schande. Du wirst mir
fehlen, mein Junge, hier in diesem Irrenhaus."

Fritz lächelte und antwortete: „Danke! Jetzt heißt es ‚Auf Wiedersehen' sagen. Seien Sie vorsichtig. Deutschland wird Sie brauchen,
wenn es wieder zur Besinnung gekommen ist."

Sie schüttelten sich die Hand, Herr Hesse machte auf dem Ab-
satz kehrt und ließ Fritz grübelnd zurück. Sollte er wieder ins Büro
gehen oder sich auf den Nachhauseweg machen?

Der Hof war jetzt leer. Da kam Rudi nach draußen und rief:
„Herr Kahn wünscht dich zu sprechen."

Fritz ging die Steintreppe zum Büro seines Chefs nach oben. Er
war erst einmal dort gewesen, an seinem ersten Arbeitstag. Leopold
stand vor dem großen Fenster und blickte über die verwinkelten
Häuser der Stadt.

„Ich kann Ihnen gar nicht sagen, wie leid mir das alles tut", sagte
Fritz beim Eintreten.

„Es kam nicht ganz unerwartet", unterbrach ihn Leopold.

„Das ist nicht die erste Firma, die sie ‚arisiert' haben und es wird auch nicht die letzte sein. Nürnberg war schon immer eine der antisemitischsten Städte überhaupt in Deutschland. Wahrscheinlich bist du nicht alt genug, um dich an die Inschrift erinnern zu können, die man früher an einem Haus in der Judengasse lesen konnte."

„Nein, was stand da?"

„Ich sah sie zum ersten Mal, als ich kaum lesen konnte. Ich war damals so stolz auf meine neue Fähigkeit, dass ich unbedingt alle Aufschriften laut vorlesen musste, die ich auf der Straße sah. Eines Tages war ich mit meinem Vater in der Stadt unterwegs. Da entdeckte ich diesen Stein. Ich habe die Inschrift entziffert und sie nie in meinem Leben vergessen. Sie lautete:

Die Steine der Judenhäuser sind geblieben,
aber die Betrüger hat man aus ihnen vertrieben.
Das ist die Wahrheit.
1499

Gute Bürger haben den Stein schließlich entfernt, aber man wird ihn jetzt wohl wieder einsetzen. Nürnberg hat sich nicht geändert. Wie auch immer, ich habe dich nicht hereingebeten, um mit dir über die Vergangenheit zu reden. Ich wollte wissen, was du nun vorhast."

„Naja, als Sie mich zu sich riefen, wollte ich gerade nach Hause gehen."

„Das kannst du auch. Aber was machst du danach? Ganz offensichtlich gibt es für dich hier keine Zukunft, auch wenn dich die neuen Eigentümer zunächst weiter beschäftigen sollten. Ich habe ohnehin das Gefühl", meinte er mit einem verschmitzten Lächeln, „die Herdfabrik war nie wirklich der richtige Arbeitsplatz für dich. Hast du schon eine genauere Vorstellung, was du wirklich machen möchtest? Kann ich dir vielleicht irgendwie helfen?"

„Es gibt da eine Sache, die ich gerne ausprobieren würde. Die Nazis mögen keinen Jazz – sie nennen es ‚Negermusik'. Sie haben ihn im Radio verboten und Jazz-Schallplatten sind in Nürnberg nur schwer zu bekommen. Aber ich habe Beziehungen und kann sie meist auftreiben. Ich habe mich schon gefragt, ob ich damit nicht meinen Lebensunterhalt bestreiten könnte. Die Musik ist beliebt und die Nachfrage ist hoch."

Leopold lächelte, gab ihm aber zu bedenken: „Das kann nur so lange gut gehen, wie deine Lieferanten und deine Kunden über dein Tun Stillschweigen bewahren. Um Himmels willen, Fritz, pass' auf, dass sie dich nicht noch einmal einsperren!"

„Keine Sorge! Ich werde vorsichtig sein und niemand wird die Schallplatten in der Öffentlichkeit spielen. Nicht nach all dem, was neulich passiert ist, als ein paar Jugendliche ein Grammophon im Park dabei hatten und Musik machten."

„Das habe ich gar nicht mitbekommen. Was ist passiert?"

„Die Braunhemden sind gekommen und haben ihnen die Schallplatten in Stücke geschlagen. Aber woher sollen sie wissen, was wir in unseren vier Wänden tun?"

Leopold hatte noch immer Bedenken, aber er versuchte nicht, Fritz von seinen Plänen abzubringen. Stattdessen versicherte er ihm: „Ich wünsche dir viel Erfolg! Ich werde einer deiner ersten Kunden sein. Schließlich sollten Alice und ich etwas über Jazz wissen, ehe wir nach Amerika gehen."

„Nach Amerika?", rief Fritz überrascht aus. „Sie haben sich also entschieden, aus Deutschland wegzugehen?"

„Ja, hier hält uns nichts mehr. Lieber gingen wir natürlich nach England zu Ludwig und Olga. Aber dafür bekommen wir vielleicht keine Visa mehr. Deswegen bemühen wir uns auch um ein Visum für die Vereinigten Staaten – oder für sonst ein Land, das uns nimmt."

Leopolds Worte klangen gleichermaßen nach Entschlossenheit wie auch Verzweiflung. Als er merkte, dass Fritz ihn betroffen ansah, zuckte er mit den Schultern und fuhr etwas aufgeräumter fort: „Etwas ganz Anderes. Alice und ich machen am Samstagabend eine Feier für alle unsere Freunde. Wir laden auch die jungen Leute dazu ein und würden uns freuen, wenn du kommst. Was meinst du?"

„Danke, sehr gerne."

„Gut! Bring' ein paar Schallplatten mit Tanzmusik mit. Die Swingmusik bringt bestimmt Schwung in den Abend."

Fritz versprach es.

Kapitel 16

Johanna Vogels Gesundheit verschlechterte sich zusehends. Wenn sie mit Heinz nicht gerade Musik hörte, blieb sie in ihrem Zimmer.

Herr Rosenthal hatte die Vogels vor seiner Verhaftung öfter besucht. Sie lernten sich kennen, nachdem Magda ihnen von seinen Geschichtsstunden erzählt hatte. Johanna fand die Art gut, wie er seinen Schülern die jüdischen Dichter und Denker nahebrachte. Aber sie liebte es überhaupt nicht, dass er Unterrichtszeit dafür hernahm, die Heldentaten „einiger dieser Scheusale in der Bibel" durchzunehmen.

„Zum Beispiel?", fragte Herr Rosenthal.

„Josua, zum Beispiel. Wir hören immer davon, wie er in seine Trompete blies und die Mauern von Jericho zum Einsturz brachte. Aber wie steht es damit, dass er bei seinem Einzug in die Stadt seinen Männern befahl, jedes Lebewesen mit dem Schwert zu töten, sogar Schafe und Ochsen, genau wie Männer, Frauen und Kinder. Er ist für mich wahrlich kein Held!"

„Da stimme ich Ihnen zu", sagte Rosenthal, „aber ich stelle ihn nicht als Vorbild hin. Ich unterrichte Geschichte und Josua gehört zu ihr."

Obwohl Johanna geistig rege war und so lebendig wie schon lange nicht mehr, war jeder besorgt, weil sie immer weniger aß.

Magda fand ein Rezept für den Mohnkuchen, den ihre Großmutter so gerne aß, wenn sie zu Besuch in England war. Sie backte einen, weil sie dachte, er würde ihr vielleicht schmecken. Johanna dankte ihr.

„Komm her und lass' dir einen Kuss geben", sagte sie. Dann brach sie ein kleines Stück vom Kuchen ab, den Magda ihr gegeben hatte. Sie aß ungefähr einen Teelöffel voll.

„Er schmeckt genauso, wie ich ihn in Erinnerung habe, aber ich habe leider keinen Appetit."

Sie bemerkte Magdas Enttäuschung. „Nimm es dir bitte nicht zu Herzen. Der Kuchen schmeckt sehr gut. Lass ihn hier stehen. Ich werde ihn später essen."

Heinz rief den Arzt, der allerdings auch etwas ratlos war. „Sie haben sich ausgezeichnet von Ihrem Schlaganfall erholt. Warum muss ich dann hören, dass Sie nichts essen? Das ist aber nicht gut!"

„Bitte, bevormunden Sie mich nicht!", gab sie zur Antwort.

Fritz oder Heinz brachten ihr daraufhin das Essen aufs Zimmer. Sie bat sie, den Teller stehen zu lassen.

„Ich kann nicht essen, wenn ihr mir dabei zuseht."

Also gingen sie weg und es schien tatsächlich zu funktionieren. Wenn einer von ihnen nach einer Stunde wiederkam, war der Teller leer. Aber Fritz fand heraus, dass sie das Essen wegwarf.

„Ich habe ein Problem mit der Verdauung", gab sie zu, als Fritz sie darauf ansprach.

„Es wird bestimmt bald besser, wenn ich eine Zeitlang nichts esse."

„Sie hungert sich zu Tod", sagte sich der verzweifelte Heinz. Am nächsten Tag brachte er ihr eine Gemüsesuppe. Romy hatte sie vorbeigebracht. Sie wusste, dass Frau Vogel sie so gerne aß. Heinz blieb bei ihr stehen und Johanna zwang sich, ein paar Löffel Suppe zu essen. Doch Johanna musste sich sofort übergeben. Wieder rief Heinz den Arzt, der sie dieses Mal zu einer gründlichen Untersuchung ins Krankenhaus überwies. Es stellte sich heraus, dass sie nichts mehr behielt, weil sie Bauchspeicheldrüsenkrebs hatte.

Sie behielten sie im Krankenhaus. Sie erhielt ständig starke Schmerz- und Betäubungsmittel, dämmerte vor sich hin und wurde zunehmend verwirrt. Romy arbeitete immer noch im Krankenhaus. Immer wenn sie zum Putzen auf ihre Station kam, hoffte sie, mit ihr reden zu können; aber Johanna schlief stets.

Eines Morgens wachte Johanna auf und hörte die Glocken läuten. Es war Sonntag und sie nahm sich vor wach zu bleiben. Noch niemand hatte ihr an diesem Tag ihre Medikamente gegeben. Als sie merkte, wie sich die Schwester mit einer Spritze über sie beugte, winkte sie ab: „Nein! Meine ganze Familie kommt heute Nachmittag und ich will einen klaren Kopf haben."

Die Schwester erklärte ihr, die Spritze sei gegen die Schmerzen. Daraufhin Johanna: „Ich werde sowieso bald nicht mehr da sein und keine Schmerzen mehr haben. Also bitte gehen Sie."

Johanna lag auf einer großen Station mit zwanzig schwerkranken Patienten. Alle standen unter der Wirkung starker Medikamente.

Die meiste Zeit war es hier recht ruhig. Alles war klinisch sauber, die weißen Wände, die weißen Schränke und schneeweißen Laken auf den funktionalen eisernen Bettgestellen.

Ihr Bett stand am Fenster. Sie wandte sich von dieser sterilen Umgebung ab und blickte zum Fenster hinaus. Sie beobachtete die Wolken, wie sie sich zusammenballten, wieder auflösten und neue Formen annahmen. Sie wartete auf ihren Besuch.

„Ich schaue gerne den Wolken nach", sagte sie zu Liesel, die als Erste kam. „Sie kommen, verändern sich von Minute zu Minute und verschwinden wieder; und sind doch nach wie vor da, genauso wie die Menschen."

Bald schon kamen auch Heinz und Fritz, gefolgt von Anton und Magda. Für kurze Zeit standen sie schweigend da und blickten auf ihr eingefallenes, noch immer von roten Haaren umrahmtes Gesicht.

„Blickt nicht so traurig drein", sagte sie. „Ihr müsst mir versprechen, alles zu tun, um die Nazis zu überleben. Wenn ihr mir das versprecht, fällt es mir nicht schwer zu gehen." Wegen der Schmerzen schloss sie die Augen für einen Moment. Sie öffnete sie wieder, lächelte, suchte unter ihrem Kopfkissen einen Zettel und reichte ihn ihrem Sohn: „Bitte lest das bei meiner Beerdigung vor."

Heinz ging als Letzter. Ihre letzten Worte, als er ging, waren: „Sieh zu, dass all die Musik, die du komponiert hast, auch aufgeführt wird. Und vergiss nicht, ich will in Sulzbürg begraben werden."

Johannas Wunsch ging in Erfüllung. Sie wurde auf dem kleinen jüdischen Friedhof begraben. Er liegt auf einem Hügel über dem Dorf Sulzbürg. Der Wind jagte weiße und graue Schleierwolken über den wie Perlmutt schimmernden Himmel. Magda stand bis zu den Knöcheln in dem ungemähten Gras des Friedhofs. Sie blickte auf die hagere Gestalt eines Mannes mit einem grauen Bart. Sein langer Mantel wehte leicht im Wind. Er stand aufrecht am offenen Grab, in das man den einfachen Holzsarg ihrer Großmutter hinabgelassen hatte. *Das ist also der Onkel, von dem Oma immer erzählt hat,* dachte sie sich und sah ihn nachdenklich an.

Dr. Bettelheim war weit über achtzig und wirkte etwas gebrechlich. Er war eigentlich im Ruhestand. Es kamen aber immer noch Patienten zu ihm, die seinen Rat suchten. Oder, wie einer von ihnen sagte, „weil er mich besser kennt als ich mich selbst."

Er hatte sich bereit erklärt, den Trauergottesdienst für seine Nichte zu halten. Bei seiner Besprechung mit Heinz sagte er zu ihm: „Für eine Beerdigung ist nicht unbedingt ein Rabbi nötig. Ein Rabbi ist ein Lehrer, kein Priester. Zudem ist der Sulzbürger Rabbi tot und es fand sich auch kein Nachfolger."

Im Dorf lebten nur noch ein paar wenige Juden. Es waren meist alte Leute, die jüngeren waren längst in die Stadt gezogen, in der Hoffnung, dort ein besseres Leben zu haben; einschließlich des Mannes, der bei den Gräbern nach dem Rechten sah. Der Friedhof war zu einer schönen Wildnis mit Gänseblümchen, winzig kleinem, blauen Ehrenpreis und sogar gesprenkelten, wilden Orchideen geworden.

Magda, die bei ihrer Familie stand, sah ein paar Dorfbewohner, die den Hügel zu den Gräbern heraufkamen.

Einen alten, von Arthritis gebeugten Mann hörte Magda hinter sich sagen: „Sie hat es nicht bis ins hohe Alter geschafft – im Gegensatz zu unserem guten Doktor."

Magda hatte sich noch keine Gedanken darüber gemacht, wie alt ihre Großmutter bei ihrem Tod war. Sie wollte Fritz fragen, aber er stand ein wenig abseits und studierte ein Blatt Papier in seiner Hand. Ihre Mutter und ihr Vater standen bei ihr. Liesel weinte und Anton hatte den Arm um sie gelegt. Heinz stand gleich neben dem offenen Grab und starrte unentwegt auf den Sarg seiner Mutter.

Sobald sich alle versammelt hatten, fing der Doktor an, mit tiefer Stimme zu sprechen, die überraschend gut über die eingesunkenen, verwitterten Grabsteine mit ihren hebräischen und deutschen Inschriften schallte. Viele davon waren schon unleserlich.

„Wir haben uns heute hier versammelt, um Johanna zu bestatten und ihr Leben zu feiern", begann er. „Sie trat dem Tod ohne Hoffnung oder Furcht gegenüber. Uns wurde schon von jeher gesagt: ‚Wir sind sterblich und unsere Tage sind wie Gras. Wir blühen wie eine Blume auf diesem Friedhof. Der Wind weht darüber und sie ist nicht mehr da'. Johanna akzeptierte diese Tatsache.

Und doch lässt der Tod unserer Lieben uns in Trauer zurück. Johannas Tod ist ein schwerer Verlust und überschattet das Leben ihrer Kinder Heinz und Liesel sowie ihrer Enkelkinder Fritz und Magda – Menschen, denen sie ihre Zuneigung und Wärme geschenkt hatte. Und doch lebt Johanna in ihren Herzen weiter und in den Herzen aller, die sie liebten.

Sie lebte sechsundsechzig Jahre hier auf Erden, davon über vierzig Jahre als geliebte Ehefrau. Auch war sie eine hingebungsvolle Mutter und Großmutter. In all den Jahren trafen wir uns immer wieder zu Familientreffen und, als ihr Ehemann noch lebte, zu den Musikabenden, für die sie bekannt war. Für die Gäste war es immer ein besonderer Moment, wenn es uns gelang, sie als Gastgeberin zu überreden, auf dem Cembalo Bach oder Scarlatti zu spielen.

Am besten erinnere ich mich daran, was für ein lebendiges, lebenslustiges Kind sie war. Sie war ein echter Wildfang. Ich sehe sie noch vor mir, wie sie auf einen Baum geklettert ist, ihre Cousins mit Nüssen bewarf und mit ihnen um die Wette lief, wobei sie oft gewann."

Hier legte Dr. Bettelheim eine Pause ein und schien nach Atem zu ringen. Es war still, bis auf das Geräusch des Windes in den Bäumen. Die Trauergemeinde sah ihn besorgt an. Er schöpfte neue Kraft und fuhr fort: „Schon immer hatte sie auch eine andere Seite, nämlich die Musik. Meine Frau bemerkte, dass sie mit drei Jahren versuchte, eine Melodie auf dem Klavier nachzuspielen. Da beschloss sie, ihr Klavierunterricht zu erteilen. Doch schon bald konnte sie ihr musikalisch nichts mehr beibringen.

In ihrem letzten Lebensabschnitt musste Johanna schwere Zeiten mitmachen, wie wir alle, die wir Juden sind. Aber unser Volk wird auch dieses Unglück überstehen, wenn wir die Hoffnung nicht aufgeben und entschlossen handeln.

All das hatte Johanna im Sinn, als sie uns eine Botschaft hinterließ, die jetzt ihr Enkel verlesen wird."

Fritz trat nach vorne und stellte sich neben den Doktor. In seinem schwarzen Anzug wirkte er dünner als je zuvor. Als Magda sein weißes Gesicht sah, das von feurigem Haar umrahmt wurde, welches schon wieder zu lang war, dachte sie, wie sehr er doch der Großmutter glich. Er hielt immer noch das Blatt Papier in Händen, aber er sah nicht mehr darauf. Er kannte den Text auswendig.

„Johanna Vogels Botschaft ist eine Geschichte aus uralter Zeit, sie heißt ‚Das Gleichnis des Dubner Maggid‘.

Einst besaß ein König einen großen, wunderschönen Edelstein, auf den er mit Recht stolz war, denn nirgendwo gab es seinesgleichen. Eines Tages bekam der Edelstein durch ein Missgeschick einem tiefen Kratzer. Der König rief die fähigsten Edelsteinschleifer herbei und bot ihnen eine hohe Belohnung, wenn sie diesen Makel an dem hochgeschätzten Juwel zu beheben vermochten. Aber niemand besaß dazu die Fähigkeit und der König war aufs Bitterste betrübt. Nach einiger Zeit erschien ein neuer Steinschleifer bei ihm und versprach, den Edelstein noch schöner zu machen, als er vorher war. Der König war beeindruckt vom Selbstvertrauen des Mannes und vertraute ihm den Stein an. Der Steinschleifer hielt Wort. Mit exzellenter Kunstfertigkeit gravierte er eine wunderschöne Rose um den Makel herum. Den Kratzer verwandelte er in den Rosenstiel. Wenn das Leben uns schwere Prüfungen auferlegt und uns Wunden zufügt, so kann doch am Ende etwas Gutes daraus entstehen. Wir können diesen Edelsteinschleifer als Vorbild nehmen.

Es folgte langes Schweigen nach dieser Geschichte. Schließlich wandte sich Doktor Bettelheim dem offenen Grab zu und beendete die Zeremonie mit den Worten: „An diesem Ort möge Johanna ihre letzte Ruhe bei ihren Ahnen finden, wie sie es gewünscht hat.“

Danach blieb ihrem Sohn nur noch, den Sarg mit Erde zu bedecken. Er nahm die an einem Haufen dunkler, schwerer Erde lehnende Schaufel in die Hand. Als Fritz sah, dass sein Vater das Grab zur Hälfte zugeschaufelt hatte, half er ihm dabei, bis der Boden wieder eingeebnet war.

Die Leute verließen langsam den einsam gelegenen Friedhof. Ihre Reaktion auf diese ungewöhnliche Trauerrede war sehr unterschiedlich. Einen der frommeren Juden aus dem Dorf hörte man irritiert sagen, der Doktor habe „Gott mit keiner Silbe erwähnt“. Als Heinz das hörte, sagte er leise: „Mutter hat auch nie über Gott gesprochen.“

Anton machte das Gleichnis Mut. Magda ebenso. Sie musste daran denken, wie Johanna die Möglichkeit aufgegeben hatte, als Pianistin bekannt zu werden, als sie Ehefrau und Mutter wurde. *Muss das denn immer so sein?*, fragte sie sich.

Liesel dachte darüber nach, wie wahrscheinlich es ist, „dass etwas Gutes daraus entsteht, wenn das Leben uns schwere Prüfungen auferlegt und uns Wunden zufügt". Seufzend dachte sie sich, um eine solche Überzeugung zu haben, müsse man stark sein.

Romy hatte Dienst im Krankenhaus und kam erst zur Trauerfeier, als sie fast schon vorbei war. Außer Sichtweite stand sie hinter den anderen Trauergästen. Als alle gegangen waren, ging sie an das Grab und legte als Zeichen ihrer Hochschätzung für Johanna einen einzelnen weißen Kieselstein auf ihren Grabstein.

TEIL IV

1938

Kapitel 17

Im Speisezimmer der Familie Kahn glänzte das Rosenthal-Geschirr und im Licht zahlreicher Silberleuchter funkelten die Kristallgläser. Während die Visa-Anträge von Leopold und Alice liefen, gaben die beiden jede Woche eine große Abendeinladung. Ihr Haus war von der Straße aus kaum zu sehen. Es war hinter Bäumen versteckt. Es war zum Treffpunkt für ihre Freunde aus der nun isolierten jüdischen Gemeinde in Nürnberg geworden. Diese Abendgesellschaften hatten einen verschwenderischen Charakter.

„Es hat keinen Sinn, unser Geld zusammenzuhalten", erklärte Leopold, „sie werden es uns nicht mitnehmen lassen, wenn wir aus dem Land gehen."

„Hast du etwas für deine Fabrik bekommen?", wollte Anton wissen.

„Oh ja, die üblichen zehn Prozent des tatsächlichen Wertes."

„Und darauf fallen sicher Steuern an."

„So ist es. Die Steuer beträgt 90 Prozent! Uns wollen die Nazis nicht, unser Geld aber schon. Sie bringen uns um unser gesamtes Vermögen. Das Letzte was die Nazis wollen ist, dass ein anderes Land uns aus wirtschaftlichen Gründen wohlwollend aufnimmt, ganz gleich wo wir landen. Aber genug davon", fuhr Leopold fort, ehe jemand das Thema weiter vertiefen konnte. „Darf ich dir nachschenken, Anton? Normalerweise mache ich mir nichts aus Moselwein, aber dieser hier ist wirklich gut, findest du nicht?"

Leopold war ein Weinliebhaber, der einem mit verbundenen Augen sagen konnte, um welche Lage und welchen Jahrgang es sich handelte. Jedes Jahr im Herbst fuhr er mit Freunden zu Weinverkostungen ins Rheinland und kehrte dann mit etlichen Kisten Rheinwein wie Riesling und Liebfrauenmilch zurück.

Leopold hatte sich vorgenommen, bei Abendveranstaltungen wie der heutigen, zusammen mit Freunden von seinem Weinvorrat im Keller nichts mehr übrig zu lassen. Wofür sollte er ihn denn noch aufheben?

Seit Verabschiedung der ‚Nürnberger Gesetze' hatten die Kahns kein Personal mehr. Das Essen wurde geliefert. Man brachte Fisch- und Fleischplatten, sowie verschiedene Nachspeisen. Die Gäste bedienten sich selbst am Buffet im Speisezimmer. Niemand störte sich daran, dass es keine Bedienung gab. Tatsächlich fühlten sich die Gäste so freier; es waren keine Unbekannten dabei, deren Einstellung man nicht kannte und die ihre Unterhaltung mitbekommen hätten.

„Bist du immer noch fest entschlossen hierzubleiben, Anton?", fragte Heinz, während er in seiner Bayrisch Creme herumstocherte.

„Sicher, solange ich noch etwas Gutes bewirken kann."

Heinz hatte während des Abendessens nichts gesagt. Die meiste Zeit wirkte er geistesabwesend. Doch jetzt sagte er: „Ich habe auch nicht vor zu gehen. Aber ich wünschte, ich könnte Fritz zur Auswanderung überreden. Er hat sein Leben noch vor sich. Das kann man von mir nicht sagen."

„Ich finde, ihr macht einen Fehler, wenn ihr nicht geht. Obwohl ich natürlich euren Mut bewundere." Mit diesen Worten mischte sich Leopold ein. „Das erinnert mich an einen Witz, den ich gestern in München gehört habe, als ich in der Schlange vor dem britischen Konsulat stand."

Levi und Hirsch treffen sich im afrikanischen Dschungel, jeder mit einem Gewehr in der Hand. „Was machst du denn hier?", fragt Hirsch.

„Ich habe ein Unternehmen in Alexandria, in dem wir Elfenbein verarbeiten. Ich schieße meine eigenen Elefanten", sagt Levi. „Und du, was machst du?"

„Ich stelle Dinge aus Krokodilleder in Port Said her. Ich schieße meine eigenen Krokodile."

„Und was macht Simon so?"

„Der? Das ist ein echter Abenteurer. Er ist in München geblieben."

Heinz zuckte mit den Achseln und Anton lächelte missbilligend, aber die anderen Männer lachten.

Liesel biss sich auf die Unterlippe und Alice warf ihr einen mitfühlenden Blick zu.

Die Kahns dachten dabei an Freunde aus ihrer Generation. Einmal im Monat veranstalteten sie jedoch ein Treffen, bei dem auch die Jungen eingeladen waren. Das hatte eher einen informellen Charakter. Die älteren Herren trafen sich in einem Zimmer und spielten Karten. Die Frauen versorgten zuerst die Männer mit reichlich Brot, Würsten und Bier. Dann zogen sie sich zurück und kümmerten sich um die Jugendlichen, die nicht so recht wussten, was sie tun sollten. Manchmal wurde Fritz von seinen Freunden dazu überredet, eines seiner Lieder zum Besten zu geben, in denen er sich über die Nazis lustig machte. Die meiste Zeit über tanzten sie aber zu Schallplatten, die er immer mitbrachte. Magda machte das Tanzen großen Spaß und sie war eine beliebte Tanzpartnerin. Allerdings hatte sie keine Ahnung vom Flirten, weshalb es ihr nicht gefiel, wenn einer der Jungen romantische Anwandlungen bekam. Als Willy, ein Junge mit glatten, schwarzen Haaren aufdringlich wurde, versteckte sich Magda im Gewächshaus. Er fand sie dort, hielt sie fest und wollte sie küssen.

„Was hast du da nur in deinen Haaren?", kreischte sie und stieß ihn von sich. „Das stinkt!"

Willy hielt sich selbst wohl für den neuen Rodolfo Valentino. Er wollte wie sein Idol sein und hatte sich die Haare mit Haaröl in Fliederduft eingerieben.

„Was bist du nur für ein unverschämtes Mädchen!" Mit diesen Worten ging er beleidigt davon.

Das hat gesessen, dachte Magda. *Jetzt wird er mich nie mehr wieder zum Tanzen auffordern.* Magda ließ ein oder zwei der monatlichen Treffen danach aus. Sie beschloss allerdings, auf das letzte Treffen der Kahns im Sommer zu gehen, ehe sie nach England auswandern würden.

Nach monatelangen vergeblichen Versuchen der Kahns, Visa zu bekommen, löste sich ihr Problem. Olga schrieb, sie habe sich in einen jungen Mann verliebt, den sie in Dover kennengelernt hatte und sie hätten vor, bald zu heiraten. Leopold und Alice würden daher auf die Hochzeit gehen. Wenn sie erst einmal in England wären, hofften sie dort bleiben zu können.

„Auch wenn uns die Engländer nicht wollen", verkündete Leopold, „werden wir nicht nach Deutschland zurückkehren."

„Weißt du denn irgendetwas über diesen jungen Mann, den Olga heiraten will?", fragte Liesel Alice.

„Er heißt Peter und studiert am ‚King's College' in London. Ich habe ein Foto von Olga bekommen."

Sie holte ein Foto von ihm aus ihrer Handtasche und zeigte es Liesel. „Er will Lehrer werden."

„Er hat ein fröhliches Lächeln", sagte Liesel und sah sich das Foto eines athletischen, jungen Mannes mit hellen Locken genau an. „Er und Olga werden ein schönes Paar abgeben. Wann ist die Hochzeit?"

„In diesem Sommer macht er seinen Abschluss und danach ist die Hochzeit geplant. Leopold und ich haben einen Brief von Peters Eltern bekommen. Sie haben nichts gegen eine jüdische Schwiegertochter und wir auch nichts gegen einen nichtjüdischen Schwiegersohn."

Liesels Augen wurden feucht, als ihre Freundin weitererzählte.

„Ich glaube, Peter und seine Eltern sind gute Menschen – es ist besser, wenn Olga ein neues Leben beginnt und dort ihre Kinder zur Welt bringt, wo sie sich keine Gedanken darüber machen müssen, dass sie Juden sind."

„Wahrscheinlich hast du recht", stellt Liesel traurig fest. „Aber was soll aus den Juden werden, wenn das viele von uns tun?"

„Du brauchst noch ein neues Kleid für das Abschiedsfest bei den Kahns", erinnerte Liesel ihre Tochter. „Das wird ganz bestimmt ein rauschendes Fest."

Magda war schon in etlichen Modegeschäften, wusste aber nicht so recht, was sie wollte, dafür aber umso mehr, was sie nicht wollte. Sie probierte viele Kleider an, bis sie schließlich eines fand, das ihr gefiel und in dem sie gut aussah.

„Aber das kostet ja ein Vermögen", flüsterte sie, als sie auf das Preisschild schaute.

„Mach dir darüber keine Gedanken", beruhigte sie ihre Mutter. Sie hatte erst vor Kurzem ein weiteres Schmuckstück verkauft. „Das ist genau das Richtige für dich."

Endlich kam der große Abend. Anton und Liesel waren schon am späten Nachmittag gegangen. Leopold und Alice hatten die ältere Generation zu einem Abendessen geladen, bevor der Tanzabend für alle beginnen würde.

Als Fritz Magda von zu Hause abholte, traf er sie in einem ärmellosen, gelben Seidenkleid an. In ihrem lockigen Haar trug sie ein farblich passendes Haarband.

„Alle Achtung!", sagte er und trat in gespielter Überraschung einen Schritt zurück.

„Ist das in Ordnung?"

„Das ist großartig! Ich bin froh, dass du dich herausgeputzt hast. Heute Abend wartet nämlich noch eine Überraschung auf dich."

„Was denn für eine Überraschung?"

„Das wird nicht verraten! Sie wird dir gefallen."

Unsicher schlüpfte Magda in ihren Mantel und steckte ihre Schuhe zum Tanzen in eine Tasche. Fritz nahm die Tasche mit den Schallplatten, die er dabeihatte, und schob seine Cousine sanft zur Haustür hinaus. Es war ein warmer Abend. Eigentlich hätte sie keinen Mantel gebraucht. Sie behielt ihn trotzdem an, weil sie auf der Straße in ihrem gelben Seidenkleid nicht auffallen wollte.

Alle Fenster waren hell erleuchtet, als sie durch die eiserne Eingangspforte traten und die Auffahrt zum Haus der Kahns hinaufgingen. In der Empfangshalle wurden sie von dem berauschenden Duft eines üppigen Straußes Lilien überwältigt.

„Sind die nicht wunderschön?", meinte Magda begeistert.

„Ja, schon", stimmte Fritz zu. „Aber sie erinnern mich irgendwie an eine Beerdigung."

Sie legten ihre Mäntel ab und folgten dem Stimmengewirr nach oben. Überall, auf den Fluren und in den Räumen, erwarteten sie aufwändige Blumenarrangements.

Die meisten ihrer Freunde waren schon da. Die jungen Damen waren sorgfältig zurechtgemacht. Sie standen in kleinen Grüppchen beieinander. Einige von ihnen rauchten und posierten nonchalant mit ihren Zigarettenhaltern.

Der Teppich im großen Salon war aufgerollt und die Jungen, in dunklen Anzügen und gestärkten weißen Hemden, schoben die Stühle und Sofas an die Wände.

Magda sah eine blasse junge Frau in einem grünen Kleid in den Salon gehen. Zu ihrer Überraschung war es Rachel.

Magda vernahm laute Stimmen. Sie kamen aus dem Herrenzimmer, in dem die Männer nach dem Essen immer Skat spielten. Sie hielt kurz inne, um zu sehen, was los war. Leopold war in Siegerlaune. „Na, da hab' ich dich aber ganz schön drangekriegt, was?", sagte er und lachte. Ihr Vater dagegen sah ihn mit hochgezogenen Augenbrauen an. Magda hatte sich nicht die Mühe gemacht, die komplizierten Skatregeln zu lernen. Es war sowieso ein Männerspiel. Man hatte ihr einmal erklärt, es sei eine Mischung aus Bridge und Poker. Ihre Mutter war der Meinung, die Art, wie ihr Vater und sein Freunde Skat spielen, verrate viel über den jeweiligen Charakter.

„Als Unternehmer", sagte sie, „geht Leopold beim Reizen hohe Risiken ein. Anton spielt gemäßigter, er wägt genauer ab, wie man es von einem Anwalt erwartet."

Als Magda vom Herrenzimmer wieder wegging, hatte sie Rachel und Fritz aus den Augen verloren.

Ihr Cousin legte die Schallplatten beim Grammophon ab und sah sich nach Rachel um. Er fand sie in einer Ecke, halb verdeckt von den Wedeln einer riesigen Palme.

„Hallo, Rachel – ich meine, Regina", begrüßte er sie. „Du bist also zur Herde zurückgekehrt, wie ich sehe. Wie das?"

Rachel lief rot an. Sie warf einen Blick über ihre Schulter, weil sie fürchtete, die anderen könnten seine Worte mitbekommen. Sie flüsterte ihm flehentlich zu: „Sei bitte nicht so ein Ekel, Fritz." Er sah sie an und fragte: „Und, wie läuft es so in der Herdfabrik?"

„Ich habe keine Ahnung. Ich bin weggegangen. Einer der neuen Chefs war früher ein Kommilitone meines Vaters und erzählte schnell überall herum, dass er ein Sozi ist. Er kannte auch meine Mutter. Du kannst dir das bestimmt vorstellen: die Stimmung im Büro war im Keller, als es sich herumgesprochen hatte, dass ich aus einer Familie von Regimekritikern stamme und dass ich obendrein auch noch Halbjüdin bin. Frau Meissen wandte sich nicht nur von mir ab, sie führte regelrecht Krieg gegen mich und wollte sich rächen."

Bei diesen Worten kamen ihr die Tränen. Wenn Mädchen weinten, war Fritz immer ratlos. Er lieh ihr sein Taschentuch und legte seinen Arm um ihre Schulter.

„Wie du gemerkt hast, fand ich das Versteckspiel mit deiner Herkunft gar nicht gut. Aber lassen wir das jetzt. Willkommen zurück!"

Rachel schniefte und versuchte zu lächeln und sagte: „Ich wollte einfach anonym sein."

Zwischenzeitlich nahm ein Junge eine Schallplatte vom Stapel, den Fritz auf dem Tisch abgelegt hatte. Er legte die Platte auf das Grammophon und brachte es mit der Kurbel in Gang. Verwundert hörten alle auf zu reden, als sie die jazzige Melodie vernahmen.

„Das ist sehr schnell", sagte Magda. „Wollen wir dazu tanzen?"

„Ach, das ist eine alte James P. Johnson Schallplatte. Er hat das Stück geschrieben", sagte Fritz. „Ich finde es ziemlich fetzig. Es ist auch ein Tanz – er heißt ‚Charleston'. Das war der letzte Schrei in den Zwanzigern. Die Schritte kenne ich aber nicht. Kennt sie irgendjemand?"

Da erinnerte sich Magda an etwas.

„Mutter hat ihn immer getanzt – ich geh sie schnell holen." Sie traf auf Liesel und Alice, die gerade aus dem Herrenzimmer kamen, wo ein weiteres, lautes Skatspiel im Gange war.

„Die Männer sollen ihr Bier selbst holen", sagte Magda.

„Wir möchten, dass du uns etwas beibringst. Du weißt doch, wie der ‚Charleston' geht, oder Mutti?"

„Das wissen wir beide", sagte Alice lachend. „Der hat uns immer sehr viel Spaß gemacht, nicht wahr, Liesel?"

Als Magdas Mutter ein paar vereinzelte Klänge der Johnson-Schallplatte hörte, sah sie auf einmal wieder jung aus.

„Das waren noch Zeiten. Komm, wir zeigen es ihnen." Unter großem Applaus und begleitet von Anfeuerungsrufen führten Alice und Liesel den ‚Charleston' vor. Alle versuchten sich daran, manche erfolgreicher als andere. Magda fand schnell heraus, wie es geht. Zuerst probierte sie die Schritte für sich selbst aus. Ihre Mutter hatte ihnen nämlich gesagt: „Zum ‚Charleston' braucht man nicht unbedingt einen Partner, man kann auch allein tanzen. Als wir zum Tanzen gingen, haben die Mädchen meistens allein oder miteinander getanzt."

Willy wollte eine gute Tanzpartnerin für den ‚Charleston' und so war er bereit, die Szene im Gewächshaus zu vergessen. Er forderte Magda zum Tanz auf.

„Du tanzt sehr gut", sagte er etwas steif. Magda ignorierte seinen Tonfall und lächelte schwach. Sie bemerkte, dass er die Haarcreme mit Fliederduft nicht mehr benutzte. Ermutigt fuhr er fort: „Danach werde ich Fritz überreden, einen Tango aufzulegen, dann werden wir ja sehen, wie du dich dabei schlägst."

Das war zu viel für Magda, also erfand sie eine Ausrede, sobald der Charleston zu Ende war. Sie müsse dringend mit ihrer Mutter etwas besprechen und weg war sie. Ihre Mutter saß auf einem Sofa und Magda setzte sich zu ihr.

„Ging es in deiner Jugend bei den Tanzveranstaltungen, wo man ‚Charleston' tanzte, genauso zu wie hier?"

„Ja und nein", kam die Antwort. „Wir waren genauso hektisch, weil auch wir versuchten, den düsteren Alltag zu vergessen. Wie du weißt, herrschte eine galoppierende Inflation. Wenn man nicht gleich am Morgen einen Laib Brot gekauft hat, kostete er am Nachmittag zehn Mal so viel. Das war beängstigend, aber es war anders als heute. Damals waren die meisten Deutschen finanziell im selben Boot. Heutzutage ist das anders."

„Du meinst, weil die Leute uns hassen?"

„Ja", stimmte Liesel zu. Dann stand sie auf und sagte: „Ich gehe mal besser nachsehen, ob Alice bei den Getränken Hilfe braucht."

Sie ging in ein angrenzendes Zimmer, wo ein Buffet aufgebaut war und ließ ihre Tochter auf dem Sofa zurück. Magda war erleichtert, Willy mit einer neuen Partnerin vorbeitanzen zu sehen. Das Mädchen trug ein wehendes, scharlachrotes Chiffonkleid und ihre langen, schwarzen Haare berührten fast das Parkett, als sie sich bei einem dramatischen Tangoschritt nach hinten bog. Fritz tanzte auch vorbei – mit Rachel. *Sie haben sich also wieder versöhnt*, dachte sie. *Er ist schon in sie verliebt, auch wenn er es nicht zugibt.*

In dem Augenblick beugte sich ein Mann, der hinter ihr stand, über das Sofa und flüsterte ihr ins Ohr: „Darf ich Sie um den nächsten Quickstep bitten?"

„Jacob!", rief sie und sprang auf.

„Ich kann's nicht glauben! Was machst du denn hier?"

„Fritz hat mir eine Einladung verschafft. Ich übernachte bei deinem Onkel und ihm."

„Dann bist du also die Überraschung, von der Fritz sprach. Dich hier zu sehen, das hätte ich mir nicht träumen lassen. Es ist schön, dich wiederzusehen."

Jacob sah sie nachdenklich an.

„Du bist ein paar Zentimeter gewachsen", sagte er. „Und du bist dünner als vorher – aber es steht dir!"

„Danke. Du hast dich nicht verändert, bis auf die Brille. Ich kann mich nicht erinnern, dass du eine getragen hast."

Jacob trug jetzt eine Hornbrille und einen korrekten Anzug. Davon abgesehen war er derselbe wie in Mürren. Seine Haare standen am Hinterkopf immer noch wirr ab und er hatte noch dieselbe untersetzte Statur. Auch den gleichen ernsthaften und interessierten Gesichtsausdruck, an den Magda sich erinnerte.

„Ach ja, die Brille", sagte er. „Letztes Jahr habe ich entdeckt, dass ich kurzsichtig bin. Du kannst dir nicht vorstellen, wie es sich mit Brille jetzt auf der Straße anfühlt. „Wie hässlich die Leute sind!", dachte ich mir. „Auf einmal sah ich alle ihre Pickel, Warzen und Falten – ziemlich deprimierend. Auf der anderen Seite", fügte er lächelnd hinzu, „siehst du hübscher aus als je zuvor."

Magda brachte dieses Kompliment in Verlegenheit. Ihr blieb eine Antwort erspart, weil eine neue Schallplatte aufgelegt wurde.

„Das ist ein Quickstep", sagte sie. „Lass' uns tanzen. Kannst du die gelaufene Linksdrehung noch?"

„Hast du Hunger?", fragte Magda nach dem Tanz. „Im Nebenzimmer gibt es eine Stärkung."

Jacob folgte ihr. Für das Buffet war eine Auswahl pikanter Speisen geliefert worden. Vom Café Otto Krumbacher kamen die Kuchen.

„Wenn du dich hinsetzt, hole ich dir, was du möchtest", sagte Jacob und deutete auf einen Tisch. „Was hättest du denn gerne?"

„Am liebsten ein großes, kühles Getränk und ein Stück Käsekuchen, wenn es einen gibt. Wenn nicht, such einfach irgendwas aus."

Um den Getränketisch herum stand eine Menschentraube. Dort hatte sich ein junger Mann freiwillig zum Bedienen zur Verfügung gestellt. Auf dem langen Tisch lag die von Liesel als Schulmädchen bestickte Decke. Alice wird sie sich wohl von Mutti ausgeliehen haben, dachte Magda. Der Raum lag im warmen Kerzenlicht. Von ihrem kleinen runden Tisch im Halbdunkel betrachtete sie die Menge, vor allem Willy und seine Tangopartnerin. Das Mädchen mit den langen schwarzen Haaren stand ganz nahe bei ihm. Er nahm immer wieder einen Schluck Wein aus dem Glas in seiner Hand; mit der anderen Hand hielt er ihre Taille fest umfasst und blickte ihr mit seinem verführerischsten Lächeln tief in die Augen. *Sie sieht so selbstsicher aus. Sie lässt sich nicht einfach so in Beschlag nehmen*, dachte Magda, als das Mädchen herausfordernd zurücklächelte. *Schade, dass ich meine Kamera nicht bei mir habe.*

In dem Raum war es schwül; die meisten jungen Leute waren aufgedreht und hatten gerötete Gesichter. Ein Junge, der immer gerne herumalberte, sagte oder tat etwas, das seine Freunde schallend zum Lachen brachte. Sie beobachtete Jacob, wie er sich mit einem Tablett einen Weg zurück zu ihr bahnte.

„Es gibt Kaviar", sagte er und stellte das Tablett ab. „Also habe ich ein bisschen was für uns mitgebracht, Käsekuchen auch."

„Hast du Urlaub?" Magda goss sich noch mehr Selterswasser in ihren weißen Riesling.

„Ja und nein. Ich bin nur für das Wochenende in Nürnberg. Meine Zeitung hat mich nämlich nach Berlin geschickt und deshalb bin ich längere Zeit in Deutschland."

„Dann bist du also Auslandskorrespondent. Das wolltest du doch immer werden, oder? Herzlichen Glückwunsch!"

„Danke. Du hast mir zu dieser Anstellung verholfen, mit deinen Briefen über das Tagesgeschehen, vor allem mit der Beschreibung des Rosenthal-Prozesses. Den habe ich praktisch unverändert vorgelegt. Er hat einen ziemlichen Aufruhr verursacht. Dutzende von Lesern haben uns geschrieben. Zuerst einmal die Moralapostel. Sie verurteilten deinen Geschichtslehrer, weil er mit einer verheirateten Frau in wilder Ehe zusammenlebte. Dann die Liberalen. Sie verurteilen die Nazis als Barbaren."

„Du liebe Güte! Wer hat gewonnen?"

„Schon eher unsere Seite, denke ich. Aber in jedem Fall hat die Kontroverse dazu beigetragen, dass die Auflage stieg und mich der Herausgeber deshalb nach Deutschland geschickt hat. Übrigens ist es offensichtlich, dass die Nazis noch selbstsicherer und forscher auftreten, als sie das bei meinem letzten Aufenthalt in Berlin taten."

„Ja, sie sind durch nichts mehr aufzuhalten, fürchte ich. Wenn du noch eine Nürnberg-Geschichte willst, solltest du Fritz überreden, dir zu erzählen, wie die Nazis die Herdfabrik der Kahns übernommen haben. Er war dabei, als es passierte."

„Ihr braucht eine Protestbewegung."

„Es wird keine geben, weil die meisten Deutschen denken, dass Hitler ein Erlöser ist. Mit Ausnahme der Juden natürlich. Viele unserer Bekannten sind ausgewandert. Wer bleibt, so wie wir, hofft immer noch darauf, das Dritte Reich würde irgendwie verschwinden. In der Zwischenzeit versuchen wir, die Nazis, wann immer möglich, zu vergessen."

Genau da brachen die Jungen, die neben der Bar standen, wieder in Gelächter aus.

„Genau wie heute Abend", fügte Magda hinzu. „Wie findest du den Abend, Jacob?"

„Wunderbar! Dieses Haus ist wunderschön und die Kahns sind einzigartige Gastgeber …"

„Aber?"

Jacob zögerte und sah sich im Raum mit seinen gewaltigen Wandspiegeln um, welche die große Zahl der ausgelassenen jungen Leute widerspiegelten.

„Ich muss an den ‚Jahrmarkt der Eitelkeiten' denken. Vielleicht hast du das Buch gelesen?"

„Ja", sagte Magda und fragte sich, was er damit sagen wollte.

„Ich musste daran denken, wie Thackeray den Ball der Herzogin von Richmond beschreibt, den sie am Abend der Schlacht um Waterloo gab. Es war ein glanzvoller Anlass, die Frauen hatten alle ihre Juwelen angelegt und flirteten mit den Männern in ihren prächtigen Paradeuniformen. Sie ignorierten die Geräusche von Napoleons Kanonen, die sie jedes Mal hören konnten, wenn die Musik verklang."

„Und doch würden am nächsten Tag viele dieser umwerfenden Männer tot auf dem Schlachtfeld liegen. Das willst du doch damit sagen?"

Magda sah wieder zu den Gästen hinüber. Willy und das Mädchen mit den langen, schwarzen Haaren waren verschwunden, dafür hatten andere sich als Pärchen gefunden. So auch Fritz; er saß mit Rachel auf einem Sofa und hatte einen Arm um ihre Taille gelegt.

„Ich weiß, was du meinst. Unsere Veranstaltung heute Abend ist zwar nicht so großartig wie der Ball der Herzogin, aber wir verhalten uns genauso wie die Leute damals."

Sie hielt inne und sagte kläglich: „Aber was sollen wir denn sonst tun?"

Jacob sah schuldbewusst drein.

„Oh mein Gott, jetzt habe ich dich traurig gemacht. Ich sollte nicht ständig über dieses Thema reden. Es tut mir leid. Möchtest du wieder tanzen?"

„Aber das macht doch nichts! Du hast mir nichts gesagt, was ich nicht sowieso schon gewusst hätte. Aber du brachtest es viel besser zum Ausdruck, als ich es könnte. Los! Ich lass noch einmal die Charleston-Schallplatte auflegen und dann zeige ich dir, wie das geht."

Jacob gab sein Bestes mit dem Charleston und nahm sich vor, über dieses Thema heute Abend nicht mehr zu sprechen.

Schließlich war es für Magda Zeit, zu ihrem Vater zu gehen, denn sie wollten zu dritt mit dem Auto nach Hause fahren.

„Ich bin auch mit dem Auto da", meinte Jacob. „Kann ich dich mitnehmen?"

Magda stimmte zu und sagte ihren Eltern Bescheid.

Die beiden saßen in Jacobs Volkswagen. Als er kein Wort sagte, sah sie ihn an: „Du denkst jetzt bestimmt, du hättest heute Abend keine Anspielung auf den Roman machen sollen. Du glaubst hoffentlich nicht, dich mit deiner Meinung zurückhalten zu müssen. Ich höre dir sehr gerne zu. Wenn ich mit dir zusammen bin, kann ich viel offener sprechen – offener als mit sonst jemandem."

Jacob lächelte etwas unsicher bei Magdas Worten. Es war weit nach Mitternacht. Er fuhr durch die verlassene Stadt und sagte kein Wort. Bis sie beim Haus der Sengers ankamen. Er stellte den Motor ab.

„Fritz hat mir erzählt, weder Heinz noch dein Vater wollen Deutschland verlassen. Stimmt das?"

„Ja, Papa ist fest entschlossen hierzublieben. Und außerdem würden wir jetzt wahrscheinlich ohnehin keine Visa mehr bekommen."

Er drehte sich zu ihr und sah sie eindringlich an.

„Magda, es gäbe da schon eine Möglichkeit, wie du Deutschland verlassen könntest."

„Wie denn?"

Er atmete tief durch.

„Du könntest mich heiraten und als meine Frau mit nach Amerika kommen."

Magda hatte schon gemerkt, dass Jacob wohl immer noch in sie verliebt war. Aber so etwas hatte sie nicht erwartet! Sie rang nach Luft.

„Jacob, das ist doch wohl nicht dein Ernst? Ich kann dich doch nicht wegen einem Pass heiraten!"

„Im Gegenteil. Ich meine es sehr ernst. Ich frage dich, ob du meine Frau werden willst, weil ich dich liebe; weil ich dich schon immer geliebt habe, seit wir uns zum ersten Mal in Mürren gesehen haben. Vielleicht liebst du mich nicht, aber ich möchte trotzdem mit dir zusammenleben und für dich da sein. Sage bitte ja."

Minutenlang saß Magda schweigend da. Dann sagte sie: „Du bist so nett. Ich bewundere dich und habe dich lieb. Ich finde es schön, dass du mich gebeten hast, deine Frau zu werden. Aber die Antwort ist nein. Ich kann dich nicht heiraten – ich werde niemals heiraten."

„Aber warum denn nicht?"

„Das habe ich mir schon lange vorgenommen. Für mich ist die Ehe ein Gefängnis."

„Was meinst du damit? Du wirst doch nicht glauben, dass ich mich in einen Frauenmörder verwandle?"

„Nein, natürlich nicht", sagte sie und tätschelte seinen Arm. „Meiner Meinung nach verliert eine Frau ihre Seele, sobald sie zur

Ehefrau wird. Das konnte ich daran erkennen, wie sich das Leben meiner Großmutter nach ihrer Heirat veränderte. Und das sehe ich auch bei meiner Mutter und ihren Freundinnen. Nimm' Papa, zum Beispiel. Er liebt meine Mutter sehr, aber er behandelt sie wie ein Kind. Und Alice? Sie ist Leopolds Sklavin."

„Sie gehören alle einer anderen Generation an. Ich könnte gar nicht wie Anton oder Leopold sein, selbst wenn ich es wollte. Meine Mutter hat mir gezeigt, dass Frauen genauso talentiert und fähig sind wie Männer. Ich war noch ein Kind, als mein Vater starb und meine Mutter ohne Geld dastand. Sie hatte vorher nicht gearbeitet, um den Lebensunterhalt zu verdienen. Doch nun machte sie ein Übersetzungsbüro auf und war damit erfolgreich. Ich verspreche dir, dich immer als ebenbürtig zu behandeln, was du ja auch bist."

„Ich zweifle nicht an deinem guten Willen, aber ich fürchte, der soziale Druck würde sich als zu stark erweisen."

Jacob sagte nichts mehr. Er stieg aus und ging um das Auto herum, um Magda die Tür zu öffnen. Unschlüssig und vor den Kopf gestoßen blieb er vor Magda auf dem Gehsteig stehen. Sie bat ihn: „Lass' uns doch bitte nicht streiten!" Sie sah ihn an, nahm ihm die Brille ab und steckte sie in die Brusttasche seines Jacketts. Er blickte ihr fragend in die Augen. Dann nahm er sie in die Arme und küsste sie. Es wurde ein langer Kuss. Daraufhin meinte Jacob: „Dann bin ich also doch nicht nur ein Mann, mit dem du gerne redest?"

„Oh nein! – Du bist weit mehr als das."

„Liebste Magda", sagte er und küsste sie noch einmal. Dieses Mal weniger fordernd, viel zärtlicher.

Auf einmal ging in Antons und Liesels Schlafzimmer das Licht an. Magda sah erschrocken nach oben, löste sich.

„Ich muss jetzt gehen, Jacob. Gute Nacht."

Sie ging die Stufen zur Eingangstür hoch. Da sagt Jacob leise: „Ich werde nicht aufgeben. Genauso wenig wie William Dobbin im ‚Jahrmarkt der Eitelkeiten'. Er wollte Amelia unbedingt; aber sie lehnte ihn ab. Am Schluss hat er sie doch erobert."

Jacob hatte vor, öfter nach Nürnberg zu kommen. Genauer gesagt, so oft wie möglich. Immer dann, wenn er von Berlin wegkäme. Aber es kam anders. Kurz nach dem großen Abschiedsfest bei

Familie Kahn erkrankte seine Mutter schwer. Er ging zurück nach New York, weil er ihr einziges Kind war; es gab niemanden sonst, der ihre Betreuung hätte sicherstellen können. Magda schrieb Jacob weiterhin nach Berlin, war sich aber nicht sicher, ob sie ihn jemals wiedersehen würde.

Kapitel 18

Als Magda am neunten November nach unten zum Frühstück ging, war ihr Vater bereits mit dem Essen fertig. Er durchblätterte ein dickes, in Leder gebundenes Buch. Sie war überrascht, denn er las nie beim Essen. Dann fiel ihr auf, dass es sich um ein Briefmarkenalbum handelte.

„Das gehörte meinem Vater. Er war ein eifriger Sammler. Er muss enttäuscht gewesen sein, als ich für seine Sammelleidenschaft nie Interesse zeigte."

Das Album kam Magda seltsam bekannt vor. Plötzlich wurde es ihr klar. In der Halle hing ein Portrait ihres Großvaters. Er hielt ein Buch in Händen, von dem sie immer angenommen hatte, es zeige eine dicke wissenschaftliche Abhandlung. Erst jetzt erkannte sie, dass es dieses Album war.

„Mein Vater riet mir bei seinem Tod, es sorgsam aufzubewahren, auch wenn ich selbst kein Interesse hätte, seine Sammlung weiterzuführen. Einige der Briefmarken seien nämlich wertvoll. Und zweifelsohne sind sie das auch. Ich kann mich noch gut erinnern, wie aufgeregt er war, als es ihm gelang, eine ‚Black Penny'-Briefmarke zu erwerben."

„Willst du ein solches Erbstück wirklich verkaufen?", fragte Liesel. „Das wäre doch schade!"

„Ich weiß es noch nicht. Aber ich fahre jedenfalls nach München und lasse es schätzen."

„Warum gerade nach München?"

„Dort kenne ich einen Händler mit gutem Ruf, Da Gama. Er ist auch Jude. Ich kann mich auf seine Aussage verlassen, was die Briefmarken wert sind. Ursprünglich stammt er aus Portugal, er lebt aber schon seit Jahren in München."

Damit nahm Anton das Album und machte sich für die Fahrt fertig. Ehe er aus dem Haus ging, küsste er Liesel und sagte: „Neben Da Gama muss ich mich noch mit ein paar anderen Leuten in München treffen. Ich werde also über Nacht bleiben."

Dann umarmte er Magda.

„Pass gut auf deine Mutter auf!"

Nach ihrem Geburtstag im Juli war Magda von der Schule abgegangen. Ihr Tagesablauf folgte seitdem einem mehr oder weniger genauen Plan. Drei Mal die Woche ging sie zu Paul Gutmann und half ihm. Manchmal durfte sie Portraitaufnahmen machen, vor allem von Kindern, weil sie bei ihr nicht so schüchtern waren. Die meiste Zeit jedoch verbrachte sie in der Dunkelkammer und entwickelte selbstständig die Negative.

„Ihr Mann hat mir wirklich schon sehr viel beigebracht", sagte sie zu Pauls Ehefrau Hedy, als sie am späten Nachmittag einmal Kaffee tranken.

„Du hast fleißig gearbeitet", antwortete Hedy. „Paul sagt, du hast das Talent zu einer guten, vielleicht sogar zu einer künstlerischen Fotografin."

Magda brachte sich auch selbst das Maschinenschreiben bei. Fritz überließ ihr eine alte Schreibmaschine, die er auf dem Dachboden zu Hause gefunden hatte. Jetzt konnte sie die Briefe, die sie Jacob immer noch schrieb, selbst tippen. Sie hatte ihren Eltern nichts von seinem Antrag erzählt, weil sie so verwirrt war. Als er sie nach der Feier bei Kahns geküsst hatte, glaubte sie, in ihn verliebt zu sein. Und doch machte ihr die Vorstellung zu heiraten Angst. Fritz war der Einzige, der sonst noch von dem Antrag wusste, weil ihn Jacob ins Vertrauen gezogen hatte.

„Was hast du gesagt?", fragte ihn Magda.

„Ich habe ihm gesagt, du bist zu jung. Das bist du auch wirklich. Für dein Alter bist du noch etwas naiv."

Magdas schickte nun ihren Brief nach New York, wohin er zurückgekehrt war, als seine Mutter einen Herzanfall bekam. In seiner Antwort schrieb er, dass die Ärzte, was die Aussichten der Mutter auf schnelle Erholung betrifft, zuversichtlich seien.

„Sie hat zu lange und zu viel gearbeitet", schrieb er. „Ich werde darauf bestehen, dass sie es von jetzt an etwas ruhiger angeht."

Jacobs nächster Brief war kurz und kaum verständlich. Adele Robbins hatte einen zweiten Herzanfall erlitten und war nun tot. Magda, die über die internationale Auskunft Jacobs Telefonnummer in Erfahrung brachte, rief ihn an. Sie redete lange mit ihm und versuchte, die richtigen Worte zu finden. Er weinte während des ganzen Telefonats.

Eine Zeitlang hörte Magda nichts von ihm. Dann erhielt sie einen Brief. Die Zeitung wolle ihn wieder nach Berlin schicken. Da begann Magda erneut, für ihn Tagebuchnotizen über das Leben in Nürnberg zu verfassen.

Ihr Eintrag für den 9. November begann mit den folgenden Worten: „Alles hier ist so wie immer, nicht besser und nicht schlechter."

Für diesen Abend hatte Liesel ihren Bruder zum Abendessen eingeladen. Fritz verbrachte den Abend in Neumarkt. Er nahm an einer Jam Session seiner begeisterten Jazzfreunde teil. Liesel wollte nicht, dass ihr Bruder zu viel allein war. Jetzt, wo keine Johanna mehr da war, die nach ihm hätte sehen können, vergaß er oft zu essen. Flory hatte für die drei ein leichtes Abendessen vorbereitet. Vorab gab es eine Hühnersuppe, gefolgt von Blinis, einer von Liesels Spezialitäten. Sie waren mit Blaubeeren gefüllt, die sie und Magda auf einem Spaziergang im Wald gesammelt hatten.

Beim Essen fragte Liesel ihren Bruder, wie es mit seiner Arbeit vorangehe. Sein Gesicht hellte sich auf: „Ich habe die Kammermusik vorübergehend aufgegeben und angefangen ein Konzert zu komponieren – Gott allein weiß, ob es jemals aufgeführt wird. Kein Musikstück wird in Deutschland mehr gespielt, wenn es von einem Juden komponiert wurde."

„Wie wäre es, wenn du es im Ausland versuchst?", schlug Liesel vor.

„Das werde ich mir noch mal überlegen. Mit dem Konzert läuft es nicht schlecht; trotzdem habe ich erst den ersten Satz fertig."

Danach schlug Heinz vor, Liesel könne doch etwas für sie spielen.

„Was wollt ihr denn hören?", fragte sie im Musikzimmer.

„Schubert", schlug Heinz vor.

„Ja bitte!", sagte Magda spontan, „ich liebe seine ‚Impromptus'."

Es war einer der Tage, an denen Liesel voller Energie war. Über eine Stunde spielte sie Schumann und Schubert; darunter auch das verträumte dritte ‚Impromptu', auf das Magda gehofft hatte.

„Spiel doch bitte weiter, wenn du nicht müde bist", bat Heinz.

„Na gut!", erklärte sich Liesel lächelnd bereit. „Ich werde ein paar ‚Préludes' von Debussy spielen. Ich habe sie eben erst einstudiert."

Nach ‚Das Mädchen mit den flachsblonden Haaren' spielte sie ‚Die versunkene Kathedrale'.

„Warum ist sie versunken?", fragte Magda, als die letzten vollen Töne verklungen waren. Liesel gab eine ausweichende Antwort. „Die Kathedrale ist jetzt von einem französischen See überflutet – ich weiß allerdings nicht, wie das zustande kam. Man sagt, man könne ihre Glocken noch immer gelegentlich hören. Diesen Klang versucht Debussy in seiner Musik nachzuempfinden."

„Debussy passt gut zu dir", sagte Heinz.

„Da könntest du recht haben", stimmte ihm seine Schwester zu. „Ich werde noch andere seiner zahlreichen Klavierstücke üben."

„Das war ein wunderschöner Abend!", sagte Magda, als sich ihr Onkel verabschiedete.

Von den zwei Debussy-Stücken mochte Liesel ‚Das Mädchen mit den flachsblonden Haaren' am liebsten. Aber als sie an diesem Abend zu Bett ging, erschien ihr im Traum die Kathedrale unter dem Wasser. Was war da vorgefallen? War es eine Naturkatastrophe oder war es ein Werk von Menschenhand? Hatten dort auch Häuser gestanden? War jemand ertrunken?

Es war stockdunkel, als Liesel mitten in der Nacht von einem heftigen Getrommel geweckt wurde. Jemand hämmerte gegen die Haustür und es gab ein riesiges Geschrei. Sie hörte Flory nach draußen rufen:

„Wer ist da? Was wollt ihr?"

Dann war eine andere Stimme zu hören: „Macht sofort auf! Wenn ihr nicht wollt, dass wir die Tür aufbrechen."

Flory schien die Tür aufgemacht zu haben. Magda hörte ihre lautstarken Proteste.

„Haut ab, ihr Kerle. Ihr seid ja betrunken!"

Dann stieß sie einen Schrei aus und man hörte einen dumpfen Schlag, als ob sie gestürzt sei oder als ob man sie zu Fall gebracht hätte. Da war Magda schon aus dem Bett gesprungen und hatte das Licht angeschaltet. Sie sah auf die Uhr. Es war fast Mitternacht. Sie wollte gerade hinaus auf den Flur gehen, als sie jemanden mit schweren Schritten die Treppe hochkommen hörte. Sie zögerte kurz, doch da wurde ihre Schlafzimmertür schon aufgerissen. Sie wich zurück und ein halbes Dutzend Jugendliche drängten in ihr Zimmer. Vier von ihnen waren Mitglieder der SA, die anderen zwei waren jünger, sie trugen keine Braunhemden-Uniform. Alle hatten einen Vorschlaghammer und ein Messer dabei.

Lachend fingen sie an, die Möbel kurz und klein zu schlagen, fegten alles von den Regalen herunter, zerschlugen den großen Standspiegel, sodass die Splitter durch die Gegend flogen. Zwei wankten zu dem großen, schweren Kleiderschrank hin und versuchten, ihn umzuwerfen. Aber sie waren zu betrunken und gaben es auf. Ein anderer Junge – er sah jünger als Magda aus und trug keine Uniform – schlitzte mit einem Messer ihr Federbett auf. Magda wollte durch die Tür entkommen, aber einer der kräftigeren SA-Männer hielt sie an ihrem Nachthemd fest und riss es ihr dabei vom Leib. Splitternackt stand sie wie versteinert da. Die anderen stellten sofort ihre Aktionen ein und starrten Magda an, ohne ein Wort zu sagen. Da öffnete einer langsam seinen Gürtel und kam auf sie zu. Sie stieß einen erstickten Schrei aus.

Ein viel älterer Mann erschien in der Tür. Er erfasste die Situation schlagartig.

„Raus!", befahl er. Die Jungen schlichen sich kleinlaut in den Flur und ließen Magda von Angesicht zu Angesicht mit dem SA-Führer stehen. Seine Uniform war makellos, aber sie sah nur die Pistole an seinem Gürtel. Er musterte sie von oben bis unten und sagte verächtlich: „Zieh dir was an! Wo sind deine Kleider?"

„Hier im Schrank." Sie deutete auf das schwere Möbelstück.

„Hol` sie dir!", befahl er ihr. Dann machte er zackig auf dem Absatz kehrt und ließ sie allein.

In dem Moment, als Magda den Schrank öffnete, fiel das Möbelstück auf sie. Die Jungen, die ihn hatten umwerfen wollen, hatten dabei einen der geschnitzten Füße beschädigt. Glücklicherweise wurde der Schrank vom Fußteil des Bettes abgefangen. Mit blauen Flecken, aber ansonsten unverletzt, kroch sie darunter hervor. Das große Fenster war eingeschlagen, ein Windstoß wirbelte Federn aus der aufgeschlitzten Bettdecke durch das ganze Zimmer und brachte sie zum Husten. Dadurch kam sie wieder zu sich. Vorsichtig fischte sie einen Mantel unter dem umgestürzten Schrank hervor, zog ihn an und ging aus dem Zimmer, um ihre Mutter zu suchen.

Das Haus war wieder still und sie dachte, die Randalierer seien verschwunden. Dann hörte sie ein merkwürdig kratzendes Geräusch unten in der Eingangshalle. Sie spähte über das Treppengeländer und sah, wie ein Junge mit seinem Messer die Leinwand des Porträts ihres Großvaters aufschlitzte. Er drehte sich um und sie erkannte ihn. Es war Wolfgang Bremmer. Er hielt inne, als er Magda sah. Er schrie „Du Hure! Du Judenschlampe!" und rannte zur offenen Tür hinaus.

Magda hörte ihre Mutter rufen und verzweifelt an ihrer Schlafzimmertür rütteln. Die Braunhemden hatten sie eingeschlossen. Magda fand den Schlüssel ein paar Meter entfernt am Treppenabsatz und befreite ihre Mutter. Sie fielen sich in die Arme und schluchzten vor Erleichterung, wieder vereint zu sein.

Flory traf beide unten an der Treppe. Sie war in Tränen und rang die Hände.

„Wenn das unser Führer wüsste!", jammerte sie ständig. Er würde dieses betrunkene Pack betrafen."

„Wo ist das Telefon?", fragte Liesel. „Ich muss meinen Bruder anrufen."

Sie fanden es auf dem Fußboden unter der Tischwäsche, die sie aus einer Kommode herausgerissenen und verstreut hatten. Während Liesel versuchte, Heinz zu erreichen, hob Magda die Tischdecke auf, die ihre Mutter bestickt hatte. Jemand musste sich geschnitten und sie zum Abwischen des Blutes verwendet haben. Magda ließ die mit Blut befleckte Decke wieder fallen. Liesel legte den Hörer auf und sagte: „Bei Heinz funktioniert das Telefon nicht. Ich habe es gemeldet und werde es später nochmal versuchen."

Sie gingen ins Esszimmer, wo der Boden mit zerbrochenem Glas und Porzellan übersät war. Was einmal die Esszimmerstühle waren, lag nun als zertrümmerter Haufen Holz vor dem Kamin. Als sie das Musikzimmer erreichten, schrie Liesel auf: „Wo ist der Flügel!" Sonst hatten sie nichts angerührt, aber der Flügel war weg. Magda ging auf die offene Doppeltür auf den Balkon hinaus; das Geländer war kaputt. Sie machte vorsichtig einen Schritt nach vorne, blickte hinunter und schrie. Liesel rannte zu ihr.

„Vorsicht, Mutti!", rief Magda und hielt ihre Mutter am Arm fest. „Bleib stehen!" Im Licht des Morgens blickten sie auf den Steinway-Flügel, der zertrümmert unten auf der Terrasse lag.

Flory schaute in die entsetzten Gesichter der beiden und brachte kein Wort heraus. Sie drehte sich um und sagte: „Ich mache ein Kaffee – falls noch welcher da ist."

Die Küche war ein Chaos, denn die Braunhemden hatten alle Inhalte der Gläser und Tüten, die sie finden konnten, auf den Boden ausgeleert. Eine Einkaufstasche, die Flory noch nicht ausgeräumt hatte, war offensichtlich übersehen worden. Darin fand sich eine Tüte Kaffee. In der Küche standen noch ein paar heile Stühle, auf denen man sitzen konnte. Also räumte sie die Scherben vom Tisch und kochte Kaffee. Sie stellte die Kanne und ein paar henkellose Tassen hin und ging ihre Hausherrin und Magda holen. Liesel versuchte, erneut ohne Erfolg, Heinz zu erreichen. Als sie in die Küche kamen, griff Flory nach einem Besen.

„Ich fange dann mal mit dem Zusammenkehren an", sagte sie.

„Wozu denn?", sagte Liesel. „Hol' dir auch eine Tasse! Setz dich zu uns und trink einen Kaffee!"

Bei Tagesanbruch saßen sie immer noch zu dritt beim Kaffee und sprachen über das Geschehen der vergangenen Nacht. Schon wieder donnerte jemand mit den Fäusten gegen die Haustür. Sie sahen einander bestürzt an.

„Ich gehe schon", sagte Liesel und sprang auf. Einen Moment später hörte Magda sie sagen: „Er ist nicht da."

Unmittelbar danach standen zwei SS-Offiziere in der Küche.

„Wo ist Anton Senger?", verlangte einer von ihnen zu wissen. Er sprach Flory an und die antwortete: „Er ist gestern Morgen nach München gefahren und ist noch nicht zurück."

Mit dieser Antwort gaben die Offiziere sich nicht zufrieden und durchsuchten das ganze Haus nach Anton. Schließlich gingen sie wieder und knallten die Tür hinter sich zu.

„Ich muss gehen und nach Heinz schauen", erklärte Liesel, nachdem sie ein drittes Mal vergebens versucht hatte, ihn anzurufen.

„Ich komme mit", sagte Magda. Auf ihrem Weg zu Heinz rochen sie Rauch. Zu ihrem Entsetzen merkten sie, dass die Synagoge in Brand gesteckt worden war. Sie schwelte noch immer. Der Rabbi sammelte auf dem Gehsteig Fetzen von Thorarollen auf. Ein Stück Pergament verfing sich an Magdas Knöchel. Sie hob es auf und gab es dem alten Mann. Er dankte ihr, erkannte sie aber nicht. Anlässlich der Bar Mitzwa von Fritz, war sie das letzte Mal in der Synagoge gewesen.

SS oder Braunhemden waren nicht unterwegs, als sie durch die Stadt gingen. Wohl aber eine Menge Schaulustiger, die über die Glasscherben auf dem Bürgersteig liefen. Die Fenster aller jüdischen Geschäfte waren eingeschlagen. Es waren auch Plünderer unterwegs und keiner hinderte sie daran wegzuschleppen, was sie nur konnten. Magda sah eine alte Frau mit einer Schubkarre, vollbeladen mit einem Berg von Kleidung. Sie kam aus dem Geschäft, in dem Mutti ihr das gelbe Seidenkleid gekauft hatte.

Als Magda und ihre Mutter aus der Straßenbahn ausstiegen, wurde ihnen der Weg von einer Menschenmenge versperrt, die um eine weinende Frau herumstand. Sie hielt eine auf der Straße liegende junge Frau in ihren Armen.

„Wach auf, Sophie! Wach auf!", sagte sie immer und immer wieder. Es war ihre Tochter, die in Panik aus dem Schlafzimmerfenster gesprungen war.

Als sie beim Haus von Liesels Bruder ankamen, sahen sie Fritz herauskommen.

„Vater ist nicht da!", sagte er. „Ich bin gerade erst zurückgekommen. Die Nachbarn sagen, die SS hätte ihn mitgenommen. Ich gehe jetzt zur Polizeiwache."

Liesel verschnaufte kurz, hielt ihn am Arm fest und sagte: „Magda und ich kommen mit."

„Nein, besser nicht. Ihr seht aus, als hättet ihr schon genug durchgemacht."

„Uns geht's gut", sagte Liesel. „Die Braunhemden haben das Haus verwüstet, aber uns nicht angerührt."

„Hier waren sie auch. Geht einfach rein und schaut euch um. Ich würde lieber allein zur Polizei gehen. Ich werde versuchen, mit

Gerhard Richter zu sprechen, dem Polizeibeamten, der mich damals hat gehen lassen. Er ist ein anständiger Mensch."

Mit diesen Worten gab er seiner Tante die Schlüssel. Bereits im Gehen sagte er: „Wartet auf mich, wenn ihr könnt. Wenn ihr geht, braucht ihr nicht abschließen, es gibt nichts mehr, was sich zu stehlen lohnt."

Liesel stolperte fast über das auf dem Flurboden liegende Telefon. Das Kabel war aus der Wand gerissen. Die Bücherregale waren alle leergefegt und Magda wurde klar, woraus der rauchende Haufen im Hof bestand. Sie hörte Mutti schluchzen und fand sie inmitten kaputter Grammophonplatten.

„Sie haben sie alle zerbrochen", rief sie. „Ach, der arme Heinz!" Magda fand noch eine heile Schallplatte, Mahlers ‚Lied von der Erde'. Sie legte sie vorsichtig auf den Tisch neben den Stuhl ihres Onkels.

Fritz war noch nicht wieder zurück, als Liesel zu Magda sagte: „Ich muss jetzt nach Hause. Ich will da sein, wenn Papa kommt – falls er kommt. Nur Gott weiß, was ihm passiert ist! Du bleibst hier, um zu sehen, was Fritz herausgefunden hat."

„Sollte ich nicht lieber mitkommen?", fragte Magda und sah ihre Mutter an, die zitterte und blasser denn je war.

„Nein! Bleib' hier und finde heraus, was mit Heinz geschehen ist. Mir passiert schon nichts."

Bevor Magda noch etwas sagen konnte, war sie schon fort.

Nach anderthalb Stunden kam Fritz nach Hause.

„Vater ist in Dachau. Es ist mir gelungen, Richter abzupassen, als er gerade ins Präsidium ging. Er meint, er kann nichts tun."

Fritz warf sich der Länge nach auf das kaputte Sofa und vergrub sein Gesicht in den Händen.

„Hat er etwas gesagt, warum Onkel Heinz festgenommen wurde? Was soll er getan haben?"

„Das habe ich auch gefragt. Ihm wurde gar nichts zur Last gelegt. Damit ist er nicht allein. Auf dem Präsidium waren viele Frauen, auch Alice Kahn und Traudels Mutter. Die SS hat auch Leopold und Professor Feldheim mitgenommen."

„Komm mit mir nach Hause", sagte Magda. „Vielleicht ist Papa inzwischen da. Vielleicht weiß er ja, was zu tun ist."

„Vielleicht auch nicht. Er wurde vermutlich auch festgenommen. Richter meinte, sie hätten mich auch festgenommen, wenn ich da gewesen wäre. Geh' du nur nach Hause, Magda. Ich fahre nach Dachau und sehe mal, was ich dort herausfinden kann."

Fritz sprang vom Sofa auf und ging in sein Zimmer, um seinen Rucksack zu suchen. Magda half ihm, einen zusätzlichen Pulli, Schuhe und ein paar andere nötige Dinge einzupacken, die sie in der Unordnung finden konnte.

Magda sah den Ausdruck von Verzweiflung auf seinem Gesicht.

„Wir müssen jetzt alle zusammenhalten. Pass auf dich auf und komm zu uns, sobald du kannst."

„Ganz bestimmt, sobald ich herausgefunden habe, was mit Vater los ist."

Kapitel 19

Anton kehrte am übernächsten Tag zurück. Er humpelte in das Esszimmer. Sein blauer Anzug war zerrissen und mit Schmutz befleckt. Er nahm das zerschlagene Tafelservice zu seinen Füßen kaum wahr, sondern gab nur einen Befehl: „Fangt an zu packen! Wir gehen."

„Was ist passiert?", wollte seine Frau wissen und schaute die tiefe Schnittwunde auf seiner Stirn an, auf der ein Pflaster klebte, das sich langsam ablöste.

„Was haben sie mit dir gemacht?"

„Das erzähl' ich euch später. Tut jetzt einfach nur, was ich sage!"

Magda spürte den Ärger und die Angst in seinem Gesicht.

„Ja", sagte Liesel, „aber zuerst muss ich mich um deine Schnittwunde kümmern."

Magda blieb in der Nähe und hoffte darauf, weitere Details zu erfahren, während sich ihr Vater die Wunde versorgen ließ. Er wollte nicht sagen, wie man ihn so zugerichtet hatte. Nur, dass ein Brillenglas zu Bruch ging und ihm dabei diese Wunde zugefügt habe.

„Wir gehen also?", fragte Liesel nach. „Bist du dir auch ganz sicher?"

„Oh ja, ganz sicher! Ich weiß zwar noch nicht, wohin es uns verschlägt, aber in Deutschland gibt es keinen Platz mehr für uns."

Magda begriff, was auch immer ihrem Vater in München zugestoßen war, es muss grauenhaft gewesen sein.

„Was ist mit unseren Visa?", fragte sie.

„Da Gama gab mir eine schriftliche Einladung, ihn in Lissabon zu besuchen", antwortete er. „Damit müssten wir aus Deutschland herauskommen können."

Liesel war wegen der finanziellen Lage besorgt.

„Was war nun eigentlich mit den Briefmarken los?", wollte sie wissen.

„Die werden unsere Lebensrettung sein", verkündete Anton. „Da Gama hat gesagt, dass sie ziemlich viel wert sind. Er wollte sie aber nicht kaufen, weil er sich nicht sicher sein kann, beim Verkauf in München einen fairen Preis zu erzielen. Er riet mir, einen Käufer im Ausland zu suchen und das werde ich auch tun."

„Wir ziehen also nach Portugal?", fragte Magda.

„Nein. Wir werden dorthin gehen, weil Da Gama seine Mutter besuchen will und wir uns dort treffen wollen. Die Braunhemden haben sein Geschäft in München verwüstet. Jetzt will er nach Chile emigrieren, wo ihm ein Briefmarkenhändler die Partnerschaft in seiner Firma angeboten hat. Da Gama meint, unsere Chancen für Visa nach Chile seien in Lissabon besser."

„Chile!", rief Magda aus. „Aber wir kennen doch gar niemanden dort und die Sprache können wir auch nicht. Welche Sprache sprechen sie dort? Portugiesisch?"

„Wir werden dort nicht die einzigen Deutschen sein. Übrigens, man spricht dort Spanisch. Wir werden es schon lernen."

„Das werden wir müssen", sagte Liesel. Sie war erleichtert, dass sie überhaupt irgendwohin gehen wollten. Je länger Magda darüber nachdachte, umso mehr konnte auch sie sich mit diesem Plan anfreunden. Überall würde es besser sein als in Nürnberg, wenn sie an Wolfgangs hasserfülltes Gesicht dachte; ein Junge, den sie seit Kindertagen kannte. Oder an ihre Hilflosigkeit, als der andere betrunkene Rüpel sie in ihrem Zimmer vergewaltigen wollte.

In den nächsten Tagen war viel zu tun. Auch Fritz war oft bei ihnen. Sein Vater war immer noch in Dachau. Dagegen hatte man Leopold Kahn und Professor Feldheim beinahe umgehend freigelassen. Sie konnten beweisen, dass sie das Land verlassen würden. Man riet Fritz, nicht nach Dachau zu gehen, um Neues über seinen Vater zu erfahren. Er könnte dabei selbst verhaftet werden. Liesel dagegen fuhr hin, ohne zu erfahren, wann oder ob überhaupt ihr Bruder entlassen würde. In der Zwischenzeit versuchte Fritz, Visa für irgendein Land zu bekommen, das bereit wäre, ihn und seinen Vater aufzunehmen. Allerdings waren die Konsulate nach dem 9. November alle von Leuten überrannt, die dasselbe wollten.

Es war schwer, nicht die Hoffnung zu verlieren. Eines Abends war er etwas besserer Stimmung und kam zum Abendessen bei seinem Onkel und seiner Tante in deren verwüstetem Haus vorbei. Da es keine heilen Esszimmermöbel mehr gab, picknickten sie auf dem Boden. Beim Essen verkündete er: „Ich habe ein bisschen Glück gehabt. Vor ein paar Tagen traf ich einen jungen Franzosen, der immer bei unseren Jam Sessions war. Ich wusste nicht, dass er beim Konsulat arbeitet. Er ist davon angewidert, was hier passiert ist. Egal, lange Rede, kurzer Sinn: Er kümmert sich darum, dass Vater und ich auf die Visa-Warteliste für Frankreich gesetzt werden."

„Was für eine Erleichterung!", sagte Anton.

„Ja, es ist ein Anfang. Ich muss auch den Levys danken. Lilly hat mir einen Brief geschrieben, in dem sie zusagt, dass sie und August uns unterstützen würden, und den konnte ich beim französischen Konsulat vorweisen.

„Wie geht es den Levys?", fragte Magda.

„Lilly klang ganz fröhlich. Sie hat noch keine Anstellung als Sängerin, hofft aber, bald eine zu bekommen. August hat Arbeit bei einem Theater in ‚Montmartre' gefunden. Sie schreibt auch, Lotte rede so viel wie eh und je – jetzt auf Französisch."

„Wird die Position auf einer Warteliste Heinz aus Dachau herausbekommen?", fragte Liesel.

„Das glaube ich nicht", antwortete Fritz niedergeschlagen. „Zumindest nicht, bis ich ein festes Datum vorweisen kann. Der Beamte im Konsulat meinte, das könne bis zu zwei Jahre dauern."

Die Feldheims hatten ihre Visa für Palästina. Sie wären schon vor der ‚Kristallnacht', wie man sie jetzt nennt, aufgebrochen, mussten aber auf Traudel warten. Sie war noch auf dem Rückweg von dem zionistischen Ausbildungshof in Norddeutschland. Magda ging zu ihnen, um sich zu verabschieden. Als sie auf das Haus zuging, sah sie, dass die Haustür aus den Angeln hing. Kaum war sie im Haus, als auch schon Sonja kam und sie umarmte.

„Geht es euch gut? Wir haben gehört, dein Vater soll verletzt worden sein?"

„Ja, er wurde angegriffen, aber er redet nicht darüber, also können Mutti und ich nur rätseln, was ihm passiert ist. Gott sei Dank ist er aber nicht ernsthaft verletzt – nur ein paar Blessuren und blaue Flecken."

Sonja schüttelte den Kopf.

„Es hat ihn sicher tief getroffen. Das muss man sich mal vorstellen, dass so ein angesehener Mann wie dein Vater von diesen

Schweinen zusammengeschlagen wird – das alles passiert jetzt viel schneller als Bernhard und ich es für möglich gehalten haben."

„Ja. Und wie geht es Ihnen?"

„Uns geht es allen gut. Na ja, morgen brechen wir auf. Bald wird das alles hinter uns liegen."

„Die Braunhemden haben Muttis Puppen verbrannt." Ezra war gerade aufgetaucht. „Es ist ein Wunder, dass sie nicht das ganze Haus in Brand gesteckt haben."

Professor Feldheim kam die Treppe herunter. In Dachau hatte man ihm den Bart und die Haare abrasiert. Magda starrte seinen kahlen Schädel an. Ezra kommentierte Magdas erstaunten Blick: „Sie haben ihn so hergerichtet, dass er wie der Tod auf den alten Bildern aussieht. Was meinst du? Jetzt fehlt ihm nur noch eine Sense."

„Nun übertreibe mal nicht, Ezra!", widersprach er, fuhr sich mit der Hand über den Kopf und lachte: „Für einen kalten November-tag ist es nicht gerade die passende Frisur. Aber in Palästina wird sicher die Sonne scheinen."

Da kam auch Traudel die Treppe heruntergerannt. Sie ergriff Magdas Hände.

„Jehova sei Dank, dass es dir gut geht! Jetzt bleibt ihr doch sicher nicht mehr hier?"

„Nein. Wir gehen auch weg. Es wird uns vielleicht nach Chile verschlagen."

Darauf Traudel: „Ich wünschte, ihr kämt auch mit nach Palästina. Das ist auch nicht weiter weg als Südamerika und es ist der richtige Ort für uns Juden."

„Wir sollten jetzt nicht noch einmal mit diesem Thema anfangen", meinte Ezra.

„Nein", schloss sich sein Vater an, „darüber haben wir oft genug diskutiert. Es ist schon traurig, dass sich meine düsteren Prophe-zeiungen nun bewahrheiten."

„Haben Sie denn mit einer solchen Nacht gerechnet?", wollte Magda wissen.

„Also, ein Pogrom habe ich nicht erwartet. Aber nach dem Tod des Diplomaten in Paris befürchtete ich schon, dass es Ärger geben würde."

„Sie meinen den, der von einem Polen erschossen wurde?" Magda erinnerte sich, von Onkel Heinz von einem jungen jüdischen Mann gehört zu haben. Er hatte mit einem Revolver auf einen Beamten in der deutschen Botschaft geschossen.

„Ja, ich war nicht überrascht, dass sein Tod für einen öffentlichen Aufschrei sorgte. Ich konnte aber nicht ahnen, dass Dr. Goebbels dies als Anlass nehmen würde, das Volk zu einer ‚spontanen Demonstration', wie er sagte, aufzuwiegeln. Natürlich war nichts spontan. Alles war organisiert." Der Professor seufzte müde.

„Die SA hatte im ganzen Land ihre Anweisungen erhalten", fügte Traudel hinzu. „Auf dem Hof in Fürstenwalde erzählte man uns, in Berlin hätten sie jüdische Wohnungen und Geschäfte verwüstet. Auf meiner Zugfahrt zurück nach Nürnberg sprachen die Leute davon, auch an anderen Orten seien Wohnungen geplündert und Synagogen in Brand gesteckt worden."

Besonders nachdenklich wurde Magda, als Professor Feldheim den Begriff ‚Pogrom' verwendete. Auf ihrem Nachhauseweg durch den Park kam ihr wieder sehr deutlich ihr 11. Geburtstag in den Sinn. Es war schon eine Ewigkeit her. Ihr Vater hatte ihnen damals allen versichert, in Deutschland gebe es keine Pogrome.

Das Packen war schnell erledigt. Sie konnten nur so viel mitnehmen, wie in das Auto passte. Anton packte Wäsche und Kleidungsstücke in seinen Koffer. Vorher aber rollte er noch vorsichtig die beschädigte Leinwand vom Portrait seines Vaters zusammen und legte sie ganz unten in den Koffer. Auch löste er die wertvollsten Briefmarken aus dem Album heraus und steckte sie sorgfältig in einen Umschlag.

„Wie gut, dass man sie so leicht bei sich tragen kann", meinte er.

„Es wäre aber vielleicht besser, wenn wir sie verstecken", schlug Liesel vor. Sie nähte sie in seinen Hosenaufschlag ein.

In der verbleibenden Zeit schaute Herr Senger noch bei seinen restlichen, in Nürnberg verbliebenen Mandanten vorbei, um ihnen zu sagen, dass er nichts mehr für sie tun könne. Und er hob natürlich noch sein Geld ab, ehe die Bank sein Konto sperren würde. Einen Teil davon gab er Liesel. Sie solle davon Kleidung und sonstige

Dinge kaufen, die man an der Grenze nicht beschlagnahmen würde. Den Rest gab er Flory, die zu ihrer Schwester ziehen würde. Sie war noch immer ganz durcheinander und redete sich ein, der Überfall auf das Haus der Sengers sei lediglich eine vollständig aus dem Ruder gelaufene Aktion von betrunkenen und randalierenden Jugendlichen gewesen.

„Nein, gnädiger Herr", sagte sie zu Anton, als er ihr ein Bündel Geldscheine geben wollte. „Wenn Sie zurückkommen, werden sie es brauchen."

„Nimm das Geld!", antwortete er. „Ich kann nur zehn Reichsmark mit ins Ausland nehmen und wir kommen auch nicht mehr zurück."

Ehe Magda zu packten anfing, setzte sie sich hin und tippte einen Brief an Jacob, der wieder zurück in Berlin war. Sie erzählte ihm, was in der Stadt vorgefallen war und in ihrem Haus passiert war, als die SA-Männer kamen - fast alles. Sie brachte es nicht über sich, ihm wirklich alles zu erzählen, was in ihrem Zimmer geschehen war.

Der schwierigste Teil ihres Briefes bestand darin, Jacob klarzumachen, dass sie nun fortgingen, ohne genau zu wissen wohin eigentlich. „Papas Pläne sind vage", schrieb sie. „Wir müssen uns ein Leben in einem unbekannten Land aufbauen und mit einer fremden Sprache zurechtkommen. Falls wir uns nicht wiedersehen, sollst du wissen, dass ich dich nie vergessen werde."

So überrascht Magda von der überstürzten Entscheidung ihres Vaters war, Deutschland zu verlassen, genauso überrascht war sie, dass Paul Gutmann und seine Frau keinerlei solche Absicht hatten.

„Aber warum nicht, Herr Gutmann?", fragte sie, als sie ihm von den Plänen ihrer Familie erzählte. „Als Fotograf können Sie doch überall auf der Welt arbeiten."

„Ich bin zu alt, um nochmal von vorne anzufangen. Ich könnte mich nie daran gewöhnen, in einem fremden Land zu leben; auch meine Frau nicht. Unsere beiden Familien leben hier seit mindestens dreihundert Jahren. Hier haben wir unsere Wurzeln. Einen alten Baum verpflanzt man nicht."

„Meine Familie ist ebenso lange hier. Aber jetzt hat sogar Papa eingesehen, dass die Nazis sich nicht im Geringsten darum scheren."

Sie sah sich im Wohnzimmer um, das unverändert war. Da die Gutmanns die Wohnung von einem Nichtjuden mieteten, hatten die Braunhemden es verschont.

„Haben Sie denn keine Angst, festgenommen zu werden?", fragte sie Paul.

„Denen bin ich doch egal", antworte er. „Ich bin ja weder Fabrikbesitzer noch sonst ein bedeutender Bürger."

„Wovon wollen Sie leben?", fragte sie weiter. „Die Juden, die nach den Geschehnissen des 9. November in der Stadt bleiben, werden wahrscheinlich kein Geld dafür haben, sich fotografieren zu lassen."

„Wir werden es schon irgendwie schaffen", sagte Hedy. „Wir brauchen nicht viel."

Magda saß da, trank Kaffee und aß Hedys Marmorkuchen. Obwohl sie nicht daran glaubte, hoffte Magda, die Gutmanns würden Recht behalten, von den Nazis in Ruhe gelassen zu werden. Auf dem Nachhauseweg grübelte sie darüber nach, ob es ihr nicht doch möglich gewesen wäre, die Entschlossenheit der Gutmanns ins Wanken zu bringen, auf Biegen und Brechen an ihrem immer problematischeren Leben in Nürnberg festzuhalten.

Auch die Kahns hatten keinen Besuch von den SA-Männern bekommen, aber aus ganz anderen Gründen als die Gutmanns. Als früh am Morgen des 10. November die SS kam, um Leopold festzunehmen und nach Dachau zu bringen, erfuhr er erst von dem Pogrom. Nach seiner Freilassung ein paar Tage später besuchte er gleich die Sengers. Wie zu allen seinen jüdischen Freunden kam er lieber gleich persönlich, anstatt erst anzurufen. Die Nazis hörten nun auch die Telefongespräche ab.

Auch ihm hatte man den Schädel in Dachau kahl rasiert. Zum Leidwesen seiner Frau, missachtete er nun die Gepflogenheit, einen Hut in der Stadt zu tragen. Als Alice darauf bestand erwiderte er nur: „Ich brauche mich nicht zu schämen, sie müssen sich dafür schämen, was sie mir angetan haben. Es kann ruhig jeder sehen."

Als Herr Kahn Anton in dem Zimmer antraf, das einst sein Büro gewesen war, betrachtete er nachdenklich den Schreibtisch, der jetzt nur noch als Feuerholz taugte.

„Zuerst wussten Alice und ich nicht, warum die Braunhemden ein solch verlockendes Ziel wie unser Haus verschont hatten. Aber das sollte mir bald klar werden. Ehe sie mich aus Dachau entließen, musste ich ihnen das Haus überschreiben. Rate mal, wer es bekommt."

„Ich habe keine Ahnung. Wer?"

„Obersturmbandführer Schultz. Er hat mir gestern einen Besuch abgestattet – allein. Er hätte gehört, ich wolle nach England gehen. Was mit dem Haus passiert, wollte er wissen. Ich war mir sicher, dass er, wie die meisten in der SS, die Leute in der SA verabscheut. Deshalb habe ich ihm gesagt, die SA sei bereits hier gewesen, um es sich anzuschauen. In Wirklichkeit war niemand da, aber ich wollte sehen, wie er reagiert. Bis dahin war er für einen fanatischen Judenhasser überraschend höflich. Jetzt änderte sich sein Ton schlagartig. Kurz angebunden sagte er: ‚Sie können jedem sagen, dass ich das Haus beschlagnahmt habe.' Auch die Möbel will er haben."

Magda, die gerade versuchte, das Büro etwas aufzuräumen, schnappte nach Luft und ihr Vater schnaubte verärgert.

„Was macht das schon", sagte Leopold schulterzuckend. „Wenn sie es mich hätten verkaufen lassen, hätte ich nur eine lächerliche Summe dafür bekommen. Wir sind alle auf dem Rad der Fortuna. Es dreht sich und bringt ein paar von uns nach oben und ein paar nach unten. Der Obersturmbannführer ist gerade auf einem Höhenritt – aber wer weiß für wie lange?"

Magda bewunderte Herrn Kahn, wie sie ihn so reden hörte. Er hatte die Vergangenheit bereits hinter sich gelassen. Sie aber verspürte einen stechenden Schmerz, wenn sie an Eva Schultz dachte. Die wird nun durch das Haus stolzieren und sich vor den langen Spiegeln im Salon brüsten.

Leopold war allein gekommen, um seinen Freund zu besuchen, bald schon folgten aber Alice und dann Fritz.

Liesel nahm Alice zur Seite. „Ich bin froh, dass wir das alles hinter uns lassen, auch wenn wir alles verlieren. Was ist mit dir?"

„Ich sehe das genauso. Ich versuche, mir keine Sorgen zu machen, wo wir landen werden und wie wir über die Runden kommen sollen. Es war ein Schlag ins Gesicht, als Leopold die Fabrik verlor. Im Vergleich damit ist es mir egal, wer das Haus bekommt. Nur eines tut mir wirklich weh. Eigentlich ist es so unwichtig, dass ich gar nicht weiß, warum es mich jetzt so bekümmert."

„Was denn, Alice?"

„Naja, ich wollte doch so gerne ein Möbelstück als Hochzeitsgeschenk zu Olga verschiffen lassen. Jetzt kann ich das nicht mehr, weil Schultz alles beschlagnahmt hat."

Liesel dachte einen Augenblick lang nach: „Wie du siehst, sind fast alle unsere Möbel kaputt. Aber komm' mal mit." Sie ging mit Alice ins Musikzimmer. „Wie wäre es damit?" Liesel zeigte auf das schwarzlackierte Schränkchen mit seinen aufwändigen silbernen Einlegearbeiten. „Meinst du, Olga würde es gefallen?"

„Sie wäre begeistert, so wie ich. Es ist wunderschön. Wie kommt es, dass es noch heil ist?"

„Das weiß nur der liebe Gott! Vielleicht waren sie zu erschöpft, nachdem sie den Flügel vom Balkon geworfen haben", vermutete Liesel bitter. „Egal, das Schränkchen ist immer noch da und ich sehe nicht ein, warum die Nazis es bekommen sollen. Ich werde es umgehend zu Olga verschiffen lassen, wenn du mir die Adresse gibst."

Währenddessen hoffte Fritz, weitere Einzelheiten von Leopold zu erfahren.

„Haben Sie meinen Vater in Dachau gesehen?"

„Wir waren in derselben Baracke."

„Wie ging es ihm?"

„Nicht allzu schlecht. Er hat sich sein Selbstwertgefühl bewahrt."

Fritz ahnte, dass hinter dieser Bemerkung mehr steckte.

„Was meinen Sie damit?"

„Das gelang nicht jedem. Manche führen sich wie Tiere auf, wenn man sie so eng zusammenpfercht. Ich habe gesehen, wie drei Männer um die Zahnbürste eines Mannes stritten, der einen Herzschlag erlitten hatte. Ich konnte kaum glauben, dass gebildete, zivilisierte Männer sich so benehmen. Andererseits schien Heinz resigniert. Kurz bevor ich entlassen wurde, hat er mir aufgetragen, dir eine Nachricht zu überbringen: ‚Sag Fritz, er soll nicht warten. Deutschland hat seine Seele verloren. Er soll zusehen, dass er so schnell wie möglich hier rauskommt.'"

„Ich lasse Vater ganz bestimmt nicht an diesem Ort zurück. Wenn sie ihn nicht bald freilassen, werde ich die zwei Jahre aussitzen, bis wir die französischen Visa bekommen."

Leopold schüttelte den Kopf, sagte aber nichts mehr.

Später, als die Sengers wieder allein waren und erneut auf dem Boden aßen, klopfte es an der Tür. Flory stand im Flur und rief: „Wer ist da?" Sie war beruhigt, als sie die leise Stimme erkannte und öffnete. Rudolf Lill ging an ihr vorbei ins Esszimmer.

„Was zum Teufel machen Sie denn hier?", schrie Anton und stand auf. Lill wich erschrocken zurück, fing sich aber wieder.

„Ich bin gekommen, um Ihnen zu sagen, dass ich nicht gutheiße, was die SA vor ein paar Tagen hier angerichtet hat."

Er blickte sich in dem verwüsteten Raum um, sah den Haufen kaputter Stühle beim Kamin.

„Das war abscheulich!"

„Und doch haben Sie es zugelassen."

„Wie hätte ich es verhindern können? Ich wusste nichts davon, bis es passierte."

„Genauso, wie Sie auch nicht wussten, dass ich aus der Kanzlei geworfen werde, bis es passiert ist. Sehen Sie denn nicht, dass sich die Nazis nur aus einem Grund so aufführen, wie sie es tun? Es liegt nur an Leuten wie Ihnen, die alles hinnehmen, was ‚passiert'. Sie hatten nicht mal die Courage, auf der Straße mit mir zu reden. Ihre Herren und Meister könnten etwas dagegen haben. Und jetzt besuchen Sie mich erst nach Anbruch der Dunkelheit, damit Sie niemand sehen kann. RAUS HIER!"

Lill hob die Hände und wich zurück in den Flur. Flory schloss die Haustür hinter ihm.

„Das war großartig!", rief Magda und umarmte ihren Vater.

„Jetzt fühle ich mich besser", sagte Anton und lächelte das erste Mal, seit er aus München zurückgekehrt war. Dann wandte er sich an Liesel und fragte: „Was meinst du Schatz?"

„Du und Magda, ihr beide seid euch sehr ähnlich." Liesel gab beiden einen Kuss.

Am Tag, an dem die Sengers Nürnberg verließen, stand Magda im Halbdunkel des frühen Morgens auf. Sie schob die Decke zur Seite, die Flory vor die zerbrochene Fensterscheibe gehängt hatte und ging nach draußen auf den Balkon. Sie konnte geradeso die kahlen Äste der Buche im Herbstnebel sehen. Sie zitterte in der kalten, feuchten Luft und ging wieder hinein, um sich fertig anzuziehen. Sie überlegte, ob sie den Schlafsack, den sie aus Mürren mitgebracht hatte, zusammenrollen und einpacken sollte, entschied sich aber dagegen. Es war besser, nicht mehr als die zwei Koffer dabeizuhaben, die sie leicht tragen konnte. Dann wanderte sie ziellos durch das Haus, das schon wie ausgestorben war. Flory war zu ihrer Schwester gegangen und Magdas Eltern waren noch nicht auf. Sie verharrte vor dem Telefon und hoffte, es würde klingeln. Nach ihrem letzten Brief an Jacob hatte sie gehofft, trotz der Gefahr abgehört zu werden, würde er sich melden und sich verabschieden.

Aber das tat er nicht. Vielleicht hatten ihn ihre Briefe auch gar nicht erreicht, weil sie abgefangen wurden.

Tatsächlich hatte Jacob den Brief erhalten, aber erst am Tag zuvor, weil er wegen einer Blinddarmoperation im Krankenhaus gelegen hatte. Von den Schrecken des 9. November sah und hörte er erst, als er wieder in seine Unterkunft zurückkehren konnte. Dort fand er eine Vielzahl dringender Nachrichten seines New Yorker Verlegers und auch Magdas Brief vor. Er setzte sich sofort ins Auto und machte sich auf den Weg nach Nürnberg. Er fuhr zu schnell und wurde deswegen von der Polizei angehalten. Er war geschockt, als er auf der Wache eine Anzeige erhielt.

Magda stand knöcheltief in dunkelroten Buchenblättern. Auf dem Holztisch neben ihr lag ihr Fotoapparat. Die Braunhemden hatten ihn in der großen Schublade ihres Schranks nicht gefunden. Sobald sich der Nebel verziehen würde, wollte sie ein paar letzte Fotos von ihrem Zuhause machen. Im Augenblick konnte sie weder das von Efeu überwucherte Gartenhaus noch das kalte, leere Gewächshaus erkennen. Es war ruhig und der Nebel verschluckte alles.

Die Stille wurde durchbrochen, als die Tür zum Garten geöffnet wurde und sie Mutti sagen hörte: „Sie ist im Garten, gehen Sie zu ihr!"
Jacob erschien, blass vom Krankenhaus, wie ein Geist aus dem Nebel. Er lief auf sie zu.
„Gott sei Dank! Ich hatte schon Angst, dass ich zu spät komme."
Er nahm sie in die Arme und sie brach in Tränen aus.
„Ich weiß nicht, warum ich weine", presste sie schließlich hervor. „Ich bin so froh, dich zu sehen."
„Du weißt, warum ich gekommen bin, oder? Ich bin hier, um dich in Sicherheit zu bringen, an einen Ort, wo ich auf dich aufpassen kann. Alles hat sich verändert. Du bist in ernsthafter Gefahr. Du musst mitkommen."
Magda schwieg.
„Ich habe deiner Mutter gesagt, dass ich dich liebe."
„Was hat sie gesagt?"
„Sie hat gemeint, ich solle es dir sagen. Dein Vater war auch dabei. Er hat mich mit Fragen bombardiert, die ich, so gut ich konnte, beantwortet habe. Beide sind sich einig: wenn es dich glücklich macht, mich zu heiraten, dann sind auch sie glücklich. Es ist deine Entscheidung. Ach, Magda, du bist die Frau für mich. Bitte sag ja."
Er umarmte sie noch fester und versuchte, sie unter ihrem dicken Wollpullover, noch mehr zu spüren.
Widersprüchliche Gedanken schossen Magda durch den Kopf. In Jacobs Armen fühlte sie sich warm und vor Gefahr beschützt. Aber heiraten! Diese Vorstellung machte ihr mehr Angst als die unbekannten Gefahren, die ihr drohten. Sie küsste Jacob, sagte aber nicht „Ja".
„Es ist tatsächlich alles anders und genau deswegen kann ich meinen Vater und meine Mutter nicht allein lassen, bis ich weiß, dass sie in Sicherheit sind."

Sie sprach mit Nachdruck und versuchte, Jacob davon zu überzeugen. In gewisser Weise verstand er es auch. Und doch war er verzweifelt.

Er löste sich von ihr, nahm ihre ausgestreckten Hände und starrte sie ausdruckslos an: „Magda, ich habe solche Angst, dass ich dich nie mehr wiedersehe. Du wirst verschwinden und ich werde nicht einmal wissen, was mit dir geschehen ist."

„Nein! Ich werde dir schreiben, Jacob. Ich verspreche es, wann immer ich kann."

Er schüttelte den Kopf und sah sie immer noch an. Dann drehte er sich um und rannte auf das Gartentor zu.

„Warte!", rief sie.

Er blieb stehen.

Als er den Fotoapparat in ihrer Hand sah, schüttelte er den Kopf und rannte weiter. Magda machte ein Foto von einer grauen Gestalt, die im Nebel verschwand.

Kapitel 20

Magda radelte in die Stadt, um Fritz aufzusuchen. Sie würden Nürnberg heute noch verlassen und ihr Vater wollte ein letztes Mal versuchen, ihn zum Mitkommen zu überreden. Im Hof des Hauses in der Altstadt, wo die Vogels wohnten, waren die verbrannten Überreste ihrer Bücher noch nicht weggeräumt. Es hatte geregnet und die Leinenbuchdeckel, die kein Feuer gefangen hatten, waren mit Wasser vollgesogen. Sie stellte ihr Fahrrad ab. Auf dem Weg zur Wohnung der Vogels trat sie auf ein paar handgeschriebene Notenblätter. Das noch unfertige Konzert von Onkel Heinz! Fritz war nicht zu Hause. Das war keine Überraschung, denn er übernachtete oft bei Freunden, um einem der morgendlichen Besuche der SS zu entgehen. Sie fuhr bei einigen seiner Freunde vorbei, aber keiner hatte Fritz gesehen. Wieder zu Hause angekommen, wurde sie Zeuge, wie er gerade mit ihrem Vater diskutierte.

„Ich weiß, dass du es nur gut meinst", sagte Fritz, „aber ich gehe nicht weg."

„Wenn sie Heinz freilassen", argumentierte Anton, „dann sicherlich nur unter der Bedingung, dass er Deutschland verlässt. Er kann dann nachkommen, wohin immer das auch sein wird."

„Das kann doch nicht die Lösung sein! Du weißt, dass mein Vater nicht gerade sehr praktisch veranlagt ist. Wie soll er mit der ganzen Bürokratie zurechtkommen, damit sie ihm die Ausreise erlauben. Ganz zu schweigen von einer vermutlich komplizierten Reise durch Europa."

„Es wäre nicht das erste Mal, dass er ins Ausland reist! Du unterschätzt ihn! Sicher weiß er, was für ihn auf dem Spiel steht. Wenn er sich der Gefahr bewusst ist, wird er eine Lösung für seine Lage finden."

Liesel war bei diesem Disput der gleichen Ansicht wie Anton, war aber trotzdem hin- und hergerissen. Sie wusste, wie schwer sich ihr Bruder mit Entscheidungen tat. Andererseits würde die Gefahr einer Verhaftung für ihren Neffen immer größer werden, je länger er in Deutschland bliebe.

Magda war sich sicher, dass Fritz nicht mitkommen würde. Sie hatte recht. Sichtlich unter Druck lächelte Fritz zum Abschied, als sie sich alle Glück wünschten. Dann schwang er sich auf sein Fahrrad und fuhr durch den Park davon. Die drei Sengers sahen ihm nach, bis er außer Sichtweite war.

Kurz Zeit später stiegen sie in den Opel. Er war bis oben hin vollgepackt. In letzter Minute fand Anton noch Platz für einen Karton Wein. „Der ist für Karl Werfel", sagte er. Sie planten, zuerst zu ihm auf den Bauernhof zu fahren.

Als sie nach Ingolstadt kamen, sahen sie die erste von mehreren Straßensperren. Anton kannte die Stadt und fuhr auf Seitenstraßen, um sie zu umgehen.

„Die erste Nacht werden wir hier verbringen", erklärte er. Wenn wir morgen sehr frühzeitig aufbrechen, ist die Polizei sicher noch nicht auf ihrem Posten."

Liesel und Magda hofften, er möge recht behalten. Anton parkte hinter dem Hotel, in dem er in der Vergangenheit schon oft übernachtet hatte. Sie gingen zur Rezeption, um nach Zimmern zu fragen. Ein junger Angestellter, der sein blondes Haar mit Pomade nach hinten gestriegelt hatte, schaute die Sengers an und sagte sarkastisch: „Ich schlage vor, Sie lesen mal das Schild." Darauf stand ‚FÜR JUDEN VERBOTEN'. Ein kleines Mädchen, das mit ihrer Mutter an der Rezeption stand, kicherte. Die Frau tat so, als bekäme sie nichts mit.

Magda und ihre Eltern versuchten es noch bei einem weiteren Hotel und ein paar Pensionen. Überall war dasselbe Schild zu sehen. Sie überlegten, was sie tun sollten und gingen zum Auto zurück. Ein alter Mann stand daneben. Anton erkannte ihn. Es war der Portier Ralph, der schon jahrelang im Hotel arbeitete.

„Ich bin froh, Sie noch erwischt zu haben, Herr Senger, wenn Sie noch keine Unterkunft gefunden haben, was ich vermute, kann ich vielleicht helfen. Es ist doch wirklich eine Schande!"

Magda und ihre Eltern waren erleichtert, ihn sagen zu hören: „Meine Schwester hat eine Pension. Sie wird Sie aufnehmen. Es ist natürlich nicht so luxuriös wie im Hotel", fügte er hinzu und deutete mit der Hand in Richtung des imposanten Gebäudes hinter ihnen.

„Gott im Himmel! Das macht nichts", rief Anton aus. „Wie kommen wir dorthin?"

„Ich zeige es Ihnen. Gestatten Sie mir einen Vorschlag. Vielleicht wäre es besser, wenn Sie mich fahren lassen. Die Polizei ist heute besonders scharf und wird vermutlich jeden Juden anhalten, der ein großes Auto fährt."

Anton nickte und dankte ihm. Sie wurden nicht aufgehalten, weil der Portier seine Uniform trug und die Polizisten, die das Hotelemblem auf seiner Jacke sahen, nicht auf die anderen Insassen schauten.

So verbrachten die Sengers die erste Nacht weg von ihrem Zuhause in Frau Lessings Pension am Stadtrand. Die Farbe der Fensterrahmen und der Türe des hässlichen Backsteingebäudes war aufgeplatzt und blätterte ab. Die Treppe zum Eingang war jedoch blitzsauber. Ralph ging zu seiner Schwester und kam bald zurück, um zu sagen, dass sie Zimmer frei habe. Frau Lessing, eine korpulente Frau in einer braunen Schürze und schwarzen Stiefeln, machte einen zupackenden Eindruck und war ein bisschen jünger als ihr Bruder. Sie begrüßte die Sengers mit einem höflichen Lächeln, musterte sie von oben bis unten und stellte keine weiteren Fragen. Frau Lessing zeigte ihnen zwei sehr einfache Zimmer mit glänzendem Linoleumboden und entschuldigte sich mit den Worten: „Ich koche gerade das Abendessen. In einer Stunde gibt es Essen. Leisten Sie doch meinem Bruder dabei Gesellschaft." Sie zögerte etwas und fuhr fort: „Ich glaube, es wäre angenehmer für Sie, als mit meinen anderen Gästen zu essen, die alle Stammgäste sind. Hier kommen kaum jemals Fremde her und die Leute wären mit Sicherheit neugierig."

Liesel nahm die Einladung sofort an und wollte damit der Wirtin die Peinlichkeit ersparen, von ihren Stammgästen verärgert auf die Anwesenheit einer jüdischen Familie angesprochen zu werden. Sobald Frau Lessing weg war, sagte sie zu Anton und Magda: „Wir dürfen der Frau keine Schwierigkeiten bereiten. Es ist sehr mutig von ihr, uns hier aufzunehmen."

„Ja", stimmte Anton zu, „sie und ihr Bruder sind immer noch anständige Leute."

Zum Abendessen gab es Bratwürste und Sauerkraut. Das Gespräch mit der Wirtin und ihrem Bruder war zunächst etwas stockend. Nach ein paar Münchner Bier ließ Ralph erkennen, dass er die Ablehnung der Nazis den Juden gegenüber nicht nachvollziehen könne.

„Ich habe mich immer gefreut, Sie im Hotel zu sehen", sagte er und prostete Anton zu. „Ich verstehe nicht, warum man Sie hier nicht haben will. Sie sind ein feiner Herr, was man von einigen unserer Gäste in Uniform nicht sagen kann." Diese Nacht schlief Magda zum ersten Mal wieder in einem Federbett, seit ihr eigenes aufgeschlitzt worden war.

Am nächsten Morgen standen sie sehr früh auf. Nach einem hastigen Frühstück in der Küche fragte Anton, wieviel er Frau Lessing schulde. Die Rechnung war bescheiden. Anton zahlte der Wirtin die Summe, die er im Hotel, das die Familie abgelehnt hatte, hätte zahlen müssen. Sie sah ihn überrascht an. Anton sagte ihr: „Sie sollen wissen, es ist nicht nur für das gute Essen und die bequemen Betten. Schließlich haben Sie und Ihr Bruder ein Risiko auf sich genommen, als Sie uns aufnahmen. Ich danke Ihnen."

Es gab keine Straßensperren, da es noch nicht einmal fünf Uhr war, als die Sengers Ingolstadt in ihrem Opel hinter sich ließen.

„Wo fahren wir nach den Werfels eigentlich hin?", fragte Magda.

„Wir werden versuchen, über die Grenze nach Frankreich zu kommen", antwortete ihr Vater. „Aber zuerst will ich meinem alten Freund auf Wiedersehen sagen. Ich werde ihn wohl zum letzten Mal in meinem Leben sehen."

„Ich frage mich, was er jetzt wohl von Hitler hält?"

„Er wird von ihm nicht mehr halten als vorher", meinte Magda.

„Nein", bestätigte Anton, „schon wenige Tage nach unserer ersten Begegnung im Krieg hatte er Hitler durchschaut. Aber wir begingen beide den Fehler, nicht zu erkennen, wie gefährlich ein gestörter Gefreiter werden kann."

Magda redete nicht viel, während sie so dahinfuhren. Manchmal schaute sie aus dem Fenster und betrachtete die einfachen Bauernhäuser und die abgeernteten Stoppelfelder, wo vorher Gerste und Roggen wuchsen. Anton mied die Städte. Die herbstliche Landschaft sah kahl aus. Einmal mussten sie anhalten, um eine große Kuhherde mit ihrem Hirten über die Straße zu lassen. Ab und zu sah Magda Kinder beim Spielen oder eine Frau, die im Hof ihre Wäsche aufhängte. Sie hing ihren Gedanken nach, da sich auf der Fahrt nichts Besonderes ereignete.

Der Wunsch ihres Vaters, seinen alten Kriegskameraden wiederzusehen, brachte sie dazu, an alle ihre verlorenen Freunde zu denken. Die Liste war lang.

Da war zuerst Trude, die sie zurückgewiesen hatte. Dann all die jüdischen Freunde, die selbst Schwierigkeiten mit den Nazis bekommen hatten. Leonie, Ludwig und Olga waren jetzt in England, Traudel in Palästina. Rachel war zu dieser Zeit vermutlich schon in der Schweiz. Sie erinnerte sich an Herrn Rosenthal, der von den aus Jerusalem vertriebenen ‚Ewigen Juden‘ erzählte. Alles begann wieder einmal von Neuem! Sie vermisste all diese Freunde, die weggegangen waren; aber sie machte sich um sie weniger Sorgen, als um die, welche in Deutschland geblieben waren. Was würde aus Fritz werden, ihrem Freund und Cousin? Sie versuchte, sich damit zu trösten, wie einfallsreich er war. Wie würde es aber den Gutmanns ergehen?

Und dann war da noch Jacob! Er hatte sie aufgegeben. Noch einmal in Gedanken sah sie ihn im Nebel verschwinden, wie er zum Gartentor rannte. Damals, als sie mit Tränen verschmiertem Gesicht zurück ins Haus ging, fragte ihre Mutter: „Kannst du mir sagen, warum du ihn weggeschickt hast?"

„Ja, er ist fort, aber bitte zwing mich nicht, darüber zu reden".

„Deinem Vater und mir war Jacob gleich sympathisch", fuhr Mutti fort, „aber natürlich kennen wir ihn nicht. Aus irgendeinem Grund hast du immer ein Geheimnis um ihn gemacht."

„Weil ich verwirrt war. Ich bin es immer noch."

Eine Weile lang schwiegen beide, bis Mutti sagte: „Naja, du brauchst nicht darüber zu reden, wenn du dich nicht danach fühlst. Du bist erst siebzehn. Das ist sehr jung, um ans Heiraten zu denken. Sogar ich war älter als du, als dein Vater mir einen Antrag machte.

Ich möchte dir nur sagen, dass wir sehr, sehr froh sind, dich nicht zu verlieren – jedenfalls noch nicht."

Sie näherten sich Walchensee und Anton fuhr durch das Dorf. Die Leute auf der Straße machten große Augen, überrascht vom ungewohnten Anblick eines Autos, bis einige es erkannten. Magda fiel ein Mann auf, der draußen vor dem Wirtshaus stand und durch das Autofenster blickte. Als er den Fahrer erkannte, murmelte er etwas, drehte sich um und spuckte aus. Beim Wirtshaus hing ein Rekrutierungsplakat.

Karl Werfel stand in der Hofeinfahrt. Als er den Opel sah, winkte er und ging auf das Auto zu.

„Das ist schön, dass ihr da seid!"

Als sie ausstiegen, sah er sie prüfend an und fragte: Wie geht es euch allen? Wir haben nur schlechte Nachrichten über Nürnberg gehört. Ich wollte mich schon bei euch umsehen. Aber ihr seid ja jetzt hier."

„Wir verlassen Deutschland", sagte Anton und umarmte seinen Freund. „Wir sind gekommen, um uns zu verabschieden."

„Die Weiße Krähe hat euch also verscheucht. Das tut mir sehr leid. Ich hoffe aber, dass ihr wenigstens ein bisschen dableibt. Gott weiß, wann wir uns wiedersehen. Vielleicht ist dies unser letztes Treffen. Komm mit, Anton, und erzähle mir, was los war, während ich die Kühe füttere."

Dann wandte er sich an Liesel und Magda: „Ich nehme an, ihr würdet euch gerne waschen und etwas zurechtmachen. Geht nur rein. Hertha wird euch warmes Wasser geben."

„Was soll ich deiner Meinung nach mit dem Auto machen? Ist es in Ordnung, wenn ich es hier stehenlasse?", fragte Anton.

Karl schwieg zunächst. „Besser nicht. Wilhelm ist mit dem Lastwagen in der Stadt. Stell' dein Auto in die Scheune."

Er ging zu der großen Doppeltür, um sie aufzumachen.

„Falls meine Nazi-Nachbarn kommen, können sie es so nicht sehen."

„Deine Nachbarn sind also Nazis geworden?", bemerkte Anton, als er den Weinkarton für Karl aus dem Kofferraum holte. „Die Leute hier haben sich doch nie besonders für Politik interessiert."

„Einige interessieren sich nach wie vor nicht dafür, aber es gibt jetzt mehr Fanatiker als früher. Vor allem diejenigen, welche die SS beliefern. Die haben jetzt in der Nähe des Dorfes Quartier bezogen." Bei ihrer Runde über den Hof erzählte Anton von der Verwüstung seines Zuhauses.

„Du lieber Gott! Wer hätte das gedacht?", rief Karl aus und blieb wie angewurzelt stehen. „Liesel und Magda müssen Todesängste ausgestanden haben. Und du?", fragte er und bemerkte erst jetzt, dass Anton humpelte. „Wie bist du denn dazu gekommen?" Er schaute auf den hässlichen Schnitt auf der Stirn seines Freundes.

Antons Gesicht verdunkelte sich.

„Ich bin gestürzt und meine Brille ging zu Bruch."

Dann wechselte er das Thema.

„Wie geht es Wilhelm? Man sagt, es wird Krieg geben. Wird er eingezogen werden?"

„Ja, es wird ganz sicher Krieg geben. Im Dorf haben sie schon Plakate angeklebt. Auf dem neuesten ist zu lesen: ‚Die Bereitschaft zum Kampf führt zum Sieg!' – Gott steh uns bei!"

Franz hob vor Verzweiflung die Hände. Dann fuhr er fort: „Zweifellos wird Wilhelm eingezogen, wenn es Krieg gibt. Für mich wird es dann schwierig, den Hof ohne ihn zu bewirtschaften."

„Was denkt Wilhelm über den Krieg?"

„Er sagt nie viel. Er hätte bestimmt nichts gegen seine Einberufung. Er liebt die Fliegerei. Er sieht sich selbst schon als Jagdflieger und träumt wohl davon, ein zweiter ‚Roter Baron' zu werden. Für ihn ist der Krieg ein großes Abenteuer. Er glaubt, dort werde er das Leben kennenlernen."

„Er wird den Tod kennenlernen, so viel steht fest", sagte Anton auf dem Rückweg.

Magda trug die zwei Kannen nach oben, die Hertha mit warmem Wasser für sie und ihre Mutter gefüllt hatte. Nach dem Waschen hängte Magda ihr Handtuch für das Gesicht vor dem Fenster zum Trocknen auf. Dann schlug sie ihrer Mutter vor: „Ich würde gern ein bisschen an die frische Luft gehen. Gehst du mit auf einen Spaziergang, Mutti?"

„Nein, ich glaube, ich lege mich etwas hin. Es wird sicher ein langer Abend werden."

Sie blickte ihre Tochter an, die sich aus dem Fenster lehnte und den Hennen zusah, wie sie im Staub des Hofes herumpickten. Liesel merkte besorgt an: „Wenn du rausgehst, mach vorsichtshalber einen Bogen um das Dorf. Ich habe das Gefühl, je weniger man von uns hier sieht, desto besser ist es für Karl." Magda musste wieder an den Mann vor dem Wirtshaus denken.

„Da hast du vermutlich recht. Ich werde in den Wald und vielleicht runter zum See gehen."

Magda saß auf einem Baumstumpf am See. Das Gewässer war still und schwarz im schwindenden Novemberlicht. Sie war dankbar dafür, niemanden auf ihrem Spaziergang zu treffen. Früher hatte sie sich gefreut, die Dorfbewohner beim Schlittschuhlaufen zu treffen. Ihr kam der Tag in den Sinn, als sie ihre Mutter an diesem See jünger und glücklicher erleben durfte, als sie ihr sonst erschienen war. Ihre glücklichsten Kindheitserinnerungen waren mit dieser Gegend verbunden. Hier wanderten sie, machten Picknick im Wald und sammelten Pilze. Dies würde sie in Chile vermissen. Alles, was sie über ihre vermutlich neue Heimat wusste, war: es ist ein Land mit fünfzig Vulkanen und einer Wüste. In der einsetzenden Dämmerung machte sie sich wieder auf den Weg zurück zum Bauernhof. Für sie hatte dieser Ort die gleiche Bedeutung wie Sulzbürg für ihre Großmutter.

Sie verließ die hohen Tannen und alten Eichen und sagte ihnen ‚Auf Wiedersehen'. Trotz allem hoffte sie, eines Tages hierher zurückzukehren.

An diesem Abend bereitete Hertha ein üppiges Abendessen. Es gab Fleischpflanzerl mit einer großen Portion Bratkartoffeln. Daneben tischte sie hausgeräucherten Schinken und verschiedene Würste auf. Zum Abschluss Käse und Himbeerkompott mit Sahne.

„Ich bin am Verhungern", sagte Anton, als er sich setzte.

Magda und Liesel waren ebenfalls hungrig. Keiner von ihnen hatte seit dem Frühstück im Morgengrauen in Frau Lessings Küche etwas gegessen. Wilhelm kam gerade rechtzeitig aus der Stadt zurück, um sich zu ihnen zu setzen und ließ sich gegenüber Magda nieder.

Magda sah sich in der großen Küche um. Der Geschirrschrank war diesmal leer, weil Hertha mit den guten Tellern für das Abendessen gedeckt hatte. Sonst war alles unverändert. Die rußgeschwärzten Kessel standen auf dem Herd, in dem ein Holzfeuer loderte. Die mit einem geschnitzten Adler verzierte Wanduhr schlug wie immer zur halben Stunde.

Hertha, deren Arbeit nun beendet war, wollte gerade zu Bett gehen, als Anton sie aufhielt: „Sie haben uns ein Festmahl zubereitet", rief er aus.

Die alte Frau schaute ihn verwundert an.

„Das ist doch nur einfache deutsche Küche", sagte sie.

„Das ist ja das Gute daran."

Er hätte sie am liebsten dafür geküsst. Doch sie glaubte, er sei betrunken und schob ihn weg.

„Brauchen Sie sonst noch etwas, Herr Werfel?"

Nachdem dies nicht der Fall war, sagte sie ‚Gute Nacht' und verschwand nach oben.

Niemand am Tisch wollte schon schlafen gehen. Die Männer tranken beinahe drei Flaschen von Antons Wein. Mehrmals fiel Magda auf, dass Wilhelm sie wiederholt ansah. *Er ist ein gutaussehender Junge,* dachte sie. *Ich nehme an, dass er mit diesen blauen Augen und seinem gewinnenden Lächeln bei den Mädchen Erfolg hat.*

Beim Abendessen drehten sich die Gespräche zunächst um die Vergangenheit, weniger um die problematische Gegenwart. Immer wieder entstanden peinliche Gesprächspausen, die stets Karl mit einem Trinkspruch überbrückte.

Es war aber nicht möglich, den ganzen Abend über die Augen vor der gegenwärtigen Lage zu verschließen. Schließlich wandte sich Wilhelm Anton zu.

„Ihr verlasst Deutschland also. Wo wollt ihr denn hin?"

„Es geht gar nicht so sehr darum, wo wir hinwollen", kam die Antwort, „sondern vielmehr, wo wir hingehen können."

Dann erzählte er den Werfels von Da Gamas Einladung und der Möglichkeit, nach Chile auszuwandern.

Wilhelm sah über den Tisch zu Magda. „Ich sehe dich schon vor mir als südamerikanische *Señorita* in einem langen Rüschenkleid und mit Kastagnetten klappern."

Diese Bemerkung missfiel Magda und sie antwortete kurz angebunden: „Was das Kleid angeht, bin ich mir nicht so sicher, zudem wird eher Mutti lernen, wie man Kastagnetten handhabt."

Wilhelm hatte sie offensichtlich auf dem falschen Fuß erwischt und hörte mit dem Flirten auf.

„Du wirst eine neue Welt kennenlernen", fuhr er ernsthafter fort. „Ich muss sagen, dass ich dich darum beneide."

Als Magda ungläubig dreinblickte, erklärte er: „Meine beste Chance, die Welt zu sehen, kommt dann, wenn es Krieg gibt und ich kämpfen muss."

„Meinst du damit, du bist bereit, für Hitler zu sterben?"

„Ich hoffe nicht, für irgendjemanden zu sterben. Wenn ich mich aber meiner Einberufung widersetzen würde, werden sie mich ins Gefängnis stecken – falls sie mich nicht gleich erschießen. Unabhängig davon kann sich ein Mann im Krieg bewähren. Vater glaubt das natürlich nicht. In den Schützengräben des letzten Krieges hat er eine furchtbare Zeit verbracht. Ich gehe aber auch nicht zum Heer. Ich will zur Luftwaffe."

Sein Gesicht erstrahlte, als er ihnen anvertraute: „Vor allem würde ich gerne lernen, wie man eine ‚Messerschmitt' fliegt."

„Eine was?"

„Eine ‚Messerschmitt' – das neue Kampfflugzeug. In ihm kannst du dich im Kampf gegen den Feind nur auf dich selbst verlassen."

Er hätte noch lange davon schwärmen können, aber da er von Magda keine Antwort bekam, widmete er von nun an Liesel seine Aufmerksamkeit.

Magda wusste nicht, was sie zu Wilhelm hätte sagen sollen. Sie konnte es nicht verstehen, dass er sich darauf freute, für Hitler zu kämpfen. Wenn er so von Kampfpiloten sprach, die sich in ihren Maschinen Duelle lieferten, klang es heldenhaft – wie bei einem modernen D'Artagnan. Er sprach offenbar ohne nachzudenken.

Karl blickte besorgt drein und fragte schließlich Anton nach seinen Reisedokumenten und wie er plane, durch Europa zu kommen. Doch dann redeten sie wieder über die Vergangenheit und erinnerten sich an die Tage, als sie beide noch Junggesellen waren. Als sie auf ihre Zeit in der Armee zu sprechen kamen, gingen Magda und Liesel zu Bett. Sie kannten beide diese Geschichten schon.

Um vier Uhr morgens klopfte Hertha an Magdas Tür. Als sie keine Antwort bekam, drückte sie die Türklinke nach unten und ging hinein. Sie fasste das Mädchen an den Schultern und schüttelte es, erst sanft, dann dringlicher, als es sich noch immer nicht rührte.

„Steh auf! Du musst aufstehen, meine Liebe."

„Was ist denn los?", fragte Magda schlaftrunken. Dann schreckte sie die Fehlzündung eines Motorrades auf und sie saß kerzengerade im Bett.

„Was war das?"

„Mein Neffe", sagte die alte Frau. „Er ist gerade gekommen, um zu sagen, dass die SS auf dem Weg hierher ist."

„Nein!", rief Magda aus, sprang aus dem Bett und fing an, sich anzuziehen.

„Wo sind Papa und Mutti?"

„Herr Werfel ist bei ihnen. Alle sind auf dem Weg nach unten."

Magda zog sich in Windeseile an, ging in die Küche und überließ es Hertha, das Bett zu machen, damit es so aussah, als hätte niemand darin geschlafen.

„Wir brechen sofort auf, sagte Anton zu Karl, als Magda zu ihm und ihrer Mutter stieß.

„Nein, das wird nichts nützen", sagte Karl, „ihr werdet ihnen auf der Straße begegnen und sie werden das Auto anhalten."

„Naja, was schlägst du dann vor? Wenn die SS uns hier findet, bedeutet das nichts Gutes für dich, weil sie dann wissen, dass du uns beherbergt hast."

„Viel schlimmer ist, dass es für euch nichts Gutes bedeutet. Ich weiß nicht, was die SS will. Sie nehmen euch vielleicht fest. In jedem Fall werden sie euch durchsuchen und euch alle Wertsachen abnehmen, die ihr besitzt. Das ist für sie eine gute Möglichkeit, sich zu bereichern."

Liesel sah nervös aus. Sie stützte sich haltsuchend auf dem Tisch ab. „Die Briefmarken", flüsterte sie. Magda ging zu ihr und legte den Arm um sie. Anton zuckte mit den Schultern.

„Ich glaube nicht, dass sie irgendwen von uns festnehmen, wenn wir ihnen sagen, dass wir Deutschland verlassen wollen. Die Nazis wollen doch, dass wir gehen. Und was Wertsachen angeht, werden sie nach Schmuck und Bargeld Ausschau halten, aber das haben wir nicht."

„Sie dürfen euch nicht finden", erwiderte Karl entschlossen. „Das ist das Risiko nicht wert. Ihr könnt euch in der Scheune verstecken, wenn ihr ein bisschen Stroh und Mist aushalten könnt."

Er brachte Magda und ihre Eltern zur Scheune und wies sie an, sich am hinteren Ende aufzuhalten, wo sie mit säuerlich-riechendem Stroh bedeckt abwarteten, was als Nächstes passieren würde.

Ungefähr zehn Minuten später hörten sie ein röhrendes Auto in den Hof einfahren. Türen wurden geöffnet und wieder zugeschlagen. Karl war mit Wilhelm im Hof und begrüßte einen der Ankömmlinge.

„Guten Morgen, Herr Obersturmführer. Was bringt Sie denn so früh hierher?"

Er erhielt eine kurzangebundene Antwort im Berliner Akzent.

„Ein Patriot hat uns informiert, Sie hätten hier Juden."

Ah, dachte sich Magda, *der Mann vor dem Wirtshaus*. Es wurde noch mehr gesprochen, was sie aber nicht verstehen konnte. Dann hörten sie, wie Karl darauf beharrte: „Ich sage Ihnen doch, sie sind weg. Sie sind nur eine Stunde geblieben."

Danach herrschte Schweigen und alle gingen ins Haus.

„Sie glauben Karl nicht", flüsterte Liesel. „Sie suchen uns." Anton griff nach ihrem Arm, in der Hoffnung sie zu trösten. Magda fiel ein, dass sie ihr Gesichtshandtuch vor dem Fenster hatte hängen lassen.

Die SS-Männer kamen wieder aus dem Bauernhaus. Die Sengers hörten, wie Karl sagte: „Auf Wiedersehen, Herr Obersturmführer", und wie die Autotür geöffnet wurde.

Sie warteten darauf, dass es losfuhr. Aber der Obersturmführer hielt inne und meinte: „Wir schauen besser mal noch in dieser Scheune nach, ehe wir fahren."

Magda und ihre Eltern hielten den Atem an, als sie Schritte auf dem Pflaster auf sich zukommen hörten. Sobald Karl die Tür geöffnet hatte, sahen die SS-Männer den Opel.

„Das ist ihr Auto!", sagte der Obersturmführer triumphierend. „Sie brauchen es gar nicht erst abzustreiten, unser Informant hat uns davon berichtet." Er ging um das Auto herum, Magda konnte durch das Stroh seine Stiefel auf dem Boden sehen; er stand nicht weiter als einen knappen Meter von ihr entfernt.

„Also, wo sind sie?", verlangte er zu wissen. Magda klammerte sich an ihre Mutter.

„Das Auto gehört mir. Ich habe es gekauft", sagte Wilhelm selbstbewusst. „Ich machte Herrn Senger klar, dass man ihn mit dem Auto ohnehin nicht weiterfahren lassen würde. Juden dürften auch bald nicht mehr im Besitz eines Führerscheins sein."

„Sie sind gut informiert, junger Mann", sagte der Obersturmführer herablassend.

„Also, wo sind die Juden?"

„Inzwischen wohl außerhalb Deutschlands, mein Herr, würde ich meinen. Ich habe sie mit dem Lastwagen zum Bahnhof gefahren."

Der Obersturmführer schwieg. Dann lachte er und sagte: „Ich wünsche dir viel Glück mit deinem neuen Spielzeug. Hoffentlich hast du ein Schnäppchen gemacht."

„Ja, auf alle Fälle. Der Jude war nicht in der Lage mit mir zu handeln."

Nach dieser Erklärung ging der Obersturmführer mit seinen Leuten.

Die Flüchtlinge krochen aus ihrem Versteck unter dem Heu hervor und klopften sich das Stroh und den Dreck von der Kleidung.

„Du warst einfach umwerfend!", lobte Magda Wilhelm. „So überzeugend!"

„Das warst du wirklich! Danke von uns allen", sagte Anton. „Karl, du kannst stolz auf deinen Sohn sein."

„Das weiß ich", antwortete sein Freund. „Kommt wieder mit rein. Ihr könnt euch saubermachen und beim Frühstück können wir entscheiden, wie es weitergehen soll."

Ein bisschen später, nach seiner zweiten Tasse Kaffee, wandte sich Karl an Anton: „Du hast nicht die geringste Chance, wenn du in dem Opel weiterfährst. Um diese Jahreszeit besuche ich für gewöhnlich ein paar Händler nahe der französischen Grenze. Ich könnte euch im Lastwagen bis nach Straßburg mitnehmen. Von dort aus könnt ihr dann auf der ersten Etappe eurer Reise nach Lissabon einen Zug nach Paris nehmen.

Darauf einigte man sich. Wilhelm hatte sich sehr über Magdas anerkennende Worte gefreut; noch mehr freute er sich, als Anton ihm das Auto mit den Worten „das hast du dir verdient" schenken wollte.

„Nein, das kann ich nicht annehmen." Er lief die Stufen nach oben und kam ein paar Augenblicke später mit einem Bündel Geldscheine in der Hand zurück.

„Schau, das brauche ich jetzt nicht. Ich habe es für ein Motorrad gespart. Du musst es nehmen", beharrte er, als Anton das Geld ablehnte. „Das Auto ist viel mehr wert als diese Summe. Den Rest bekommst du später."

Kapitel 21

Inzwischen waren zwei Wochen vergangen, seit die Sengers Nürnberg verlassen hatten. An diesem Novemberabend beobachtete Fritz, tief in der Hofeinfahrt eines mittelalterlichen Gebäudes stehend, das gegenüberliegende Polizeipräsidium. Er hatte das Fenster von Gerhard Richters Büro im Auge. Wiederholt schon hatte er versucht, ihn im Laufe des Tages zu sprechen. Als er im Vorzimmer ohne Termin erschien, erklärte ihm der zuständige Beamte: „Es ist völlig sinnlos zu warten." Er meinte, sein Vorgesetzter habe an diesem Tag schon zur Genüge mit Juden zu tun gehabt.

In Richters Büro war noch Licht; er war also noch im Haus. Schon den ganzen Abend über beobachtete Fritz das Fenster von einem nahegelegenen Lokal aus. Er aß dort eine Kleinigkeit und saß den ganzen Abend vor einem einzigen Bier, bis das Lokal zumachte. Inzwischen war es fast Mitternacht, aber Richter war noch im Büro. Fritz ging immer wieder die Straße auf und ab, um sich trotz der Kälte warm zu halten. Er achtete darauf, die Tür der Polizeistation nicht aus den Augen zu lassen.

„Irgendwann muss der Mann doch mal zum Schlafen nach Haus gehen", dachte er sich, als er die Kirchenuhr schlagen hörte.

Der Tag hatte gut angefangen. Auf einem kurzen Sprung nach Hause hatte er einen Brief vorgefunden. Er solle sich zum französischen Konsulat begeben. Dort erhielt er Visa, ausgestellt auf die Namen Heinz und Fritz Vogel. Mit diesen wertvollen Dokumenten fuhr er sofort nach Dachau. Er war absolut überzeugt, dass die Verantwortlichen seinen Vater freilassen würden, da nun klar war, dass er das Land verlassen würde.

Aber dem war leider nicht so. Zunächst einmal bekam er am Tor Schwierigkeiten, überhaupt hereingelassen zu werden und jemanden sprechen zu können, der zuständig war. Als Fritz sich weigerte wieder zu gehen, bequemte sich die Wache zur Aussage: „Na gut, dann gehen Sie zu Untersturmführer Klempner." Der Wachmann wollte Fritz offenbar loswerden.

Fritz trat in den Hof, über den gerade ein Trupp kahlgeschorener Gefangener getrieben wurde. Von schlimmer Vorahnung erfüllt, sah er, wie die Häftlinge in ihrer gestreiften Kleidung aus Baumwolle über den Hof schlurften. Sie zitterten vor Kälte. Der kalte Wind aus den Alpen wehte über das Lager hinweg. Als sie näherkamen, musterte er die grauen, wortlosen Gestalten, um herauszufinden, ob sein Vater unter ihnen war. Der Aufseher bellte sie an, sie sollten sich gefälligst schneller bewegen. Als die Häftlinge versuchten, ihren Schritt zu beschleunigen, stürzte einer von ihnen zu Boden. Der Gefangene dahinter wollte ihm wieder auf die Beine helfen. Doch der Aufseher ging hinüber und versetzte dem Mann auf dem Boden einen Tritt; dem anderen, der dem Gestürzten hatte helfen wollen, verpasst er mit der Pistole einen Hieb. Der Mann auf dem Boden rührte sich trotz wiederholter Tritte nicht mehr. Da rief der Aufseher nach Unterstützung, woraufhin zwei Soldaten erschienen und den leblosen Körper wegschleiften.

Untersturmführer Klempner reinigte seine Pistole, als Fritz den schäbigen, kleinen Raum betrat. Der SS-Mann legte die Waffe auf den Schreibtisch und blickte auf.

„Wer sind Sie? Was wollen Sie?"

„Ich heiße Fritz Vogel. Ich habe Grund zu der Annahme, dass Sie bereit sind, meinen Vater freizulassen."

Er sah den Mann mit dem bulligen Schädel an, der seinen Blick stumm erwiderte, ehe ein süffisantes Lächeln auf seinem Gesicht erschien.

„Wer soll denn überhaupt Ihr Vater sein?", fragte er mit schnarrender Stimme.

„Heinz Friedrich Vogel."

„Vogel? Vogel? Hier gibt es keinen Gefangen mit diesem Namen."

„Er wurde am 9. November verhaftet und hierhergebracht. Wo ist er?"

Der Untersturmführer starrte ihn an.

„Nicht frech werden junger Mann!"

„Bitte seien Sie so freundlich, es mir zu sagen", schob Fritz nach und senkte seine Stimme. Er erhielt immer noch keine Antwort.

Schließlich fragte Fritz: „Ist er tot?"

„Das werden Sie wissen, wenn Sie seine Asche erhalten", kam die unerbittliche Antwort.

Fritz verließ fluchtartig das Zimmer und das Lager.

Zurück in Nürnberg irrte Fritz Stunde um Stunde durch die Straßen; er musste immerzu an seinen schwachen, sanften Vater denken. Ob er wohl tot war, wie es der Untersturmführer anzudeuten schien. Wie er wohl gestorben war? Leopold Kahn hatte nicht gesagt, dass Heinz krank war, als er selbst das Lager verlassen konnte. Wurde er auf eine fahrlässige oder brutale Art und Weise umgebracht? War er wirklich tot? Oder war er immer noch in Dachau? Leopold Kahn, der ihm mehr über die Zustände im Lager hätte erzählen können, war bereits mit Alice in England. Fritz zermarterte sich das Hirn auf der Suche nach jemandem, der ihm Genaueres sagen könne.

Als letzten Ausweg kam er auf Gerhard Richter. Vielleicht konnte oder wollte er nicht helfen, aber Fritz glaubte, dem Polizeibeamten seien menschliche Gefühle nicht fremd. Was konnte er sonst schon tun?

Es war bereits weit nach Mitternacht, als Herr Richter aus dem Polizeipräsidium kam und langsam nach Hause ging. Fritz folgte ihm. Als er sah, dass er vor seiner Haustüre stehen blieb, rief er seinen Namen. Richter erschrak. Er erkannte den rothaarigen Jungen, dem er aus dem Gefängnis verholfen hatte.

„Du bist also immer noch in Nürnberg!"

Fritz nickte und Richter stellte ihm dieselbe Frage wie der Untersturmführer in Dachau, aber in einer weicheren Stimme.

„Was willst du?"

Fritz erzählte ihm von den Visa für Frankreich und was passiert war, als er versucht hatte, seinen Vater aus Dachau freizubekommen.

„Könnten Sie denn nicht vielleicht herausfinden, was aus meinem Vater geworden ist, bitte?"

Herr Richter nahm die Haustürschlüssel, öffnete die Türe und sagte: „Komm morgen gegen zwölf Uhr in mein Büro."

Als Fritz am nächsten Tag wieder zu Richter kam, sah er, wie dieser etwas in die Schreibtischschublade verschwinden ließ. Der

Beamte sah müde aus. Mit matter Stimme sagte er: „Dein Vater ist weder gestorben noch krank, soweit ich weiß."

„Oh, ich danke Ihnen. Ich danke Ihnen sehr, dass Sie das für mich herausgefunden und mich informiert haben."

Fritz fühlte sich sehr erleichtert. Ehe er noch etwas sagen konnte, hob Richter seine Hand, um ihn zu unterbrechen.

„Er wurde nach Buchenwald überstellt."

„Warum?", fragte Fritz fassungslos. „Das ist doch auch ein Lager, oder? Wo ist das genau?"

„In der Nähe von Weimar", kam die Antwort.

„Ich werde hingehen", sagte Fritz, als er sich nach dem Schreck der unerwarteten Nachricht wieder etwas gefasst hatte.

„Wenn ich den Leuten dort zeige, dass mein Vater ein Visum hat, werden sie ihn freilassen. Oder?"

Doch Herr Richter blickte weiterhin düster drein.

„Er steht auf der Liste für die nie mehr Freizulassenden", sagte Richter. „Wenn du da hingehst, werden sie auch dich festnehmen. Das ist alles, was du erreichen würdest. Eigentlich bin ich überrascht, dass man dich noch nicht geholt hat. Tausende sind von Razzien der SS betroffen. Zigeuner, Landstreicher, sogar Arbeitslose und natürlich Juden."

In diesem Augenblick war ein Geräusch von der Straße zu hören. Richter ging ans Fenster.

„Komm her!", befahl er. Sie sahen, wie ein Trupp Soldaten vorbeimarschierte. Sie waren in Uniform, bewaffnet, und trugen schwere Rucksäcke auf dem Rücken.

„Sie sind schon kampfbereit, wie du siehst. Deutschland steht am Rande eines Krieges. Unser Führer wird sich mit der Einnahme der Tschechoslowakei nicht zufriedengeben. Er will sehr viel mehr als das."

Richter packte Fritz am Arm. „Ich gebe dir einen guten Rat. Du kannst nichts tun, um deinem Vater zu helfen. Er muss selbst sein Glück versuchen. Du musst Deutschland schnell verlassen. Es könnte dir vielleicht gelingen, dich jetzt der SS zu entziehen. Doch wenn du wartest bis es Krieg gibt, werden die Grenzen geschlossen sein und dann kannst du das Land nicht mehr verlassen."

Wortlos schüttelte Fritz Herrn Richter die Hand. Ganz benommen verließ er das Büro.

Als er fort war, ging Richter zurück zu seinem Schreibtisch und holte sich den Cognac wieder heraus.

Beim Verlassen des Gebäudes wurde Fritz Zeuge, wie eine Frau mit dem Polizisten stritt, der ihm am Vortag den Zutritt verwehrt hatte.

„Wo ist er?", bettelte die Frau. „Bitte sagen Sie mir, wohin sie ihn hingebracht haben."

Fritz sah die Frau an und überlegte, wo er sie schon einmal gesehen hatte. Dann fiel es ihm ein – es war im Zusammenhang mit Magda. Das war Hedy Gutmann, die Frau des Fotografen.

Fritz war wie betäubt vor Elend, als er langsam nach Hause ging. Obwohl er Richters Ratschlag immer noch nicht richtig verdaut hatte, nahm er sich vor, ein paar Kleidungsstücke zusammen zu packen.

Er wollte gerade durch den Torbogen in den Hof zu seiner Wohnung gehen, als ein Nachbar seine Schulter streifte und ihm zuraunte: „Geh nicht in die Wohnung!"

Fritz war sich nicht sicher, ob er den Mann richtig verstanden hatte, aber der eilte schon davon. Es war der Nachbar, der sich stets beschwerte, wenn Fritz spät am Abend Jazz hörte.

Doch jetzt fielen Fritz die SS-Männer auf. Auch sie sahen ihn. Einer von ihnen rief: „Halt stehen bleiben!"

Fritz drehte sich um und rannte los; drei oder vier von der SS hinter ihm her. Er kannte die Gegend besser als sie, tauchte in eine Seitenstraße ab und rannte durch eine Schusterwerkstatt. Der Inhaber sah erstaunt von seiner Arbeit auf, als Fritz bereits wieder durch die Hintertür in ein weiteres Gässchen verschwand. An dessen Ende war eine Matratzenfirma; dort stapelten sich versandfertige Matratzen für den Abtransport. Fritz kroch unter die Abdeckplane. Er zwängte sich zwischen zwei Stößen bis nach hinten an die Wand durch. Dort wartete er. Seine SS-Verfolger kamen nicht bis zu dieser Firma. Fritz blieb, wo er war, bis es dunkel wurde.

Er spielte mit dem Gedanken, sein Versteck zu verlassen, als er die beiden Fahrer im Hof reden hörte. Sie sprachen Schwyzerdütsch und Fritz bekam mit, dass einer von ihnen nach Zürich fuhr. Sie zogen die Abdeckplane von den Matratzen und fingen an, sie auf ihre Laster zu laden. Bald war die Hälfte der Matratzen verladen und ein Laster voll. Da wurde Fritz klar, dass sie ihn ohnehin entdecken würden. Auf gut Glück kam er aus seinem Versteck hervor und fragte: „Kann mich einer mit nach Zürich mitnehmen?"

Er setzte sein gewinnendstes Lächeln auf. Misstrauisch schauten sie auf diesen schlaksigen, ungepflegten jungen Mann. Auch Fritz versuchte, sie beide einzuschätzen. Der eine war klein und drahtig und funkelte ihn böse an; der andere war älter, vielleicht um die Fünfzig, war größer und athletisch, auch wenn seine Figur inzwischen fülliger war. Im Gegensatz zu seinem Kollegen, der vor Feindseligkeit nur so strotze, schien er lediglich überrascht und auch neugierig zu sein. Er ergriff als Erster das Wort.

„Um Himmels Willen, was hast du denn da drin gemacht?" Er deutete auf die halb verladene Lieferung.

Fritz beschloss, eine Geschichte zu erfinden.

„Mir ist bekannt, dass Lieferungen von hier nach Zürich gehen. Ich will das Mädchen besuchen, das ich liebe. Sie ist Deutsche, lebt jetzt aber in der Schweiz."

„Ich glaube kein Wort davon", sagte der andere Fahrer. „Du versteckst dich vermutlich vor der Polizei. Du bist ein Dieb, wenn nicht etwas Schlimmeres. Lass' ihn, Franz. Er wird nur Probleme machen."

Als er keine Antwort von Franz bekam, wurde er ärgerlich. Er ging auf seinen Laster zu und sagte: „Wie du willst. Ich habe meine Ladung, ich fahr jetzt los." Er ließ den Motor an und fuhr aus dem Hof.

„Du weißt aber schon, dass es Züge nach Zürich gibt?", sagte Franz.

„Ja, aber ich habe kein Geld."

Der Fahrer lachte. „Hast du denn einen Pass? Den wirst du brauchen, um in die Schweiz zu kommen." Fritz, der seinen Pass stets bei sich trug, zeigte ihn her. Er wollte nicht, dass der Fahrer ihn sich genau ansah, aber Franz hatte ihn schon in der Hand.

Das große ‚J' auf der ersten Seite war unübersehbar und nach seinem Vornamen war ‚Israel' eingefügt.

„Das heißt, du bist Jude, oder?"

„Ja, wir haben jetzt alle solche Pässe", gab Fritz zu. „Es ist eine Nazibestimmung."

Er stand da und wartete auf die Reaktion des Fahrers.

Schließlich sagte Franz: „Ich treffe fast nie Juden. Das ist die Gelegenheit, einen kennenzulernen. Hilf mir mit den restlichen Matratzen, dann kannst du mir auf der Fahrt nach Zürich ein bisschen was von dir erzählen."

Als er mit Franz im Laster saß, erzählte Fritz, wie ihn die SS gejagt hatte. Der Fahrer sprach mittlerweile nicht mehr Schwyzerdütsch.

„Was ist mit deinen Eltern?", fragte er, und Fritz erzählte vom Tod seiner Mutter kurz nach seiner Geburt. Er fügte hinzu, dass sein Vater in einem Konzentrationslager sei, ohne weiter ins Detail zu gehen.

Franz drängte ihn nicht zu weiteren Informationen, sondern bot ihm eine seiner Zigarillos an. Obwohl Fritz vorher nur Zigaretten geraucht hatte, nahm er ein Zigarillo in der Hoffnung, seinen Hunger zu dämpfen. Es schmeckte beißend und trocknete seinen Mund aus. Einige Kilometer sprach keiner von beiden, bis der Fahrer sagte: „Dann bist du also ganz allein."

Fritz nickte und Franz fuhr fort: „Was ist mit dem Mädchen, das du besuchen möchtest? Oder hast du das nur erfunden?"

Noch ehe ihm Franz diese Frage stellte, hatte Fritz sich entschlossen, Rachel zu suchen, bevor er endgültig nach Frankreich gehen würde. Rachel hatte Deutschland mit ihrer Mutter zur selben Zeit wie die Sengers verlassen.

„Nein", antwortete er, „es gibt sie wirklich und ich liebe sie." *Vielleicht tue ich das ja tatsächlich*, dachte er. „Sie wohnt irgendwo in Bern."

„Ich habe meine Jugendliebe geheiratet", sagte Franz.

„Sind Sie glücklich zusammen?"

„Ja, im Großen und Ganzen", antwortete Franz, nachdem er einen Moment lang nachgedacht hatte. „Marie hat mir drei Söhne geschenkt. Sie ist gelegentlich launisch, da ist es gut, einen solchen Beruf zu haben, bei dem man nicht ständig aufeinandersitzt." Dann fragte er Fritz, ob er vorher schon einmal in der Schweiz gewesen war.

„Vor drei Jahren war ich in Mürren und habe am ‚Inferno‘ teilgenommen.“

„Ach wirklich?“, rief Franz aus und schaute seinen Beifahrer überrascht von der Seite an. „Ich auch, als ich in deinem Alter war. Welchen Platz hast du gemacht? Hast du bis zum Ende durchgehalten?“

„Ja, ich habe es in knapp zehn Minuten geschafft.“

„Nicht schlecht!“

„Es war in Ordnung“, sagte Fritz bescheiden. „Aber ich nehme an, Sie waren viel schneller.“

„Ich bin gerade so unter sieben Minuten geblieben, aber ich bin auch im Schatten des Schilthorn aufgewachsen.“

Fritz hatte auf einmal das Bild des stämmigen Fahrers mit einer Zigarre zwischen den Zähnen vor Augen, so wie er früher vielleicht einmal ausgesehen hatte. Das Bild eines rauen, Schnaps trinkenden jungen Mannes aus den Bergen. Einer von denen, die er nie beim Skirennen besiegen würde.

Die Strecke nach Zürich betrug gut 400 Kilometer. Der Fahrer behielt sein Tempo bei, ohne anzuhalten. Er wurde nicht müde oder hungrig, weil er, wie er erklärte, die meiste Zeit des Tages geschlafen und vor der Abfahrt noch reichlich gegessen hatte. Fritz allerdings war ausgelaugt. Schon nach kurzer Zeit ließen ihn das monotone Gebrumm des Motors und das Geräusch der Reifen einschlafen.

Franz weckte ihn auf, als sich der Laster der Schweizer Grenze näherte.

„Zeig deinen Pass nur vor, wenn du musst“, sagte er ihm. „Stell‘ dich schlafend, dann brauchen wir vielleicht keine Fragen zu beantworten.“

Dieser Plan ging auf. Die Grenzbeamten kannten den Laster und seinen Fahrer und warfen nur einen kurzen Blick auf seine Papiere. Einer von ihnen sah fragend zu dem jungen Mitfahrer, der in seinen Sitz zusammengesunken war und offenbar schlief.

Hastig sagte Franz: „Das ist mein Sohn“, und fuhr weiter.

Franz ließ seinen Passagier in der Nähe des Züricher Bahnhofs aussteigen. Er wollte keinen Dank für seine Hilfe und rief Fritz nur zu: „Viel Glück mit deinem Mädchen!“

Er gab wieder Gas und bekam gar nicht mehr mit, dass Fritz ihm sagte, er habe ihm das Leben gerettet.

Fritz ging in den Bahnhof. Er hatte seit vierundzwanzig Stunden nichts mehr gegessen. Er stand in der Tür des Bahnhofcafés, roch den Duft von Kaffee und heißer Schokolade und musste hungrig zusehen, wie die Leute in Croissants bissen. Er hatte nur ein paar Münzen in seiner Hosentasche. Außerdem war es deutsches Geld und daher nutzlos in der Schweiz. Er überlegte, in die Stadt zu gehen, um sich nach einer Arbeit umzusehen, vielleicht als Tellerwäscher, wo sie ihm etwas zu Essen geben würden. Dann sah er ein älteres Paar, das aus einem Zug ausstieg und sich unsicher umsah; sie standen auf dem sich schnell leerenden Bahnsteig und waren von Taschen und Koffern umgeben. Einem Impuls folgend ging er zu ihnen und bot an, ihnen zu helfen. Auf einem Kofferanhänger entdeckte er, dass sie aus Baltimore kamen, also sprach er sie auf Englisch an. Sie waren erleichtert, ihn Englisch sprechen zu hören.

„Wir hätten hier abgeholt werden sollen", erklärte die Frau. „Aber es sieht so aus, als hätten wir uns verpasst."

„Können Sie uns ein Taxi besorgen?", bat der Mann. „Können Sie die Sprache hier?"

„Nun ja, ich spreche Deutsch und das wird ausreichen", antwortete Fritz. Dann rief er dem Paar ein Taxi und sagte dem Fahrer, in welchem Hotel er sie absetzen solle. Er erkundigte sich für sie auch nach den Fahrtkosten.

„Wir sind so froh, dass wir Sie getroffen haben", sagte die Frau. „Sei jetzt bitte großzügig, George!"

Das war George auch; er gab Fritz Geld, das für ein Frühstück und noch etwas mehr reichte.

Die nächsten Tage streifte er durch Zürich und nahm jede Arbeit an, die ihm angeboten wurde. Er hoffte, genug zu verdienen, um nach Bern fahren und Rachel aufsuchen zu können. Sollte er sie überhaupt finden, wollte er nicht ohne Geld bei ihr auftauchen. Am ersten Abend arbeitete er als Kellner in einem Café. Er sollte dort bei einer Geburtstagsfeier aushelfen. Er bekam zwar zu essen, aber nicht genug Geld für eine Unterkunft. Die Nacht verbrachte er versteckt auf der Orgelempore der Kirche Fraumünster. Am anderen Morgen entdeckte ihn der Organist, der zum Üben kam; ein junger Mann mit strähnigem Haar und feinen, weichen Gesichtszügen. Er merkte, dass der schläfrige Landstreicher in abgerissener Kleidung Deutscher war und stellte ihm Fragen. Fritz wollte möglichst wenig von sich erzählen, erwähnte aber, dass sein Vater Musiklehrer sei und auch ein paar Stücke komponiert habe.

„Und du?", fragte der Organist schließlich. „Spielst du auch ein Instrument?"

„Ja, moderne Sachen auf dem Klavier. Ich hoffte, irgendwo Arbeit zu finden – in einer Kneipe vielleicht, aber bisher hatte ich kein Glück."

„Versuch's doch mal im Löwenkopf", sagte der Organist. „Einer meiner Schüler erzählte mir, Herr Gruber suche einen Pianisten. Das tut er oft. Niemand bleibt lange dort, weil er immer schlecht gelaunt ist."

„Das kann ich aushalten", dachte Fritz bei sich, „so schlimm wie die Nazis kann der Mann gar nicht sein."

Also ging er mit der Adresse in der Hand los, um die Kneipe zu suchen.

Es war schon spät am Vormittag, als er die Kneipe endlich in einem Innenhof fand, ein ganz schönes Stück entfernt vom beeindruckenden Bankenviertel und von der vornehmen Höhenstraße. Fritz kam aus dem hellen Tageslicht in einen großen, düsteren Schankraum, der nach Schweinebraten und Tabak roch und konnte anfänglich nicht viel erkennen, hörte aber jemanden herumschimpfen. Sobald sich seine Augen an das schwache Licht gewöhnt hatten, erkannte er einen großen Mann mit gerötetem Gesicht. Er beschimpfte eine Frau, die in der Nähe verschütteten Wein vom Boden aufwischte.

„Sind Sie Herr Gruber?", fragte Fritz.

„Der bin ich", kam die Antwort. Ihm fiel auf, dass Fritz kein Schwyzerdütsch sprach. Der Wirt starrte ihn an und fragte: „Was machst du hier?"

„Ich habe gehört, Sie suchen einen Pianisten."

„Zieh die Jalousie hoch", knurrte Gruber die Putzfrau an. Er sah Fritz bei Licht und fragte: „Bist du ein Jid?"

„Ja, ich bin Jude", antwortete Fritz und wartete, was als Nächstes kommen würde.

Es kam nur noch eine Frage: „Bist du Kommunist?"

„Nein", antwortete Fritz wahrheitsgemäß.

„Naja, das ist ja schon mal was. Aber ich vermute, du bist ziemlich gerissen. Die meisten Jids sind das. Aber ich warne dich, du musst schon ganz schön schlau sein, um mich übers Ohr zu hauen."

Dann deutete er auf ein altes Klavier in der Ecke. „Spiel was!", befahl er.

„Was soll ich spielen?", fragte Fritz. „Einen Walzer? Jazz?"

„Hier geht alles", antwortete sein möglicher Chef, nahm eine flache Schachtel aus seiner Hosentasche und warf sich mehrere weiße Pillen ein. Fritz spielte ein paar Stücke, darunter auch den ‚Schlittschuhläufer-Walzer' und hörte mit ‚Swanee River' auf, wozu er sang. Offensichtlich war es von Vorteil, dass er Englisch konnte.

„Das reicht mir schon", sagte der Inhaber. „Ich brauche dich nur am Abend", fügte er hinzu. „Von fünf bis wir schließen." Fritz schaffte es, zusätzlich zu dem knappen Lohn ein Abendessen aushandeln.

Fritz kam um fünf Uhr wieder zum Löwenkopf und spielte bis zwei Uhr morgens. Gruber schrie viel herum. Alle paar Stunden bekam er Bauchkrämpfe und dann schluckte er immer noch ein paar Pillen und verfluchte seine schlechte Verdauung. Fritz fragte sich, ob er nicht vielleicht etwas Ernsteres hätte. Egal was ihm fehlte, es verbesserte seine Laune jedenfalls nicht. Sein liebstes Opfer war der kleinwüchsige Kellner. Immer wenn dieser merkte, dass Gruber einen seiner Wutanfälle hatte, versuchte er ihm aus dem Weg zu gehen, um keine Ohrfeige von ihm einzufangen. Fritz hinter dem Klavier war da sicherer. Jedenfalls ließ ihn Herr Gruber in Ruhe. Vielleicht war er auch schlau genug zu erkennen, was er an seinem neuen Klavierspieler hatte. Es sprach sich herum und die Kneipe war bald viel besser besucht.

Die meisten Gäste waren männliche, Bier trinkende Studenten. Sie ließen Fritz ihre Lieblingslieder von Fats Waller spielen, wie zum Beispiel ‚Ain't Misbehavin' und ‚Honeysuckle Rose'. Gegen Ende des Abends stimmten sie Studentenlieder an, die er nachspielen sollte, damit sie die Refrains grölen konnten. Der Wirt rief sie zur Ordnung und zögerte nicht, allzu Betrunkene und lästige Gäste auf die Straße zu werfen. Fritz kam gut mit den Studenten aus, die alle ungefähr in seinem Alter waren. Seine Arbeit machte ihm mehr Spaß, als er am Anfang gedacht hatte.

Allerdings musste er tagsüber schlafen und das war ein Problem. Er würde seinen Lohn erst nach einer vollen Arbeitswoche bekommen und war immer noch fast pleite. Daher schlief er zusammengekauert auf Kirchenbänken, wenn kein Gottesdienst war, aber in den Kirchen war es kalt. Deshalb bevorzugte er eine Bank im Bahnhof, auch wenn es dort wahrscheinlicher war, aufgeweckt und verscheucht zu werden.

Bis jetzt war Fritz den Schweizer Behörden nicht aufgefallen, aber das sollte sich bald ändern. Eines Abends hörten alle im Löwenkopf einen lautstarken Streit in der Küche, auf den ein schwerer, dumpfer Schlag folgte. Als Nächstes kam der schreckensbleiche Koch in den Schankraum gerannt: „Hilfe! Schnell!", schrie er. „Der Chef ist verletzt." Ein junger Medizinstudent sprang auf und sah nach ihm. Herr Gruber lag auf dem Boden.

Der Student kniete sich neben ihm nieder und untersuchte ihn. „Er ist tot", sagte er zu allen, die sich in die Küche gedrängt hatten. „Wir müssen die Polizei rufen."

Der Koch begann zu wimmern. „Ich habe ihn nicht umgebracht. Er hat versucht, mich zu erwürgen und als ich ihn weggeschubst habe, ist er gestürzt."

Sobald die Polizei da war, befragte sie alle, Fritz eingeschlossen. Der Wachtmeister verlangte, sein Schweizer Visum zu sehen. „Ich habe keines", gab er zu. „Ich bin nur auf der Durchreise", und er holte die Papiere für Frankreich hervor.

„Und trotzdem hast du in Zürich gearbeitet, ohne für die Schweiz eine Aufenthaltsgenehmigung zu haben?"

„Ja, ich musste Geld verdienen, um meine Reise fortsetzen zu können." Der Polizist sah sich Fritz aufmerksam an und fuhr fort: „Ich muss dich in eine Haftzelle stecken oder zurück nach Deutschland schicken."

„Nicht nach Deutschland! Ich bin Jude", schrie Fritz. Der Mann war von dieser heftigen Reaktion überrascht. Er interessierte sich nicht sonderlich für Politik; und doch spürte er, dass dies ein besonderer Fall war. Einen Moment hielt er inne um nachzudenken. In seinem ganzen Berufsleben hatte er sich immer streng an die Vorschriften gehalten und stand jetzt kurz vor seinem Ruhestand.

Er holte tief Luft: „Schau', dass du hier verschwindest und komm' mir nie wieder unter die Augen!"

Fritz flüsterte: „Danke", und fügte in amerikanischem Englisch hinzu: „Sie sind ein guter Kerl! Dann schloss er sich der Gruppe Studenten an, denen man gesagt hatte, dass sie gehen könnten.

Da hatte er nochmal großes Glück gehabt. Und doch wollte Fritz nicht aus der Schweiz weggehen, ehe er Rachel gefunden hätte. Von Zürich nach Bern waren es an die hundert Kilometer. Herr Gruber hatte ihn vor seinem plötzlichen Tod nicht bezahlt und so konnte er nicht mit dem Zug fahren. Also machte er sich zu Fuß auf. Für die Strecke benötigte er vier Tage. Da er auf keinen Fall der Polizei erneut in die Hände fallen wollte, bemühte er sich unterwegs um keine Mitfahrgelegenheit. Tatsächlich hielt er sich von den Hauptstraßen fern, wann immer es möglich war; auch vermied er es durch Dörfer zu gehen. Diese Umwege verlängerten seine Strecke zusätzlich. Von einem Züricher Bäcker konnte er noch eine Tüte altes Brot erstehen und teilte es sich sparsam ein, um damit über die Runden zu kommen. Glücklicherweise fand er stets einen Bach, aus dem er trinken konnte. Er war immer hungrig und schaute sehnsüchtig einer Forelle nach, die einmal im Wasser an ihm vorbeischoss, aber nicht zu fangen war. An einem langsam fließenden Bach bildete sich in Ufernähe schon etwas Eis. Als er sich unermüdlich weiterschleppte, kam er in ein Schneetreiben. Sein Gesicht war gerötet und eiskalt. Es gab Augenblicke, in denen er befürchtete, den Verstand zu verlieren.

„Ich muss weitergehen", sagte er sich selbst. „Wenn ich nicht aufgebe, wird es auch Vater schaffen. Vater soll Buchenwald überleben!"

Wenn es dunkel wurde, sah er sich nach einem Schlafplatz um, wo er vor der Kälte einigermaßen geschützt war. Die ersten zwei Nächte fand er in einer Scheune und einem Stall Unterschlupf. In der dritten Nacht weckte er Hofhunde, deren Gebell zwei Männer nach draußen trieb, um nachzusehen. Fritz konnte durch mehr Glück als Verstand entkommen. Er war in ein Feld mit Winterknoblauch gestolpert und der Geruch hatte die Hunde in die Irre geführt. Er wollte sich schon damit abfinden, im Freien, bei einer Temperatur um den Gefrierpunkt, nächtigen zu müssen, da tauchte plötzlich vor ihm eine verfallenen Kate auf. Sie hatte kein Dach, aber ein paar der Mauern standen noch. Als er sich darin umsah, fand er eine Treppe, die in den Keller hinunterführte. Besser als im Freien, dachte er sich. In dieser letzten Nacht auf seinem Weg nach Bern, konnte er sich sogar eine Zeitlang aufwärmen. Aus ein bisschen Abfall und Holz-stückchen gelang es ihm, ein Feuer zu machen. Das letzte Stück Brot war jetzt steinhart. Er lutschte daran und schlief ein. Als er aufwachte, war es bereits heller Tag und die Sonne schien, obwohl es immer noch kalt war. Das Feuer war schon lange ausgegangen und sein Körper war ganz steif, aber er hoffte, beim Weitergehen würde es nachlassen.

Kapitel 22

Im Laufe des Vormittags erreichte Fritz Bern. Er begab sich zum Bahnhof und hoffte, ein bisschen Geld zusammen zu bekommen, um sich Essen zu kaufen. Er ging auf eine Frau mittleren Alters zu, die von Koffern umgeben war. Er bot ihr seine Hilfe an, doch sie sagte schnell „Nein, nein" und schien zu Tode erschrocken. Der Grund für ihr Verhalten wurde ihm klar, als er auf die Toilette ging und sich im Spiegel über dem Waschbecken ansah: schmutzig und mit verfilztem Haar. So gut es ging, wusch er sich die Hände und das Gesicht mit kaltem Wasser und einem Stück einfacher Seife, das auf der Ablage lag. Dann versuchte er, sich auch die Haare zu waschen. Da er seinen Kamm verloren hatte, sahen sie anschließend noch immer ziemlich wild aus. An seiner Kleidung konnte er wenig ausrichten, nur ein bisschen den Dreck abrubbeln. Als er damit fertig war, fühlte er sich beobachtet. Er drehte sich um und sah einen gepflegten Schweizer, mit einer goldenen Taschenuhr, die an einer Goldkette in seiner Westentasche steckte. Der Mann sah ihn verwundert an. Fritz grüßte ihn mit einem freundlichen ‚Guten Morgen!' und ging schnell hinaus.

Als Nächstes ging er in eine Telefonzelle und suchte im Telefonbuch nach ‚Kettner'. Er erinnerte sich, dass Rachel gesagt hatte, sie und ihre Mutter würden bei ihrer Tante wohnen. Also rief er mit seinem letzten Geld die in Frage kommenden Telefonnummern an. Beim dritten Versuch erreichte er Ella Kettner. Fritz erklärte Rachels Tante, wer er sei und erhielt das Angebot sofort zu kommen.

„Ich bin aber nicht gerade vorzeigbar, fürchte ich", warnte er Rachels Tante. „Genau genommen sehe ich aus wie ein Landstreicher. Ich komme nämlich den ganzen Weg von Zürich zu Fuß und musste im Freien übernachten."

„Noch ein Grund, warum du umgehend kommen solltest. Hier kannst du dich gründlich waschen und anschließend etwas essen. Sicher bist du hungrig."

Sie erklärte ihm noch, wie er am schnellsten zu ihr käme.

„Rachel wird sich bestimmt sehr freuen, jemanden zu sehen, den sie kennt. In letzter Zeit ist sie recht traurig, wie du dir bestimmt vorstellen kannst."

Fritz lief über das Kopfsteinpflaster der Berner Straßen. Die alten Sandsteingebäude erinnerten ihn an Nürnberg, wie es einst war, ehe die Stadt vom Widerhall der Soldatenstiefel und vom Gegröle der Nazilieder dominiert wurde. *Das Leben hat hier ein gemächlicheres Tempo,* dachte er sich, *alles geht so weiter, wie gewohnt. Wie wohl Rachel hier zurechtkommt?* Ihm fiel wieder ein, wie Frau Kettner gesagt hatte, ihre Nichte sei recht traurig. *Vielleicht ist sie einsam,* überlegte er.

Bald würde er diese junge Frau wiedersehen. Er versuchte, sich über seine Gefühle für sie klar zu werden. Ja, er fühlte sich von ihr angezogen. Und doch hatte er oft Probleme mit ihr gehabt. Es ärgerte ihn, dass sie sich dafür schämte, Jüdin zu sein. Er wusste nicht recht, woran er bei ihr war. An einem Tag war sie die tugendhafte Susanna, am nächsten Tag Delilah. Selbst wenn sie seine Küsse erwiderte, war ihm klar, sie würde ihm nie ganz gehören. *War das schon alles?,* fragte er sich. *Bin ich nur hergekommen, um mich einer Herausforderung zu stellen – wie ein Jäger, der seine ihm entfliehende Beute jagt?* Diese Gedanken begleiteten Fritz auf seinem Weg zu Frau Kettner. Als er vor der Haustür stand, trat ein Mann heraus. Mittleres Alter, beleibt, mit einer goldenen Taschenuhr, die an einer goldenen Kette in der Westentasche steckte. Er sah aus wie der Mann aus der Männertoilette am Bahnhof.

Eine weißhaarige, gebrechlich wirkende Frau öffnete auf sein Klingeln hin.

„Komm rein!" Sie nahm ihn gleich bei beiden Händen. „Ich bin Rachels Tante. Ich weiß, dass du Magdas Cousin bist. Du musst mir erzählen, wie es ihr geht. Das arme Mädchen! Es war eine Freude, sie zu unterrichten – sie war immer so lebhaft und so aufgeschlossen."

Sie trat einen Schritt zurück und sah ihn sich genauer an. „Ehe du zu Rachel gehst, solltest du dir lieber etwas Sauberes anziehen. Ich werde dir ein paar Sachen von meinem Neffen geben. Er ist Student und wohnt bis Weihnachten in Genf. Komm' mit! Mal sehen, was wir für dich finden."

Fritz folgte ihr in ein unordentliches Zimmer. Ein Tennisschläger war aus dem Regal gefallen und Fritz musste über einige auf dem Fußboden herumliegenden Tennisbälle steigen. Frau Kettner machte sich auf die Suche nach passenden Kleidungsstücken. Fritz sah sich inzwischen um. Eine Fotografie an der Wand zeigte einen ausnehmend gutaussehenden jungen Mann, dem ein Pokal überreicht wird. „Das ist Jules – mein Neffe. Das Foto wurde aufgenommen, als er Sieger beim Hundertmeterlauf wurde."

Frau Kettner stand hinter Fritz und blickte ihm beim Sprechen über die Schulter, ging aber ganz schnell einen Schritt zurück. Fritz stank.

„Du solltest wohl besser ein Bad nehmen."

Nachdem er sich zwanzig Minuten im warmen Wasser eingeweicht und geschrubbt hatte, fühlte er sich wieder wohl in seiner Haut und sein Haar glänzte wie die aufgehende Sonne. In einem weißen Hemd und einer etwas zu großen schwarzen Hose ging er ins Esszimmer. Rachel und ihre Tante warteten dort schon auf ihn; sie saßen neben dem Ofen.

„Wie schön, dich wiederzusehen", sagte Rachel unaufgeregt. Das hätte ich nicht gedacht."

Aha, heute sind wir also Susanna, dachte sich Fritz. „Ich musste dich einfach finden", sagte er laut. „Wie geht es dir?"

„Sehr gut, danke", meinte sie steif.

„Und wie geht es deiner Mutter?", erkundigte sich Fritz. Er erhielt keine Antwort.

Es folgte ein Schweigen, das Fritz endlos schien, bis schließlich Ella Kettner gequält herauspresste: „Ich dachte, du wüsstest das – sie haben Hilde in ein Konzentrationslager gebracht."

Rachel stand mit gesenktem Kopf da. Fritz ging auf sie zu und nahm sie in die Arme.

„Das tut mir unendlich leid. Ich hatte keine Ahnung. Ich wusste nur, dass ihr beide miteinander aufgebrochen seid."

Rachel wich ein Stück von ihm zurück.

„Ja, das stimmt. Als der Zug losfahren wollte, ist die Gestapo eingestiegen und sie haben Mutter verhaftet. Ich möchte aber nicht darüber reden. Du kannst Tante Ella später danach fragen."

Das Mittagessen war eine trübe Angelegenheit. Fritz hielt es für unpassend, über sich selbst zu sprechen. Stattdessen hielt er die Unterhaltung einigermaßen am Laufen, indem er erzählte, was Magda und ihren Eltern zugestoßen war. Die anderen zwei sagten wenig. Man bot Fritz aber noch eine Portion vom Rinderschmorbraten an. „Du siehst aus wie ein wandelndes Skelett", kommentierte Rachel.

Fritz erwähnte auch seinen Vater nicht, bis er mit Frau Kettner allein war. Dann vertraute er ihr an: „Wenn Sie den Zeitpunkt für geeignet halten, dann können Sie Rachel erzählen, dass mein Vater nach Buchenwald geschickt wurde. Es wird ihr auch nicht viel helfen; aber sie soll wissen, dass sie mit ihrem Kummer nicht allein ist."

Frau Kettner sah ihn traurig an. „Da haben sie auch Hilde hingebracht. Ich könnte mir vorstellen, dass sie beide aus demselben verrückten Grund dorthin geschickt wurden."

„Was meinen Sie damit?"

„Ich nehme an, die Gestapo hat in der Vergangenheit gewühlt und dabei herausgefunden, dass sie einmal Sozis waren."

Fritz wusste, dass sein Vater früher als junger Mann zu den Treffen der sozialistischen Arbeiterpartei gegangen war, aber Heinz hatte ihm nie viel davon erzählt.

„Das ist doch eine Ewigkeit her, da war mein Vater jünger als ich jetzt bin", protestierte er. „Er war nie ein politischer Aktivist."

„Da liegst du falsch, Fritz. Das war er schon, als er Hilde kennenlernte."

Das war Fritz neu und er blickte verunsichert drein.

„Er half ihr beim Verfassen politischer Pamphlete und demonstrierte mit ihr auf der Straße", fuhr Frau Kettner fort. „Er wurde einmal zusammen mit Hilde verhaftet, als die Polizei eines ihrer Treffen auflöste."

Sie hielt inne und fügte dann hinzu: „Er war schwer in sie verliebt."

Das war Fritz ebenfalls neu. Verblüfft fragte er: „Wie ging das weiter?"

„Sie hat ihn sitzenlassen und meinen Bruder geheiratet. Als ich noch ein Kind war, war Dietrich mein Held. Auch für die Parteimitglieder war er das. Er hatte das, was man Charisma nennt."

„Und mein Vater?"

„Heinz ist verschwunden. Ich hatte keine Ahnung, was aus ihm wurde, bis ich ihn in Nürnberg wiedergesehen habe."

Danach ließ Frau Kettner Fritz allein. Er blieb in dem kleinen, spärlich möblierten Wohnzimmer sitzen. Er versuchte sich vorzustellen, dass der bedrückt und in sich gekehrt wirkende Mann, als den er seinen Vater kannte, früher einmal ein energischer und für seine Ideale brennender junger Mann gewesen sein muss. Fritz saß immer noch da, als Rachel hereinkam.

„Bist du erschöpft", fragte sie, „oder hättest du Lust zu einem Spaziergang?"

„Mir geht es gut", antwortete er. „Du kannst mir die Stadt zeigen. Meinst du, ich könnte mir ein Jackett ausleihen?

Vorbei an Geschäften führte ihn Rachel durch die Bogengänge, die sich über das Straßenpflaster der Altstadt wölbten, und zeigte ihm die Kramgasse 49.

„Hier hat Einstein an der Relativitätstheorie gearbeitet", erklärte sie ihm.

Fritz wollte schon sagen: „Noch ein jüdisches Genie", hielt sich aber zurück.

Schließlich gingen sie unter den kahlen Linden an dem fast menschenleeren Flussufer entlang.

„Offenbar hattest du eine schwere Zeit", begann Rachel. Wie kommt es, dass du in der Schweiz bist?"

Fritz erzählte ihr, wie er aus Nürnberg entkam und was seither passiert war.

„Ich hatte riesiges Glück! Natürlich habe ich auch hier Antisemiten getroffen. Anders als zu Hause sind es aber keine fanatischen Judenhasser. Und dann habe ich auch einige Leute getroffen, die mir geholfen haben."

„Das liegt vielleicht daran, weil du eine gewinnende Art hast, wie meine Tante sagt."

„Das hilft leider nicht immer", erwiderte Fritz nachdrücklich.

Sie gingen eine Weile schweigend weiter. Rachel blieb stehen.

„Ich weiß, du verachtest mich." Ehe Fritz widersprechen konnte, sprach sie weiter: „Du verachtest mich, weil ich keine Jüdin sein will."

„Nun ja, ich gebe zu, es macht mich traurig."

„Ich bin mit dir spazieren gegangen, um dir meine Gründe zu erklären."

Rachel begann mit einer Erklärung, die sie sich offenbar zurecht-gelegt hatte.

„Mein Vater war ‚Arier‘. Das bedeutet, ich bin ‚Halbjüdin‘. So-lange ich bei meiner Mutter wohnte, hielt ich mich selbst für eine Jüdin. Aber sie ist jetzt weg und wird nie mehr wiederkommen.“ Es lief Fritz eiskalt den Rücken herunter und er musste an seinen Vater denken.

„Wieso bist du dir da so sicher?“ Er sah in ihr besorgtes Gesicht.

„Das hätte ich nicht sagen sollen! Es tut mir leid. Tante Ella hat mir von deinem Vater erzählt. Er wird Buchenwald vielleicht über-leben, so wie einige wenige. Ich musste an meinen eigenen Vater denken. Er ist als starker, gesunder Mann nach Dachau gekommen und dort gestorben.“ Auf einmal fragte sie: „Wie alt, meinst du, ist Tante Ella?“

„Darüber habe ich nicht nachgedacht. In ihren Sechzigern?“

„Sie ist zweiundvierzig!“ Rachel kramte in ihrer Tasche und fand ein Foto. „Hier!“, sagte sie und gab es Fritz. „Das wurde aufgenom-men, kurz bevor man sie nach Dachau brachte.“

Fritz betrachtete den Schnappschuss einer kleinen, dicklichen Frau mit einem glatten, runden Gesicht.

Rachel nahm das Foto wieder an sich und fuhr mit der Erklärung fort, die sie Fritz unbedingt geben wollte: „Wie ich schon gesagt habe, in meiner Kindheit und Jugend verstand ich mich stets als Jüdin. Jetzt ist mir klar, dass ich keine Jüdin sein muss. Wenn ich bei meinem Vater statt bei meiner Mutter aufgewachsen wäre, wäre ich ‚arisch‘. Und genau dies will ich ab sofort sein.“

Fritz betrachtete sie skeptisch.

„Was ich dir jetzt sage, hat damit nichts zu tun. Ich bin eigentlich gekommen, um dir zu sagen, dass ich dich liebe.“

Beide blieben stehen. Fritz sah sie fragend an. Einen Augenblick lang dachte er, sie sei erfreut. Aber ihr flüchtiger Gesichtsausdruck machte einem spöttischen Lächeln Platz: „Du sagst, du liebst mich. Das ist nicht nur unwichtig, sondern auch unrealistisch. Hätten die Nazis in Deutschland nicht die Macht an sich gerissen, wären wir vielleicht zusammen glücklich geworden – solange wir uns nicht gestritten hätten. Jetzt ist es gegenstandslos. Wie der Geschichtslehrer in Fürth immer gerne sagte: ‚Man kann nicht zwei Mal in denselben Fluss steigen‘. Es war schon schlimm genug, als wir beide noch in Nürnberg waren. Nach allem, was du mir erzählt hast, bist du jetzt jemand auf der Flucht. Du hast schon recht, wenn du mich für einen Feigling hältst. Ich kann aber so nicht leben. Ich will nicht mehr länger verfolgt werden. Und das habe ich auch nicht mehr nötig. Es gibt hier nämlich jemanden, der um meine Hand angehalten hat. Ich habe ‚Ja‘ gesagt.“

Fritz fehlten die Worte. „Wer ist der Mann? Lass mich raten. Der Neffe?“

„Nein! Jules hat eine Freundin. Der Mann, den ich heiraten werde, ist ein Schweizer Geschäftsmann. Er ist Schokoladenfabrikant. Du hättest ihn fast getroffen. Er ging weg, kurz bevor du gekommen bist.“

„Ein dicker Mann mit einer goldenen Taschenuhr an einer Kette? Ich habe ihn tatsächlich getroffen. Er ist doppelt so alt wie du. Mehr als das. Warum um alles in der Welt hast du dich für ihn entschieden?“

„Er ist großzügig und nett. Ich heirate ihn, weil ich als seine Frau in Sicherheit leben kann.“

„Unnötig zu betonen, dass du ihn nicht liebst, oder?“

„Noch nicht. Schau, ich tue nur, was auch deine Mutter getan hat. Für sie wurde ihre Ehe arrangiert. Im Unterschied zu ihr habe ich mich selbst darum gekümmert.“

„Sag mal, Rachel, weiß dein ‚Verlobter‘ denn, dass du eine jüdische Mutter hast?“, fragte Fritz bissig.

„Für Emil bin ich Regina. Ich glaube nicht, dass er ein Antisemit ist, aber ich habe es ihm nicht gesagt. Ich sehe keinen Grund, warum ich das tun sollte. Sei nicht so verbittert, Fritz! Du kannst nicht in der Schweiz bleiben. Hast du etwa angenommen, ich würde mit dir gehen? Was genau hast du dir denn vorgestellt, als du gekommen bist?“

„Ich weiß nicht, was ich mir vorgestellt habe“, sagte Fritz. Auf einmal lachte er. Rachel starrte ihn an.

„Was ist so lustig?", fragte sie.

„Ich musste an eine Geschichte denken.

Zwei Fremde schließen in einer Bar Freundschaft. Als sie am Ende des Abends die Bar verlassen, sagt einer: ,Ich muss dir was gestehen, ich war früher mal Jude.' Darauf sagt der andere: ,Ich muss dir auch was gestehen, ,ich war früher mal ein Buckliger.'

Inzwischen hatten sie das Haus wieder erreicht und es wurde schon dunkel.

„Ich werde morgen sehr zeitig aufbrechen", erklärte Fritz, als sie hineingingen. Rachel nickte.

Dann warf sie sich ihm an den Hals und küsste ihn auf den Mund, bevor sie ihn im Flur stehenließ.

Fritz musste allein sein. Er entschuldigte sich bei Frau Kettner. Nach dem großen Mittagessen habe er keinen Hunger mehr.

„Ich bin nicht mehr gewohnt, so viel zu essen."

„Ich verstehe", antwortete sie. „Du bist sicher auch erschöpft. Ich habe das Bett in Jules' Zimmer für dich hergerichtet. Geh' jetzt und schlaf ein bisschen."

Fritz umarmte sie. „Sie sind sehr gut zu mir. Falls ich keine Gelegenheit mehr dazu bekomme, will ich Ihnen jetzt für alles danken."

Er wollte noch mehr sagen, aber sie unterbrach ihn rasch mit den Worten: „Nun aber ins Bett mit dir. Schlaf gut."

Als Fritz ins Zimmer ging, lag seine eigene Kleidung, die Frau Kettner hatte reinigen lassen, ordentlich zusammengelegt auf einer Wäschetruhe. Er wollte nicht nach Jules Schlafanzügen wühlen. Da der Ofen noch eine angenehme Wärme verbreitete, zog er sich aus und warf sich nackt aufs Bett. An Schlaf war nicht zu denken und so versuchte er, die Ereignisse des Tages zu verstehen, angefangen damit, was Rachel zu ihm gesagt hatte. Er redete sich ein, sie handle nur vernünftig; und doch bebte er vor Abscheu und Zorn, wenn er sie sich mit diesem Fettwanst im Bett vorstellte. Auch an seinen Vater und Hilde musste er denken. Im Gegensatz zu Hilde, die sich in einen anderen Mann verliebt hatte, hatte Rachel ihn nicht aus diesem Grund zurückgewiesen.

Seine Wut wandelte sich in Mitleid – vor allem für sich als auch für Rachel. Als er schließlich der Tatsache ins Auge sah, dass er abserviert worden war, sagte er sich wehmütig: „Ich setze damit eine Familientradition fort."

Endlich schlief er ein. Er wurde von einem Traum geplagt: Er lief durch ein weitläufiges Backsteingebäude und versuchte, ein Zimmer zu finden, das er verlassen hatte und dessen Nummer ihm nicht mehr einfiel. Immer nervöser ging er treppauf treppab und endlos lange Korridore entlang. Wenn er jemandem begegnete und ihn nach dem Weg fragte, konnte er nie die Antwort verstehen.

Er wurde aus dem Traum gerissen, als Rahel die Tür öffnete. Er setzte sich auf, zuerst unsicher, ob er immer noch träumte. Sie kam herein und schloss die Tür leise hinter sich. Eine Straßenlaterne schien durch das Fenster. Als sie ins Licht trat, sah er, dass sie einen seidenen Kimono trug. Sie ließ ihn über ihre Schultern gleiten und zu Boden fallen. Fritz betrachtete Rachel. Sie war nackt und wunderschön. Er machte ihr Platz auf dem Bett und sagte: „Das hätte ich nicht erwartet."

„Pst!", flüsterte sie und legte ihre Hand auf seinen Mund. „Sag jetzt nichts."

Um halb sechs Uhr morgens war Fritz wieder allein. Er zog schnell seine saubere Kleidung an und verließ das Haus. Als er aus der Eingangstür trat, ging die Straßenlaterne aus.

Kapitel 23

„Wir hoffen, hier in Paris den Rest unseres Lebens bleiben zu können", sagte Lilly Levy zu Magda. Die Sengers hatten Paris erreicht und saßen nun in der Wohnung der Levys im dritten Stock eines hohen, schmalen Gebäudes, nicht weit weg von ‚Sacré Coeur'. Magda hatte sich auf einem Stoß bunter Kissen niedergelassen, umgeben von sorgfältig ausgesuchten Möbelstücken, die zumeist auf dem Flohmarkt erworben worden waren. An den Wänden hingen Theaterplakate; auf einem war die Schauspielerin und Sängerin Mistinguett mit einem fantastischen Kopfschmuck aus Federn zu sehen. Magda fand, dass der Raum viel Charme hatte.

„Wir haben die französische Staatsbürgerschaft beantragt", erklärte ihnen August. Er war kleiner und ruhiger als seine Frau.

„Wie war es heute?", fragte Lilly ihren Mann, als der sich auf das Sofa fallen ließ. Er war soeben erst nach Hause gekommen.

„Jetzt ist der Hauptdarstellerin mein Bühnenbild zu dunkel", kam die genervte Antwort. „Sie hat wohl Angst, das Publikum könnte sie in all ihrer Pracht nicht richtig sehen. So geht es im Theater zu, egal in welchem Land. Na ja, das werde ich morgen schon hinbekommen", meinte er mit einem resignierten Lachen.

Magda hörte aufmerksam Lottes Eltern zu, die über ihr Leben in Paris zu erzählen wussten. Vor allem aber war sie an Neuigkeiten von Lotte selbst interessiert. Ihre alte Schulfreundin saß auf einem weiß lackierten Stuhl und hatte ihre langen Beine ausgestreckt. Sie trug einen eleganten Herrenanzug und ein Hemd mit Rüschen. „Du siehst umwerfend aus", flüsterte Magda, „diese Kleidung steht dir."

Lotte mit ihrer hochgewachsenen, schlanken Figur und den kurzen, blonden Locken war der perfekte Pariser Dandy.

„Danke", antwortete sie. „In diesem Anzug fühlt man sich draußen einfach wohl. Zum einen muss ich keine Schuhe mit hohen Absätzen tragen. Und zum anderen bedeutet das, dass ich in Theatern im Parkett stehen kann, ohne dass jemand die Augenbrauen hochzieht oder mich für ein Flittchen hält."

„Du ziehst dich also immer wie ein Mann an?", wollte Magda wissen.

„Nicht immer, aber sehr oft. Dieser Anzug ist, ehrlich gesagt, meine Theaterkleidung. Ich habe beschlossen, mich hier für die Aufführung heute Abend umzuziehen."

„Du bist also Schauspielerin! Ich habe immer schon gewusst, dass du das einmal werden würdest", rief Magda aus. „Papa, Mutti, wir müssen Lotte spielen sehen, sie tritt in einem Stück auf."

„Na, das dürfen wir natürlich nicht verpassen", sagte Anton lächelnd, obwohl er ein bisschen erstaunt war.

„Wie heißt denn das Stück und worum geht es da?", fragte Liesel. Genauso wie ihr Mann war sie höchst erstaunt von der Kleidung, in der Lotte herumlief.

Lotte korrigierte sie: „Es handelt sich um kein Theaterstück und ich bin auch keine Schauspielerin. Ich trete in einer Revue in Männerrollen auf."

„Glaubt mir, sie ist höchst überzeugend", warf ihr Vater ein. „Mit ihrem Spazierstock hat sie den richtigen Schwung raus. ‚Ich bin Burlington Bertie von Bow' ist ihr großer Hit. Natürlich hat sie ihre Stimme von Lilly geerbt." Bei diesen Worten blickte er liebevoll seine Frau an.

„Und du, Lilly", fragte Liesel, „in deinem letzten Brief an uns hast du von deiner Hoffnung gesprochen, bald wieder als Sängerin auftreten zu können."

Lilly war uneingeschränkt optimistisch wie eh und je, auch wenn man in ihrem Gesicht Zeichen der Anspannung sehen konnte. „Es ist schwierig, aber ich habe noch nicht aufgegeben. In letzter Zeit bekam ich von einer Theateragentur verschiedene kleinere Auftrittsmöglichkeiten. Übrigens habe ich erst heute mit einem Opernimpresario gesprochen. Er meint, er hätte vielleicht etwas für mich in der Operette ‚Die Lustige Witwe', deren Inszenierung er plant." Bei diesen Worten blickte sie mit strahlendem Lächeln in die Runde.

Die Gesichter ihres Mannes und ihrer Tochter hellten sich auf. Wie aus einem Mund sagten sie: „Das ist ja eine wunderbare Neuigkeit!"

„Dann hole ich lieber mal einen Champagner!", platzte August heraus.

„Warte lieber ab! Ich habe die Rolle ja noch nicht. Aber ich denke schon, dass der Mann es ernst gemeint hat. Er hat mich auch in München die ‚Valencienne' singen hören."

„In welcher Sprache singst du denn?", wollte Magda von Lotte wissen. „Ich nehme an, dein Französisch ist inzwischen recht gut."

„Es geht schon", kam als Antwort. „Aber ich singe ja auch auf Englisch und manchmal sogar auf Deutsch. Paris ist sehr kosmopolitisch. Das ist nur einer der Gründe, warum es sich hier besser lebt als in Nürnberg."

„Haben die Leute hier denn nichts gegen die Juden?", interessierte sich Liesel.

„Nicht, dass ich es bemerkt hätte."

„Nein, man spürt wirklich so gut wie keinen Antisemitismus, vor allem unter Künstlern nicht", unterbrach August. „Aber es gibt ihn trotzdem. Er wird bloß nicht so offen vertreten wie in Deutschland. Er ist latent, unter der Oberfläche vorhanden. Aber ab und zu kommt er dann doch ans Licht, wie in der Dreyfus-Affäre."

„Aber das ist doch schon eine Ewigkeit her!", protestierte Lilly. „Keiner der Franzosen, die wir kennen, würde heute einen Menschen so schändlich behandeln, wie es diesem Offizier widerfahren ist, nur weil er ein Jude war."

„Ich glaube nicht, dass Papa mit seiner Meinung so falsch liegt", mischte sich Lotte ein. „Mutti, hast du vergessen, was mir in der Schule passiert ist?"

„Was denn?", wollte Magda wissen.

„Naja, als wir nach Paris kamen, war ich auf einer Höheren Schule für Mädchen. Am Ende des Jahres sollte Corneilles Theaterstück ‚Polyeucte' in der Schule aufgeführt werden und ich war für die Hauptrolle vorgesehen. Kurz vor Beginn der Probe beschwerte sich eine katholische Mutter. Sie hatte etwas dagegen, dass ein christlicher Märtyrer von einer Jüdin dargestellt wird. Daraufhin solidarisierten sich noch weitere Mütter mit dieser Frau. Es gab einen ziemlichen Ärger, bis mich die Schulleiterin in ihr Büro bestellte, um mich so höflich wie nur irgend möglich zu bitten, auf die Rolle zu verzichten."

„Wie ich schon sagte", kommentierte Lilly die Geschichte ihrer Tochter, „an dem ganzen Streit war nur das Mädchen schuld, das die Rolle haben wollte. Sie hat ihre Mutter dazu angestiftet, sich zu beschweren." Anton sagte nichts weiter und die Sengers blickten nachdenklich drein.

Lotte zuckte mit den Schultern und meinte abschließend: „Eigentlich hat es mir nicht sonderlich viel ausgemacht. Polyeucte ist ein schrecklicher Moralapostel und ich hätte ständig etwas über ‚la gloire‘ und ‚le devoir‘ daherreden müssen, den Ruhm und die Pflicht."

Mit Blick auf Magda fuhr sie fort: „Für heute Abend habe ich noch etwas Besonderes vor. Nach der Show müssen wir unbedingt ins ‚Bricktops‘ gehen."

„Was ist das denn?"

„Ein Jazzklub." Mit einem skeptischen Blick auf Magdas Eltern meinte Lotte:

„Wenn deine Eltern solche Musik nicht mögen, können wir ja allein gehen. Ich werde diesen Anzug anhaben; dann hält man mich für deinen Geliebten."

August sah den verstörten Ausdruck auf Antons und Liesels Gesicht und ging dazwischen: „Wir gehen zusammen hin. Ich kann dir versichern, Liesel, du wirst es nicht bereuen, auch wenn du keinen Jazz magst."

„Natürlich kommen wir mit", pflichtete Anton bei. Er war guter Dinge, weil die Fahrt nach Paris glatter verlaufen war, als er erwartet hatte. Mit Unterstützung seiner Frau und seiner Tochter hatte er den Levys bereits davon erzählt. Die erste Etappe dieser Fahrt war ziemlich beängstigend gewesen. Nach der Abfahrt vom Hof der Werfels mussten sie sich auf der Ladefläche des Lasters verstecken. Sie lebten in ständiger Angst, von der Gestapo aufgegriffen zu werden. In Straßburg schließlich verkaufte Anton ein paar seiner Briefmarken, die Liesel in den Hosenaufschlag eingenäht hatte. Dann gingen sie alle geradewegs zum Bahnhof und lösten Fahrkarten für die französische Hauptstadt. In Nancy gab es dann nochmals eine große Aufregung, als die Polizei in den Zug kam und die Pässe sehen wollte. Der Beamte sagte jedoch nichts, als ihm Anton die Papiere seiner Familie reichte; wahrscheinlich, weil er vorsichtshalber vorher hundert Francs in den Pass gelegt hatte. „Geld regiert die Welt!", meinte Anton achselzuckend zu August.

„Wenigstens erwarten die Franzosen von einem, dass man sie besticht. Die Nazis stehlen einem einfach das Geld. Im Hotel, in dem wir abgestiegen sind, lief es genauso. Ich sorgte beim Portier entsprechend dafür, dass er keine unangenehmen Fragen stellte."

Es war bereits nach Mitternacht, als Lotte Magda und ihre Eltern ins ‚Bricktops' brachte. Im Jazzklub war es düster und verraucht. Der Boden der Tanzfläche war ein Kaleidoskop ständig wechselnder Farben. Viele Paare tanzten ausgelassen zu den Klängen der Band. Magda fiel eine atemberaubende Blondine auf, die an der Bar stand, einen Cocktail trank und sich laut lachend mit zwei großen Schwarzen unterhielt. August ließ einen Kellner zwei Tische zusammenschieben und sie setzten sich alle. Lotte nahm Magda am Arm: „Wir setzen uns an dieses Ende. Dann kannst du die Musiker besser sehen. Das ist wichtig."

„Wer sind sie denn?", wollte Magda wissen.

„Sidney Bechet ist einer von denen, die heute Abend spielen."

Magda hatte ganz offenbar noch nichts von ihm gehört.

„Er ist ein sehr bekannter amerikanischer Saxophonspieler. Er ist hier sehr beliebt und seinetwegen ist es hier heute Abend so voll. Aber vor allem solltest du dir den Klavierspieler anhören, der später auftritt."

Lotte fiel in ihrer Männerkleidung in der ‚Bricktops'-Szene in keiner Weise auf. Soweit Magda erkennen konnte, gab es hier keinerlei Erwartungen hinsichtlich der Kleidung. Ihr fiel eine junge Frau in einer engen, schwarzen Hose und einem Béret auf; sie kniete auf einem Stuhl und blies Rauchringe ins Gesicht ihres Freundes, der lässig auf einem Sitz unter ihr lag. Am Nebentisch hingegen hatten sich zwei Herren mittleren Alters in eleganter Abendgarderobe niedergelassen. Sie rauchten Zigarren und hielten ständig die aufmerksamen Kellner mit ihren Wünschen auf Trab. Als wieder einer vorbeikam, war es für Anton deshalb ein leichtes, für alle Getränke zu bestellen.

Um drei Uhr morgens wollten Anton und Liesel aufbrechen, aber Lotte protestierte und wurde dabei von ihren Eltern unterstützt: „Ihr könnt doch jetzt nicht gehen, ohne Fred Bird gesehen zu haben!"

„Warum nicht? Wer ist denn das?", verlangte Anton zu wissen.

„Schau mal! Das glaub' ich einfach nicht", rief Liesel. Fred Bird, in einem weißen Jackett und mit einer Fliege war gerade auf die Bühne gekommen. Von begeisterten Zurufen begrüßt, setzte er sich ans Klavier.

„Das ist Fritz!", kreischte Magda so laut, sodass er sie hörte. Er fuhr herum, winkte ihnen lachend zu und stimmte den ‚Maple Leaf Rag' an. Er spielte eine ganze Reihe alter und neuer Stücke und das Publikum bekam gar nicht genug davon.

Schließlich kündigte er eine Eigenkomposition an.

„Mein Song heißt ‚Die Pest'. Es ist ein Blues."

Das Lied war von Mollharmonien und einem langsamen Bluestempo gekennzeichnet. Das war anders als alles, was das Publikum im ‚Bricktops' von den amerikanischen Sängern zu hören gewohnt war. Die nachdenklichen Worte beschrieben ein von einer Seuche verwüstetes Land. Nach und nach wurde klar, dass mit der Pest der Nationalsozialismus gemeint war. Fred Birds Publikum war erstaunt und wusste nicht so recht, was es damit anfangen sollte, klatsche aber höflich Beifall.

Magda fiel auf, dass das Paar am Nebentisch nicht klatschte. Einer von ihnen sagte leise etwas zu seinem Begleiter. Magda verstand etwas wie "Il a raison".

„Worüber reden sie denn?", flüsterte sie Lotte zu.

„Über Hitler", kam die Antwort, „sie denken, er habe recht."

„Warum habt ihr uns nicht gesagt, dass Fritz hier ist?", wollte Liesel wissen.

„Das war Lottes Idee", sagte August. „Sie wollte ihn euch als Fred Bird zeigen. Außerdem war Fritz im Bett, als ihr angekommen seid."

Darauf Lilly: „Ihr müsst wissen, Fritz muss tagsüber schlafen, da er nachts arbeitet. Ihr werdet morgen mit ihm reden können, wenn ihr zum Mittagessen kommt. Er isst fast immer mit uns. Er hat eine Mansarde im Haus gemietet, in dem wir wohnen."

„Und Heinz? Wohnt der auch bei ihm?", fragte Liesel.

„Nein, leider nicht", gab August zur Antwort. „Das ist ein weiterer Grund, warum wir euch unbedingt sprechen wollten, ehe ihr Fritz trefft."

Das Blut wich aus Liesels Gesicht, als August ihr sagte, man habe Heinz nach Buchenwald geschickt. Anton legte seinen Arm um sie und führte sie sicher durch die tanzende Menge hinaus ins Freie. Die anderen folgten ihnen.

Magda packte August am Arm: „Weiß jemand etwas über Buchenwald?"

„Dort ist es sehr schlimm, nach allem was man hört. Dein Cousin ist tief getroffen vom Schicksal seines Vaters. Heute Abend hast du nur den Entertainer Fred Bird gesehen. Wenn du den wirklichen Fritz siehst, dann weißt du was es heißt, wenn es im Psalm steht, „das Eisen hat das Herz durchbohrt".

Am nächsten Tag kamen die Sengers zum Mittagessen zu den Levys. Magda überließ es ihren Eltern, über weitere Vorkommnisse in Nürnberg zu berichten. Stattdessen stieg sie die steile und enge Treppe zu der Dachkammer hinauf, wo Fritz wohnte. Sie klopfte an seine Tür.

„Ich bin's. Bist du schon auf? Bist du vorzeigbar?"

„Mehr oder weniger, Magda", kam die Antwort. „Komm rein, die Tür ist offen."

Magda betrat einen Raum, der aussah wie eine kleine Bude, mit wenigen Möbeln darin. Eine rote Geranie in einem Topf auf dem Fensterbrett stellte den einzigen Farbklecks dar. Fritz, im Unterhemd, kam zu ihr, legte die Hände auf ihre Schultern und sah sie prüfend an.

„Du siehst gut aus", sagte er mit einem Lächeln, „und es ist wunderbar, dich zu sehen. Wer hätte das gedacht, als ich von euch zu Hause weggeradelt bin, dass wir uns hier wiedersehen würden?"

„Wir haben uns solche Sorgen um dich gemacht. Aber schließlich hast du es geschafft. Du bist aber nur noch Haut und Knochen", sagte sie und umarmte ihn. Sie blickte in sein eingefallenes Gesicht. „Und du siehst älter aus."

„Ja, ich glaube, man nennt das ‚Erwachsen werden'. Mir geht's aber gut."

„Und du bist in Sicherheit!"

„Ja, ich bin in Sicherheit."

„Dein Vater aber nicht. Ach Fritz, du darfst die Hoffnung nicht aufgeben. Die Nazis haben Leute aus Dachau entlassen, warum also nicht auch aus Buchenwald?"

„Dagegen spricht eine Reihe von Gründen. Es bringt nichts, die Tatsachen zu ignorieren. Zuerst haben Hitler und seine Bande uns unser Geld, unsere Berufe und unsere Chance auf eine gute Ausbildung genommen. Dann unsere deutsche Staatsbürgerschaft – in der Hoffnung, dass wir Deutschland verlassen. Aber nicht genug von uns haben das getan. Also hat Himmler jetzt entschieden, den Rest von uns in Konzentrationslager zu sperren. Alle, die wir kennen und die uns wichtig sind, sind bereits dort: darunter Rachels Mutter, der Fotograf Paul Gutmann und mein Vater."

Als Magda das hörte, erstarrte sie.

Fritz drehte sich weg und schaute aus dem Fenster. Er ließ seinen Blick auf den glänzenden Kuppeln von ‚Sacré Coeur' ruhen und zögerte.

Dann, ohne Magda anzuschauen, sprach er mit leiser, sorgfältig kontrollierter Stimme weiter: „Vor ein paar Wochen habe ich einen deutschen Soldaten getroffen, der Buchenwald kennt. Als er das erste Mal dort war, habe er Gefangene gesehen, wie sie in ihrer Häftlingskleidung mit Steinplatten beladene Wagen hinter sich hergezogen. Einige waren kaum in der Lage noch zu gehen, aber die Wachen trieben sie mit Peitschen an."

Magda erschauderte. „Wozu das Ganze?"

„Offenbar für den Straßenbau. Man kennt sie als die ‚Blutstraße'. Buchenwald hat einen besonders brutalen Kommandanten, einen SS-Mann mit Namen Koch. Er lässt die Häftlinge buchstäblich vor Hunger und Entkräftung sterben. Natürlich ‚befolgt er nur Befehle', aber es macht ihm Spaß. Seine Frau Ilse ist noch viel schlimmer. Es sterben etwa vierzig Insassen täglich und die lässt sie häuten, um aus der Haut Lampenschirme herstellen zu lassen."

„Das ist ja grauenhaft!", stieß Magda aus. Sie sank auf das ungemachte Bett. Der Raum begann sich zu drehen und ihr wurde schwarz vor Augen. Zum ersten Mal in ihrem Leben fiel sie in Ohnmacht.

Als sie wieder zu sich kam, beugte sich Fritz mit einer Flasche in der Hand über sie.

„Hier, trink das", sagte er. „Es tut mir so leid. Das hätte ich nicht sagen sollen. Geht's dir besser?"

Magda hustete, weil der Cognac in ihrer Kehle brannte.

„Ja, alles in Ordnung", versicherte sie ihm, als die Farbe langsam wieder in ihr Gesicht zurückkehrte. „Du brauchst dich nicht zu entschuldigen. So etwas Grauenhaftes darfst du nicht allein für dich behalten. Du sollst mir immer die Wahrheit sagen können."

Fritz sah sie immer noch besorgt an, sagte aber nichts.

Langsam stand sie wieder auf. Sie taumelte, hielt sich an ihrem Cousin fest:

„Mutti und ich lieben deinen Vater sehr."

Nach einer Pause meinte sie: „Es ist wohl besser, ihr nichts davon zu sagen. Papa und ich haben Angst, sie könnte krank werden. Heute Morgen kam sie nicht zum Frühstück."

„Nein, sie ist zu mir heraufgekommen", sage Fritz. „Sie hat mich aufgeweckt und wir haben geredet; aber ich habe ihr nichts davon erzählt, was mir der deutsche Soldat berichtet hat. Du bist die Einzige, der ich es erzählt habe. Ich habe es nicht über mich gebracht, mit den Levys über Buchenwald zu sprechen."

„Ich glaub, ich weiß warum", sagte Magda. „Sie sind so froh, in Paris zu sein. Ehe wir zum Mittagessen hinunter gehen, erzähl' mir, wie du nach Frankreich gekommen bist."

Fritz gab ihr eine Kurzfassung seiner Erlebnisse auf der Flucht.

„Erinnerst du dich, wie ich einmal im Spaß davon gesprochen habe, vielleicht als Straßenkehrer zu enden? Naja, das war ich auch ein paar Tage lang. Mein größtes Problem war, dass ich kein Geld hatte. Ich nahm jede Arbeit an, nur um mir etwas Essen kaufen zu können."

„Kein Wunder, dass du so dünn bist. Auf unserer Route haben wir schon auch beängstigende Momente erlebt. Aber verglichen mit dir war es bei uns ereignislos und komfortabel – dank Großvaters Briefmarkensammlung."

„Als ich erst einmal in Bern war, war auch bei mir das Schlimmste überstanden. Von Rachels Tante wurde ich aufgenommen und gut versorgt. Danach hatte ich das Glück, Josef, einem Zeugen Jehovas, kennen zu lernen. Er fand mich, als ich unter einer Eisenbahnbrücke schlafen wollte. Als er von meiner Flucht vor den Nazis hörte, nahm er mich zu sich nach Hause mit. Die ganze Familie gab sich große Mühe mir zu helfen. Auch ihre Leute schickt man in Konzentrationslager, weil sie sich von Anfang an weigerten, sich vor Hitler zu beugen."

„Ich weiß", sagte Magda. „Wir hatten eine Zeugin Jehovas in der Schule, deren Vater inhaftiert wurde. Sie hat sich stets geweigert, mit ‚Heil Hitler' zu grüßen."

„Egal", fuhr Fritz fort, „Josef hat mir Straßenkarten für die Schweiz und Frankreich geschenkt. Seine Frau stellte mir ein Bett zur Verfügung und gab mir zu essen. Wie ich gesprächsweise erfuhr, feiern sie keine christlichen Feste, wie zum Beispiel Weihnachten. Ich halte das für trostlos, habe es aber nicht angesprochen. Ich war erstaunt, wie zufrieden und großzügig sie waren. Josefs Sohn trieb für mich sogar ein Fahrrad auf. Für mich war es das beste Geschenk überhaupt, weil ich dadurch wesentlich schneller vom Fleck kam. Zudem stellte sich heraus, dass die Leute bei einem Radfahrer deutlich weniger misstrauisch sind als bei einem vermeintlichen Landstreicher, von dem jeder annimmt, er würde alles klauen."

„Hast du Rachel in Bern getroffen?", fragte Magda.

„Ja, habe ich. Da fällt mir etwas ein. Kannst du mir heute Nachmittag helfen, ein Hochzeitsgeschenk für sie auszusuchen?"

Magda war überrascht und bestürzt, als Fritz ihr von Rachels Heiratsplänen erzählte.

„Wie konnte sie nur? Sie begibt sich in einen Käfig, wie diese Hänflinge, die sie hier auf den Märkten verkaufen. Und das auch noch freiwillig!"

„Ja, aber es wird ein goldener Käfig sein. Rachel hatte nie Geld und Emil ist vermutlich reich."

„Wie enttäuscht musst du sein", sagte Magda und umarmte Fritz nochmals. „Du warst in sie verliebt, oder? Ich dachte, du würdest sie schließlich heiraten."

„Ach, komm schon. Wie hätte das gehen sollen?", sagte Fritz und löst sich von ihr. „Es hätte nie funktioniert. Wir haben so unterschiedliche Vorstellungen vom Leben. Zum einen will sie ihre jüdische Herkunft vergessen, wogegen ich mir meiner nie bewusster war als heute. Hitler hat mich gelehrt, wer ich bin, und ich bin stolz darauf. Vor ein paar Tagen bin ich an ein paar Chassidim auf der Straße vorbeigegangen. Mit ihrer seltsamen Kleidung und ihren strikten Regeln, hielt ich sie immer für mittelalterlich und rückständig. Magda, jetzt weiß ich, sie sind unsere Brüder und helfen uns dabei, unsere Identität zu bewahren und zu überleben."

Magda blickte in das ernste Gesicht ihres Cousins und dachte, *August hat recht. Er hat sich verändert.*

„Komm", sagte sie mit einem Lächeln, „es muss schon Zeit fürs Mittagessen sein. Lass' uns runtergehen."

Beim Mittagessen saßen sie alle an einem langen, hölzernen Tisch, der im Gegensatz zu den Rokoko-Stühlen aussah, als stamme er aus einem Kloster. Als sie alle Bauernomelette, gefüllt mit Kartoffeln, Zwiebeln und Schinken aßen, wurde Lilly von Anton gelobt: „Das ist köstlich, Lilly, ein Hoch auf die Köchin", rief er und hob sein Glas mit dem guten französischen Wein, den August für diese Gelegenheit besorgt hatte.

Die Unterhaltung drehte sich um Paris. Alle gratulierten Lotte und Fritz zu deren Auftritten am Vorabend und das führte zu einem Gespräch über die Musikszene im Allgemeinen. „Hier ist eine Menge los", sagte Fritz. „Keiner käme auf den verrückten Gedanken, amerikanischen Jazz zu verbieten; nur weil diese Musik unter anderem auch von Juden und schwarzen Komponisten stammt."

„Ja", stimmte Lilly zu, „viele schwarze Amerikaner sind nach dem letzten Krieg in Frankreich geblieben und seitdem kamen immer mehr. Zwar haben sie die Welt der Oper noch nicht erobert, aber euch ist sicher aufgefallen, wie viele von ihnen im ,Bricktops' waren."

„Ich beneide dich", flüsterte Magda Lotte zu, damit ihre Mutter sie nicht hören konnte. „Deine Art zu leben macht dich so unabhängig. Da brauchst du keinen Ehemann, der für dich sorgt."

Lotte lachte. „Ach, irgendwann heirate ich wahrscheinlich schon und dann sorge ich unter Umständen für den Lebensunterhalt. Als

Mutti an der Bayerischen Staatsoper war, verdiente sie gewöhnlich mehr als Papa. Übrigens, wenn dir unabhängige Frauen gefallen, solltest du Edith Piaf sehen. Sie ist eine große Künstlerin und nicht verheiratet – zumindest nicht wirklich."

„Wie meinst du das?"

„Sie nimmt sich stattdessen Liebhaber." Sie rief ihren Eltern quer über den Tisch hinweg zu: „Werden wir Zeit haben, Magda mitzunehmen, um Edith Piaf singen zu hören?"

„Wir müssen morgen aufbrechen", sagte Anton. „Wir müssen es bis nach Lissabon schaffen, solange mein befreundeter Briefmarkenhändler noch dort ist."

„Dann gehen wir alle heute Abend", sagte August. „Lotte hat recht. Den ‚kleinen Spatz' sollte man nicht verpassen. Das da drüben ist sie." Er deutete auf ein Plakat einer kleinen Frau mit großen Augen, die aussah wie ein Straßenkind.

Liesel war müde und Anton sagte, sie solle sich ausruhen. Magda ging allein mit den Levys zu Edith Piafs Konzert. Als Edith Piaf ‚Heureuse' sang, verstand Magda zwar nicht den ganzen Text, konnte aber das Glücksgefühl nachempfinden.

„Na, was sagst du?", fragte Lotte.

„Sie ist wundervoll. Ich habe noch nie jemanden gehört, der weiß, wie traurig das Leben sein kann, und sich doch nicht von der Traurigkeit überwältigen lässt. Ach, wie sehr ich doch Paris liebe! Ich wollte, wir könnten bleiben!"

Am nächsten Morgen stand Fritz früh auf, weil er sich von seiner Familie verabschieden wollte. Als er das Haus verließ, entdeckte er einen Brief im Postkasten. Er warf einen Blick auf den Umschlag und steckte ihn in die Hosentasche.

Anton und Liesel wollten ein Taxi nehmen, um ihre Koffer zum Bahnhof zu bringen. Fritz kam sehr frühzeitig zu ihrem Hotel. Er schlug Magda vor, mit ihm zu Fuß zum ‚Gare d'Austerlitz' zu gehen; sie hätten noch genügend Zeit.

Sie gingen durch ‚Montmartre'. Fritz hatte noch nicht gefrühstückt. Bei einem alten Mann kaufte er heiße Maroni. Der kauerte an einer Straßenecke neben seinem Kohlebecken.

Als sie zu einer Bäckerei kamen, wo Frauen gerade Baguettes für das Frühstück kauften, begeisterte sich Magda: „Ist der Geruch nach frischem Brot nicht wunderbar?"

Sie gingen an den bereits geöffneten Lokalen und Restaurants vorbei und sahen den Männern zu, wie sie ihren ‚café au lait' tranken und die Zeitung lasen.

Ein älterer Herr in einem Mantel mit Pelzkragen schenkte Magda ein lässig-elegantes Lächeln, als sie vor seinem Fenster an ihm vorbeiging. Fritz war das nicht entgangen; grinsend wandte er sich Magda zu: „Na, wie wäre es? Möchtest du nicht gerne der Liebling eines alten Mannes sein?"

Doch Magda gab ihm keine Antwort. Ihr Interesse galt einer rüstigen, lebhaften älteren Frau, die mit einer Kopfbedeckung aus Federn die Straße entlang auf sie zu stolzierte. Begleitet wurde sie von einer kleinen, schwarzen Bulldogge mit einer roten Schleife um den Hals. Als die Frau weitergegangen war, meinte Fritz zu Magda: „Das waren Madame Palmyre und Bouboule. Zu ihrer Zeit leitete sie die ‚Brasserie de la Souris', ein Café für Lesben."

Magda hatte erst vor kurzem von Lotte etwas über lesbische Frauen gehört; sie schaute zu ihrem Cousin hinüber und bemerkte: „Man muss sich also in Paris nicht verstecken, wenn man so wie die ist?"

„Im Künstlerviertel auf jeden Fall nicht, hier ist alles erlaubt."

Sie gingen ein Stück weiter. Dann fuhr Magda fort: „Leben und leben lassen; es muss dir in dieser Stadt gefallen. Wie gerne würde ich in Frankreich bleiben! Darüber habe ich gestern Abend erst mit Lotte gesprochen."

„Ich denke, das wäre keine gute Idee. In Chile bist du sicherer. Hitler wird, wenn irgend möglich, ganz Europa unterjochen."

„Meinst du wirklich, die Nazis kommen auch hierher?" Magda blickte ungläubig drein. „Was würdest du dann tun?"

„Man kann nichts ausschließen. Wenn die Nazis tatsächlich Frankreich besetzen, wird das meine Stunde sein! Du wirst dich an das Fiasko mit den Plakaten in Nürnberg erinnern. Damals ist mir klar geworden: mit ein paar Blatt Papier werden wir Hitler niemals besiegen können. Ich muss gelegentlich an das Gleichnis denken, das ich auf Großmutters Beerdigung vorgelesen habe. Meines Erachtens lässt sich der beschädigte Edelstein nur dann reparieren, wenn Hitler vernichtet wird. Wenn er in Frankreich einmarschiert, werde ich mich jeder Armee anschließen, in der ich gegen ihn kämpfen kann."

Magda schwankte bei seinen Worten zwischen Bewunderung und Angst.

Fritz erahnte ihre Gedanken und fuhr fort: „Es gäbe überhaupt keine Alternative. Sollten die Nazis je Paris besetzen, dann ist dir doch klar, was mit mir und allen Juden hier geschähe! Ich bin wahrlich kein Held, aber ich würde lieber im Kampf gegen sie sterben, als im KZ zu enden."

Sie erreichten den Bahnhof, kurz bevor Dampfwolken den Zug nach Madrid ankündigten. Wenig später kam er mit quietschenden Bremsen am Bahnsteig zum Stehen. Viele Leute beeilten sich, in den Zug einzusteigen und einen Platz zu bekommen. Mit Rücksicht auf seine Frau hatte Anton Plätze in einem Abteil der ersten Klasse reserviert. Liesel litt nämlich erneut unter Migräne. Inmitten all dieser Geschäftigkeit und dem Lärm, gab Fritz seiner Tante einen Kuss auf die Wange, schüttelte Anton die Hand und wünschte beiden: „Gott sei mit euch!" Anton ließ seine Frau auf einem bequemen Fenstersitz Platz nehmen und zog die Jalousie herunter. Mit Tränen in den Augen lehnte sich Magda aus dem Fenster des sich bereits in Bewegung setzenden Zuges, um ihrem Cousin ‚Auf Wiedersehen' zu sagen. Als sie ihre Hand ausstreckte, nahm Fritz den Brief, den er in seine Tasche gesteckt hatte und schloss ihre Finger um ihn.

„Der ist für dich gekommen", sagte er. „Sei lieb zu ihm!" Er sah ihr nach, bis der Zug verschwand.

Kapitel 24

„Wie viel?"

Der Beamte in der chilenischen Botschaft lächelte Anton kühl an.

„1500 Mark für die drei Visa?"

Magda sah, wie ihre Mutter die Hand ihres Vaters ergriff und hörte, wie er die Luft einsog. Es war eine enorme Summe, fünf Mal so hoch wie erwartet.

Kaum in Lissabon angekommen, war Anton zu einem Händler gegangen und hatte die letzten Briefmarken verkauft. Leider hatte er sie nur unter Wert verkaufen können.

Bei dem Händler handelte es sich nämlich nicht um Da Gama, der unerwartet bereits nach Chile aufgebrochen war.

Die Sengers gingen zu der Adresse, die Anton von Da Gama erhalten hatte. Es war ein altes Haus mit Blick aufs Meer. Es hatte Balkongeländer aus Schmiedeeisen. Magda bemerkte, dass die meisten Fensterläden geschlossen waren. Da Gamas Mutter, eine Frau in ihren Siebzigern, lebte allein dort, bis auf ein paar Bedienstete. Die Señora, die Anton empfing, übergab ihm einen Brief, den ihr Sohn für ihn hinterlegt hatte. Er schrieb, er hätte umgehend aufbrechen müssen. Bereits Anfang Dezember müsse er die Partnerschaft in einer Firma in Santiago antreten. Er schrieb: „Ich habe mit meinem Cousin in der Botschaft gesprochen; er hat mir versichert, eure Visa würden gerne bewilligt werden."

Das wurden sie auch – aber zu welch einem Preis!

Señora Da Gama sprach nur Portugiesisch. Sie bestand darauf, den Freund ihres Sohnes und seine Familie in ihrem Haus zu beherbergen. In dieser Zeit könnten sie sich um die Schiffsreise nach Chile kümmern. Magda war überrascht und gerührt, als die alte Dame in einem wallenden schwarzen Kleid auf sie zueilte, sie umarmte und „Bella!" sagte. Sie umarmte auch Liesel, diesmal mit Tränen in den Augen. Magda schnappte mehrmals das Wort ‚dolorosa' auf. Die Señora bestand darauf, ihnen ein Mittagessen zu servieren und geleitete sie in das Esszimmer. Mit seinem massiven, geschnitzten Mobiliar sah es aus, als sei hier seit hundert Jahren nichts mehr verändert worden. Sie nahmen an einem großen, runden Tisch Platz, auf dem eine Spitzendecke lag. Es gab gegrillte Sardinen, gefolgt von einem scharfen Schafskäse und Orangen, frisch vom Baum im Garten. Wegen der Sprachbarriere kam keine Unterhaltung zustande, aber ihre Gastgeberin wechselte zwischen einem gütigen Lächeln und einem traurigen Kopfschütteln hin und her. Ab und zu tätschelte sie Liesels Hand. Offensichtlich hatte ihr Sohn ihr erzählt, was Juden in Deutschland zugestoßen war. Nach dem Mittagessen bedeutete sie ihnen, ihr nach oben zu folgen, wo sie ihnen ihre Schlafzimmer zeigte und ein Hausmädchen anwies, die Betten herzurichten.

„Die Señora ist sehr nett", sagte Magda, als sie und ihre Eltern später zum Hafen hinuntergingen, um sich nach einem Schiff umzusehen.

„Ja", sagte Liesel. „Sie hat diese gepflegten Umgangsformen einer längst vergangenen Zeit an sich, wie man sie schon lange nicht mehr kennt. Unsere Lage hat sie offensichtlich betroffen gemacht. Die Juden scheinen hier noch unbehelligt zu leben. Ich frage mich, warum ihr Sohn nicht hierbleiben wollte."

„Da Gama ist ehrgeizig", erklärte Anton. „Deshalb ist er nach Deutschland gegangen. Ich glaube, Lissabon bietet ihm nicht genug Entfaltungsmöglichkeiten."

Da ihnen ein starker Geruch nach Fisch entgegenschlug, konnte der Hafen nicht mehr weit sein. Magda betrachtete sich die unterschiedlichsten Boote und Schiffe, die dort festgemacht waren. Einige Fischkutter hatten ihren Fang bereits ausgeladen. Möwen kreischten über ihren Köpfen. Zwei von ihnen stürzten sich vor Magda herunter und stritten sich um einen Hering, der auf dem Boden lag. Ein paar Fischer standen am Kai und reparierten ihre Netze. Der weiße Anstrich und die Messingbeschläge zweier großer Passagierschiffe glänzten in der Wintersonne. Anton interessierte sich nicht dafür; sie waren vermutlich zu teuer.

Er wollte in eine der Hafenkneipen gehen, um sich zu informieren, welche Schiffe nach Chile fahren, als sie die ‚Cristina' entdeckten, einen in die Jahre gekommenen Hochseedampfer. Ein Mann mit stoppeligem, schwarzem Bart und einem goldenen Ohrring gab seinen Matrosen Anweisung, Fässer die Landungsbrücke hochzurollen.

An Deck standen Kisten mit der Aufschrift ‚Valparaiso‘. Anton rief ihn an und fragte, ob er der Kapitän sei. Die Antwort kam auf Portugiesisch und er verstand nur den Namen ‚Captain Pereira‘. Als der Kapitän den verständnislosen Ausdruck auf Antons Gesicht sah, fragte er: „Was wollen Sie?“, zuerst auf Englisch, dann auf Deutsch. Anton war erleichtert, sich verständlich machen zu können. Er erklärte ihm, sie wollten alle drei nach Chile.

„Nehmen Sie auch Passagiere mit?“

Während des Gespräches stand Liesel ängstlich daneben. Magda besah sich skeptisch den Kapitän, der sie an einen Piraten aus ihren Kinderbüchern erinnerte. Der Kapitän der ‚Cristina‘ warf theatralisch die Hände in die Luft. Er habe schon genügend Passagiere und keine Kabinen mehr frei, meinte er in gebrochenem Deutsch.

Anton versicherte ihm: „Wir erwarten keine Luxusreise.“

Der Kapitän musterte die Sengers von Kopf bis Fuß. Er könne seinen Ersten Offizier aus dessen Kabine umquartieren; für drei Personen sei sie gerade groß genug.

Magda und ihre Mutter erfuhren, dass die Reise vierzehn Tage dauern würde, möglicherweise auch länger, je nach Wetter.

„Naja, wir haben es nicht eilig, oder?“, murmelte Liesel.

„Hoffen wir, dass er nicht zu viel verlangt.“ Anton fragte nach dem Preis. Pereira ließ sich mit der Antwort Zeit und musterte sie erneut. Magda war sich plötzlich dessen bewusst, wie gepflegt die Familie in ihrer neuen Kleidung wirken musste, die sie vor ihrer Abreise in Nürnberg noch gekauft hatten.

Schließlich nannte er eine Summe in Escudos. Magdas Vater überschlug sie im Kopf, drehte sich zu seiner Familie um und rief aus: „Er will dreitausend Reichsmark!“ Das war unmöglich. Nach Bezahlung der Visa hatte Anton kaum noch zweitausend Reichsmark übrig.

Magda fragte sich, was um Himmels Willen sie jetzt tun sollten. Sie hörte, wie ihre Mutter ihrem Vater ins Ohr flüsterte: „Ich habe noch meinen Verlobungsring.“

Magda konnte sich gut an die Zeit erinnern, als ihre Mutter ihn täglich trug. Später ließ sie ihn in der Schmuckkassette: „In dieser unsicheren Zeit ist er für alle Tage zu kostbar.“

Ihr Vater wandte sich vom Schiffskapitän ab und legte tröstend den Arm um ihre Mutter: „Naja, es ist nur ein Ring."

„Er ist sehr wertvoll für mich!", protestierte Liesel. „Es ist das erste Schmuckstück, das du mir geschenkt hast, und es hat eine besondere Bedeutung für mich. Vielleicht wird es uns aber jetzt retten."

„Wo hast du ihn versteckt, Mutti?", fragte Magda. Mit einem verschämten Lächeln erklärte Liesel ihr, sie hätte ihn in ihr Mieder eingenäht.

Anton ließ Kapitän Pereira wissen, er käme in ungefähr einer Stunde wieder. Mit Frau und Tochter ging er wieder in die Stadt. Auf der Suche nach Juwelieren gingen sie die ‚Avenida da Liberdade' entlang. Zuerst mussten sie eine Möglichkeit finden, wo Liesel den Ring aus dem Versteck hervorholen konnte. Schließlich kamen sie zum Park ‚Eduardo VII'. In der ‚Estufa Fria' stand ein leeres Gewächshaus. Liesel nahm eine Nagelschere aus ihrer Handtasche, löste den Ring aus dem Mieder und steckte ihn an. Die drei starrten den funkelnden Solitär-Diamanten an. Das zwischen den Palmwedeln hereinbrechende Licht ließ ihn erstrahlen.

„Er ist wunderschön", sagte Magda.

„Ich ließ den Ring verkleinern, als ich so abgenommen habe", murmelte ihre Mutter. „Der Juwelier meinte, der Stein ist makellos."

„Eines Tages werde ich dir einen noch schöneren Ring kaufen, Liebling", versprach Anton.

„Lass uns jetzt zu einem Juwelier gehen."

Der Ring musste unter Wert verkauft werden, brachte aber mehr ein, als die horrende Summe, die Captain Pereira verlangte. Anton konnte somit die Überfahrt bezahlen.

Die ‚Cristina' würde am Nachmittag des nächsten Tages ablegen. Familie Senger ging zurück zum Haus der Señora Da Gama, die ihre Schwester herbestellt hatte, um ihnen an diesem Abend Gesellschaft zu leisten. Doña Ana, eine energische alte Jungfer, die sich moderner kleidete als ihre ältere Schwester, sprach Deutsch. Sie hatte nämlich einmal den Haushalt ihres Neffen in München geführt. Auf dem Weg zurück zur Señora fiel Anton das ‚Avenida Palace'-Hotel auf. Er lud die beiden Damen ein, Gäste seiner Familie zu sein.

„Mit ihnen möchten wir unseren letzten Abend in Europa zu einem unvergesslichen Erlebnis werden lassen", meinte Anton, als diese die Einladung annahmen.

Das Hotel war einmal ein Schloss gewesen. Der Speisesaal war der ehemalige Marmorsaal. Die Tische waren kreisförmig um eine Tanzfläche herum angeordnet. Ein Pianist spielte leichte Musik, als sie eintraten. Mit Hilfe von Doña Ana studierte Antons Familie die umfangreiche Speisekarte. Sie entschieden sich für ein siebengängiges Menü – viele Gänge davon aus Fisch. Außer Magda wählten alle Hummer als Hauptgang. Sie wollte probierfreudig sein und bestellte ‚Alcatra', ein in Rotwein und Knoblauch mariniertes Roast Beef.

„Wie ist es?", fragte Liesel.

„Gut, aber mit sehr viel Knoblauch".

Beim Essen sprach Magda nicht viel. Sie sah sich im Restaurant um. Eine Weile beobachtete sie etwas wehmütig eine jüdische Familie, die den Geburtstag ihres Sohnes feierte. Sie lachten viel und die Kellner, die sich um sie kümmerten, taten ihr Bestes für eine festliche Atmosphäre. Von Doña Ana wurde Anton gebeten, ihrer Schwester mehr darüber zu erzählen, was ihren Sohn dazu gebracht hatte, Deutschland zu verlassen.

Er beschrieb, wie der Laden des Briefmarkenhändlers verwüstet worden war.

„Ich werde für immer in der Schuld ihres Sohnes stehen. Ohne seine Hilfe weiß nur Gott, was aus mir geworden wäre. Er hat mich ohnmächtig auf der Straße gefunden."

Magda und ihre Mutter hörten zum ersten Mal von dieser Einzelheit. Sie zuckten zusammen und hofften, Anton würde mehr sagen, aber das tat er nicht. Um weiteren Fragen aus dem Weg zu gehen, bat er die Señora, aus dem Leben ihres Sohnes vor dessen Zeit in München zu erzählen.

Später wandte sich der Hotelmanager an einen der Gäste, einen Mann in den Vierzigern und bat ihn zu singen. Mit einem Lächeln stand er auf und ging unter dem Applaus und den Jubelrufen der portugiesischen Gäste auf die Tanzfläche.

„Wer ist das?", wollte Magda wissen, als sie sein dunkles, faltiges Gesicht sah.

„Lissabons berühmtester Fado-Sänger", antwortete Doña Ana. „Heute Abend haben wir wirklich Glück."

Ohne musikalische Begleitung erfüllte seine Tenorstimme den Salon; er trug ein tief ergreifendes Lied überzeugend vor.

„Wovon hat er gesungen?", fragte Liesel. „Das war sehr schön und traurig."

„Fado ist die Musik der armen Leute", erklärte Doña Ana. „Das Lied handelt von Einsamkeit."

Im Restaurant war es zunächst still. Dann begann der Pianist moderne Tanzmusik zu spielen, um die triste Stimmung aufzulösen, die der Fado-Sänger hinterlassen hatte.

Anton führte Liesel und die zwei Schwestern nacheinander auf die Tanzfläche, um mit jeder einen Walzer zu tanzen. Magda hielt ihren Vater für keinen so geschickten Tänzer und blieb verschont, da keine Walzer mehr gespielt wurden. Das Menü schloss mit kleinen, sehr süßen Törtchen mit Vanillepudding, den ‚De-Nata-Pastetchen'. Magda und ihr Vater fanden sie vorzüglich, Liesel konnte ihres jedoch nicht aufessen.

Bei ihrem letzten Abendessen in Europa, zu dem Anton geladen hatte, war es nicht immer leicht, keine düsteren Gedanken aufkommen zu lassen. Das Mitgefühl und die offensichtliche Sorge der Señora erinnerten sie an die Gefahren, die hinter, aber auch vor ihnen lagen. Das Leben ist meist traurig, dies war die zentrale Aussage des Fado-Liedes für Liesel.

Magda verglich die eher traurige Abschiedsfeier ihrer Familie mit der ausgelassenen Geburtstagsfeier der jüdischen Familie am Nebentisch. Der vor Aufregung erhitzte Junge, umgeben von Verwandten und Freunden, holte tief Luft, um die zwölf Kerzen auf seinem Geburtstagskuchen auszublasen.

Anton wusste um die Zwiespältigkeit des Abends. Gleichwohl war er froh, dass sie in das ‚Avenida Palace' gegangen waren. Für lange Zeit würde dieses Abendessen in luxuriöser Umgebung ihr letztes großes Ereignis sein.

Spät an diesem Abend legte sich Magda in das große, weiche und mit einem halben Dutzend Kissen drapierte Himmelbett, bevor sie einen kleingefalteten Brief aus der Tasche ihres Kleides nahm. Es war der Brief, den Fritz ihr am 'Gare d'Austerlitz' gegeben hatte. Er war von Jacob.

Sie hatte ihm mehrere Postkarten geschickt, seit sie Nürnberg verlassen hatten, aber dieser Brief war seine einzige Antwort. Nach seiner Flucht aus dem Garten erwartete sie nicht, noch einmal von ihm zu hören. Seinen Brief hatte sie inzwischen schon oft gelesen. Sie dreht sich der Lampe zu und las den Brief erneut:

Liebste Magda!

Was ist aus dir geworden? Gehen diese Worte ins Leere? Ich habe keine Ahnung, wo du bist. Auf deinen Postkarten steht keine Adresse. Fritz schrieb mir, als er nach Paris kam, aber er wusste auch keine Adresse. Ich werde diesen Brief zu ihm schicken, in der Hoffnung, dass ihr euch irgendwie trefft. Wenn du das liest, schreib bitte zurück und sag mir, wie es dir geht.

Als wir uns im Garten an diesem letzten Morgen unterhielten, wurde ich mir der Tatsache bewusst, dass ich keine Chance bei dir habe. Du sagtest zwar, du könntest deine Eltern nicht zurücklassen, trotzdem war mir klar, dass es gut wäre, wenn wir heiraten. Als meine Frau wärst du sicher in der Lage gewesen, auch für deine Eltern Visa für Amerika zu bekommen. Durch unsere Hochzeit wären sie sicherer und bräuchten keine abenteuerliche Reise durch Europa machen. Du hast nein zu mir gesagt, weil du mich nicht lieben kannst. Als du wolltest, dass ich dich küsse, nahm ich an, du liebst mich. Dann wurde mir aber klar, dass du meine Küsse zwar angenehm fandest – es bei mir jedoch ganz andere Gefühle ausgelöst hat. Wie dem auch sei, genug davon. Ich verspreche dir, dich nicht weiter zu bedrängen.

Falls du dich über das beigefügte, billige Schmuckstück wunderst: Es ist ein Identitätsarmband. Ich habe es vor Kurzem auf einer Reise nach England gekauft. Die Leute sollen es dort tragen, falls es Krieg gibt. Würdest du es tragen? Es ist materiell nicht wertvoll, wird also keine Diebe in Versuchung führen. Wie du siehst, steht neben deinem Namen auch meine Adresse auf der Rückseite. Damit ist hoffentlich dafür

gesorgt, dass ich verständigt werde, falls du jemals Hilfe brauchst. Du
liebst mich nicht, aber ich würde mein Leben für dich geben.

Jacob

Wann immer sie Jacobs Worte las, war sie bekümmert und fühlte sich schuldig. Sie saß da und schaute aus dem Fenster auf ein leeres Meer, das sich unendlich weit vor ihr erstreckte. Als Fritz ihr den Brief gegeben hatte – ohne Zweifel hatte er die Handschrift auf dem Umschlag erkannt – hatte er gesagt: „Sei lieb." Wie konnte sie lieb sein? Das Einzige, was Jacob glücklich machen würde, wäre, seine Frau zu werden.

Die fröhliche und unabhängige Lotte hatte sie ausgelacht, als sie äußerte, die Ehe sei ein Gefängnis. Die rationalen Argumente der Freundin hatten Magdas Abneigung und Angst nicht zerstreut. Sie verstand ihre Gefühle kaum noch und doch waren sie stärker als je.

Sie nahm das in Seidenpapier eingewickelte Armband aus Jacobs Brief. Es bestand aus einer kleinen rechteckigen, verchromten Platte, die beidseitig von einem schmalen Kettchen gehalten wurde. Auf der Vorderseite war „Magda Senger, Nürnberg" eingeprägt. Als sie es umdrehte, konnte sie Jacobs Namen und seine New Yorker Adresse lesen, in winzigen Buchstaben eingraviert. Sie legte das Armband an und schob es fast bis zum Ellbogen, wo man es nicht sehen konnte. Dann legte sie sich schlafen.

In dieser Nacht hatte sie den Albtraum, den sie zwei Mal seit der ‚Kristallnacht' gehabt hatte. Sie stand nackt in ihrem Zimmer in Nürnberg und sah, wie der SA-Junge seinen Gürtel öffnete. Sie versuchte zu schreien. Dann wachte sie auf, hustend und in Schweiß gebadet. Da sie Angst hatte, den Albtraum erneut zu haben, stand sie auf, setzte sich in den tiefen Sessel beim Fenster und hörte den Wellen zu, wie sie sich an den Felsen brachen. Kurz vor dem Morgengrauen schlief sie ein. Liesel kam kurz vor dem Frühstück in ihr Schlafzimmer, weckte sie aber nicht. Da Magda es im Sessel bequem hatte, deckte Liesel sie mit einem Daunenbett zu. Sie konnte schlafen, bis es Zeit war sich fertig zu machen und an Bord der ‚Cristina' zu gehen.

Kapitel 25

Es hatte keinen Sinn, das Gepäck auszupacken. Sie hätten damit die beengte Situation in ihrer Kabine nur zusätzlich erschwert. Also holte Magda nur ihren Fotoapparat aus dem Koffer und ging damit an Deck. Seit der Abreise aus Nürnberg hatte sie keine Fotos mehr gemacht. Ihrem nächsten Brief an Jacob wollte sie jedoch wieder Bilder beifügen. Es sollte wieder, wie üblich, ein Tagebuchbrief werden. Nach ihrer Ankunft in Südamerika würde sie ihn abschicken; wenn sie erst einmal wüsste, wo sie künftig leben. Wieder einmal hatte sie es auch in Lissabon nur geschafft, ihm eine Postkarte ohne Absender zu schicken.

„Ich wünschte, er würde sich keine Sorgen mehr machen", waren ihre Gedanken, als sie die Postkarte auf dem Weg zur ,Cristina' in einen Briefkasten einwarf.

Die Sonne ging gerade unter. Sie stand an der Reling des Schiffes und sah der Mannschaft zu, wie sie die letzten Fässer Olivenöl einluden. Ihr Aufseher war ein gelenkiger junger Mann mit dunklen, lockigen Haaren. Als sie an Bord gingen, hatte er sich als Manuel Pereira vorgestellt, der Sohn des Kapitäns. Er war so dunkelhäutig wie sein Vater und sprach ebenfalls ein paar Brocken in allen möglichen Sprachen. Als er jetzt Magda sah, winkte er und rief ihr zu: „Guten Abend!". Magda erwiderte seinen Gruß und fragte ihn, ob sie Bilder von der Mannschaft bei der Arbeit machen könne. Er nahm an, er solle mit auf das Bild, warf sich energisch in Pose, die Arme in die Hüften gestemmt und mit einem Fuß auf einem Fass.

Magda ging das Deck entlang. Dabei fiel ihr auf, wie alt und schäbig das Schiff war. Der Anstrich war schmuddelig und blätterten ab; die Messingbeschläge waren schon lange nicht mehr poliert worden und setzten Grünspan an; die Abdeckplane auf den zwei Rettungsbooten war zerfetzt. Bei dem milden Wetter fuhr der Dampfer gleichmäßig über das ruhige Meer. Hier oben war es angenehm; unter Deck war es beengt. Es gab nur einen Raum, in dem sich die Passagiere aufhalten konnten, den Essraum. Er hatte keine Bullaugen, genausowenig wie die Kabinen.

Schnell stellte sich eine Routine ein, wie sie ihre Tage verbrachten. Sie lernten Spanisch mit dem Lehrbuch, das Anton in Lissabon gekauft hatte; ihre Mahlzeiten bestanden aus getrocknetem und gepökeltem Kabeljau; sie redeten endlos miteinander; jeden Morgen suchte sich Magda eine ruhige Ecke und schrieb einen weiteren Abschnitt ihres Briefes an Jacob. Auf sein Bitten, seine Liebe zu erwidern, fand sie keine Antwort. Sie versicherte ihm aber, sie wäre sehr unglücklich, wenn sie keine Freunde bleiben könnten. Der Rest des Briefes war einer Schilderung ihrer bisherigen Erlebnisse auf der Flucht gewidmet.

Keiner der anderen Passagiere sprach Deutsch. Es waren entweder Emigranten, die nach einem Besuch in der ehemaligen Heimat wieder auf dem Weg zurück waren, oder Portugiesen, die ihre Verwandten in Chile besuchen wollten. Die meisten, so der Kapitän, seien Bauern. Es war auch ein Priester dabei, den Pereira gebeten hatte, regelmäßig die Messe zu lesen. Wegen Liesels modischer Kleidung hielten die Frauen zu ihr Abstand und ihre Männer staunten über Antons Nadelstreifenanzug und den Homburg-Hut, den er immer trug. Wenn Magda allein war, kam Manuel immer wieder zu ihr und unterhielt sich mit ihr. Als er sie mit dem Spanisch-Lehrbuch sah, half er ihr mit der Aussprache. Wenn sein Vater ihn allerdings bei Magda antraf, fand er stets etwas für ihn zu tun. Liesel bemerkte dies und nahm ihre Tochter beiseite: „Ich nehme an, der Kapitän will nicht, dass sein Sohn sich für dich interessiert, weil er Katholik ist."

Magda machte sich nichts daraus, von dem Mann, den sie als den ‚Piraten' bezeichnete, zurückgewiesen zu werden, ging aber in Zukunft seinem Sohn aus dem Weg.

Weil Magda nun oft allein war, verbrachte sie viel Zeit mit ihren Eltern bei Gesprächen über die Vergangenheit. Dabei erfuhr sie auch, was genau ihrem Vater in München zugestoßen war und ihn all seiner Illusionen in Bezug auf das Leben der Juden in Deutschland beraubt hatte.

Er beschrieb den Abend des 9. Novembers bei Da Gama. Er war bei ihm zum Abendessen eingeladen. Sie hörten ein Geschrei auf der Straße und sahen nach, was los war. Ungläubig wurden sie Zeuge, wie die jungen Braunhemden in alle Richtungen ausschwärmten und die Schaufenster aller jüdischen Geschäfte einschlugen. Auch Da Gamas Laden war von der SA verwüstet worden. Da es wenig zu plündern gab, hatten sie die Briefmarken aus Dutzenden von Präsentationstabletts herausgerissen und auf dem Gehsteig verstreut. Dort lagen sie zwischen Glasscherben und wurden weggeweht; oder gleichgültige Passanten traten darauf.

Am nächsten Tag ging Anton zur Polizei, um Anzeige zu erstatten, obwohl ihn Da Gama eindringlich darum gebeten hatte, es nicht zu tun.

„Sie werden bestimmt diese undisziplinierten SA-Männer für diese Ausschreitungen zur Rechenschaft ziehen", sagte er zu dem Polizeibeamten. Er gab ihm den Namen und die Adresse von Da Gama und fügte hinzu: „Dieser hochanständige Briefmarkenhändler ist kein Deutscher. Entspricht das, was mit seinem Geschäft gestern Abend passiert ist, etwa der Art und Weise, wie wir in unserem Land Gäste behandeln?"

Der Beamte nahm die Anzeige mit spitzen Fingern an einer Ecke, und warf sie mit einem angewiderten Gesichtsausdruck in den Abfalleimer. Der Vorgesetzte des Beamten stand daneben. Er sah Anton nur kurz an. Als dieser noch sprach, drehte er sich um und sagte gleichgültig: „Werfen sie diesen Abschaum hier raus!"

Woraufhin ein paar lachende Untergebene genau dies taten. Sie zerrten Anton zum Eingang des Gebäudes, warfen ihn die Stufen hinunter, bis er im Rinnstein landete. Als sein Kopf auf die Bordkante aufschlug, wurde er bewusstlos. Er wäre dort liegengeblieben, wenn der besorgte Da Gama ihm nicht gefolgt wäre. Anton kam wieder zu sich und sah den Briemarkenhändler über sich. Der nahm Anton mit nach Hause und kümmerte sich um ihn, bis er wieder genug bei Kräften war, um zurück nach Nürnberg zu fahren.

„Auf dieser Polizeiwache habe ich meine Lektion gelernt – endlich", erklärte Anton. „Die Männer, die ich als meine Brüder betrachtete, sehen mich überhaupt nicht als Menschen. Was mit Neid und Abneigung gegen erfolgreiche Juden anfing, hat sich in eine

Phobie verwandelt. Jetzt ist beinahe jeder mit der Vorstellung einverstanden, dass wir ein Virus oder eine Seuche sind, die man loswerden muss, so wie ein Rattenfänger Ungeziefer und Nagetiere beseitigt."

Liesel war erschüttert.

„Wo soll das alles nur hinführen?", fragte sie. „Wenn sie das glauben, brauchen sie kein schlechtes Gewissen haben, was sie Juden antun, genauso wenig wie der Rattenfänger, der seine Arbeit erledigt."

„Ach, die haben überhaupt kein Gewissen", schloss Anton bitter. „Oder besser gesagt, Hitler ist ihr Gewissen."

Danach erzählten sie Anton, was zu Hause in seiner Abwesenheit passiert war. Liesel beschrieb, wie man sie in der ‚Kristallnacht' in ihrem Zimmer eingeschlossen hatte und was sie herausfand, als sie zum Haus ihres Bruders ging. Magda erzählte kurz, was in ihrem Zimmer passierte und wie sie Wolfgang entdeckte, als er ein Hakenkreuz in das Porträt ihres Großvaters schlitzte.

Sie unterhielten sich auch darüber, was sie in Chile tun könnten. Anton war klar, dass sein Leben als Anwalt hinter ihm lag. „Wenn sich sonst nichts ergibt, werde ich Taxifahrer", verkündete Anton ungerührt.

Auf Liesels Vorschlag, sie könne Klavierunterricht erteilen, reagierte ihr Mann verhalten. Magda hoffte, als Fotografin zum Lebensunterhalt beitragen zu können.

„Sicherlich", sagte sie, „wollen auch die Chilenen von sich Portraitaufnahmen machen lassen." Ihr ging auch die Idee durch den Kopf, vielleicht noch eine interessantere Arbeit zu finden, vielleicht bei einer Zeitschrift.

Am sechsten Abend der Reise saß Magda außer Sicht hinter einem der Rettungsboote und hörte Manuel beim Gitarre spielen zu, was er manchmal nach dem Abendessen tat. Sie kannte selten etwas, das er spielte, nahm aber an, dass es Volksmusik war. Sie hätte ihn gerne danach gefragt, tat es aber nicht. Er war ziemlich eingebildet und würde vielleicht denken, sie liefe ihm nach. Es war es auch nicht wert, deswegen vom Kapitän schief angesehen zu werden. Ein paar der Stücke klangen nach Tanzmusik. Andere waren traurig. Einmal spielte Manuel das ,Fado-Lied', das sie im ,Avenida Palace-Hotel' gehört hatte.

Sie fuhren an der Küste Nordamerikas entlang, irgendwo in der Nähe von Cape Cod, als das Wetter umschlug. Den ganzen Tag über war der Himmel bedeckt und die Luft drückend. Wie sie in der Dämmerung saß, fing es an zu regnen und sie musste unter Deck gehen. Es war stickig in der Kabine und der Speiseraum roch nach Kabeljau. Also zog sie eine wasserfeste Jacke an und ging mit ihrem Vater wieder nach oben. Der Wind wehte heftig. Was eine Sturmböe schien, verwandelte sich bald in Windstärke neun. Das Schiff knarzte und ächzte, als riesige Wellen über den Bug schlugen. Zuerst war es aufregend, wie sie sich zu zweit an der Reling auf der geschützten Seite des Schiffs festklammerten und sich die schäumende Gischt ansahen. Dann wurde die Lage beängstigend. Die Mannschaft rief wild durcheinander, aber Anton und Magda konnten nicht verstehen, was sie sagten. Captain Pereira sah sie und befahl ihnen, unter Deck zu gehen, was sie ohnehin tun wollten. Sie saßen beunruhigt zu dritt in der Kabine, hörten den heulenden Wind, die Rufe der Matrosen und das Getrampel der Füße auf Deck über ihren Köpfen. Ein anderer Passagier versuchte, seine hysterisch schreiende Frau zu beruhigen. Zu ihrer großen Erleichterung erstarb der Sturm so plötzlich, wie er angefangen hatte. Unter Deck trat eine Grabesstille ein. Die Sengers beschlossen, ein bisschen zu schlafen, behielten aber ihre Kleidung an. Magda kletterte in ihre Koje und konnte gerade noch verhindern, an die Seitenwand gedrückt zu werden, da die Kabine sich plötzlich neigte.

Als Nächstes spürte sie, wie ihr Vater sie am Arm zog und schrie: „Steh auf! Das Schiff sinkt!"

Unter Schwierigkeiten war sie aus der Koje geklettert und stand nun auf dem Boden der Kabine, die völlig schief stand. Auf Anweisung ihres Vaters zog sie die Rettungsweste an, ohne zu bemerken, dass es die einzige war. Nach Verlassen der Kabine, kämpfte sie sich eine Treppe hoch, die inzwischen beinahe senkrecht stand. An Deck

sah sie, dass der Bug des Schiffs bereits untergetaucht war und voll
Wasser lief. Sie kletterte zum Heck, wo man gerade ein Rettungs-
boot herabließ. Sie bekam keinen Platz im Rettungsboot. Magdas
Vater befahl ihr zu springen und stieß sie über die rostige Reling.

Epilog

Die Rettungsweste aus Kork hielt sie über Wasser und sie trieb in den dunklen Fluten des Atlantiks. Sie war erschöpft und meinte, das Dröhnen eines Signalhorns zu hören. Einmal hatte sie den Eindruck, das blendende Licht eines Scheinwerfers zu spüren, der über sie hinweg strich. Sie konnte keinen Unterschied mehr feststellen, ob sie in der Gegenwart oder in der Vergangenheit lebte. Sie schloss die Augen.

Als sie wieder zu sich kam, ruhte ihr Kopf auf einer Rolle Schiffstau. Sie sah an sich hinunter und merkte, dass sie nur noch eine zerrissene Bluse und ihre Unterhose anhatte. In der Nähe waren Stimmen zu hören. Englisch mit amerikanischem Akzent. Als ein Mann in einer blauen Jacke sah, dass sie aufzustehen versuchte, kam er zu ihr herüber und schrie: „Ach du lieber Gott! Wir dachten, du wärst tot!" Dann sauste er davon und kam Sekunden später mit einer Decke zurück. Er wickelte sie darin ein und trug sie unter Deck. Dort legte er sie zu anderen Überlebenden auf eine Pritsche.

Magda rief: „Mutti? Papa?" Aber sie erhielt keine Antwort. Sie hatte dies auch gar nicht erwartet. Sie sah plötzlich wieder, wie Manuel mit Gewalt die Finger ihrer Mutter von der Bordwand des Rettungsbootes wegriss. Ein junger Arzt kam zu ihr herüber. Sie versuchte, mit dem Schluchzen aufzuhören und wollte keine Fragen beantworten müssen.

„Es ist mir nicht gelungen wach zu bleiben", flüsterte sie schließlich."

„Das war auch gut so", meinte der Arzt. „Die Tatsache, dass du ohnmächtig geworden bist, hat dir das Leben gerettet. Das bedeutet, dass dein Körper alle Funktionen heruntergefahren hat. Ich bin mir sicher, es wird dir schon bald wieder besser gehen. Wie heißt du denn?"

„Magda."

„Naja", fuhr er fort, „Wir legen bald in New York an. Dort schicke ich dich zur Untersuchung in ein Krankenhaus."

Ehe er zum nächsten Geretteten ging, drückte er ihr etwas unbeholfen die Hand. Magda drehte sich auf die Seite und fühlte, wie sich etwas in ihren Arm eingrub. Es war das Identitätsarmband von Jacob. Ehe der Arzt die behelfsmäßige Krankenstation verließ, drehte er sich noch einmal um: „Viel Glück, Maggie!"

„Maggie", diesen Namen würde sie in der Neuen Welt behalten.

Nachwort

In ihrem 2008 erschienenen Roman *Magda and the Rat Catchers* thematisiert die englische Autorin Netta M. Goldsmith eine **jüdische Jugend in Nürnberg in der Zeit des Nationalsozialismus**.

Magda, die junge Protagonistin des Romans, stammt aus einem liberalen, assimilierten jüdischen Elternhaus. Ihr Vater ist Anwalt. Jäh geht ihre behütete und unbeschwerte Kindheit zu Ende. Sie erlebt verstörende und bedrückende Erfahrungen von Ausgrenzung und Entrechtung. Die Welt ihrer Eltern und die der jüdischen Freunde und Bekannten gerät zunehmend aus den Fugen. Welche Perspektiven bleiben jenseits von Widerstand oder Flucht und Emigration? Kann Magdas Traum von Freiheit und Emanzipation in Erfüllung gehen?

Es ist erstaunlich, dass dieser in weiten Teilen in Nürnberg spielende Roman in Deutschland keine Rezeption erfahren hat. Wohl auch, weil er bisher nur im englischen Original zugänglich war.

Mit der vorliegenden Übersetzung ins Deutsche ist der Roman nun auch für ein breites Leserpublikum verfügbar.

Die Veröffentlichung der Übersetzung war nur dank der finanziellen Unterstützung durch die Nürnberger **Rudolf und Eberhard Bauer Stiftung** möglich. Mit ihren Stiftungsmitteln konnte zudem eine größere Zahl von Buchexemplaren kostenlos an die Nürnberger Schulen abgegeben werden. Sie werden im Rahmen schulischer Projektarbeit mit einem schul- und/oder lokalgeschichtlichen Ansatz im Themenbereichen Nationalsozialismus, Rassismus und Rechtsextremismus eingesetzt werden können. [1]

---

1 Für den Einsatz von Netta M. Goldschmidts Roman in der Bildungsarbeit – z.B. im Rahmen von schulischem Projektunterricht - ist bei der Bayerischen Landeszentrale für politische Bildungsarbeit (München) der folgende Materialband erschienen: Joachim Mensdorf, Netta M. Goldsmiths Roman „Magda and the Rat Catchers". Eine jüdische Jugend in Nürnberg in der Zeit des Nationalsozialismus. Projektmaterialien für den Bildungsbereich. München 2021. Online zu beziehen unter www.blz.de.

Schon im Vorwort der Autorin wird ihre besondere Beziehung zum Thema ersichtlich. Der Roman sei in Erinnerung an ihren (2001 verstorbenen) Ehemann Ernest geschrieben. „It is because of him that I felt this book should be written", führt sie dort aus.

Sie beruft sich auf Erfahrungen und Erlebnisse ihres Ehemannes, weiterer Mitglieder der Goldschmidt-Familie, sowie auf namentlich benannte Zeitzeugen („ex-Nurembergers"), Freunde aus der Jugend- und Emigrationszeit ihres Mannes.

Der Leser dürfte bereits ahnen, dass ihr späterer Mann in jungen Jahren nach England emigrierte. Von weiteren Hinweisen sieht die Autorin jedoch ab. Hier einige wenige Informationen: Ernst Goldschmidt kam im März 1922 als Sohn einer assimilierten, liberalen jüdischen Familie in Nürnberg zur Welt. Die Familie war spätestens seit dem 17. Jahrhundert in der Region ansässig. Nach „Arisierung" der elterlichen Fabrik *Goldschmidt & Sohn* in Nürnberg-Schweinau und Verwüstung ihrer Villa in der Pogromnacht von 1938 wurde Ernst Ende Dezember 1938 – mit 16 Jahren! – zusammen mit seinem jüngeren Bruder ohne Begleitung nach England geschickt. Der Rest der Familie emigrierte im Jahr darauf. Bei Übernahme der britischen Staatsbürgerschaft anglisierte Ernst seinen Namen zu Ernest Goldsmith. Im Jahr 1959 heiratete er Netta Murray.

Zahllose biografische Erfahrungen und Erlebnisse von Ernst/ Ernest, seiner Familie sowie von weiteren Zeitzeugen gehen auf die eine oder andere Weise in den Roman ein. Sie tragen ganz entscheidend zu seiner Authentizität bei.

Es muss jedoch pointiert darauf hingewiesen werden, dass diese „biografischen Bezüge" nur den Ausgangspunkt für eine vollständig eigenständige literarische Gestaltung der Autorin darstellen. Das kommt schon darin zum Ausdruck, dass dieser Entwicklungsroman („coming-of-age"-Story) um die zentrale Figur Magda kreist, einer jungen Frau, die nach Selbstverwirklichung und Emanzipation strebt.

Die „biografischen Bezüge" werden in der erwähnten Dokumentation ausführlich und problemorientiert behandelt. Hier nur ein Beispiel: Die Villa am Luitpoldhain, in der Magda aufwächst, hat als Vorlage die Villa der Goldschmidts. Der Luitpoldhain war – als Luitpoldarena – integraler Bestandteil des Reichsparteitagsgeländes. Die fiktive Magda Senger und der reale Ernst Goldschmidt erleben die Entwicklung des Nationalsozialismus „vor der eigenen Haustür" mit, also auch den Reichsparteitag „der Freiheit" von 1935. Die Wahl des Schauplatzes Luitpoldhain trägt in spektakulärer Weise zur Authentizität der Darstellung bei.

Netta Goldsmiths Roman ist ein Werk der Erinnerungsliteratur, für die Kategorie der moralischen Zeugenschaft konstitutiv ist. Der Anspruch der Autorin auf Authentizität ist unverkennbar. Schon die Kapitelstruktur mit ihren klar definierten zeitlichen Bezügen deutet darauf hin. Selbstverständlich muss sich ein Werk der Erinnerungsliteratur fragen lassen, ob bei der Darstellung geschichtlicher Ereignisse oder Zusammenhänge ggf. Unstimmigkeiten oder Verzeichnungen vorliegen. Die o.g. Dokumentation untersucht auch diesen Aspekt im Einzelnen.

An dieser Stelle nur so viel: Die Verkündung der „Nürnberger Gesetze" wird im Roman mit einem Fackelzug zur Kongresshalle in Verbindung gebracht. Diese Darstellung ist literarisch überaus beindruckend, historisch aber nicht zutreffend.

Johanna Vogel, Magdas Großmutter, stirbt 1938 an Krebs. Kurz vor der Emigration von Magdas Familie wird sie auf dem jüdischen Friedhof Sulzbürg/Neumarkt beerdigt. Die Vorlage für diese literarische Figur ist Johanna Goldschmidt, Ernst Goldschmidts eigene Großmutter. Nach dem frühen Tod ihres Mannes hatte sie die Familie zusammengehalten und auch für das wirtschaftliche Überleben des Unternehmens gesorgt.

Die Beerdigung von Johanna Vogel bzw. Goldschmidt auf dem jüdischen Friedhof Sulzbürg symbolisiert im Roman das Ende einer jüdischen Familientradition, für die es in Deutschland keine Zukunft mehr gab.

Johanna bemüht sich, so selbstbestimmt wie möglich von ihren Angehörigen und dieser Welt Abschied zu nehmen: *„Blickt nicht so traurig drein"*, sagte sie. *„Ihr müsst mir versprechen, alles zu tun, um die Nazis zu überleben. Wenn ihr mir das versprecht, fällt es mir nicht schwer zu gehen."* *(Kap. 16)*

Joachim Mensdorf